KB163229

데카메론 2

Decameron

Questo libro è stato tradotto grazie ad un contributo per la traduzione
assegnato dal Ministero degli Affari Esteri italiano.
본 책은 이탈리아 외무부에서 수여한 후원금으로 번역되었습니다.

세계문학전집 292

데카메론 2

Decameron

조반니 보카치오

박상진 옮김

민음사

빼앗으려고 왕의 배를 공격한다. 그러나 공주는 배에 타고 있던 자들에 의해 살해된다. 제르비노는 그들을 죽이지만, 나중에 자기도 참수형을 당한다.

리사베타의 오빠들이 그녀의 애인을 죽인다. 죽은 애인은 리사베타의 꿈에 나타나 자기가 묻힌 곳을 알려 준다. 리사베타는 남몰래 머리를 파내어 향미료를 심는 꽃병에 넣고 매일 그것을 내려다보며 오랜 시간 눈물을 흘린다. 그러다 오빠들이 꽃병을 빼앗아 가자 얼마 후 슬픔에 빠져 죽는다.

가브리오토를 사랑하는 안드레우올라는 자기가 꿈에서 본 것을 가브리오토에게 들려준다. 가브리오토도 그녀에게 자기 꿈을 얘기해 준다. 그리고 갑자기 그녀의 품에서 죽는다. 안드레우올라는 하녀와 함께 가브리오토의 집으로 시신을 운반해 가다가 경찰에게 체포되어 행정관에게 끌려간다. 안드레우올라가 자초지종을 얘기하자 행정관은 그녀를 겁탈하려고 한다. 하지만 안드레우올라는 행정관을 물리친다. 그녀의 아버지가 이 소식을 듣고, 그녀의 무죄를 밝히고 석방시킨다. 안드레우올라는 세상에 더 이상 머물기를 거부하고 수녀가 된다.

시모나는 파스퀴노를 사랑한다. 둘이 풀밭에 있던 중 파스퀴노가 샐비어 잎을 이에 대고 문질렀다가 그만 죽고 만다. 이 일로 체포된 시모나는 판사에게 파스퀴노가 어떻게 죽은 것인지 보이려고 그 잎을 이에 대고 문질렀다가 같은 모습으로 죽는다.

지롤라모는 살베스트라를 사랑하지만 어머니의 부탁을 받고 파리에 가야 했다. 돌아와서 보니 연인은 이미 결혼한 뒤였다. 지롤라모는 살베스트라의 집에 몰래 숨어들어 가 그 옆에서 죽는다. 지롤라모의 시신이 성당으로 운반되자 살베스트라는 그 옆에서 죽는다.

굴리엘모 데 로실리오네 씨는 아내가 사랑하던 굴리엘모 데 과르다스타뇨 씨를 살해한 뒤 그의 심장을 아내에게 먹으라고 준다. 나중에 그 사실을 알게 된 아내는 높은 창문에서 몸을 던져 죽고, 연인과 함께 묻힌다.

어느 의사의 아내가 마취된 애인을 죽은 줄로 알고 궤짝 안에 넣는데, 고리대금업자 두 사람이 그 궤짝을 그대로 집으로 옮겨 간다. 마취되었던 남자는 의식을 회복하지만 도둑으로 오인받는다. 이에 부인의 하녀가 고리대금업자들이 훔친 궤짝에 남자를 넣은 사람이 자기였다고 판사에게 설명한다. 그로 인해 남자는 교수형을 면하고 궤짝을 훔친 고리대금업자들은 벌금형을 선고받는다.

에피제니아를 사랑하면서 지혜로워진 치모네는 바다에서 그녀를 납치한다. 그 일로 로도스 섬에 있는 감옥에 갇히지만, 리시마코가 그를 구해 낸다. 그는 리시마코와 함께 다시 에피제니아와 카산드레아를 결혼식장에서 납치하고, 여자들과 함께 크레타 섬으로 도망친다. 그리하여 여자들은 두 사람의 아내가 되고 각자의 남편과 함께 집으로 돌아간다.

할 위기에 처한다. 그러나 루지에르 데 로리아의 눈에 띄어 구출되고 잔니는 처녀의 남편이 된다.

르콜라노의 집에서 그 부인이 젊은이를 숨겨 두었다가 발각됐다고 말한다. 아내는 에르콜라노의 부인을 비난한다. 그런데 일이 안 되려고 그랬는지, 당나귀가 닭장 속에 숨은 남자의 손가락을 밟는다. 남자가 소리를 지르자 피에트로가 그리로 달려가 그자를 발견하고 아내에게 속은 것을 깨닫는다. 그러나 결국에는 다른 뜻이 있어 화해를 한다.

포레세 다 라바타 씨와 화가 조토 씨는 무젤로에서 돌아오는 길에 각자의 꾀죄죄한 행색을 놓고 농담처럼 서로를 조롱한다.

미켈레 스칼차는 일단의 청년들에게 피렌체의 바론치 가문이 세상 전체 혹은 마렘마에서도 가장 정통적인 가문이라고 주장해 저녁 내기에서 이긴다.

필리파 부인은 정부와 함께 있다가 남편에게 들켜 법정에 서게 된다. 그러나 예리하고 순발력 있는 대답으로 풀려나고 법령까지 수정하게 만든다.

프레스코는 조카딸에게 짜증 나는 사람들을 보는 게 싫다고 불평할 거면 거울도 보지 말라고 충고한다.

귀도 카발칸티는 갑자기 자기를 놀라게 한 피렌체 기사들에게 점잖은 말 한마디를 던져 핀잔을 준다.

수도사 치폴라는 농부들에게 가브리엘 천사의 날개를 보여 주겠다고 약속한다. 그런데 날개 대신에 숯밖에 없는 것을 보고 이 숯이 성 로렌초가 타고 남은 재라고 주장한다.

일곱 번째 날 첫 번째 이야기 373

잔니 로테린기는 한밤중에 자기 집 문을 두드리는 소리를 듣는다. 그가 아내를 깨우자, 아내는 귀신이 틀림없다며 남편을 속인다. 둘은 문으로 가서 귀신을 기도로 물리치려 한다. 그러자 문 두드리는 소리가 그친다.

일곱 번째 날 두 번째 이야기 381

페로넬라는 남편이 집에 돌아오자 정부를 통에 숨긴다. 그런데 남편이 그 통을 팔았다고 말하자 그녀는 자기가 이미 팔았으며, 그걸 산 사람이 지금 통 속에 들어가 흠이 있는지 살펴보는 중이라고 말한다. 그 얘기를 들은 정부는 통에서 뛰어나와, 남편을 시켜 통 속을 깨끗이 닦은 뒤 집으로 갖고 돌아간다.

일곱 번째 날 세 번째 이야기 390

리날도 수사가 세례를 준 아이의 엄마와 누워 있는데 남편이 돌아와 그들이 한 방에 있는 걸 본다. 그러자 그들은 수사가 기도문을 외워 아이의 병을 쫓아내는 중이라고 믿게 만든다.

일곱 번째 날 네 번째 이야기 399

토파노는 어느 날 밤 아내를 밖으로 쫓아낸다. 애원을 해도 문을 열어 주지 않자, 아내는 우물에 빠지는 척하며 커다란 돌을 던져 넣는다. 토파노가 집에서 나와 그곳으로 달려가자, 아내는 집으로 들어가 문을 걸어 잠그고 남편을 골탕 먹인다.

일곱 번째 날 다섯 번째 이야기 406

어떤 질투심 많은 사내가 수도사 복장을 하고 자기 아내의 고해성사를 듣는다. 아내는 밤마다 찾아오는 어느 수사를 사랑한다고 말한다. 이에 질투심 많은 사내는 몰래 문간에서 아내를 감시하지만 아내는 지붕으로 애인을 끌어들여 즐긴다.

시에나 사람 둘이 있는데 그중 한 사람이 대자의 어머니를 사랑한다. 대부는 죽은 뒤에 약속대로 동료 앞에 나타나 저세상에서 영혼들이 어떻게 사는지 이야기해 준다.

1권 차례

3권 차례

일러두기

1. 본문의 주석은 모두 옮긴이의 것이다.
2. 인·지명의 경우 국립국어원의 외래어 표기법을 원칙으로 하되 가능한 한 실제 발음에 가깝게 표기하고자 했다.

네 번째 날

『데카메론』의 세 번째 날이 끝나고 네 번째 날이 시작된다.
네 번째 날은 필로스트라토가 주재하는 가운데, 사랑으로 인해
불행한 결말을 맞은 사람들의 이야기가 전개된다.

앞의 그림
데 그레고리 출판사의 『데카메론』 삽화,
1492, 조르조 키니 재단(이탈리아 베네치아) 소장.

위의 그림
조반니 디 세르 조반니(쉐지아), 「카소네 아디마리」,
1459, 아카데미아 미술관(이탈리아 피렌체) 소장.

사랑하는 부인들이여!* 지금까지 지혜로운 사람들의 말을 듣고 또 수없이 보고 읽은 일들을 통해, 나는 질투라는 광란과 격정의 바람은 높은 탑이나 높이 솟은 나뭇가지가 아니면 흔들지 않는다고 생각해 왔습니다. 그러나 이제 나의 생각이 잘못됐음을 알았습니다. 나는 언제나 이러한 광폭한 바람의 잔

---

*여기서 "부인"은 독자를 가리킨다. 보카치오가 전체 서문(『데카메론』 1권 참조.)에서 특히 여성들을 위로하기 위해 『데카메론』을 썼다고 한 것과 같은 맥락이다. 이와 같이 작가가 독자에게 직접 말을 거는 것은 단테의 『신곡』 이래 이탈리아 작가들이 흔하게 써 온 수법이다. 한편 네 번째 날 서문에서 보카치오는 전면에 나서서 자신의 작품을 옹호한다. 『데카메론』은 중첩된 여러 화자의 목소리가 마치 화성(和聲)처럼 어우러지는데, 그중 하나가 작가 자신의 목소리다. 보통 문학 작품에서 작가의 목소리는 숨어 있는데 반해 『데카메론』에서는 작가의 목소리가 서문과 맺음말에는 물론 네 번째 날에도 한 번 더 등장한다.

혹한 공격을 가까스로 피해 평지뿐 아니라 깊은 골짜기까지 힘겹게 건너왔던 것입니다. 여기 실린 단편들을 읽는 여러분은 그것을 아주 분명하게 확인하실 것입니다. 그 단편들은 나만을 위해 제목도 없이* 피렌체 속어로 쓰였을 뿐만 아니라 가능한 한 지극히 천하고 낮은 문체**가 사용됐으니 말씀입니다. 이 모든 것에도 불구하고 나는 세차게 밀려와 뿌리까지 흔들어 대는 바람을 피하지·못하고 질투에 물어뜯겨 갈기갈기 찢어질 수밖에 없었습니다. 그런 까닭에 이제 나는 겸손만이 현세의 질투를 없애 준다고 한 현자들의 말씀이 진실임을 명징하게 이해할 수 있게 되었소이다.

명민한 부인들이여! 이 이야기들을 읽는 사람들 사이에서는 내가 부인들을 너무 좋아한다는 둥 점잖지 못하게 부인들을 기쁘게 하고 위로하는 데 너무 열심을 낸다는 둥 여러 말들이 나왔고, 내 행동이 부인들을 추어올린다며 훨씬 나쁜 말이 돌기도 했습니다. 개중에는 자기가 하고 싶은 말을 좀 더 세련

---

* 비평가들마다 작가의 이름이 없다는 뜻, 헌사가 없다는 뜻, 표제가 따로 없다는 뜻이라는 등 의견이 분분한 대목이다. 책이 완성되기 전에 통일된 제목 없이 각 이야기들이 퍼져 나간 경우를 생각할 수도 있다.
** 당시 피렌체어는 라틴어에 대한 속어, 즉 이탈리아를 대표하는 언어로 자리를 잡아 가고 있었지만, 그때까지 라틴어를 기반으로 하는 인문주의의 분위기 속에서 저급한 언어로 취급받는 형편이었다. "천하고 낮은 문체"는 전통적인 문체인 운문이 아닌 산문을 가리킨다. 그러나 당대의 위대한 인문학자이자 작가였던 단테는 이탈리아 속어를 선택하여 『신곡』을 썼고, 자신의 문체를 천하고 낮은 것이라 부르면서 이를 대중에게 다가서고자 하는 지식인 – 작가의 실천으로 생각했다. 최초의 단테 연구자인 보카치오는 단테의 논쟁적 입장을 이어받아 『데카메론』을 이탈리아 속어로 썼다.

되게 포장해서, 내 나이*에 이런 일들에 매달리는 것, 즉 여자들에 대해 얘기하거나 그들을 기쁘게 해 주는 것은 좋지 않다고 말하는 사람도 있었지요. 또 많은 사람들은 나의 명성에 무척이나 동조하는 척하면서 내가 더 현명하게 행동해야 하고, 그러려면 여러분 사이에 섞여 이런 희롱이나 하기보다 파르나소스의 뮤즈들과 있는 편이 낫지 않겠냐고 하기도 했습니다. 또 이런 허접한 것들을 따라다니면서 수다나 떨기보다 빵 얻을 방도를 궁리하는 것이 더 분별 있는 행동이 아니냐고 말한 사람도 있습니다. 물론 충고보다는 악의가 담긴 말이었지요. 어떤 이들은 나의 노력을 깎아내리기 위해 내가 여러분에게 들려준 것들이 사실과 부합하지 않는다는 것을 증명하려 애쓰기도 했습니다.

여러분처럼 훌륭한 부인들을 위해 봉사하면서 나는 수없이 쏟아지는 이러한 시기와 질투에 심지어는 생명의 위협마저 느꼈습니다. 하느님을 생각하여 이런 것들을 평상심으로 듣고 받아들이며 나를 옹호하는 건 오로지 여러분뿐이라고 생각합니다만, 그래도 내 힘을 아낄 생각은 없습니다. 오히려 어리석게 일일이 대응하는 대신 귀를 막고 가볍게 몇 마디 대답이나 하려 합니다. 정말 주저없이 그렇게 할 겁니다. 왜냐하면 아직 전체의 삼분의 일도 쓰지 못했는데 제멋대로 떠드는 사람이 너무나도 많고, 끝까지 쓰기도 전에 이런 식의 반응이 나오는 걸로 보아 앞으로는 그 수가 배로 불어날지도 모른다는

---

* 당시 보카치오의 나이는 대략 마흔 살이었다.

생각이 들었기 때문입니다. 하여 마지막에 가서 그들이 한 방에 날 파멸시키기 전에 처음부터 뭔가 해 둬야겠다고 생각한 것입니다. 여러분의 힘을 빌려 맞서는 것이 분명 옳은 일이기는 하지만, 그들의 세력 또한 만만치 않기 때문입니다. 그러나 누군가에게 대응을 하기 전에 나 자신을 위해, 완전한 이야기는 아니지만 이야기를 하나 들려 드릴까 합니다. 우선 말씀드릴 것은 지금 내가 할 이야기와 내가 지금까지 소개해 드린 지극히 뛰어난 분들의 이야기들을 혼동하지 마시라는 것입니다. 내 이야기는 완전한 이야기가 아닙니다. 어느 이야기의 일부분이며 미완성이라는 점에서 그분들의 이야기와 구별될 겁니다. 자, 그러면 나를 공격하시는 분들께 들려 드릴 이야기를 시작하지요.

벌써 오래전 일입니다만, 우리 도시에 필리포 발두치라는 시민이 살았습니다. 아주 평범한 계층이었지만 돈이 많았고 자기 일에 식견도 있는, 잘나가는 사람이었지요. 그는 자기 아내를 끔찍이 사랑했고 아내 역시 그를 사랑했습니다. 그들은 그렇게 평온한 생활을 하며 아무런 문제도 없이 서로 충분히 행복을 느끼며 살아가고 있었어요. 그런데 누구에게나 일어나는 일입니다만, 이 선량한 여자가 두 살이나 됐을까 싶은 외아들을 필리포에게 남기고 세상을 떠나고 맙니다. 필리포는 아내의 죽음에 몹시 큰 상처를 입었지요. 사랑하는 사람을 잃은 사람이라면 누구나 그렇듯이 말입니다. 너무나도 사랑하던 반려자를 잃고 홀로 남은 자신을 돌아보자니 더 이상 사람들 틈에 섞여 살고 싶은 생각이 도저히 들지 않아 필리포는 하느님께 자신을 바치고 어린 아들도 같은 길을 걷게 하기로 마음먹었습니다. 그래서 전 재산을 하느님의 사업에 기탁하고 지체 없이 아지나이오 산*으로 올라가 어린 자식과 함께 그곳의 어느 암굴로 들어갔습니다. 그리고 사람들의 적선을 받아 기도와 절식으로 생활을 이어 갔습니다. 필리포는 아이에게 세속의 일에 대해 얘기하지 않았고 또 아이가 세상사를 일절 접하지 못하도록 늘 조심했습니다. 그런 식으로 하느님과 영원한 삶의 영광에 대해 늘 얘기해 주며, 신성한 기도 외에는 아무것도 가르치지 않았습니다. 아이를 전혀 암굴 밖으로 내보내지도 않고 자기 외에는 아무것도 보여 주지 않은 채 이런 수도 생활 속에 수 년 동안 가둬 둔 것입니다. 이 선한 사람은 이따금 피렌체에 나가 친구들에게 필요한 것을 얻어서 암굴로 돌아오곤 했지요.

어느덧 아들은 열여덟 살의 청년이 되고 필리포는 노인이 되었습니다. 어느 날 문득 아들이 아버지에게 어디에 가느냐고 물었습니다. 필리포가 말해 주자 아들이 말했습니다.

"아버지! 아버지는 이제 나이가 드셔서 그런 고생을 하시면 안 됩니다. 이제는 저를 피렌체로 데려가 그 친절한 친구들과 원조자들을 만나게 해 주세요. 그러면 아버지가 쉬시는 동안 더 젊고 튼튼한 제가 피렌체에 가서 필요한 것들을 구해 올 수 있지 않을까요?"

---

* 피렌체 근교의 산으로 현재는 세나리오 산이라 불린다. 한때 은자들이 기거하는 동굴들이 있었다고 한다.

선한 사람은 아들이 벌써 장성했고 하느님을 섬기는 일이 몸에 배어서 속된 일들로부터 영향을 받지 않으리라 판단해서 속으로 생각했어요. '그래, 이 아이 말이 옳다.' 그리고 피렌체에 가는 길에 아들을 데려갔습니다.

청년은 피렌체에서 저택과 인가, 교회, 그리고 도시를 가득 채운 것들을 보고는 전에 본 적이 있다는 걸 기억도 못 한 채 눈이 휘둥그레졌지요. 그러고는 아버지에게 저게 뭐냐, 저 이름이 뭐냐 하고 묻고 또 물었습니다. 아버지가 대답해 주면 대답을 듣고서 기뻐하며 또 다른 것을 물어보았지요. 이렇게 묻고 대답하며 길을 가던 중 아버지와 아들은 한껏 치장을 하고 결혼식에서 돌아오던 젊고 아름다운 여자들을 우연히 만나게 됐습니다. 젊은 아들은 그들을 보고 저것들은 뭐냐고 아버지에게 물었어요.

아버지는 이렇게 대답했어요.

"아들아! 땅을 향해 눈을 내리깔아라. 사악한 것들이니 보지 마라."

그러자 아들이 "뭐라고 부르는데요?" 하고 물었습니다.

아버지는 젊은 아들의 육체에 담긴 일촉즉발의 욕망을 쓸데없이 자극하지 않기 위해 여자라는 정확한 이름을 가르쳐 주지 않기로 했어요.

"저것들은 거위*라고 부른다."

이 말이 얼마나 멋있게 들렸던지! 한 번도 여자를 본 적 없

_____

* '쓸모없는 것', '풋내기'라는 뜻을 내포한다.

는 아들로서는, 저택이나 황소, 말, 노새 그리고 돈 등 지금까지 본 것들은 다 잊어버리고 즉시 이렇게 말했습니다.

"아버지! 저 거위란 것들 중 하나를 갖게 해 주세요."

"아이고, 이 녀석아! 입 다물어라. 저것들은 사악한 것들이야!" 하고 아버지가 말했어요.

그러자 청년이 질문을 쏟아 냈지요.

"사악한 것들이 저렇게 생겼나요?"

"그래." 하고 아버지가 말했어요.

그러자 아들은 이렇게 말했어요.

"저는 아버지 말씀이 이해되지 않아요. 왜 저 거위들이 사악하다고 하시는지 말예요. 사실 말입니다만, 저렇게 예쁘고 사랑스러운 건 이제껏 본 적이 없는 것 같아요. 저것들은 아버지가 언제나 보여 주시는 천사들 그림보다 훨씬 더 예쁩니다. 제발! 절 위하신다면, 저 거위들 중 하나를 골라서 데리고 가요. 먹이는 제가 줄게요."

"난 싫다. 저것들이 어떤 먹이를 먹는지 네가 몰라서 하는 말이야!"

아버지는 이렇게 말했지만 자신의 집념보다 본능의 힘이 더 강하다는 걸 뼈저리게 느끼고는 아들을 피렌체에 데려온 것을 후회했다고 합니다.

이 이야기는 이로써 충분하니 여기서 끝내기로 하지요. 대신 내가 이야기하고자 했던 그 사람들에 대해 좀 더 말씀드리고자 합니다. 나를 비난하는 사람들 중에는 내가 여러분처럼 젊은 부인들을 기쁘게 하려고 너무 열중한 나머지 잘못된 행

조토, 「결혼 행렬의 처녀들」(부분), 1304~1306,
스크로베니 예배당(이탈리아 파도바) 소장.

동을 하고 있으며, 또 내가 여러분을 너무 좋아한다고 말하는 사람들이 있습니다. 공개적으로 밝히지요. 맞습니다. 나는 여러분을 보면 기분이 좋고 여러분을 즐겁게 해 드리려 노력합니다. 그런데 그것이 왜 문제가 되는지 묻고 싶군요. 한껏 차려입은 옷과 아름다운 품위, 그리고 우아한 사랑스러움과 그밖에 여러분의 여성다운 정숙함을 보았고, 또 계속해서 접하고 있는데 말입니다. 그러니 여러분처럼 매혹적인 부인들과 나누는 감미로운 입맞춤이나 행복한 포옹, 그리고 기분 좋은 결합을 그들도 알게 해 줍시다. 아무도 없는 황량한 산에서 조그마한 암굴에 갇혀 어릴 때부터 아버지 외에는 아무도 접하지 못한 채 성장한 청년도 여자들을 보고는 이내 강렬한 욕구와 함께 호기심과 애정을 느꼈다는 걸 생각해 봅시다.

하늘이 만드신 내 육체는 여러분을 사랑하기에 부족함이 없습니다. 어릴 적부터 나의 영혼은 여러분의 눈빛에서 나오는 힘과 싱그러운 말들의 울림, 그리고 가련한 한숨에서 타오르는 불꽃을 느끼도록 되어 있습니다. 그런데도 여러분을 보며 내가 기쁨을 느끼거나 여러분을 기쁘게 해 주려 노력한다는 이유로 다른 사람들로부터 비난을 받고 물어뜯기고 갈기갈기 찢겨야 할까요? 더욱이 은둔하며 살아온, 감정도 없는 어린 청년, 아니, 차라리 야생의 동물에 가까운 사람조차 여러분을 좋아한다는 걸 생각해 보면 어떨까요? 분명히 말씀드리지만 여러분을 사랑하지 않는 사람, 여러분에게서 사랑받을 생각도 하지 않는 사람, 바로 그런 사람들이 자연스러운 애정의 기쁨, 그 힘을 느끼지도 알지도 못하면서 나를 그렇게 비난하는 것입니다. 그러니 나는 그에 대해 별로 신경 쓰지 않습니다.

그리고 걸핏하면 내 나이를 두고 떠드는 사람들이 있는데, 그런 사람들은 하얀 파뿌리만 보고 줄기가 초록이라는 사실을 모르는 모양입니다. 이런저런 농담은 그만두고, 그런 사람들에게 나는 전혀 부끄러울 것이 없으며, 반복할 것도 없이 이미 귀도 카발칸티와 단테 알리기에리가 늙은 시절에, 그리고 치노 다 피스토이아 씨가 더 늙은 시절에 명예를 높여 칭송했던 부인들을 내 생애 마지막 날까지 기쁘게 해 주겠노라 대답하렵니다. 부인들의 즐거움이 그 작가들 마음에 그렇게 와 닿았다는 거 아닙니까. 만일 내 이야기가 너무 샛길로 빠지는 게 아니라면, 오래된 이야기들을 꺼내 볼까 합니다. 옛 선인들이 말년에 가서 부인들을 기쁘게 하기 위해 얼마나 연구를 했는지 보여 드리고 싶습니다. 나를 혹평하는 사람들이 이 점을 모른다면 더 좀 배우라고 해 줍시다.

차라리 파르나소스의 뮤즈들과 함께하는 것이 낫지 않겠느냐는 말도 물론 좋은 충고라고 생각합니다. 하지만 우리는 뮤즈들과 함께 살 수 없으며 그들도 우리와 함께할 수 없습니다. 그러니 그들에게서 떨어져 있는 우리가 그들과 닮은 것을 보고 즐거움을 느끼는 건 절대 비아냥거릴 일이 아닙니다. 뮤즈들은 여자들이지요. 여자들은 뮤즈들만큼 가치가 나가지 않을지는 몰라도 일단 겉모습이 비슷합니다. 다른 점은 몰라도 그 점은 틀림없이 마음에 듭니다. 게다가 여자들은 나에게 수많은 시를 쓰게 했지만, 뮤즈들은 나의 창작에 어떤 동기도 부여한 적이 없습니다. 물론 뮤즈들은 그 많은 시들을 쓰도록 나를 훌륭히 도와주었고 어떻게 쓰는지 보여 주었습니다. 비록 보잘것없지만 아마 지금 이 글을 쓰는 순간에도 그들은 시시때때로 내려와 나와 함께 머물곤 할 것입니다. 아마 여자들이 자기들과 닮은 것을 인정하고 존중하기 때문이 아닌가 합니다. 따라서 이 글을 쓰는 동안 나는 많은 사람들이 생각하는 만큼 파르나소스 산이나 뮤즈들로부터 그렇게 멀리 떨어져 있지 않은 것입니다.

그런데 나의 굶주림을 끔찍이도 동정하셔서 빵에도 관심 좀 가지라고 충고하시는 분들에게는 뭐라고 말해야 할지 정말 모르겠네요. 내가 그들에게 필요한 물품을 구걸한다면 어떤 대답이 돌아올까 혼자 상상해 봅니다만, 아마 이렇게 답하지 않을까 싶습니다.

"가서 문학이나 하면서 구해 보시지⋯⋯."

부자들이 저들의 부에서 그랬던 것처럼, 시인들은 진즉부터 저들의 문학에서 필요한 물품들을 구했습니다. 문학을 추구하면서 노년까지 잘산 사람들도 적지 않습니다. 반면 정말 필요한 만큼보다 더 많은 빵을 찾느라 제 명을 채우지 못한 사람들도 많습니다. 무슨 얘기를 더 할까요? 내가 그들에게 빵을 요구한다면 언제든 날 쫓아내면 될 일입니다. 그러나 다행히 아직 그런 일은 일어나지 않았습니다. 설령 그런 일이 일어난다 해도 사도의 가르침*에 따라 나는 풍요에 처할 줄도 알고

---

* 사도 바울의 가르침을 말한다.(「빌립보서」 4장 12절 참조.)

궁핍에 처할 줄도 압니다. 그러니 더 이상 나에게 상관하지 않았으면 좋겠군요.

여기 나오는 이야기들에 의심이 생긴다면 원전들을 찾아보시라고 정중하게 부탁드리고 싶습니다. 만일 원전들이 내가 쓰는 것과 일치하지 않는다면, 꾸지람을 달게 받아들이고 나 스스로 수정하도록 노력하겠습니다. 그러나 그저 말만 내세울 뿐이라면 개의치 않고 내 길을 따를 것이며, 그들이 나에 대해 하는 얘기들을 똑같이 되돌려 줄 작정입니다.

이번에는 이 정도면 충분한 대답이 됐으리라 생각합니다. 자, 그러니 친절한 부인들이여, 나는 하느님과 여러분의 은혜로 무장하고 불굴의 인내와 함께 앞으로 계속 나아가려 합니다. 바람이야 제멋대로 불라지요. 먼지가 일든 회오리바람이 불든, 그 어떤 일이 일어나도 나는 땅 위에서 흔들리지 않을 것이며, 흔들린다 해도 하늘 위로 올라가기만 할 겁니다. 사람들 머리 위로 떨어질 수도 있고, 왕이나 황제들의 왕관들 위로 떨어질 수도 있고, 또는 높다란 궁전 위나 높이 솟은 탑들 위로 떨어질 수도 있겠지요. 그렇게 떨어진다고 해도 올랐던 그곳을 벗어나지는 않을 겁니다. 그래서 있는 힘을 다해 여러분을 기쁘게 해 드리기 위해서 지금껏 애써 온 것처럼, 앞으로도 더욱 그렇게 할 겁니다. 아무도 이러쿵저러쿵 말할 수 없다는 것을 잘 알며, 더욱이 여러분을 사랑하는 다른 사람들과 나는 자연의 법칙에 따라 그렇게 될 것임을 또한 잘 압니다. 그러한 법칙, 즉 자연의 법칙에 반항하려면 너무나 큰 힘이 필요합니다. 그건 쓸데없는 일일 뿐만 아니라 커다란 손실을 불러오는 때도 많습니다. 분명히 말씀드리지만, 나는 그런 힘을 갖고 있지도 않을뿐더러 또 갖고 싶지도 않습니다. 만일 그런 힘이 있다면 나를 위해 쓰기보다는 다른 이들에게 빌려 주겠습니다. 트집쟁이들의 입을 그걸로 막아 버리도록 말입니다. 그들이 다시 뜨거워지지 못한다면 그냥 그렇게 밋밋하게 살게 되겠지요. 그래서 그들은 자기 나름의 즐거움이든 썩어 빠진 욕구든 거기에 머물고, 나는 나대로 우리에게 주어진 이 짧은 생에서 내 나름의 삶을 살아가게 해 주기를 바랄 뿐입니다.

그런데 아름다운 부인들이여! 이제 배회는 할 만큼 했으니, 다시 출발했던 곳으로 돌아가서 정해진 순서를 따라야 할 시간이 됐네요.

필로스트라토가 일어나 사람들을 모두 깨운 것은 하늘에서 벌써 별들이 자취를 감추고 땅에서는 밤의 음습한 어둠이 물러난 시간이었습니다. 그들은 아름다운 정원으로 나가서 한가로운 기분을 즐겼습니다. 식사 시간이 되자 전날 밤 저녁을 먹었던 곳에서 아침을 먹었습니다. 그 후 태양이 가장 높이 솟아오르자 낮잠을 즐겼고, 다시 일어나서는 늘 하던 대로 아름다운 분수 곁에 모여 앉았습니다. 필로스트라토는 피암메타에게 그날의 첫 번째 이야기를 시작하라고 요청했고, 피암메타는 더 재촉을 받기 전에 여성다운 어조로 이야기를 시작했습니다.

네 번째 날 첫 번째 이야기

살레르노의 탄크레디 공은 딸의 연인을 죽이고 그 심장을 황금 잔에 담아 딸에게 보낸다. 그러자 딸은 거기에 독물을 넣어 마시고 죽음을 맞는다.

─ 우리의 왕께서는 오늘 고통스러운 이야깃거리를 우리에게 주문하셨네요. 우리는 즐겁게 지내려고 이곳에 왔는데, 말을 하는 사람이나 듣는 사람이나 연민을 느낄 수밖에 없는 이야기를 서로에게 들려주어야 하겠군요. 아마 지금까지 매일 우리가 흥겹게 지냈던 만큼 이제 기분을 조절할 필요가 있어서일지도 모르겠습니다. 그러나 어떤 이유에서든, 저는 왕의 기분을 해치지 않는 게 좋다고 생각해요. 따라서 애처롭다 못해 눈물이 쏙 빠질 만큼 처절한 이야기를 여러분께 들려 드릴까 합니다.

살레르노의 탄크레디 공은 매우 인간적이고 부드러운 성격의 신사였어요. 노년에 이르러 사랑이 빚어 낸 피로 자기 손을 더럽히지만 않았다면 말입니다. 그는 일생에 딸 하나만을 두었는데, 그 딸이 없었더라면 아마 더 행복했을 거예요. 딸은 부친에게서 이 세상 그 어떤 딸도 받아 보지 못했을 엄청난 사랑을 받았답니다. 그렇게 딸을 사랑했기에 아버지는 딸이 남편을 맞을 나이를 훨씬 넘긴 뒤에도 곁에서 떼어 놓지 못하고 시집도 보내지 않았어요. 그러다 결국에는 카포바*의 공작 아들에게 딸을 주었는데, 그와 산 지 얼마 되지 않아 과부가 되어 아버지에게 돌아왔습니다.

딸은 그 어떤 여자보다 몸매와 얼굴이 아름다웠고, 젊고 발랄했으며, 여자로서는 넘칠 만큼 똑똑했어요. 인자한 아버지와 함께 귀부인으로서 안락하고 호화로운 삶을 누렸으나, 아버지가 자기에 대한 사랑 때문에 재혼시키려는 생각이 별로 없는 것을 보고, 할 수만 있다면 비밀리에 멋진 애인이나 하나 가졌으면 하고 바랐어요. 결혼시켜 달라고 조르는 건 정숙한 행동이 아닌 것 같다고 생각한 거죠. 그래서 귀족이든 아니든 아버지의 저택에 드나드는, 우리가 대저택에서 흔히 보는 그런 남자들을 엿보면서 태도라든가 품성을 헤아려 보다가 그들 중 아버지의 시중을 드는 젊은 청년이 눈에 들어왔어요. 출신은 매우 천했으나 인품과 행동이 남들보다도 귀족적이었

---

*오늘날의 카푸아. 보카치오가 산 로렌초의 재산을 위탁받아 관리하던 곳이다.

던 귀스카르도라는 그 청년을 보면서 여자의 마음에는 흠모의 정과 함께 격렬한 불이 일어났답니다. 한편 눈치가 없지 않았던 그 청년도 여자의 태도를 알아채고, 그 마음을 남김 없이 받아들여 그녀를 사랑하는 것 말고는 어떤 일에도 마음을 두지 않게 되었지요.

이렇게 두 사람은 남몰래 사랑하게 됐어요. 여자의 마음속에는 어떻게 하면 남자를 만날 수 있을까 하는 열망뿐이었어요. 그리고 이 사랑을 누구에게도 들키고 싶지 않았기에 둘이 만날 방법을 전할 범상치 않은 방책을 짜냈어요. 우선 편지를 한 통 써서 다음 날 그들이 만나기 위해 남자가 해야 할 일을 설명했지요. 그리고 편지를 갈대의 마디 사이에 넣어 귀스카르도에게 건네면서 시치미를 떼고 이렇게 말했어요.

"하녀더러 오늘 밤 이걸 불쏘시개로 쓰라고 하세요. 불이 잘 붙을 거예요."

귀스카르도는 그걸 받아 들고서 여자가 왜 그걸 자기에게 주었고 왜 그런 말을 했는지 이유가 있을 거라고 생각하면서 여자와 헤어져 집으로 가져갔어요. 갈대를 살펴보다 금이 간 흔적이 보여서 열어 보니 안에 여자의 편지가 있었지요. 그걸 읽고서 해야 할 일을 충분히 이해한 청년은 이 세상 누구보다 행복한 기분이 들었어요. 그리고 여자가 제시한 방법에 따라 여자에게 접근할 공작에 착수했습니다.

대공의 저택 근처 산에는 동굴이 하나 있었어요. 아주 오래전에 만들어진 것인데, 산 사면으로 뚫은 갱도를 통해 빛이 어슴푸레 스며들었지요. 동굴은 오랫동안 사용하지 않고 방치

해 놓은 곳이라 무성하게 자라난 가시나무와 잡초로 덮여 있었어요. 이 동굴에는 비밀 계단이 있어서 그것이 저택에 있는 여자의 1층 방으로 연결되어 있었어요. 하지만 입구는 아주 굳게 잠겨 있었지요. 이 계단은 모든 사람들의 머리에서 떠나 있었어요. 사용한 지 워낙 오래되었거든요. 그게 거기 있다는 걸 기억하는 사람도 거의 없었어요. 그러나 사랑의 눈에는 아무것도 감출 수 없는 모양인가 봐요. 사랑에 빠진 여자가 그걸 기억해 냈으니 말입니다.

여자는 아무도 알아채지 못하게 조심하면서 여러 날에 걸쳐 갖은 공구를 써서 마침내 그 문을 열었어요. 문이 열리자 혼자서 동굴로 내려갔고 갱도를 발견했어요. 그리고 귀스카르도에게 사람을 보내 그간의 경위를 말하고, 동굴이 바닥에서 대략 얼마나 높은지 설명해 주었답니다. 편지를 받은 귀스카르도는 즉각 동굴로 오르내릴 수 있게끔 마디와 고리가 달린 밧줄을 준비하고 다음 날 밤 가시나무에 찔리지 않게 가죽옷을 입은 채 아무에게도 들키지 않도록 조심하면서 갱도로 갔어요. 그리고 갱도 입구에 자라난 튼튼한 나무 등걸에 밧줄 고리 중 하나를 잘 고정시킨 다음 거기에 매달려 동굴 안으로 내려가 여자를 기다렸어요.

이튿날 여자는 낮잠을 자고 싶다는 듯 시녀들을 물리치고는 혼자서 방에 남아 문을 걸어 잠갔어요. 그런 뒤 동굴로 난 문을 열고 내려가 귀스카르도를 만났어요. 두 사람의 기쁨은 말로 형언할 수 없을 정도였지요. 그리고 여자의 방으로 함께 올라가 그날 하루를 최고의 즐거움으로 채웠답니다. 또한 두 사람은 사랑의 비밀을 유지하기 위해 주도면밀한 계획을 세웠어요. 그런 뒤 귀스카르도는 동굴로 돌아갔고 여자는 문을 걸어 잠그고 시녀들이 있는 방 밖으로 나갔어요. 귀스카르도는 동굴에서 밤이 오기를 기다려 밧줄을 타고 갱도 입구로 올라가, 자기가 들어왔던 갱도를 통해 밖으로 나가 집으로 돌아갔지요. 그리고 길에 익숙해진 남자는 수도 없이 그 길을 들락날락했답니다. 그러나 운명이란 것이 이렇게 오래 이어진 그 큰 즐거움을 질투하고 말았네요. 두 연인의 희열은 고통스러운 사건과 함께 슬픈 눈물로 바뀌었어요.

탄크레디 공은 이따금 딸의 방에 혼자 와서 딸과 어울려 얘기도 하고 시간을 보낸 뒤에 돌아가곤 했어요. 하루는 식사를 하고 난 뒤 아래층으로 내려갔다가 딸(이름이 기스몬다였지요.*)이 시녀들과 함께 정원에 있는 모습을 보고는 아무도 보고 듣지 못하게 딸의 방으로 들어갔어요. 딸이 재미나게 노는 걸 방해하고 싶지 않았던 거죠. 방의 창문들이 닫혀 있고 침대 커튼이 내려져 있기에 아버지는 침대 옆에 놓인 낮은 의자에 앉았어요. 그리고 머리를 침대에 기대고 커튼을 당기니 딱 알맞게 몸이 감춰졌어요. 그러고 나서 아버지는 그대로 잠이 들어 버렸어요.

그렇게 아버지가 딸의 방에서 잠이 들었을 때 기스몬다가 시녀들을 정원에 남겨 두고 가만히 방으로 들어왔어요. 불행하게도 그날이 귀스카르도를 부르는 날이었던 거예요. 누군

---

* 기스몬다는 뒤에서 기스문다로 표기된다.

가 있으리라고는 상상도 못한 채 딸은 방문을 잠그고 동굴 문을 열어 귀스카르도를 맞아들였어요. 그러고는 곧바로 침대에 몸을 던져 여느 때처럼 장난을 치며 재미를 보았지요. 그 바람에 탄크레디 공이 잠에서 깨어 귀스카르도와 딸이 벌이는 짓거리를 듣고 보게 된 겁니다. 공은 너무나 가슴이 아파 처음에는 큰 소리로 꾸짖으려 했지만, 조용히 숨어 있기로 이내 마음을 고쳐먹었어요. 일을 신중하게 처리해서 자신의 명예가 손상되는 걸 최소로 하고 싶었던 거지요. 공의 머리에는 벌써 행동 계획이 세워지고 있었습니다. 두 연인은 탄크레디 공이 옆에 있으리라고는 꿈에도 생각하지 못한 채 여느 때처럼 오랫동안 함께했어요. 이윽고 시간이 되었다고 생각되자 귀스카르도는 침대에서 내려와 동굴로 돌아갔고 딸도 방에서 나갔어요. 탄크레디 공은 비록 늙긴 했어도 창문을 통해 정원으로 안전하게 뛰어내려 누구의 눈에도 띄지 않게 자기 방으로 돌아갔어요. 처절한 심정으로 말이죠.

탄크레디 공의 명령에 따라, 그날 밤 여느 때처럼 가죽 옷을 입고 사람들이 잠들 무렵 동굴에서 나오던 귀스카르도는 두 부하에게 잡혀서 비밀리에 공에게 끌려갔어요. 공은 남자를 보고 눈물을 비치며 말했어요.

"귀스카르도! 내 너에게 비길 데 없는 은혜를 베풀었건만, 그 대가로 네가 내게 준 것은 모욕뿐이다. 오늘 이 두 눈으로 똑똑히 보았느니라!"

귀스카르도는 아무런 대꾸도 못 하다가 겨우 이렇게 말했습니다.

"사랑의 힘은 대공이나 저나 어쩔 수 없는 것입니다."*

탄크레디 공은 은밀하게 남자를 어느 방에 가두고 감시하라고 명령했고, 그렇게 실행됐습니다.

다음 날까지도 기스문다는 이 일을 전혀 알지 못했어요. 탄크레디 공은 혼자서 고심에 고심을 거듭한 끝에 식사를 하고 나서 늘 하던 대로 딸의 방으로 갔습니다. 그리고 딸을 불러 앉히고 방문을 걸어 잠근 뒤 눈물을 흘리며 말을 시작했어요.

"기스문다! 내 너의 품행이 단정하고 정숙하다고 믿었기에 누가 뭐라고 해도 내 눈으로 똑똑히 보기 전에는 상상도 할 수 없었다만, 너는 남편도 아닌 남자에게 몸을 맡겼더구나. 나는 이제 늙고 살날도 얼마 남지 않았지만, 이 일을 생각하면 언제나 고통스러울 듯하다. 백번 양보해서 이런 정숙하지 못한 일을 해야 했다면, 너의 신분에 어울리는 남자를 만났어야 했을 것이다. 내 집에 드나드는 그 많은 사람 중에 하필 귀스카르도를 고르다니! 그자는 어린 시절부터 오늘날까지 오로지 하느님의 은혜로 우리 집에서 자란, 지극히 천한 출신 아니더냐! 네가 나를 이렇게 참담하게 만들었으니 널 어떻게 해야 할지 모르겠구나. 귀스카르도는 어젯밤 동굴에서 나오는 걸 붙잡아서 감옥에 넣어 두었으니 이미 처분은 나 스스로 내린 것이다. 하지만 널 어떻게 해야 할지 한숨만 나오는구나. 한편으로는 여느 아비 이상으로 딸자식에게 품었던 애정이 크기에 그

---

* 이런 확신은 나중에 기스문다에 의해 반복된다. 또한 잔노토의 확고한 태도를 기억나게 한다.(두 번째 날 여섯 번째 이야기 참조.)

사랑에 끌리지만, 다른 한편 너의 그 미친 짓에 가슴 깊이 모멸감을 느끼고 있다. 이쪽은 내 마음을 접고 널 엄벌에 처하라고 하고 저쪽은 널 용서하라라고 한다. 하지만 결정을 내리기 전에 내 말에 대해 네가 어떤 생각을 하는지 듣고 싶구나."

이렇게 말한 후 공은 머리를 숙이고, 심하게 매를 맞은 아이처럼 오열을 터뜨렸어요.

기스문다는 아버지의 말을 듣는 동안 자신의 은밀한 사랑이 탄로 났을 뿐만 아니라 귀스카르도가 잡혔다는 걸 알고서 형언할 수 없는 아픔을 느꼈어요. 그리고 여자들이 흔히 그러듯이 비명을 지르고 통곡을 해서 그 아픔을 보여 주고 싶은 걸 억지로 참았어요. 그리고 연약해지려는 마음을 의식적으로 당당하게 접고 놀라운 힘으로 안색을 바르게 했습니다. 사랑하는 귀스카르도가 이미 죽은 게 틀림없을 테니 자기 행동에 대해 용서를 구하기보다는 차라리 세상을 하직하는 것이 낫다고 생각한 거죠.

그리하여 슬픔에 빠지거나 잘못을 추궁당하는 여자가 아니라 의연하고 당당한 여자처럼, 눈물 한 점 비치지 않는 환한 얼굴로 아버지를 똑바로 바라보며 이렇게 말했어요.

"탄크레디 대공님!* 저는 부정하지도 애원하지도 않겠어요. 부정하는 건 적절해 보이지 않고 애원하는 건 제가 원하는 바가 아니에요. 어떤 식으로도 대공님의 관대함이나 사랑에

---

* 아버지라고 부르지 않고 이름을 부르는 것은 당당한 개인의 존재를 부각시키는 효과를 낸다. 알라티엘(두 번째 날 일곱 번째 이야기)도 비슷한 태도를 보인다.

매달리지는 않을 겁니다. 우선 정확한 경위를 말씀드려 제 명예를 지키고, 그다음, 사실에 의지하여 제 영혼의 신실함을 강력하게 보여 드림으로써 일의 전말을 밝혀 드리고자 합니다.

제가 그 사람을 사랑한 건 사실이에요. 저는 귀스카르도를 사랑합니다. 얼마 살지도 못하겠지만, 살아 있는 한 그분을 사랑할 것이고, 죽고 나서도 사랑이란 게 있다면 저에게는 그분을 사랑하는 일밖에 없을 겁니다. 제가 이 지경에 이른 것은 여자로서의 연약함 때문이 아니라 대공님이 저의 재혼을 소홀히 하신 것과 그분의 사람됨 때문입니다.

탄크레디 대공님! 분명히 말씀드리건대, 대공님도 살과 피를 갖고 계시고 돌이나 철이 아니라 살과 피를 지닌 딸자식을 키우셨을 겁니다. 이제는 나이가 드셨지만 대공님도 청춘의 법칙이 어떤 모양으로 얼마나 힘차게 솟아오르는지 잘 기억하실 것이고 또 잘 아실 겁니다. 그래서 더 좋은 시절에 무기로 단련을 하셨던 남자이지만, 그럼에도 젊을 때나 늙을 때나 편하고 세심하게 할 수 있는 것이 무엇인지 아실 겁니다.*
저는 대공님이 주신 육체를 지닌 사람으로서 아직 긴 시간을 살지 못한 젊은 여자입니다. 그 두 가지 이유로 저는 정력적인 욕망이 가득합니다. 특히 한 번 결혼했던 처지라 그 힘이 너무나도 격렬하게 치솟았고, 그 욕망을 채우는 것이 얼마나 기쁜 일인지 알게 됐습니다. 그리하여 사랑에 빠진 젊은 여자로서

---

* 두 번째 날 여섯 번째 이야기에서 영주 쿠라도의 제안에 대한 잔노토가 한 대답과 두 번째 날 여덟 번째 이야기에서 어머니의 물음에 자케토가 젊음의 가치를 두고 한 말을 연상시킨다.

그 힘이 이끄는 대로 따르다가 이렇게 저항할 수 없게 된 것입니다.

이러한 본성의 죄가 이끄는 대로 따라가면서도 대공님과 저에게 수치가 되는 일만큼은 피하려고 할 수 있는 한 제 모든 힘을 기울여 그와 반대로 나아가고자 했습니다. 이를 위해서 동정이 가득한 사랑의 신과 자비로운 운명이 저에게 비밀의 길을 알려 주고 인도하셔서, 아무에게도 들키지 않고 제 욕망을 달성했습니다. 누가 대공님께 고해 바쳤는지, 대공님이 어떻게 아셨는지 몰라도 저는 그걸 부정하지 않겠습니다.

많은 여자들이 그렇듯, 저 역시 귀스카르도를 그냥 고른 것이 아닙니다. 심사숙고한 끝에 다른 사람에 우선하여 그 사람을 선택했고, 다시 거듭 생각하여 그의 앞에 저 자신을 세웠으며 저와 그 사람의 현명함과 신중함으로 오랫동안 제 욕망을 즐겼습니다. 그런데 대공님은 진실보다는 흔한 관습을 따르시는 것 같군요. 사랑의 죄를 저지른 것 때문이 아니라 신분이 낮은 남자와 관계한 것을 더 심하게 책망하시니까요. 제가 귀족 남자를 골랐더라면 아무 걱정도 하지 않으셨겠지요. 하지만 대공님이 책망해야 할 것은 저의 잘못이 아니라 운명의 잘못입니다. 운명은 너무나도 자주 고귀하지 못한 자를 높이 올리고 고귀한 자들을 낮추건만 대공님은 그걸 모르십니다.

그건 그렇게 두기로 하지요. 하지만 사물의 이치를 생각해 보세요. 그럼 우리 모두는 살과 피를 지닌 육체적 존재이며 단 한 분의 창조주께서 우리 영혼을 만드실 때 똑같은 힘과 똑같은 능력, 그리고 똑같은 덕성을 부여하셨다는 걸 아시게 될 겁니다.* 우리는 모두 동등하게 태어났고, 지금도 그렇게 태어나고 있으며, 제일 먼저 덕성에 따라 서로 구별됩니다. 덕성을 더 많이 지니고 더 많이 사용한 사람들은 고귀하다 불리고 나머지 사람들은 고귀하지 않은 자리에 머물지요. 그와 반대되는 시류가 이런 법칙을 흐리고 있지만, 아직도 본성이나 선한 관습은 그 법칙을 지키고 유지하고 있습니다. 따라서 덕성을 발휘하는 사람은 어디서나 품위가 돋보입니다. 그런데 그런 사람을 다르게 부른다면 그렇게 불린 사람이 아니라 그렇게 부르는 사람이 잘못이지요.

대공님도 눈앞에 보이는 귀족 남자들을 생각해 보시고 그들의 삶, 그들의 관습, 그들의 행동을 점검해 보세요. 그리고 귀스카르도를 생각해 보세요. 악의 없이 판단할 의향이 있으시다면, 그 사람이야말로 가장 고귀한 자이며, 고귀하다 불리는 사람들이 얼마나 천박한지 인정하실 겁니다. 귀스카르도의 덕성과 품위에 관한 한 저는 대공님이 하신 말씀과 제 눈으로 본 것 외에 어떤 다른 사람의 판단도 믿지 않았어요. 그렇게 누구보다 앞장서서 매사에 그를 칭찬하고 훌륭하다 추천하신 분이 누구시던가요? 분명 잘못된 게 아닙니다. 제 눈이 저를 속이지 않았다면 그 사람은 대공님께 칭찬받지 못할 행동을 한 적이 없고, 또 대공님의 말이 표현할 수 있는 것보다 더 훌륭하게 행동하는 걸 제가 보았기 때문입니다.

---

* "모든 것을 초월하는 지혜를 지니신 분이/ 하늘을 만드셨고, 인도하는 성령을 시켜/ 빛을 동일하게 나누어/ 온 하늘을 골고루 환하게 비추시는구나."(『신곡 – 지옥편』 7곡 73~76행.)

만일 제가 지금 조금이라도 속은 게 있다면 그건 대공님에게 속은 것이겠지요. 그래도 대공님은 제가 비천한 남자에게 몸을 의탁했다고 말씀하실 건가요? 그렇다면 옳으신 말씀이 아닙니다. 혹시 가난한 남자라 그렇게 말씀하시는 거라면, 그렇게 훌륭한 사람임을 알면서도 그에 맞는 대우를 하지 않으신 대공님이 부끄러워하실 일입니다. 가난은 고귀함을 빼앗지 않으며 오히려 고귀함을 동반할 수 있습니다. 많은 왕들과 많은 대공들이 과거에 가난했으며, 과거에도 그랬고 현재에도 그렇지만, 땅을 일구고 양을 돌보는 많은 사람들도 한때는 지극히 부유했습니다.

마지막 단계에서 대공님은 저를 어떻게 해야 할지 몰라 망설이고 계시는군요. 그런 망설임은 버려 주세요. 젊으실 때 사용하지 않았던 가혹한 벌을 이렇게 늘그막에 내리려 하시니, 제발 저에게 그 가혹한 벌을 내려 주세요. 그러시지 말라고 결코 애원하지 않겠어요. 만일 그것이 죄라면 그 죄의 으뜸 원인은 대공님께 있으니까요. 분명히 말씀드리지만, 대공님이 귀스카르도에게 하셨던 일 혹은 앞으로 하실 일을 저에게도 그 비슷하게라도 내려 주세요. 하지 않으시면 제 손으로 직접 하겠어요. 자, 이제 가 주세요. 가서 여자들과 함께 눈물을 뿌려 주세요. 그리고 우리가 행한 일이 똑같은 잘못이라 생각하신다면 냉정하게 저희를 죽여 주세요."

탄크레디 공은 딸의 마음이 대단하다고 생각했어요. 하지만 딸이 말에서 내보이는 것만큼 그렇게 마음을 단단히 먹었으리라고는 생각하지 않았어요. 그래서 딸과 헤어져 나와서는 딸을 직접 엄중하게 다루려던 계획을 바꿔 다른 이의 고통을 통해 그 열정을 식히기로 마음먹었어요. 대공은 그날 밤 귀스카르도의 목을 졸라 죽인 뒤 심장을 꺼내어 자기에게 가져오라고, 그를 감시하는 두 부하에게 은밀히 명령했어요. 부하들은 명령받은 것을 그대로 실행했습니다.

다음 날이 되자 대공은 크고 아름다운 황금 잔을 대령시켜 그 안에 귀스카르도의 심장을 넣고 가장 신임하는 충복을 통해 딸에게 보냈어요. 주면서 이렇게 말하라 일러 두었지요.

"아씨께서 대공님이 가장 사랑하시는 것으로 대공님을 위로하셨듯이, 아씨가 가장 사랑하시는 그것으로 아씨를 위로해 드리기 위해 아버님이 이걸 보내셨습니다."

하지만 기스문다는 자신의 잔인한 결심을 바꾸지 않고 있었습니다. 아버지가 나간 후에 독 뿌리와 독초를 가져오게 하여 그것들을 달여 독약을 만들고 자기가 두려워하던 일이 일어나면 곧바로 마실 작정이었던 거지요. 그런 마당에 대공의 충복이 와서 전갈과 함께 선물을 전해 주자, 기스문다는 굳은 얼굴로 잔을 받아 들어 뚜껑을 열었어요. 심장이 보였고 아버지의 전갈로 미루어 틀림없이 귀스카르도의 심장일 거라고 생각했어요. 기스문다는 충복을 향해 얼굴을 똑바로 들고 이렇게 말했어요.

"이 안의 심장에 어울리는 무덤은 황금 잔밖에 없는데 대공님의 행동이 참으로 현명하군요."

그렇게 말하면서 여자는 심장에 입술을 대고 입을 맞췄어요. 그리고 이렇게 말했지요.

"나의 삶을 마치는 이날까지 나는 언제나 모든 일에서 나를 향하신 대공님의 지극한 사랑을 받았어요. 그리고 지금 이 순간 전보다 더욱 큰 사랑을 느낍니다. 그러니 이제 이렇게 큰 선물을 주신 데 대해 보답을 드리겠다고 전해 주세요."

이렇게 말하고 잔을 꼭 잡고서 심장을 들여다보며 말했습니다.

"아아! 나의 모든 즐거움이 깃든 정다운 쉼터여! 내 얼굴에 달린 눈으로 이 순간 당신을 바라보게 만든 자의 잔혹함에 저주를 내리소서! 나는 언제나 마음의 눈으로 당신을 바라보았어요. 이제 당신은 생명을 다하였네요. 운명이 부여한 길에서 벗어나 누구나 향하는 그 끝에 오고 말았군요. 세상의 비참함과 고생을 뒤로하고 당신의 가치에 맞는 무덤을 당신 적의 손에서 인도받은 겁니다. 살아 있는 동안 그렇게 사랑하셨던 여자의 눈물만 있다면 당신 가시는 길에도 부족함이 없겠지요. 그러니 내 눈물까지 가지고 가세요. 하느님께서는 당신을 내게 보내도록 무자비한 내 아버지의 영혼을 움직이셨어요. 나는 마른 눈으로 무엇에도 동요하지 않는 얼굴로 의연히 죽고자 했지만 이제 내 눈물을 당신께 드리겠습니다. 나는 당신을 위해 눈물을 흘리며 주저 없이 내 영혼을 당신이 그리도 소중하게 보호하던 그 영혼에 당신의 도움으로 결합하겠습니다.* 당신이 아니라면 그 어떤 동반자와 모르는 그곳에 이보다 더

* 중세 과학에서는 영혼이 피와 심장에 자리한다고 보았다. 위 문장에서 두 번째 나오는 "당신"("당신이 그리도 소중하게 보호하던")은 귀스카르도와 그의 심장을 함께 가리킨다.

프란체스코 바카차와 데스코, 독과 연인의 심장이 담긴 성배를 들고
자살하려 준비하는 기스몬다에 대한 묘사,
마이애미 대학교 로 미술관(미국 코럴 게이블스) 소장.

즐거이 혹은 더 안전하게 갈 수 있겠어요? 나는 확실히 느껴요. 당신의 영혼은 아직 내 가까이 있어 당신과 나의 기쁨의 자리들을 보살피고 있어요. 당신의 영혼이 아직 날 사랑한다고 확신하니, 나의 영혼을 기다려 줘요. 우리 사랑이 영원토록 이어질 수 있도록."

이렇게 말하고 기스문다는 여느 여자처럼 소란을 떨지 않고 잔 위에 몸을 숙이고서 머릿속에 물이 솟아나는 샘이라도 있는 듯 하염없이 눈물을 쏟아 내기 시작했어요. 생각하면 참 놀라운 일이지요.* 그렇게 여자는 죽은 심장에 끝도 없이 입을 맞췄어요. 주위에 둘러선 시녀들은 이 심장이 누구 것인지, 여자의 말이 무슨 뜻인지 알지 못했으나 연민에 사로잡혀 모두가 함께 울었습니다. 왜 우는지 다정하게 물어보아도 대답이 없자 시녀들은 있는 힘을 다해 여자를 위로했지요.

이제 울 만큼 울었다고 생각한 기스문다는 고개를 들어 눈물을 닦고 이렇게 말했어요.

"오, 너무나도 사랑하는 심장이여! 그대를 향한 나의 소임은 이것으로 끝을 맺었습니다. 이제는 더 해야 할 일이 없어요. 그대 영혼이 기거하는 곳에 나의 영혼을 결합하는 일만 남았네요."

여자는 이렇게 말하고 전날 만들어 둔 독약이 든 단지를 가져오게 해서 자신의 엄청난 눈물로 씻긴 심장이 든 잔에 부었

---

* 소리 없이 눈물을 쏟아내는 모습은 초인에 가까운 모습이다. 네 번째 날 다섯 번째 이야기에 등장하는 리사베타도 이와 비슷하다.

어요. 그리고 두려움도 없이 입에 대고 단숨에 마셨고, 잔을 손에 들고 침대로 올라갔어요. 그리고 자신의 몸을 최대한 가지런히 하고는 죽은 연인의 심장을 자기 심장에 갖다 댔어요. 아무 말도 하지 않고 그렇게 죽음을 기다렸지요.

시녀들은 기스문다가 마신 물이 무엇인지 몰랐어요. 그러나 이런 과정을 눈으로 보고 귀로 듣는 동안 이미 탄크레디 공에게 모든 걸 고하도록 사람을 보낸 터였지요. 대공은 불길한 예감에 떨면서 부리나케 딸의 방으로 내려왔지만, 도착했을 때 딸은 이미 침대 위에 올라가 있었지요. 대공은 딸의 상태를 보고 부드러운 말로 위로하려 애쓰다가 급기야 울음을 터뜨리고 말았어요.

그런 모습을 보고 딸이 말했어요.

"탄크레디 대공님! 눈물은 이보다 더 불행한 일을 위해 아껴 두세요. 저는 바라지 않으니 저 때문에 울지 마세요. 하고자 하던 일을 이루셨는데 어찌하여 우시나요? 하지만 제게 베풀어 주시던 사랑이 아직 조금이라도 남아 있다면, 저와 귀스카르도가 남몰래 숨어 살던 것이 마땅치 않으셨더라도, 저를 위해 마지막 선물로 제 몸을 그이의 곁에, 대공님이 버리라고 하셨던 바로 그곳에 함께 묻어 주시기를 청합니다."

가슴으로 울음이 차올라 대공은 아무 대답도 할 수 없었어요. 마침내 죽음이 다가온 것을 느끼며 기스문다는 죽은 심장을 가슴에 꼭 끌어안고 말했어요.

"난 떠나니, 모두 안녕히 계세요!"

그렇게 기스문다는 눈을 감고 모든 감각을 놓은 채 이 슬픈 세상을 떠났어요.

여러분이 들은 바와 같이 귀스카르도와 기스문다의 사랑은 그렇게 슬픈 종말에 이르렀어요. 탄크레디 공은 하염없이 눈물을 쏟아 내고는 뒤늦게 자신의 잔인함을 후회했어요. 살레르노 사람들도 모두 슬픔에 잠겼지요. 대공은 두 사람을 기려 같은 무덤에 묻어 주었답니다.*

---

* 이렇게 불운한 연인들을 함께 매장하는 것은 네 번째 날의 비극적인 이야기들(일곱 번째 이야기, 여덟 번째 이야기, 아홉 번째 이야기)에서 공통적으로 보이는 결말이다. 트리스탄과 이졸데의 이야기에서 비롯된 존엄한 중세적 관습에 따른 것으로 보인다. 사랑과 죽음의 모티프에 집중된 트리스탄과 이졸데 이야기의 분위기는 네 번째 날의 주제와 상응한다.

네 번째 날 두 번째 이야기

수도사 알베르토는 어떤 부인에게 천사 가브리엘이 그녀를 사랑
한다고 믿게 만든 뒤, 그런 식으로 여러 번 그녀와 즐거운 시간을 보
낸다. 그러다 부인의 친척들 때문에 겁을 먹고 창문으로 달아나 어느
가난한 남자의 집에 숨어든다. 가난한 남자는 다음 날 알베르토를 야
만인으로 꾸며 광장으로 데리고 간다. 거기서 알베르토는 동료 수도
사들에게 들켜 감옥에 갇힌다.

피암메타의 이야기는 동료들의 눈에서 몇 번이고 눈물을
쏟게 만들었습니다. 그러나 이제 이야기가 다 끝났기에 왕은
자세를 가다듬고 이렇게 말했습니다.
"기스문다가 귀스카르도와 나눴던 기쁨의 절반이라도 맛
볼 수 있다면 목숨을 던져도 아깝지 않을 것 같군요. 이런 말
을 한다고 놀라실 필요는 없습니다. 그와 같은 기쁨 한 조각도

누려 보지 못한 저로서는 살아 있는 매 순간이 죽음과도 같은 고통이니까요. 하지만 내 사정은 일단 접어 두기로 하지요. 대신 팜피네아 님이 내 경우와 비슷한 슬픈 줄거리로 이야기를 이어 나갔으면 합니다. 팜피네아 님이 피암메타 님처럼 그런 이야기를 해 주신다면, 맹세코 내 안에 타는 불 위로 한두 방울이나마 이슬이 떨어지는 듯 느껴질 겁니다."

팜피네아는 자기가 받은 요청을 들으면서, 그 말에 담긴 왕의 기분보다는 동료 전체의 기분을 더 생각했습니다. 그래서 왕의 부탁을 따르면서도 왕을 기쁘게 할 이야기보다는 모두를 즐겁게 할 이야기를 하기로 마음먹었습니다. 그리고 주제에서 벗어나지 않는 한도 내에서 좌중을 웃게 만들 이야기를 하나 시작했습니다.

— 잘 알려진 격언이 하나 있지요. "선함을 가장하는 사람은 나쁜 일을 할 수 있다. 아무도 그럴 것으로 생각하지 않으니까." 이 격언은 저에게 주어진 주제에 풍부한 재료를 제공해 줍니다. 특히 성직자들의 위선과 그 정도를 잘 보여 주지요. 그들은 헐렁한 긴 옷을 입고 억지로 창백한 얼굴을 하고는 남에게 뭔가를 부탁할 때는 천박하고 간사한 목소리를 내고, 남의 속에 있는 죄를 신랄하게 비난할 때나 자기는 빼앗으면서 베풀어야 구원에 이른다고 남을 가르칠 때는 카랑카랑하고 근엄한 목소리를 냅니다. 그뿐이 아닙니다. 천국을 찾아 나서는 우리 같은 사람과는 달리 마치 천국의 소유자이며 주인이나 되는 양, 죽어 가는 사람들에게 돈을 얼마나 내느냐에 따라서 좋은 장소가 주어진다고 떠들고, 이렇게 함으로써 우선

은 저희 자신을, 그리고 저희의 말을 믿는 사람들을 기만하려 애쓰는 것입니다. 허락만 된다면, 이들이 그 헐렁한 긴 옷 속에 감추고 있는 것을 소박한 많은 사람들에게 당장 폭로할 수도 있겠습니다. 하지만 지금으로서는 풋내기도 아닌, 오히려 베네치아에서 가장 지위가 높은 카세시파*의 수도사에게 일어난 일을 모두에게 알리면서 하느님이 저들의 위선을 벌하시기를 바랄 수밖에 없습니다. 부디 이 이야기가 기스문다의 죽음으로 슬픔에 젖은 여러분의 마음에 다소나마 웃음과 즐거움을 선사했으면 좋겠습니다.

유능한 부인 여러분! 이몰라에 베르토 델라 마사라는 사악하고 타락한 남자가 살았어요. 그의 파렴치한 행동은 이몰라 사람들 사이에서 너무 유명해 거짓말은 물론이고 사실을 얘기해도 이몰라에서는 아무도 그를 믿는 사람이 없었지요. 그곳에서는 더 이상 자신의 속임수가 통하지 않는다는 걸 깨달은 남자는 이몰라를 단념하고 온갖 악행이 판을 치는 베네치아로 이사를 했어요. 그러고는 다른 데서는 써먹지 않았던 방법으로 나쁜 짓을 벌여 볼까 하고 생각합니다. 지금까지 벌여 온 과거의 나쁜 짓들을 후회하고 반성하여 겸손이 뼛속까지 스민 듯한 모습을 하고 베네치아에 가서 누구보다도 신심이 깊은 사람인 양 수도사 노릇을 한 거예요. 수도사 알베르토 다 이몰라라고 불러 달라고 하면서 말이죠. 그리고 그런 옷

* '카세시'는 특별히 권위 있는 기독교 사제를 가리키는 아랍어 '카시스'에서 온 말이다. 16~17세기 이후의 문헌에서 발견되지만, 이미 14세기에 특히 베네치아에서 분명히 통용되고 있었다.

을 입고서 겉으로는 고기도 안 먹고 술도 안 마시며 참회와 금욕을 충실히 실천하는 절제된 생활을 하는 척했습니다만, 실은 자기가 그러고 싶을 때에만 그럴 뿐이었지요. 이렇게 갑작스럽게 훌륭한 설교자가 되었건만 그가 전에는 도둑질에 뚜쟁이 짓, 화폐 위조, 거기에 살인까지 저지른 사람이었다고는 아무도 생각하지 못했어요. 하지만 그는 이런 악행을 포기했던 것이 아니라, 오로지 남의 눈을 피해 저지를 기회가 오기만 기다렸던 거예요. 사제 노릇만으로도 모자라 미사를 올릴 때에는 많은 사람들 앞에서 구주의 수난을 생각하며 눈물을 흘리기까지 했더랍니다. 힘들이지 않고 원하는 만큼 눈물을 흘릴 수 있는 사람이었던 거죠. 어쨌든 그런 설교와 눈물 덕분에 그는 베네치아 사람들의 신임을 얻었고, 유언장이 필요한 곳이면 어디에서나 충직한 작성자와 증인이 되었고, 많은 이들의 돈을 맡아 관리했으며, 베네치아에 사는 대부분의 선남선녀의 고해를 들어주거나 그들에게 충고를 하게 되었어요. 이렇게 하면서 그는 늑대에서 양치기로 변신했고, 그 근처에서는 아시시의 성 프란체스코보다 더 명성 높은 성직자가 되었답니다.

자, 그런데 이런 판에 리세타 다 카 퀴리노* 부인이라는 우둔하고 멍청한 젊은 여자가 나타납니다. 그녀는 갤리선을 타

* '퀴리니 가문의 리세타'라는 뜻. '카(Ca')'는 성씨를 지칭하는 베네치아식 표현이다. 보카치오는 아마 당시 베네치아에서 가장 유서 깊고 유명한 가문인 퀴리니(혹은 퀘리니)를 언급하려 했던 것으로 보인다. 리세타(엘리자베타의 약칭.)는 당시 퀴리니 가문 여자들 사이에 흔히 쓰인 이름이었다.

고 플랑드르 지방으로 장사를 떠난 어느 부유한 상인의 아내였는데,* 어느 날 다른 여자들과 함께 이 거룩한 수도사에게 고해성사를 하러 왔어요. 베네치아 사람답게 무릎을 꿇고 앉아 조곤조곤 자기 얘기를 늘어놓던 여자는 수도사 알베르토에게서 애인이 있느냐는 질문을 받게 됐지요.

그 질문에 여자는 얼굴을 찌푸리며 이렇게 대답했어요.

"아니, 신부님은 눈을 어디에 붙이고 다니시나요? 저의 아름다움이 다른 여자들과 뒤범벅되어 보이기라도 하시나요? 애인 따위야 원하기만 하면 얼마든 넘쳐나죠. 하지만 제 아름다움은 어중이떠중이 아무나 사랑하라고 있는 게 아니란 말이에요. 저만큼 아름다운 여자를 또 보신 적 있나요? 저야말로 천상의 아름다움 아니겠어요?"

여기서 그치지 않고 여자는 듣기에도 짜증이 날 정도로 자기 미모에 대한 얘기를 주절주절 늘어놓았답니다.

수도사 알베르토는 단번에 이 여자의 어리석음을 간파했어요. 그리고 자기의 작업 방식과도 잘 맞는 듯한 이 여자가 즉시로 마음에 들었지요. 그런데 유혹은 더 적절한 때로 미루고, 당장에는 경건한 사람으로 보여야겠기에 그녀를 꾸짖고 싶다는 둥 그런 말은 허영이며 다른 말들도 지어 낸 거라는 둥 이런저런 얘기를 늘어놓았어요. 그러자 여자는 아름다움이 서로 어떻게 차이가 나는지도 모르는 멍청이라고 수도사를 비난했지요. 이에 수도사 알베르토는 여자를 너무 몰아세워서

---

* 당시 베네치아와 플랑드르 사이에는 무역이 활발했다.

는 안 되겠기에 그 정도로 고해성사를 끝낸 뒤에 다른 여자들과 함께 돌려보냈어요.

며칠이 지나서 수도사 알베르토는 믿는 친구 한 명을 데리고 리세타 부인의 집으로 갔습니다. 남의 눈에 뜨이지 않고 응접실 한쪽에 여자와 단둘이 있게 되자 여자 앞에 무릎을 꿇고 이렇게 말했어요.

"부인! 지난 일요일에 부인께서 부인의 아름다움을 말씀하셨을 때 제가 드린 말씀을 제발 용서해 주시길 간청합니다. 실은 그 때문에 그날 밤 엄한 벌을 받았고, 오늘까지도 일어나지 못하고 누워 있어야 했습니다."

그러자 우둔한 부인이 말했어요.

"그런데 누가 그렇게 벌을 주었다는 거예요?"

수도사 알베르토가 말했어요.

"그걸 말씀드리려는 겁니다. 그날 밤 제가 여느 때처럼 기도를 드리는데, 갑자기 제 골방에 휘황찬란한 빛이 비추는 겁니다. 처음에는 잘 몰랐습니다만, 뭔가 해서 뒤를 돌아보니 손에 커다란 몽둥이를 든 멋진 청년이 위쪽으로 보이더군요. 그리고 제 옷자락을 잡아 발밑으로 끌어당기더니 뼈가 다 부서질 정도로 때리는 겁니다. 그래서 대체 왜 이러시느냐고 물었지요. 그랬더니 이렇게 대답하더군요. '그대가 오늘 리세타 부인이 지닌 천상의 아름다움을 깎아내리는 괘씸한 행동을 했기 때문이다. 오직 하느님을 제외하고는 내가 가장 사랑하는 부인을 말이다.' 그래서 제가 물었지요. '당신은 누구십니까?' 그러자 그분이 자기는 천사 가브리엘이라고 대답하는 겁니다. 그래서 저는 이렇게 말했습니다. '아이고, 천사님! 제발 용서해 주십시오.' 그러자 그분이 말했어요. '그렇다면 이런 조건으로 그대를 용서하겠다. 우선 할 수 있는 한 가장 빨리 부인에게 가서 용서를 구해라. 부인이 용서하지 않는다면 나는 다시 돌아와서 그대의 목숨이 붙어 있는 한 계속해서 괴롭힐 것이다.' 그러고 나서 그분이 하신 말씀은 부인이 저를 용서하시지 않으면 말씀드릴 수 없습니다."

머리 빈 그 부인은 어리석게도 이런 얘기를 듣고 무척이나 기뻐하면서 곧이곧대로 믿었답니다. 그리고 약간 뜸을 들이더니 이렇게 말했지요.

"알베르토 신부님! 제가 저의 미모는 천상의 아름다움이라고 말씀드렸잖아요. 하지만 신부님께는 정말 죄송한 생각이 드네요. 이제부터는 봉변을 당하시지 않도록 용서해 드리겠어요. 그러니 천사님이 하신 말씀을 어서 들려주세요."

수도사 알베르토는 이렇게 말했어요.

"부인! 부인이 저를 용서하셨으니 기쁘게 말씀드리지요. 하지만 한 가지 알아 두실 것이 있습니다. 이 일을 망치고 싶지 않다면, 제가 드리는 말씀을 세상 누구에게도 말하지 않도록 주의해 달라는 것입니다. 부인은 지금 세상에서 가장 운이 좋은 분이시니 말입니다. 천사 가브리엘은 저에게 이렇게 말했어요. 천사님은 부인을 대단히 좋아하기 때문에 누가 되지 않는다면 밤에 자주 찾아와서 부인과 함께 있고 싶다고요. 그러니까 어느 밤이든 부인과 오랫동안 함께 지내고 싶다는 말씀을 전하도록 저를 보내신 것이죠. 단, 그분은 천사이기 때문에 천사의 형상을 하고 오시면 부인이 그분을 만질 수 없으니 부인의 즐거움을 위해서 인간의 모습을 하고 오시겠다는군요. 그러니 부인이 언제 천사님이 오셨으면 좋겠다고 저를 통해 말씀을 보내시면, 그분은 그에 맞춰서 오실 겁니다. 그렇게 되면 부인은 세상 어떤 여자보다도 큰 축복을 받으실 겁니다."

명청한 부인은 이 말을 듣고 가브리엘 천사가 자기를 사랑한다니 너무나 기분이 좋다면서, 자기도 천사님을 사랑해서 그분을 그린 그림 앞에다가 언제나 1마타판*짜리 초를 켜 드렸다고 말하는 거예요. 또 자기는 자기 방에 오롯이 혼자 있으니 오고 싶으시면 언제든 오셔도 좋다고도 했지요. 그러나 한 가지, 성모마리아 때문에 자기를 버려서는 안 된다는 조건을 내걸었어요. 왜냐하면 천사가 그분을 아주 사랑하신다는 얘기를 들었는데, 그분이 계시는 곳 어디서나 천사님이 무릎을 꿇고 계시는 걸로 보아 분명 사실인 듯하다는 거였어요. 그리고 천사의 형상 그대로 오신다고 해도 자기는 전혀 두렵지 않다는 말도 덧붙였지요.

그러자 수도사 알베르토가 말했어요.

"부인! 사려 깊은 말씀 잘 들었습니다. 부인의 말씀을 그분께 잘 전하겠습니다. 하지만 괜찮으시다면 한 가지 은혜를 베풀어 주실 수 있는지요. 어려운 건 아닙니다만, 그분께 저의 육체를 하고 오시도록 청해 주십시오. 그게 왜 저에게 은혜가

---

* 베네치아 은화로, 1193년부터 15세기까지 유통되었다. 아랍어에서 유래한 이름이다.

되는지 말씀드리지요. 천사님이 제 안에 들어오시려면 제 몸에서 영혼을 빼내어 천국에 두실 것이고, 그러고 나면 천사님이 부인과 함께 있는 동안 제 영혼은 천국에 있을 것이기 때문입니다."

그러자 얼뜨기 부인이 말했어요.

"정말 정말 좋아요! 저 때문에 두들겨 맞으셨으니, 이것으로 위안을 삼으시면 되겠네요."

이에 수도사 알베르토가 말했어요.

"그럼 오늘 밤 천사님이 들어오실 수 있도록 집 현관을 열어 놓으세요. 인간의 몸으로 오시는 것이니, 오실 때는 문을 통하지 않으면 들어오실 수 없을 겁니다."

부인은 그렇게 하겠다고 대답했어요. 수도사 알베르토는 돌아갔고, 혼자 남게 된 부인은 하늘을 날 듯이 기뻐했어요. 그러고는 초조한 마음으로 하루가 천년이라도 되는 듯 가브리엘 천사가 오기만을 기다렸지요. 수도사 알베르토는 그날 밤은 천사가 아니라 기사가 되리라는 심산으로 말을 타다가 괜히 떨어지지 않도록 당과와 그 밖의 좋은 음식을 먹어 원기를 보충해 두었어요. 그리고 밤이 되자 외출 허가를 얻어 동료 한 명과 함께 이전에도 말을 타러 갈 때 즐겨 들르던 여자 친구의 집으로 갔습니다. 그러다가 적당한 때를 봐서 변장을 하고 부인의 집으로 향했지요. 그는 그 집에 들어서면서 가지고 온 잡동사니로 천사 모양으로 꾸미고서 냅다 뛰어올라가 부인의 방으로 들어갔어요.

부인은 하얗게 꾸민 수도사를 보자 그 앞에 무릎을 꿇었고,

천사는 부인을 축복하고 일으켜 세워 침대로 향하게 했어요. 부인은 기꺼이 그 말에 따라 신속하게 행동했고, 천사는 자신의 신봉자 옆에 몸을 뉘었답니다. 수도사 알베르토는 보기 드물게 잘빠지고 매력적인 육체를 지니고 있었는데 상체를 받치는 두 다리는 특히 미끈했죠. 그런 몸을 대하자 남편 외에는 다른 남자와 누워 본 적이 없는 신선하고 부드러운 리세타 부인은 그날 밤 날개도 없이 수십 번이나 날아올랐답니다. 기쁨으로 비명을 지르면서 말이에요. 게다가 수도사는 부인에게 천상의 영광에 대해 많은 얘기를 들려주기도 했답니다. 이윽고 새벽녘이 가까워지자 그는 다음 방문 날짜를 정하고 나서 잡동사니 날개를 들고 밖으로 나가 동료에게 돌아갔어요. 혼자 자지 않도록 동료에게도 이미 나긋한 여자 하나를 붙여 둔 터였지요.

부인은 아침 식사를 마치자마자 친구를 끌고 수도사 알베르토에게 갔어요. 그리고 가브리엘 천사에 대해 얘기를 했지요. 영원한 생명의 영광을 얻은 일이라든가, 그때 보았던 천사의 모습이라든가, 그 밖에 흥미진진한 얘깃거리도 덧붙여 가면서 말이에요.

이를 듣고 수도사 알베르토가 말했어요.

"부인! 저는 부인이 천사님과 어떻게 지내셨는지 모릅니다. 다만 제가 아는 것은 지난밤에 그분이 저에게 오셨기에 부인의 말씀을 그대로 전했더니, 곧바로 제 영혼을 장미와 그 외에도 수많은 꽃이 만발한 곳으로 데려갔다는 것뿐입니다. 그렇게 눈부신 곳은 처음이었어요. 오늘 아침까지 너무나도 행복한 그곳에 머물렀기 때문에 제 육체가 어떻게 되었는지는 잘 모릅니다."

"그럼 제가 말씀드릴게요. 신부님의 육체는 가브리엘 천사님과 함께 밤새도록 제 품 안에 있었어요. 제 말이 믿기지 않으시면 신부님 왼쪽 가슴 아래를 살펴보세요. 제가 천사님께 뜨거운 키스를 해 드렸거든요. 아마 여러 날은 족히 지워지지 않을 거예요." 하고 부인이 말했어요.

그러자 수도사 알베르토가 말했지요.

"저는 이미 오랫동안 그런 일은 해 보지 않았습니다만, 나중에 부인 말씀이 사실인지 옷을 벗어 보겠습니다."

그러고도 부인은 오랫동안 수다를 떨다가 집으로 돌아갔어요. 이후로 수도사 알베르토는 천사의 모습을 하고 아무런 방해도 받지 않고 그녀의 집을 드나들었지요.

그러던 어느 날 일이 터졌어요. 리세타 부인이 어느 수다쟁이 부인과 함께 미모에 대해 얘기를 주고받던 중 자기가 다른 여자들보다 더 예쁘다는 걸 강조하려 머리에 소금이 좀 모자란 사람*처럼 그만 이 말을 하고 만 겁니다.

"나의 아름다움이 누구의 마음을 사로잡았는지 아신다면, 다른 여자들 얘기는 아예 꺼내지도 못할걸요."

이 말을 듣고 그게 누군지 알고 싶었던지 수다쟁이 부인이 이렇게 말했어요.

"부인! 부인이야 사실을 말하는 거겠지만, 그 사람이 누군

---

* 멍청하다는 뜻.

지 모르는 한 사람들은 쉽게 믿지 않을 텐데요."

그러자 마음이 살랑거린 리세타 부인은 대뜸 이렇게 말했답니다.

"이건 정말 비밀인데, 내 애인은 천사 가브리엘이랍니다. 천사님은 자신보다도 나를 더 사랑하세요. 그분 말씀으로는 내가 이 세상에서 제일가는 미녀라는군요."

수다쟁이 부인은 웃음이 터지려는 걸 억지로 참고 얘기를 더 늘어놓도록 하려고 이렇게 말했어요.

"부인! 가브리엘 천사가 부인의 애인이고, 또 그런 말씀을 하셨다면 당연히 그럴 테지요. 하지만 천사님이 그런 일을 하시다니 믿어지지가 않네요."

그러자 부인이 말했어요.

"이봐요! 무슨 소릴 하는 거예요! 내 확실히 말하는데요,* 그분은 우리 남편보다 기술이 좋아요. 그리고 저기 위에서도 하신다고 하셨거든요. 하지만 하늘에 있는 누구보다 나를 더 예쁘게 봐주셔서 날 사랑하게 된 거고, 그래서 틈만 나면 나랑 지내려고 오시는 거예요. 이제 좀 아시겠어요?**"

수다쟁이 부인은 리세타 부인과 헤어지고 나서 이런 터무

---

* 원어는 per le plaghe di Dio로, 직역하면 '하느님 나라를 두고서'라는 뜻이지만, 대중이 흔히 쓰는 일종의 감탄사 역할을 한다. 단테는 베네치아 대중어의 특징을 보여 주기 위해 『속어론』(1권 14장 6절)에서 이 말을 인용했다.
** 베네치아어에서 말을 맺을 때 쓰던 표현. 보카치오는 대중어를 그대로 사용하면서 베네치아의 분위기를 잘 살려 내고 있다.

니없는 얘기를 마음껏 떠들 기회가 오기를 하루가 천 년인 것처럼 여기며 기다렸어요. 그러다 어느 잔칫집에서 한 무리의 부인들을 모아 놓고 그 얘기를 차근차근 늘어놓았지요. 여자들은 이 얘기를 남편과 다른 여자들에게 했고, 그들은 또 다른 사람들에게 전하면서 이 얘기는 이틀도 안 돼 베네치아 전역에 파다하게 퍼지고 말았답니다. 그런데 이 얘기에 귀를 기울인 사람들 중에 부인의 시동생들도 있었던 거예요. 그들은 부인에게 어떤 말도 하지 않고 그 천사를 만나서 정말 공중을 날줄 아는지 보리라 마음먹었답니다. 그리고 며칠 밤을 두고 천사를 기다렸지요.

이런 일들에 대해 어떤 낌새도 채지 못했던 수도사 알베르토는 어느 날 밤 부인을 다시 만나러 갔어요. 그런데 옷을 벗자마자, 그가 들어오는 걸 보고 있던 부인의 시동생들이 침실로 와서 문을 열려고 하는 거예요. 그 소리를 들은 수도사 알베르토는 무슨 일이 생긴 것으로 짐작하고 몸을 일으켰으나 피신할 곳이 없었어요. 그래서 하는 수 없이 중앙 운하*로 나 있는 창문을 열고 물속으로 몸을 던졌어요. 물이 깊었지만 수영을 잘하는지라 전혀 다치지는 않았지요. 운하 반대편에 이르자 수도사는 아무 데나 문이 열린 집으로 뛰어들어 가 안에 있던 사람 좋아 보이는 남자에게 제발 목숨 좀 살려 달라고 빌었어요. 왜 그 시간에 거기서 알몸으로 있었는지는 대충 얼버

---

* 카날 그란데. 퀴리니 가문은 베네치아에 여러 채의 저택을 소유하고 있었다.

무리면서 말이에요. 남자는 알베르토를 불쌍하게 여기고 자기는 볼일을 보러 가야 한다면서 자기 침대에 그를 눕히고 자기가 돌아올 때까지 있으라고 말했지요. 그리고 안으로 문을 잠그고 자기 일을 보러 가 버렸어요.

한편, 부인의 시동생들이 방에 들어서니 가브리엘 천사는 날개를 팽개친 채 날아가고 없었어요. 그래서 부인을 비웃으며 호되게 모욕을 주고는 좌절하여 슬피 우는 부인을 내버려 두고 천사의 잔동사니 날개를 들고 집으로 돌아가 버렸답니다. 날이 밝자 사람 좋은 남자는 리알토 다리 위에서 간밤에 가브리엘 천사가 리세타 부인과 잠자리를 같이한 이야기며, 그러다 시동생들에게 들켜서 겁을 먹고 운하로 뛰어든 이야기며, 그 뒤로 어떻게 됐는지 행방이 묘연하다는 이야기를 듣게 되었어요. 그는 곧 집에 두고 온 그자가 틀림없다고 생각했지요. 그래서 집으로 돌아가 다시 확인하고 나서, 밀고 당기며 협상한 끝에 부인의 시동생에게 넘기지 않는 대가로 50두카티*를 받기로 합의했습니다.

그런 뒤, 수도사 알베르토가 거기서 나가려고 하자 사람 좋은 남자가 말했어요.

"이 상황에서 벗어나려면 이 방법밖에 없소. 오늘 축제가 있는데, 어떤 이는 곰 모양의 옷을 입은 남자를 데리고 가고, 어떤 이는 야만인으로 가장해서 가며,** 다들 이런저런 모양으

---

* 시칠리아에서 처음 주조되어 1284년 베네치아에 도입된 금화.
** 야만인 가면은 당시 베네치아에서 굉장한 인기를 끌었다.

로 꾸며서 산 마르코 광장에서 사냥 놀이를 한다오. 축제가 끝나면 제각기 데려온 자들을 데리고 저들 좋을 대로 가는 거지요. 여기 있다가는 감시를 당할 수도 있으니 괜찮다면 내가 그런 모양 중 아무거나 입혀서 당신을 데려가겠소. 그러면 원하는 곳으로 갈 수 있을 거요. 그렇게라도 하지 않으면 들키지 않고 이곳을 나갈 방도는 없다고 봅니다. 그 부인의 시동생들이 당신이 이 근처에 있다는 걸 알고서 당신을 잡으려고 눈에 불을 켜고 있으니 말이오."

수도사 알베르토는 그렇게 가장을 하고 나가는 것이 괴롭게 생각되었으나, 부인의 친척들이 무서워서 아무 데나 데려다 주면 좋겠고 그것으로 족하다고 말했지요. 남자는 그의 몸에 꿀을 잔뜩 바르고 새의 잔털을 붙였으며 목에는 쇠사슬을 감고 머리에는 가면을 씌웠어요. 그리고 한 손에는 굵은 곤봉을 쥐게 하고 다른 손에는 도살장에서 끌고 온 덩치 큰 개 두 마리를 쥐어 주었지요.* 그리고 심부름꾼을 리알토 다리로 보내 천사 가브리엘을 보고 싶은 사람은 산 마르코 광장으로 오라고 말을 퍼뜨리게 했답니다. 이것이 베네치아식의 공정함이었지요. 이렇게 하고 나서 수도사를 밖으로 끌어내 뒤에서 사슬을 잡고 앞장세워 가노라니 많은 사람들이 "저건 뭔고? 저게 뭔데?" 하면서 야단법석을 떨었어요. 광장으로 수도사를 데려가니 그곳은 뒤에서 따라온 사람들과 소문을 듣고 리

---

*산 마르코 광장에서 열리던 사냥 축제에서는 곤봉으로 무장한 남자가 도살장에서 특별히 훈련된 사나운 개들을 시켜 짐승을 쫓게 했다. 짐승과 개들은 사슬에 묶어 두었다.

알토 다리에서부터 몰려든 사람들로 인산인해를 이루었습니다. 광장에 도착하자 남자는 데리고 온 야만인을 높은 곳에 설치된 기둥에 묶고 사냥 축제가 시작되기를 기다리는 척했습니다. 몸에 꿀이 발려 있어서 파리와 빈대가 엄청나게 달려들었지요.

남자는 광장이 가득 차기를 기다렸다가 데리고 온 야만인의 목에서 사슬을 풀어 주는 척하더니, 갑자기 수도사 알베르토의 얼굴에서 가면을 벗기며 이렇게 외쳤어요.

"여러분! 오늘은 돼지*를 데려오지 않았으니 사냥을 할 수 없습니다. 그러나 여러분이 헛걸음을 하지 않으시도록 제가 천사 가브리엘을 보여 드리고자 합니다. 이분은 베네치아 여자들을 위로하시기 위해 밤중에 하늘에서 땅으로 내려오십니다."

가면이 벗겨지는 순간, 사람들은 그가 수도사 알베르토임을 알게 되었어요. 그러자 모두 고함을 지르며 지금까지 어떤 악당에게도 퍼붓지 않았던 엄청난 모욕과 거친 욕설들을 퍼붓기 시작했지요. 뿐만 아니라 얼굴에 오물을 던지거나 다른 걸 끼얹는 사람들도 있었어요. 이렇게 엄청난 소동이 벌어지는 동안 다행히 동료 수도사들이 얘기를 전해 들었어요. 그래서 여섯 명이 광장으로 찾아와 옷을 입히고 사슬을 푼 뒤 사람들의 욕지거리를 들으며 그를 수도원으로 데려갔지요. 그는 감옥에 갇혀 죽을 때까지 비참한 생활을 했다고 하네요.

---

*사냥의 대상이 되는 야생 돼지.

크리스틴 드 피장, 『데카메론』 프랑스어판 삽화,
15세기 초, 바티칸 도서관(이탈리아 로마) 소장.

그리하여 선한 척하며 실제로는 악한 행동을 하고 천사 가브리엘 행세까지 한 그는 야만인 취급을 받으며 온갖 수치를 당했답니다. 뒤늦게 그에 상응한 벌을 받으며 자기가 저지른 죄를 뉘우쳤지만 이미 소용이 없었던 겁니다. 이는 누구에게나 일어날 수 있는 일임을 아셔야 할 겁니다.

네 번째 날 세 번째 이야기

세 청년이 세 자매를 사랑해서 모두 함께 크레타 섬으로 도피한다. 거기서 맏언니는 질투 때문에 자기 애인을 살해한다. 둘째는 크레타의 영주에게 몸을 맡기고 언니의 목숨을 구한다. 그러자 둘째의 애인이 둘째를 죽이고 첫째와 함께 도망친다. 셋째와 그의 애인은 죄를 뒤집어쓰고 자백을 강요당한다. 그들은 사형당할까 두려워 돈으로 간수를 매수하고 빈손으로 로도스 섬으로 달아난다. 그리고 거기서 비참하게 살다가 죽는다.

필로스트라토는 팜피네아의 이야기를 다 듣고 나서 혼자 얼마간 생각에 잠겼다가 이윽고 팜피네아를 향해 이렇게 말했습니다.

"팜피네아 님의 이야기는 좋은 점이 없지 않지만 마지막 부분은 그래도 마음에 들었습니다. 처음 부분에 웃기는 장면들이 너무 많았는데, 아무래도 그게 없었더라면 더 좋지 않았을까 생각됩니다."*

그러고는 라우레타 쪽으로 몸을 돌려 말했습니다.

"부인! 가능하시다면 이번에는 좀 더 적절한 얘기를 해 주시지요."

라우레타는 웃으며 말했습니다.

"연인들이 불행한 결말에 이르기만을 바라시다니 너무 잔인하시군요. 하지만 좋아요. 왕의 뜻에 따라서 세 쌍의 연인들이 사랑을 제대로 즐겨 보지도 못하고 똑같이 불행에 빠진 이야기를 들려 드리지요."

이렇게 말하고 라우레타는 이야기를 시작했습니다.

— 젊은 부인들이여! 여러분도 잘 아시다시피, 나쁜 짓을 하면 반드시 그 짓을 한 당사자에게 가장 큰 고통이 따르고, 때로는 다른 사람들에게도 불똥이 튈 수 있지요. 하지만 고삐를 느슨히 했을 때 우리를 가장 위험에 빠뜨리는 것은 바로 분노입니다. 분노는 갑작스럽게 맛본 슬픔에서 솟아오르는 돌발적이고 예기치 않은 충동, 바로 그거예요. 분노는 이성을 완전히 추월하고 정신의 눈을 덮어 버리며 우리 영혼을 광포한 격정으로 몰아넣지요. 그리고 사람마다 다소 차이는 있겠으나, 남자들에게도 종종 일어나는 모양이지만 여자들에게 더 큰 폐해를 일으킵니다. 여자들에게서 분노의 불은 비교적 가볍게 시작하지만, 더 뜨겁고 억제할 수 없을 만큼 격렬하게 타

---

* 네 번째 날의 공통 주제에서 벗어난다는 의미.

오르기 때문이에요.

어찌 보면 놀라운 일도 아니지요. 잘 생각해 보면, 불은 그 본성상 딱딱하고 무거운 것보다는 가볍고 부드러운 사물에 더 잘 붙으니까요. 게다가 우리는(남자분들은 언짢게 여기지 마시길!) 남자들보다 훨씬 더 섬세하고 유연하잖아요. 우리는 본성적으로 그런 경향을 지니고 있으니, 그러한 우리의 유순함과 온화함이 남자들에게 마음의 휴식과 기쁨을 주고 있지요. 하기야 분노와 격정은 괴로움과 위험을 초래하기도 합니다. 그래서 앞서도 말씀드렸듯이, 우리가 더 강한 의지로 분노를 조절할 수 있도록 한 사람의 분노로 인해 세 청년과 그 애인들의 사랑이 행복에서 불행으로 떨어진 이야기를 이제 들려 드리려 하는 것입니다.

여러분이 아시듯 프로방스의 도시 마르세유는 바다를 끼고 있는 오래되고 고풍스러운 지역이지요. 오늘날에는 다 사라지고 없는* 갑부들과 대규모 무역상들이 옛날에는 많이 살았어요. 그들 가운데 나르날드 치바다라는 사람이 있었어요. 가문은 평범했으나 신심이 깊은 훌륭한 상인으로 토지와 돈으로 말하면 견줄 자가 없었어요. 그는 부인과의 사이에 자식을 여럿 두었지요. 먼저 딸 셋을 낳았는데, 다른 아들들과 나이 차이가 많이 났어요. 딸들 중 둘은 쌍둥이로 벌써 열다섯 살이었고 셋째는 열네 살이었습니다.** 그래서 친척들은 사업 때문

---

* 프로방스의 알비 시를 중심으로 12~13세기에 일어난 기독교 이단 알비파와 십자군이 전쟁한 13세기 이후 프로방스가 몰락한 것과 관계 있다.
** 당시의 결혼 적령기였다.

주스토 데 메나부오이, 「세례요한 이야기」(부분),
14세기 말, 세례당(이탈리아 파도바) 소장.

에 스페인에 간 나르날드가 돌아오면 곧바로 그들을 혼인시키려 준비를 하고 있었어요. 쌍둥이 자매의 이름은 니네타와 막달레나였고, 셋째 이름은 베르텔라였습니다.

니네타에게는 사귀는 귀족 청년이 있었는데, 레스타뇨네라는 이름의 이 가난한 청년은 그녀를 너무나도 사랑했고, 그녀도 청년을 사랑했답니다. 둘은 눈치 있게 행동했기에 세상 누구도 모르게 저희의 사랑을 즐기고 있었지요. 이들이 한창 사랑을 나누던 무렵 폴코와 우게토라는 두 청년이 막달레나와 베르텔라를 사랑하게 됐습니다. 두 청년 모두 아버지가 사망하여 막대한 유산을 상속받은 터였지요. 이런 사실을 니네타에게서 들은 레스타뇨네는 청년들의 사랑을 이용하면 자신의 결점을 보완할 수 있겠다 생각했어요. 그래서 그들과 서둘러 친분을 쌓은 뒤 하루는 이쪽을, 하루는 저쪽을, 때로는 둘 다를 데리고 함께 연인들을 만나곤 했답니다.

그리고 청년들과 꽤 가까운 친구가 됐다고 생각되자 하루는 그들을 집에 불러 이렇게 말했어요.

"이보게들! 내가 자네들에게 품고 있는 애정만큼이나 우리의 우정도 깊으리라 확신하네. 내가 나 자신을 위해 애를 쓰는 만큼 자네들을 위해서도 애를 쓰니 말일세. 이제 자네들을 사랑하는 마음에서 제안을 하나 하겠네. 자네들이 보기에 최선이라 생각되는 걸 나와 함께 해 보면 어떻겠나. 자네들 말에 거짓이 없다면, 그리고 자네들 평소 행동에서 알게 된 대로라면 자네들은 두 자매를 열렬히 사랑하고 있잖은가. 나는 니네타를 사랑하고 있고. 해서 말인데, 자네들이 동의해 준다면,

달콤하고 즐거운 결과를 가져올 만한 방도가 하나 있네. 바로 이걸세. 자네들은 대단한 부자들이지만 나는 그렇지 않지. 그러니 자네들의 재산을 하나로 모으고 다시 셋으로 나눠 가진 뒤에 우리가 가고 싶은 세상 어딘가로 떠나서 세 자매와 아늑한 생활을 하면 어떻겠나. 물론 세 자매에게도 아버지 재산의 상당 부분을 갖고 우리가 가고자 하는 곳으로 함께 가자고 할 생각이네. 이렇게 하면 우린 세 형제처럼 함께 각자의 인생을 즐기며 세상 누구보다 행복한 남자로 살아갈 수 있지 않겠나. 그런 삶을 즐기느냐 포기하느냐는 자네들이 어떤 결정을 하느냐에 달려 있네."

두 청년은 너무나도 사랑을 불태우고 있었기에 사랑하는 여자들을 가질 수 있다는 말에 오래 주저하지 않고 마음을 정했어요. 그리고 어디로 가든 자기들은 그의 말을 따를 준비가 되어 있다고 말했지요. 레스타뇨네는 청년들로부터 이런 대답을 듣고 며칠 지나서 니네타를 만났습니다. 그녀를 만나는 것에 큰 곤란이 없지는 않았지만, 잠시 함께 즐거운 시간을 보낸 뒤에 그는 청년들과 나눈 얘기를 들려주고 여러 이유를 들어 가며 이 계획에 찬성해 주기를 부탁했어요. 니네타 역시 레스타뇨네 이상으로 남의 눈치 보지 않고 그와 살고 싶어 했으니 별로 어려운 일은 아니었지요. 그녀는 그 계획이 마음에 들며, 동생들도 자기가 무엇을 바라든 따라 줄 것이라고 쾌활하게 대답했어요. 뿐만 아니라 필요한 일들을 될 수 있는 대로 빨리 추진했으면 좋겠다고 말했지요. 레스타뇨네는 자기 얘기가 곧바로 실행에 옮겨지기를 학수고대하던 두 청년을 다시 만나 여자들 쪽 일도 잘됐다고 전했어요. 그들은 갈 곳을 크레타 섬으로 정하고는, 장사를 하러 간다는 구실로 가진 재산의 일부를 팔고 또 그 밖의 다른 것들을 돈으로 바꿨어요. 또 쾌속선도 한 척 구입했고요. 그렇게 비밀리에 모든 준비를 마치고 약속한 날이 오기를 기다렸지요. 한편, 동생들이 바라는 바를 잘 알았던 니네타가 달콤한 말로 부추긴 덕분에 자매들도 그날이 오기를 안절부절못하며 기다렸어요.

이윽고 밤이 되어 배에 오를 시간이 되자, 세 자매는 아버지의 금고를 열어 엄청난 액수의 돈과 보석을 꺼내 들고 가만히 집을 빠져나왔습니다. 그리고 미리 약속한 대로 자기들을 기다리던 세 애인과 합류했어요. 그들은 조금도 지체하지 않고 배에 올라 아무 곳에도 정박하지 않은 채 돛에 날개를 단 듯 내달려 다음 날 저녁에 제노바에 도착했답니다. 거기서 이 새로운 연인들은 처음으로 사랑의 기쁨과 쾌락을 맛보았지요. 그리고 필요한 것들을 배에 실은 뒤 바로 떠났는데, 항구에서 항구를 거쳐 여드레 만에 아무런 방해도 받지 않고 크레타에 도착했습니다. 그곳에서 그들은 넓고 아름다운 땅을 사들였고, 칸디아 아주 가까이에 호화롭고 쾌적한 저택들을 지었어요. 많은 하인들을 거느리고 개와 새, 말 들을 기르며, 흥겹게 잔치를 벌이고 사람들을 초대하며, 마치 고관대작이라도 된 듯 세상에서 가장 행복한 사람들처럼 살기 시작했던 거예요.

그런데 아무리 좋아하는 것이라도 너무 많이 갖게 되면 물리는 법인지 드디어 문제가 터지고 말았네요. 니네타를 너무나 사랑하던 레스타뇨네가 걱정 없이 그 사랑을 즐길 수 있게 되자 싫증을 내기 시작하더니 결국 사랑이 식어 버린 거예요. 그런 와중에 그는 어느 연회에서 만난 그곳 처녀에게 반하고 말았지요. 온갖 방도를 동원하여 아름답고 고상한 그 처녀를 따라다니고 여왕 모시듯이 하는 것이었어요. 이를 눈치챈 니네타는 질투의 화신이 되어 그를 한 발자국도 못 나가게 했고, 갖은 투정과 징징거리는 소리로 그와 자신을 끔찍하게 괴롭혔답니다.

세상일이란 과하면 시들해지는 법이고, 바라는 것을 제지당하면 더 간절해지기 마련이지요. 니네타의 징징거리는 소리는 레스타뇨네의 새로운 사랑에 더욱 불을 지폈어요. 레스타뇨네가 실제로 여자의 사랑을 얻었는지 아닌지는 모르지만, 어쨌든 시간이 흐르면서 니네타는 그들이 사랑을 이루었다는 얘기를 듣고 이를 그대로 믿어 버리고 말았답니다. 니네타는 깊은 절망에 빠졌고, 광기를 일으킬 만큼 심한 분노에 사로잡혔으며, 극심한 분노로 이성을 잃었어요. 지금까지 레스타뇨네에게 품고 있던 사랑이 매서운 증오로 변한 거지요. 그리고 자기가 받은 치욕을 레스타뇨네의 죽음으로 갚아 주리라 생각하게 되었답니다. 그래서 니네타는 독약을 잘 제조한다고 알려진 그리스 노파를 오게 해서 선물을 주고 약속을 하여 치명적인 독물을 만들게 했어요. 그리고 누구와도 상의하지 않은 채, 어느 날 저녁 더위에 지쳐 방심하고 있던 레스타뇨네에게 먹였어요. 독물의 효과가 대단했던지 다음 날 아침이 오기도 전에 그는 죽어 버리고 말았답니다. 그가 독물로 인해 죽은 줄 몰랐던 폴코와 우게토, 그리고 그들의 애인들은 그 소식을 듣고 니네타와 함께 펑펑 울면서 정중하게 장례를 치러 주었습니다.

그런데 우연히도 며칠 후, 니네타에게 독물을 만들어 준 노파가 다른 나쁜 짓을 하다 붙잡히고 말았어요. 노파는 고문을 받으며 여죄를 추궁당하던 끝에 이 사실을 상세하게 자백하고 그 결과에 대해서도 소상히 털어놓았어요. 크레타의 영주는 이 사실을 드러내지 않고 어느 날 밤 비밀리에 폴코의 저택을 포위하고는 어떤 소동이나 저항도 없이 니네타를 체포했지요. 그리고 원하던 대로 레스타뇨네의 죽음에 관한 진상을 즉시 알아냈어요. 고문할 필요도 없이 말이죠.

폴코와 우게토는 니네타가 체포된 이유를 영주에게서 은밀히 전해 듣고 이 사실을 여자들에게 전해 주었어요. 얘기를 들은 자매들은 굉장히 괴로워했지요. 그리고 니네타를 화형에서 구하고자 백방으로 손을 썼습니다. 니네타가 저지른 짓으로 인해 틀림없이 극형을 받을 것으로 판단했기 때문이지요. 그러나 모든 노력이 수포로 돌아가는 듯했어요. 화형 판결을 내리려는 영주의 의지가 워낙 확고했거든요. 그런데 영주에게서 오랫동안 사랑을 받으면서도 눈길 한 번 돌리지 않던 젊고 아름다운 막달레나가 영주의 바람을 들어주면 언니를 불길에서 빼낼 수 있지 않을까 생각하게 되었어요. 그래서 신중한 심부름꾼을 보내 두 가지를 해 주신다면 어떠한 명령도 따르겠노라 전하게 했어요. 두 가지 일이란 언니를 무죄 석방하여 돌려줄 것과 이 일을 비밀에 부쳐 달라는 것이었지요.

영주는 심부름꾼의 얘기를 듣고서 기뻤으나, 한편으로는

오래 숙고한 끝에 결국 그렇게 하기로 결정했습니다. 영주는 막달레나와 합의하여 이번 사건과 관련하여 폴코와 우게토를 조사할 것이 있는 것처럼 하여 어느 날 밤 그들을 연행하도록 한 뒤, 자기는 몰래 막달레나에게로 가서 밤을 함께 보냈어요. 그 전에 니네타를 자루에 넣어 그날 밤에 돌을 매달아 바다에 던져 넣을 듯이 했지만, 그러지 않고 대신 동생에게 데리고 가서 그날 밤의 대가로 선물했지요. 아침이 되어 떠나면서도 그는 이것이 그들 사랑의 첫 번째 밤이지, 마지막 밤은 되지 않을 것이라 당부하고는 또 자기가 비난을 받거나 다시 그녀를 극형에 처해야 하는 상황이 벌어지지 않도록 죄인을 멀리 보내라고 일러 두었어요.

그날 아침에 폴코와 우게토는 니네타가 돌을 달고 수장됐다는 얘기를 듣고 이를 믿은 채로 풀려났어요. 그들은 언니의 죽음을 두고 슬퍼할 자기 여자들을 위로하기 위해 집으로 돌아갔지요. 그런데 막달레나가 감춘다고 감추었음에도, 니네타가 살아 있다는 것을 폴코가 눈치채고 말았어요. 그는 매우 놀랐고, 곧바로 이 일을 수상쩍게 여겼습니다. 영주가 막달레나를 좋아했다는 얘기를 들은 적이 있었거든요. 그래서 어떻게 니네타가 살아서 여기 있을 수 있는지 따져 물었어요. 막달레나가 여러 말로 설명하며 넘겨 보려 했지만, 눈치 빠른 폴코를 속일 수는 없었어요. 폴코는 진실을 말하라고 다그쳤고, 막달레나는 다시 변명을 늘어놓다가 결국 사실을 털어놓게 됐답니다. 폴코는 괴로워하며 가슴을 치다가 울컥 솟아오른 격분을 이기지 못하고 칼을 빼어 들어 애원하는 그녀를 죽여 버리고 말았어요.

폴코는 영주의 분노와 처벌이 두려워 죽은 막달레나를 방에 두고서 니네타에게로 갔어요. 그리고 기쁜 표정을 지어 보이며 이렇게 말했지요.

"막달레나가 안전한 곳을 마련해 두었으니 빨리 갑시다. 여기 있다가 영주 손에 잡히면 살아남기 힘들어요."

니네타는 그 말을 믿었어요. 그리고 두려움에 차서 어디로든 달아나고 싶었던 터라 동생에게 인사도 하지 않고 폴코와 함께 이미 어두워진 길로 나섰지요. 폴코가 지니고 있던 몇 푼안 되는 돈을 들고 해안으로 가서 배를 얻어 탔으나 어디로 가는지는 알지 못했답니다.

다음 날이 되어 막달레나가 살해된 채 발견되자, 우게토를 질투하고 싫어하던 몇몇 사람들이 즉각 영주에게 그 사실을 보고했어요. 그러자 막달레나를 끔찍이 사랑한 영주는 불같이 화를 내며 집으로 달려와 우게토와 그의 애인을 체포했지요. 그리고 폴코와 니네타가 도주한 것에 대해 아무것도 모르는 두 사람에게 막달레나의 죽음을 추궁하고 폴코와 공범으로 몰아 억지로 자백을 시키고 말았답니다. 이렇게 자백을 한이상 사형을 면치 못하리라 여겨 두려워진 두 사람은 묘책을 생각해 내고, 감시하던 자들을 매수하기로 했지요. 만일의 경우를 대비하여 집에 감추어 두었던 상당한 돈도 그들에게 주었어요. 남은 돈과 재산을 수습할 시간도 없이 그들은 간수들과 함께 어둠을 이용해 배를 얻어 타고는 간신히 로도스 섬으로 도망쳤답니다. 그리고 그곳에서 가난하고 비참한 생활을 하다가 이내 죽었다고 합니다.

　이처럼 레스타뇨네의 미친 사랑과 니네타의 분노는 저들뿐
아니라 모두를 파멸시킨 것입니다.

네 번째 날 네 번째 이야기

제르비노는 굴리엘모 왕이 내린 서약을 어기고 튀니지 왕의 공주를 빼앗으려고 왕의 배를 공격한다. 그러나 공주는 배에 타고 있던 자들에 의해 살해된다. 제르비노는 그들을 죽이지만, 나중에 자기도 참수형을 당한다.

라우레타가 이야기를 끝내고 입을 다물자, 연인들의 불행을 슬퍼하는 사람도 있었고, 니네타의 분노를 비난하는 사람도 있었으며, 또 그 밖에 이런저런 얘기들을 하는 사람들도 있었습니다. 왕은 깊은 생각에서 깨어난 듯 얼굴을 들어 엘리사*에게 이야기를 이어 가라고 손짓을 했습니다. 엘리사는 예의 바

---

* '엘리사'는 카르타고 여왕에게서 따온 이름으로, 네 번째 날에 『데카메론』에서 유일하게 북아프리카가 등장하는 이야기를 풀어 나간다.

른 태도로 이야기를 시작했습니다.

─ 사랑하는 부인 여러분! 세상에는 명성만 듣고도 사랑에 빠지는 이들이 있답니다. 하지만 많은 사람들은 이들을 조롱하면서 사랑이란 반드시 눈에서 불꽃이 튀어 화살을 쏘아 보내야만 이루어질 수 있다고 믿지요. 이제부터 들려 드리는 제 이야기는 그것이 얼마나 잘못된 생각인지를 아주 명백하게 보여 줄 것입니다.* 제 이야기에는 서로 한 번도 본 적 없이 명성만 듣고 사랑에 빠졌다가 그로 인해 비참한 죽음을 맞게 되는 연인이 등장합니다.

시칠리아 사람들에 따르면, 시칠리아의 왕 굴리엘모 2세**에게는 자식이 둘 있었어요. 아들은 루시에리라고 했고 딸은 고스탄차라고 했지요. 루시에리는 제르비노라는 아들을 남기고 아버지보다 먼저 죽었어요. 제르비노는 조부의 자상한 양육 아래 무용(武勇)과 예의범절에서 명성을 떨치며, 아주 멋진 청년으로 자랐어요. 제르비노의 명성은 시칠리아의 경계

---

* 사랑이란 눈을 통해 들어온다는 청신체파의 입장과 대조되며, 보카치오의 근대성이 돋보이는 대목이다. 보카치오는 자신의 글 여러 곳에서 이런 이론을 밝힌 바 있다. 한편, 여기서 말하는 "명성"의 르네상스적 의미에 대해서는 『이탈리아 르네상스의 문화』(야코프 부르크하르트, 이기숙 옮김, 한길사, 2003) 참고.

** 1166~1189. '악인' 굴리엘모 1세와 마르게리타 디 나바라 사이에서 태어나 '선인'으로 불린 왕. 그러나 제르비노를 비롯해 여기에 등장하는 인물과 사건들은 모두 창작된 것이다. 보카치오는 이런 허구성을 "시칠리아 사람들에 따르면"이라는 구절로 암시하는 것 같다. 다만 '선인' 굴리엘모의 모습은 역사서에 기록된 내용이나 단테가 묘사한 바와 다르지 않다.(『신곡 ─ 천국편』 20곡 64~66행 참조.)

를 넘어 세상의 다른 지역으로까지 널리 퍼졌는데, 특히 당시 시칠리아 왕에게 공물을 바치던 바르베리아에서는 아주 대단했어요. 이렇게 용맹하고 예의 바른 제르비노의 명성은 여러 사람의 귀를 거처 어느덧 튀니지 왕의 딸*에게까지 이르렀답니다. 공주는 미모가 어찌나 뛰어났던지 공주를 본 사람들은 모두 지금까지 자연에서 만들어진 피조물 중 가장 아름다운 여자이며, 게다가 훌륭한 기품에 고귀하고 자애로운 마음씨까지 갖췄다고 입을 모았어요. 공주는 용맹한 사람들의 이야기를 즐겨 들었기에 제르비노가 행한 용맹한 일들을 여기저기서 듣고 기억하며 큰 관심을 갖게 되었어요. 그렇게 이야기를 즐겨 들으면서 혼자서 어떤 모습일까 상상하다 보니 그만 제르비노를 향해 사랑을 불태우게 되었답니다. 그에 대해 얘기하고 그에 관한 소식을 듣는 일이면 언제든 마다하지 않을 정도였지요.

한편, 공주의 아름다움이나 기품에 찬 태도 역시 도처에서 사람들의 입에 오르내렸고 시칠리아까지 널리 퍼져 제르비노도 그 명성을 듣고 공주에게 큰 호감을 갖게 되었답니다. 아니, 호감 정도가 아니라 공주가 그에 대해 품은 열정 못지않게 제르비노도 공주에 대해 열정을 품었던 거예요. 그리하여 공주가 몹시도 보고 싶었던 제르비노는 튀니지로 가 보리라 마음을 먹었지요. 하지만 조부의 허락을 받아 낼 그럴듯한 구실

---

* 중세 문학에 자주 등장하는 허구적 인물.(다섯 번째 날 두 번째 이야기 참조.) 당시 튀니지에는 피렌체 무역상들의 공동체가 있었다.

이 없어 가지 못하고 있었습니다. 그래서 대신 모든 친구들을 동원해 그곳에 가서 최선을 다해 자신의 은밀하고 열렬한 사랑을 공주에게 전해 달라고 부탁하고, 그런 식으로 공주에 대한 소식도 가져다 달라고 부탁했지요.

그런데 친구 중 하나가 그 일을 멋지게 해냈어요. 상인으로 가장하고서 상당한 양의 보석을 공주에게 가져다 보여 준 거예요. 그렇게 해서 그 친구는 제르비노의 연정을 공주에게 온전하게 전해 주었고, 제르비노가 자기의 모든 것을 바칠 준비가 되어 있음을 밝힐 수 있었지요. 공주는 자기 역시 제르비노에 대해 같은 사랑을 불태우고 있다고 대답하고는 그 증거로 자기가 가장 아끼는 값진 보석 중 하나를 보냈어요. 제르비노는 그것이 세상에서 가장 값지고 사랑이 깃든 물건이라도 되는 양 너무도 기뻐하며 보석을 받았고, 그 친구를 통해 여러 번 편지와 값진 선물들을 보냈어요. 그리하여 운명이 허락한다면 꼭 만나서 친해지기로 서로 모종의 합의를 보았답니다.

그런데 일은 두 사람이 원하던 것과는 다소 거리가 있는 방향으로 흘러갔어요. 한편에서는 공주가, 다른 한편에서는 제르비노가 사랑의 불을 태우는 동안, 튀니지 왕이 공주를 그라나다의 왕과 결혼시키려 한 거예요.* 그로 인해 공주는 연인에게서 너무나도 멀리 떨어질 뿐만 아니라 연인을 완전히 잃겠

---

* 다른 부분들처럼 이것도 역사적 사실이라기보다는 허구에 가깝다. 이 이야기의 배경이 되는 시대(12세기 초)에 그라나다 왕국은 존재하지 않았다. 그라나다는 계속해서 이민족의 지배를 받다가 1238년에 나라를 세웠고, 다른 북아프리카 영주들에게 의지했다.

구나 하는 생각에 크게 괴로워했지요. 그리고 이 일을 막기 위해 어떻게든 아버지에게서 도망쳐 제르비노에게 가야겠다고 생각했어요. 비슷하게 제르비노도 이 결혼 소식을 듣고 깊은 슬픔에 빠졌고, 할 수만 있다면 공주가 바다를 건너 시집을 갈 때 무력을 사용해서라도 그녀를 탈취하고 싶다는 생각을 자주 하게 되었답니다.

튀니지의 왕은 제르비노의 사랑과 계획에 대해 어느 정도 들었고 그 용맹함과 기량을 두려워하던 터라 공주를 보내야 할 시간이 오자 굴리엘모 왕에게 사자를 보내 제르비노든 다른 사람이든 방해하는 사람이 없도록 보장해 준다면 예정된 공주의 혼사를 진행하겠다고 전하게 했어요. 이미 늙고 제르비노의 사랑에 대해서는 들은 바가 없던 굴리엘모 왕은 그런 보장을 요구하는 이유를 전혀 알지 못하고 망설임 없이 보장을 약속했어요. 그러고는 그 증표로 튀니지 왕에게 장갑을 한 짝 보냈지요.* 튀니지 왕은 보장을 받은 후에 거대하고 아름다운 배를 카르타고 항구에 정박시키고 출항을 위해 필요한 것들을 선적시켰으며, 그라나다로 떠나는 딸을 위해 배를 치장하고 출발 준비를 마치도록 했어요. 이제 남은 것은 시간을 기다리는 일뿐이었지요.

이 모든 걸 보고 알게 된 젊은 공주는 하인을 은밀히 팔레르모로 보내 그 용맹한 제르비노에게 인사를 전하게 한 뒤 자기가 이제 며칠 내로 그라나다로 가게 되는 사정을 설명하게 했

---

* 중세에 장갑은 절대적인 의무를 상징했다.

어요. 그러면서 그가 정말 듣던 대로 용감한 사람인지, 또 그동안 수도 없이 전해 온 대로 자기를 그렇게도 사랑하는지 보겠다고 전하도록 했지요. 하인은 이 심부름을 완벽하게 수행하고 튀니지로 돌아왔습니다. 얘기를 듣고 조부 굴리엘모 왕이 튀니지 왕에게 안전을 보장해 주었다는 걸 알게 된 제르비노는 어떻게 해야 좋을지 몰랐지요. 그러나 사랑을 누를 길은 없고, 공주의 전언까지 들은 터라 비겁하게 보이기 싫어서 서둘러 메시나로 갔어요. 거기서 두 척의 무장한 갤리선을 신속하게 준비시키고 용감한 선원들을 승선시킨 후 공주를 태운 배가 지나가기를 기다리면서 사르데냐를 향해 출발했어요.

왕자의 예상은 빗나가지 않았어요. 며칠 지나지 않아 그들이 기다리던 곳으로부터 얼마 떨어지지 않은 지점에서 배 한 척이 별로 바람을 받지 못한 채 지나갔으니까요. 이를 보고 제르비노는 동료들에게 말했어요.

"제군! 내가 생각하듯 제군이 그렇게 용감하다면, 제군은 모두 사랑을 느껴 본 적이 있거나 지금 사랑을 하는 중일 것이다. 나 자신도 그러하듯, 사랑이 없으면 어떤 피조물도 용맹을 떨칠 수도 선행을 베풀 수도 없다.* 그러니 제군이 사랑에 빠져 보았거나 지금 사랑을 하고 있다면, 나의 소망을 어렵지 않게 이해할 것이다. 나는 사랑에 빠졌으며, 사랑 때문에 여러분에게 이러한 고난을 부여하고 있다. 내가 사랑하는 여자는 여

---

* 귀니첼리의 청신체식 울림("친절한 마음에는 언제나 사랑이 깃든다.")이나 단테식 표현("사랑과 친절한 마음은 한가지다.")을 연상시키는 선언적 단언.

러분 앞에 보이는 배에 타고 있다. 그 배에는 내가 가장 열망하는 그녀와 함께 막대한 재물이 가득 실려 있다. 용맹스러운 제군이라면 크게 힘들이지 않고 남자답게 싸워서 다 얻을 수 있다. 내가 승리를 통해 얻고 싶은 것은 오직 한 여자뿐이다. 나는 그 사랑을 위해 싸우러 간다. 다른 모든 것은 여러분이 얼마든지 취해도 좋다. 이제 가자! 그리고 행운을 빌며 저 배를 습격하자. 하느님도 우리의 계획을 도와 바람을 재촉하지 않으시니 배가 그대로 멈춰 있지 않은가!"*

용맹한 제르비노는 많은 말을 할 필요가 없었어요. 그와 함께하던 메시나인들은 약탈에 마음이 쏠려 제르비노가 말로써 선동하는 것을 이미 행할 준비가 되어 있었거든요. 그래서 그의 말이 끝나자, 일시에 큰 함성을 내지르고 나팔을 불며 무기를 손에 들고는 힘차게 노를 저어 배로 돌진했어요. 튀니지 배에 타고 있던 사람들은 멀리서 갤리선들이 오는 모습을 보고서 도망치지도 못하고 방어할 준비를 했어요. 용맹한 제르비노는 배에 다가가서 전투를 원하지 않는다면 배의 지휘관들을 갤리선으로 보내라고 명령했어요. 사라센인들은 그들이 누구이며 무얼 요구하는지 확인하고 자기들은 굴리엘모 왕의 보호를 받고 있는데 어찌하여 공격을 하는 것이냐고 말했어요. 그리고 그 증거로 굴리엘모 왕의 장갑을 보여 주면서 전투에서 패하지 않는 이상 절대로 항복하지 않을 것이며 배 안의

---

* 오디세우스가 선원들을 독려하는 장면에서 행한 짧은 연설을 상기시킨다.(『신곡 ― 지옥편』 26곡 112～120행 참조.)

물건도 내주지 않겠다고 완강히 저항했어요. 제르비노는 배의 고물에 서 있는 공주가 자기가 혼자서 생각한 것보다 훨씬 아름다운 걸 보고는 이전보다 더 세찬 사랑의 불길에 휩싸였어요. 그리고 장갑을 보여 준 것에 대해 여기는 지금 매가 없으니 장갑 따위는 필요가 없으며,* 공주를 내주지 않으면 전투만이 있을 뿐이라고 응수했어요. 이에 따라 협상이고 뭐고 없이, 서로를 향해 화살을 쏘고 돌을 던지며 격렬한 전투가 시작됐고, 그런 식으로 오랫동안 지속되다 보니 양측 모두 상당한 손실을 입었지요.

전투가 별로 유리하게 전개되지 않는다고 판단한 제르비노는 마침내 사르데냐에서 끌고 온 화공선에 불을 붙여 갤리선들과 함께 적선으로 접근시켰어요. 이를 본 사라센인들은 항복하든지 죽든지 둘 중 하나를 선택할 수밖에 없다는 걸 알고서 갑판 밑에서 울고 있던 공주를 갑판 위로 끌어내서 배의 이물로 데려간 뒤 제르비노를 불렀어요. 그리고 그의 눈앞에서 자비를 호소하며 살려 달라고 울부짖는 공주를 도륙하고 바다로 던지며 이렇게 말했습니다.

"이거나 먹어라!** 우리가 가진 걸 너한테 주는 거다. 너의 충성***에 대한 보답이었다."

---

* 매잡이는 매로부터 손을 보호하기 위해 손에 장갑을 낀다.
** 희롱이나 농담의 어조를 띤 욕지거리. 『신곡 – 지옥편』 25곡 3행에도 같은 표현이 나온다. 그러나 글자 그대로 '가져가라.'라는 뜻으로 이해하는 것이 더 나을 수도 있다.
*** 굴리엘모 왕에 대한 반역을 반어적으로 표현한 것.

제르비노는 저들의 잔인함을 보고서 이제는 죽기를 두려워하지 않고 화살도 돌도 피하지 않으면서 적선으로 접근했어요. 그리고 몰려오는 숫자가 얼마나 되든지 상관없이 배에 올라 송아지 무리 속에 떨어진 한 마리 굶주린 사자처럼 이빨과 발톱으로 닥치는 대로 피를 뿌리면서 굶주림보다는 분노를 폭발시켰어요. 그렇게 제르비노는 이쪽저쪽에서 달려드는 사라센인들을 손에 든 칼로 베어 수도 없이 잔인하게 죽여 버렸습니다. 그리고 이미 배에 불이 붙었기에 선원들에게 보상을 하기 위해 가능한 것을 모두 끌어내도록 시켰어요. 그렇게 적들에게서 승리를 얻어 내기는 했으나, 배에서 내리는 제르비노의 마음은 조금도 기쁘지 않았어요. 그는 아름다운 공주의 시신을 바다에서 수습하게 하여 오랫동안 눈물을 철철 흘렸습니다. 그리고 시칠리아로 돌아가는 도중에 트라파니 맞은편에 위치한 아주 작은 섬인 우스티카에서 정중하게 장례를 지내 주었어요. 그리고 누구보다도 더 고통스러운 마음으로 집으로 돌아갔어요.

튀니지 왕은 이 소식을 듣고 검은 옷을 입은 사자들을 굴리엘모 왕에게 보내 안전 보장이 제대로 지켜지지 않은 것에 대해 항의했고, 또 자초지종을 설명했어요. 굴리엘모 왕은 대단히 화가 난 데다 항의를 물리칠 길도 없어, 저들의 요구대로 제르비노를 체포하도록 지시했어요. 신하들 중 누구도 제르비노를 위해 탄원하는 자가 없었기에 왕은 자신의 면전에서 목을 자르게 했어요. 서약을 어기는 왕으로 비난받기보다는 차라리 손자를 잃는 편을 원했던 것입니다.

지금까지 말씀드린 바와 같이, 그렇게 두 연인은 단 며칠 사이에 사랑의 열매도 맛보지 못한 채 그렇게 비참하고 참혹한 죽음을 맞아야 했답니다.

네 번째 날 다섯 번째 이야기

리사베타의 오빠들이 그녀의 애인을 죽인다. 죽은 애인은 리사베타의 꿈에 나타나 자기가 묻힌 곳을 알려 준다. 리사베타는 남몰래 머리를 파내어 향미료를 심는 꽃병에 넣고 매일 그것을 내려다보며 오랜 시간 눈물을 흘린다. 그러다 오빠들이 꽃병을 빼앗아 가자 얼마 후 슬픔에 빠져 죽는다.

엘리사의 이야기가 끝나자 왕은 몇 마디 칭찬을 하고는 필로메나에게 이야기를 하라고 요청했습니다. 가엾은 제르비노와 그의 연인에게 큰 연민을 느낀 필로메나는 슬픈 한숨을 쉬고서 이야기를 시작했습니다.

── 우아한 부인 여러분! 엘리사 님이 들려준 이야기와 달리 제 이야기에는 신분이 높은 사람들이 등장하지 않습니다. 하지만 슬프기로는 앞의 이야기 못지않을 거예요. 방금 전 메

시나 이야기가 나와 생각난 이야기인데, 바로 그곳에서 일어난 사건입니다.

메시나에 젊은 상인 세 형제가 살았어요. 산 지미냐노 사람인 아버지가 죽고 나서 엄청난 재산을 물려받게 된 사람들이었죠.* 그런데 그들에게는 리사베타라고 하는 정말 예쁘고 예의 바른 여동생이 있었어요. 그런데 어찌 된 일인지 아직 결혼을 하지 않고 있었어요. 형제들이 운영하는 가게 중 하나에는 로렌초라는 피사 출신의 청년이 있었는데, 가게 일 전체를 꾸려 나가고 있었지요. 외모도 출중하고 인품도 뛰어난 사람이라 자주 그를 대하던 리사베타는 남달리 그가 좋아지기 시작했어요. 로렌초도 이러저러하다 보니 그 사실을 눈치챘고, 그에 부응하여 다른 여자들에게 품었던 애정을 접고 그녀에게만 마음을 두기 시작했답니다. 그렇게 일이 진행되었고, 서로 똑같이 좋아했기에 두 사람은 머지않아 확신을 갖고 가장 열망하던 일을 하게 되었어요.

이렇게 계속해서 즐겁고 좋은 시간을 함께 보내던 중, 더 이상 비밀스럽게 사랑을 나누지 못할 일이 일어났어요. 어느 날 밤, 리사베타가 로렌초의 침실로 가는 것을 큰오빠가 보고 만 거예요. 리사베타 본인은 몰랐지만 말이에요. 큰오빠는 현명한 청년이었기에 그 일을 알고 매우 괴로웠지만 좀 더 신중하게 생각하기로 했어요. 그래서 어떤 행동이나 말도 하지 않은 채 여러 가지 대처 방안을 혼자 숙고하면서 다음 날 아침까지

---

* 13~14세기 메시나에는 산 지미냐노 상인들의 무역 지사가 있었다.

기다렸지요. 이윽고 날이 밝자 동생들에게 지난밤에 리사베타와 로렌초에 관해 본 것을 얘기했어요. 그들은 오랫동안 논의한 끝에 자기들이나 누이에게 수치가 되지 않도록 이번 일을 조용히 처리하기로 했습니다. 그래서 일단 아무것도 보거나 아는 것이 없는 척했지요. 그리고 자기들에게 피해나 불행이 되지 않도록 하면서 이 치욕이 더 번지기 전에 로렌초를 제거해 버릴 적절한 시간이 오기를 기다리기로 한 거예요.

세 형제는 이렇게 결정하고 나서 로렌초와 이전처럼 농담도 하고 웃기도 했어요. 그러던 어느 날 나들이를 가는 것처럼 꾸미고 로렌초를 교외로 데려갔지요. 한참을 나가서 아주 한적한 곳에 이르자 지금이 좋겠다고 생각한 세 형제는 완전히 방심하고 있던 로렌초를 죽여 아무도 모르게 땅에 묻어 버렸어요. 그리고 메시나로 돌아와 로렌초를 출장 보냈다고 말을 퍼뜨렸지요. 전에도 자주 업무상 멀리 출장을 보내곤 했기 때문에 다들 가볍게 생각하고 믿었어요.

로렌초가 오랫동안 돌아오지 않자, 리사베타는 오빠들을 자꾸 다그치며 어째서 이렇게 출장이 길어지는지 물어보았지요. 그러다가 어느 날 매우 집요하게 물어보는 동생에게 오빠 중 하나가 그만 이렇게 대답하고 말았어요.

"뭐라는 거냐? 네가 로렌초와 무슨 관계가 있기에 이렇게 자꾸 물어보는 게야? 그렇게 자꾸 물어본다면, 네가 들어야 할 대답을 해 주지."

그렇지 않아도 괴롭고 슬프던 리사베타는 어쩐지 두렵고 이상해서 더 이상 물어보지 못했어요. 그러나 밤이면 가슴을 쥐어짜며 그를 불러 보고 어서 돌아오기를 수도 없이 기도했지요. 때로는 오랫동안 돌아오지 않는 그를 원망하며 하염없이 눈물을 흘렸고, 계속 울적한 마음으로 그렇게 내내 기다리기만 한 거예요.

어느 날 밤, 그날도 돌아오지 않는 로렌초를 생각하며 계속 눈물을 쏟다가 꼬박 잠이 들었는데, 꿈에 머리를 산발한 창백한 얼굴의 로렌초가 다 찢어진 옷을 입고 흠뻑 젖은 채 나타나 이렇게 말하는 것 같더랍니다.*

"아, 리사베타! 그대는 내가 돌아오지 않는 걸 슬퍼하며 나를 부르고 눈물로 원망하는구려. 하지만 나는 이제 세상으로 돌아갈 수 없는 몸이란 걸 알아 주오. 그대가 나를 마지막으로 본 날에 그대의 오빠들이 나를 죽였으니 말이오."

그리고 자기가 묻힌 장소를 일러 주고 이제는 자기를 부르지도 기다리지도 말라고 말하고는 홀연히 사라졌어요.

잠에서 깨어난 리사베타는 방금 본 환영이 사실일지도 모른다고 생각하며 서럽게 눈물을 흘렸답니다. 아침이 되었지만 리사베타는 오빠들에게 어떤 말도 꺼낼 엄두가 나지 않았어요. 그러나 꿈속에 나타난 것이 사실인지 보고 싶어서 그곳을 찾아가기로 작정했어요. 그래서 전에 자기 집에서 일한 적이 있어 자기 사정을 잘 아는 하녀 한 사람을 데리고 교외로 산책을 가겠다며 오빠들의 허락을 얻어 냈지요. 리사베타는

---

* 중세 문학에는 꿈의 계시가 자주 등장하는데, 보카치오도 여러 글에서 이 수법을 많이 사용했다.

곧바로 출발했고, 그곳에 이르러 근처의 마른 잎들을 치우고는 아직 흙이 덜 마른 곳을 파냈어요. 얼마 파지 않았는데, 아직 한 군데도 부패하지 않은 불행한 연인의 시신이 나왔어요. 자기가 환영으로 본 것이 사실이었음을 똑똑히 알게 된 거죠.

리사베타는 이 세상 어느 여자보다 슬펐지만, 통곡만 하고 있을 수는 없다고 생각했어요. 가능하다면 시신을 옮겨 더 편안한 자리에 묻어 주고 싶었어요. 그러나 그것도 불가능한 일이라는 생각에 칼로 지극히 조심스럽게 머리를 잘라 보자기에 쌌습니다. 그런 뒤 남은 몸뚱이 위로 흙을 덮어 주고 보자기는 하녀에게 들린 채 다른 사람 눈에 띄지 않게 그곳을 떠나 집으로 돌아왔어요.

리사베타는 연인의 머리와 함께 자기 방에 틀어박혀 그걸 내려다보면서 오랫동안 비통하게 울었어요. 눈물로 머리를 씻어 내릴 정도였지요. 그리고 수도 없이 머리 전체에 입을 맞추었어요. 그러고 나서 보통 꽃박하나 향미료를 심는 크고 아름다운 꽃병을 가져다가 고운 천에 싼 머리를 안에 넣었어요. 그리고 그 위에 흙을 덮고, 그 위에 다시 아름다운 살레르노산 향미료*를 몇 뿌리 심었어요. 그곳에는 장미나 오렌지 꽃

---

* 원어는 basilico salernetano. 그러나 사실 살레르노는 향미료 산지로 유명하지 않았다. 어쩌면 보카치오는 아로마 향이 가장 강하고 대단히 잘 자라는 베네벤토 향미료 나무(basilico beneventiño)를 말하려 한 것이거나, 아로마 향을 내는 긴 뿌리 나무(silermontano)를 생각했을 수도 있다. 흥미로운 것은 당시 아랍의 식물도감에 수록된 11종의 향미료 나무 중에 아랍어로 '두개골'을 의미하는 향미료도 있었다는 사실이다.

크리스틴 드 피장, 『데카메론』 프랑스어판 삽화,
15세기 초, 바티칸 도서관 소장.

을 우려낸 물이나 자기 눈물 외에는 어떤 것도 뿌리지 않았지요. 이렇게 리사베타는 꽃병을 항상 가까이 두고 간절한 마음을 담아 바라봤어요. 자신의 로렌초를 감춰 둔 곳이었으니까요. 그렇게 실컷 바라보고 나서는 몸을 구부려 향미료 나무가 온통 젖을 정도로 울고 또 울었답니다.

이렇게 오랫동안 정성을 들이고 또 안에 든 머리가 썩어 흙이 비옥해진 덕에, 향미료 나무는 아주 아름답게 자랐고 그윽한 향기를 뿜어냈어요. 그런데 그녀가 계속해서 이런 모습을 보이다 보니 이웃들 눈에 띄기가 여러 번이었어요. 리사베타의 수려한 얼굴이 초췌해지고 눈이 쑥 들어가는 것을 의아하게 여긴 이웃들이 오빠들에게 이렇게 말했지요.

"리사베타가 날이면 날마다 저런 식이니 어쩐 일입니까?"

이를 들은 오빠들은 뭔가 있다고 짐작하고 여러 차례 동생을 꾸짖었으나 아무 소용이 없었어요. 그래서 은밀히 꽃병을 방에서 치워 버렸지요. 꽃병이 없어지자 리사베타는 너무나도 놀라 수없이 돌려 달라고 애원했습니다. 그러나 돌려받지 못하자 눈물과 통곡을 그치지 않았고 몸져누워 병중에서도 자기 꽃병을 돌려 달라는 말만 되풀이하는 것이었어요.

오빠들은 이렇게 집착하는 품이 아무래도 수상쩍어 그 안에 뭐가 있는지 알아보기로 했어요. 그래서 흙을 꺼내서 보니 헝겊이 보였고, 그 안에 아직 형체를 유지하고 있는 머리가 있었어요. 곱슬곱슬한 머리카락으로 보아 로렌초의 것이 틀림없었지요. 오빠들은 크게 놀랐고 이 일이 탄로 날까 두려워 그 머리를 땅에 묻고 아무에게도 알리지 않았어요. 그러고는 적당한 핑계를 대서 메시나에서 사업을 접고 조심스럽게 도시를 떠나 나폴리로 이주했답니다.

리사베타는 그 후에도 울기를 그치지 않았고 끊임없이 꽃병을 돌려 달라고 애원하다가 눈물 속에서 죽음을 맞았어요. 이리하여 리사베타의 불행한 사랑은 종말을 맞았지요. 그러나 세월이 흐른 뒤에 이 일은 많은 사람들에게 알려졌고, 누군가가 만든 이 노래는 오늘날까지도 불리고 있답니다.

내 꽃병을 훔쳐 간
그 나쁜 사람은 누구인가, 등등.*

---

* 이 노래는 당시 시칠리아와 폴리아, 나폴리에서 변형된 형태로 널리 퍼져 있었다.

네 번째 날 여섯 번째 이야기

가브리오토를 사랑하는 안드레우올라는 자기가 꿈에서 본 것을 가브리오토에게 들려준다. 가브리오토도 그녀에게 자기 꿈을 얘기해 준다. 그리고 갑자기 그녀의 품에서 죽는다. 안드레우올라는 하녀와 함께 가브리오토의 집으로 시신을 운반해 가다가 경찰에게 체포되어 행정관에게 끌려간다. 안드레우올라가 자초지종을 얘기하자 행정관은 그녀를 겁탈하려고 한다. 하지만 안드레우올라는 행정관을 물리친다. 그녀의 아버지가 이 소식을 듣고, 그녀의 무죄를 밝히고 석방시킨다. 안드레우올라는 세상에 더 이상 머물기를 거부하고 수녀가 된다.

필로메나의 이야기는 부인들에게 환영을 받았습니다. 그런 노래가 불리는 것을 여러 번 들었지만 누구에게 물어봐도 그 유래를 알 수 없었기 때문입니다. 그건 그렇다 치고, 왕은 이야기가 끝나는 대목을 듣고는 판필로에게 다음 순서를 이어 가도록 요청했습니다. 그러자 판필로는 이렇게 입을 열었습니다.

— 방금 이야기에서 꿈에 대해 들으니 제가 들려 드릴 이야기의 소재가 떠오르네요. 제 이야기에는 두 가지 꿈이 등장합니다. 이 이야기 속의 꿈은 과거에 일어난 것이 아니라* 미래에 일어날 일과 관련되어 있습니다. 각자가 꿈에서 본 것들을 말하면 그것이 그대로 두 사람에게 일어나는 것이죠. 사실상 말입니다만, 여러분! 꿈속에서 보이는 여러 가지 것들은 살아 있는 사람들이 흔히 마주치는 열정임을 아셔야 합니다. 자는 사람에게는 자면서도 모든 게 사실처럼 나타납니다만, 막상 잠에서 깨고 보면 어떤 것은 사실로 나타나기도 하고 어떤 것은 비슷하게 나타나기도 합니다. 또 어떤 것은 사실과 어긋난 것으로 증명되기도 하지요.** 그러나 어쨌든 많은 일들이 현실에서 일어난 것은 사실입니다. 그 때문에 많은 사람들은 저마다 꿈에서 본 것을 눈을 뜨고 본 것들을 대하듯 그대로 믿고서, 그 꿈이 두려운 것이냐 바라던 것이냐에 따라 슬퍼하기도 하고 기뻐하기도 합니다.

---

* 앞의 이야기에서 리사베타의 꿈이 과거에 일어난 일에 관한 것임을 가리킨다.
** 『신곡 – 천국편』(33곡 58~60행)에도 유사한 표현이 있다. 특히 "열정(passione)"이라는 단어가 비슷한 용법으로 쓰인 점이 흥미롭다. "마치 꿈을 꾸면서 뭔가를 보는 사람이/ 꿈에서 깨어나면 그 열정은 자국으로/ 남고, 나머지는 마음으로 돌아가지 않듯이."

그런데 반대로 꿈이 위험을 예고할 때가 아니면 전혀 믿지 않는 사람들도 있습니다. 저는 이쪽이든 저쪽이든 찬성하지 않습니다. 왜냐하면 꿈이 반드시 진실인 것도 아니고 매번 허위인 것도 아니기 때문입니다. 꿈이 언제나 진실이 아니라는 것은 우리 모두가 너무나도 자주 경험하는 사실입니다. 또 꿈이 모두 허위가 아니라는 것은 앞서 필로메나 님이 들려준 이야기에서도 드러났고, 아까 말씀드린 바와 같이 제 이야기에서도 드러날 것입니다. 따라서 바르게 살고 그렇게 행동하는 사람은 자신의 선한 계획과 반대되는 꿈을 꾸어도 걱정할 필요가 없으며, 그 때문에 선한 계획을 포기할 필요도 없습니다. 반대로 사악하고 못된 생활을 하는 사람은 아무리 호의적인 꿈을 꾸고 자신에게 보이는 이차적인 징후가 용기를 준다고 해도 그걸 믿어서는 안 됩니다. 그와 반대의 꿈은 전적으로 믿어도 좋겠지요. 그럼 이제 이야기로 들어가 봅시다.

옛날에 브레시아라는 도시에 네그로 다 폰테카라로*라는 귀족이 살았습니다. 그는 슬하에 자식을 많이 두었는데, 그중에서도 아직 미혼인 젊은 딸 안드레우올라는 특히 아름다웠습니다. 이 딸이 어찌어찌하다 이웃에 사는 가브리오토라는 청년과 사랑에 빠졌습니다. 비록 신분은 낮았으나 예의가 바르기로 칭찬이 자자하고 용모가 준수하며 호감이 가는 청년이

---

* 폰테카라로라는 성은 폰테 카랄리 가문을 변형해서 쓴 것으로 보인다. 폰테 카랄리 가문은 브레시아에 터를 두었지만, 피렌체에도 상당한 영향력을 행사했다. 특히 마페오 폰테 카랄리는 1341년에 피사와의 전쟁에서 피렌체 군대를 지휘했고 1342년에는 피사의 행정관이 되었다.

었지요.* 하녀의 도움과 활약에 힘입어 여러 가지로 애쓴 결과 안드레우올라는 가브리오토에게 자기의 사랑을 알렸고, 뿐만 아니라 아버지의 아름다운 정원에서 틈만 나면 서로를 즐거움으로 이끌었습니다. 그리하여 죽음이 아니라면 어떤 이유로도 그들의 즐거운 사랑을 갈라놓을 수 없었고, 그들은 비밀리에 남편과 부인이 됐던 것입니다.

그렇게 은밀한 만남을 지속하던 어느 날 밤, 잠을 자는 처녀의 꿈에 정원에 있는 가브리오토와 그의 품에 안겨 열렬한 사랑을 나누는 자신의 모습이 나타났습니다. 한참을 그러고 있는데 가브리오토의 몸에서 뭔가 형체를 알 수 없는 음침하고 무서운 것이 빠져나오는 것 같았습니다. 처녀가 죽을힘을 다해 버텼지만 그 형체는 그녀의 품에서 청년을 억지로 떼어내어 데려가더니 땅속으로 꺼져 버리는 것이었습니다. 그러고는 둘 다 다시는 모습을 나타내지 않았습니다. 처녀는 너무나 고통스럽고 감당할 수 없는 느낌이 들어 그 순간 깨어났습니다. 눈을 뜨고 꿈에서 본 것이 현실이 아님을 확인한 처녀는 적이 안심했습니다만, 그래도 꿈에서 본 것이 사뭇 무섭기만 했지요. 이 때문에 다음 날 밤 가브리오토가 오려고 하는 것도 최대한 막고자 애썼습니다. 그럼에도 그가 굳이 오고 싶어 하고, 또 쓸데없이 의심을 받고 싶지도 않아서 그다음 날 밤에

---

* 이러한 조건들은 모두 중세적 사랑의 표준을 반영한다.(첫 번째 날 다섯 번째 이야기, 두 번째 날 세 번째, 여섯 번째 이야기, 세 번째 날 두 번째 이야기, 네 번째 날 첫 번째 이야기, 다섯 번째 날 일곱 번째 이야기, 일곱 번째 날 아홉 번째 이야기 등 참조.)

정원에서 그를 만났습니다. 계절이 계절이니만큼, 흰 장미와 붉은 장미를 한 아름 꺾어 들고서* 맑은 물이 솟아오르는 정원의 아름다운 분수 곁에 가브리오토와 함께 앉았지요. 그곳에서 오랫동안 즐거운 시간을 보내는 중에 문득 가브리오토가 어찌하여 그 전날에 자기가 만나러 오는 걸 피했는지 그 이유를 안드레우올라에게 물어보았습니다. 안드레우올라는 전날 밤에 꿈에서 본 내용을 가브리오토에게 얘기해 주고는 두려워서 그랬노라고 설명했습니다.

얘기를 들은 가브리오토는 웃음을 터뜨리면서 꿈이란 과식을 하거나 배가 고플 때 꾸는 것이며, 따라서 꿈을 믿는 것은 매우 어리석은 짓이라고 말했습니다. 그리고 꿈은 언제나 허위로 판명되지 않더냐고 덧붙였습니다. 그리고 이렇게 말했습니다.

"만일 내가 꿈을 조심하고자 했다면, 여기에 오지 않았을 거요. 당신처럼 나 역시 그날 밤에 꿈을 꾸었으니 말입니다. 꿈속에서 나는, 아름답고 쾌적한 숲이었던 것 같은데, 그런 곳에서 사냥을 하고 있었소. 그런데 이제까지 한 번도 본 적 없는, 너무나도 귀엽고 사랑스러운 암사슴을 한 마리 잡았지요. 눈보다도 더 희게 보이던 그 녀석은 나한테 찰싹 달라붙어서는 떨어지지 않으려고 하는 것 같았어요. 어쨌든 나는 그 녀석이 너무나도 사랑스러워 보이기에 도망가지 못하도록 녀석의

---

* 여기서 이 이야기 전체에 흐르는 장미 모티프가 시작된다. 고대와 중세에 널리 확산된 상징 체계에 따르면 흰 장미와 붉은 장미는 순수한 사랑과 부활(이것은 이미 죽음을 전제로 한다.)을 암시한다.

목에다 금 목걸이를 채우고 금 사슬을 달아서 손에 꼭 잡고 있었던 것 같아요.* 그런데 이 암사슴이 내 가슴에 머리를 기대고서 쉬고 있으려니 어디선가 숯처럼 시커먼, 보기에도 굶주린 듯하고 참으로 사나워 보이는 사냥개**가 나타나 내 쪽으로 오는 것이었소. 나는 그놈에게 도저히 대항할 수 없을 것 같은 느낌이 들었지요. 그놈이 내 왼쪽 가슴에 주둥이를 들이대는 듯하더니 이내 심장까지 관통해 그걸 물어뜯어서 갖고 도망쳤으니 말이오. 그 느낌이 너무나 생생하게 고통스러워 잠에서 깨어났어요. 그리고 그 즉시 손으로 가슴을 더듬어 보았으나 아무 일도 없었소. 그러고 나니 그렇게 허둥댔던 나 자신에게 웃음이 나오더이다. 이런 꿈이 대체 무슨 의미가 있겠소? 그런 꿈만 아니라 더 무서운 꿈도 여러 번 꾸어 봤으나, 그로 인해 세상일이 이렇게든 저렇게든 내게 영향을 준 적은 한 번도 없었소. 그러니 꿈 따위는 잊어버리고 우리의 좋은 시간만 생각하도록 합시다."

그렇지 않아도 자기 꿈 때문에 떨고 있던 처녀는 이런 얘기를 듣자 무서움이 더 커졌습니다. 그러나 가브리오토의 기분을 상하게 하고 싶지 않아 겨우겨우 무서움을 감추었습니다.

---

* 목걸이와 사슬의 황금색은 아마도 오비디우스에게서 시작되었을, 사랑의 중세적 상징을 반영한다.
** 『신곡 – 지옥편』에서 자살자들의 숲에 등장하는 이미지("숲에는 검은 암캐들이 득실거렸다. 암캐들은 목줄에서 풀려난/ 사냥개들처럼 미친 듯이 내달리고 있었다."(13곡 124~126행))나 우골리노 백작의 꿈에 나타나는 모습("마르고 날쌘 암캐들."(33곡 28~36행)) 등을 연상시킨다.

그래서 수없이 그를 껴안고 입을 맞추고, 또 그의 품에서 애무를 받으며 기분을 바꿔 보려 하면서도 자꾸만 마음이 꺼림칙해 자기도 모르게 그의 얼굴을 보고 또 보는가 하면 어디선가 검은 물체라도 튀어나오지 않을까 하여 정원을 이리저리 두리번거렸습니다.

그러던 중 갑자기 가브리오토가 한숨을 크게 내뱉고는 그녀를 안으며 말했습니다.

"아이고! 내 사랑아! 날 좀 도와줘. 죽을 것만 같아!"

그러더니 바닥의 잔디 위로 힘없이 나동그라지는 것이었습니다. 이를 보고 처녀는 쓰러진 그를 무릎으로 받쳐 끌어안고 울먹이면서 말했습니다.

"아니, 왜 이래요, 여보! 무슨 일이에요?"

가브리오토는 대답도 못하고, 온몸이 땀에 젖어 몹시 헐떡이다가 손도 써 보지 못한 채 금방 숨을 거두고 말았습니다.

우리가 모두 생각하는 대로, 자신보다 더 남자를 사랑했던 처녀에게는 너무나 슬프고 애통한 일이었습니다. 그녀는 비통하게 울며 헛되이 그의 이름을 부르고 또 불렀습니다. 몸 전체를 더듬어 보니 이미 싸늘하게 식은지라 완전히 죽었다는 것을 알면서도 처녀는 어떻게 해야 할지, 무슨 말을 해야 할지 알지 못했지요. 그러다 여전히 눈물을 쏟고 몹시 괴로워하면서 그들의 사랑을 잘 알던 하녀를 찾아 이 엄청난 고통을 호소했습니다.

둘은 함께 가브리오토의 죽은 얼굴 위로 비통한 눈물을 흘렸습니다. 그리고 처녀가 하녀에게 이렇게 말했습니다.

"하느님이 이분을 데려가신 이상 나도 더 이상은 살 생각이 없다. 하지만 죽기 전에 나의 명예와 우리가 맺어 온 은밀한 사랑을 보존할 방법을 찾아야겠어. 관대한 영혼이 떠나 버린 육체도 묻어 주어야겠고."

이에 하녀가 말했습니다.

"아가씨! 죽으려 하다니 그게 무슨 말이에요. 아가씨가 그분을 잃었다고 여기서 죽으신다면 저세상에서도 그분을 잃게 될 겁니다. 자살을 하면 지옥에 가고 말 텐데,* 그곳은 분명히 그분의 영혼이 가지 않은 곳이에요. 그분은 선한 청년이었으니까요. 그러니 기운을 내시고 기도를 드리든가 뭔가 다른 선한 일을 하셔서 그분의 영혼을 도울 방도를 생각하는 것이 훨씬 더 낫습니다. 매장하는 문제로 말하면 여기 이 정원이 제일 나을 거예요. 정말 아무도 모를 겁니다. 그분이 여기 왔다는 사실을 아무도 모르니까요. 그게 싫으시면 정원 밖에 내놓고 그냥 내버려 둡시다. 내일 아침이 되면 누군가 발견할 것이고 집으로 옮겨 가서 친척들이 장례를 치르도록 해 줄 겁니다."

처녀는 마음이 비탄으로 가득하여 계속해서 눈물을 뿌리면서도 하녀의 조언에 귀를 기울였습니다. 처음에는 무슨 말인지 잘 알아듣지 못하다가 나중에야 이렇게 대답했습니다.

"하늘도 무심하시지. 그리도 사랑하여 내 남편으로 여기던 이 자상한 분을 버리시다니. 그런 분을 어떻게 개처럼 묻어 버

---

* 단테는 자살한 사람을 자신에 대한 폭력과 죄를 죄은 것으로 보고 지옥의 일곱 번째 구역에 배치한다.(『신곡 – 지옥편』 13곡 참조.)

리거나 길바닥에 내버려 둘 수 있단 말이냐! 나의 눈물을 받으셨으니 그만큼 친척들의 눈물도 받으시게 해야겠다. 그래! 이제 우리가 해야 할 일이 생각나는구나!"

처녀는 곧바로 궤짝 속에 간직했던 명주 보자기를 가져오라고 시켰습니다.* 그리고 바닥에 넓게 펴고 가브리오토의 시신을 그 위에 누인 뒤 머리를 베개로 받치고 하염없이 눈물을 흘리며 눈을 감기고 입을 닫아 주었습니다. 그리고 장미 다발을 얹어 주고 주위에는 장미를 뿌려 준 다음 하녀에게 말했습니다.

"여기서부터 그분의 집 입구까지는 얼마 되지 않는다. 그러니 너와 내가 이렇게 꾸며 드렸듯이 여기서부터 옮겨서 그 집 앞에 갖다 놓기로 하자. 이제 곧 날이 샐 테니 사람들이 발견하고 안으로 들일 거야. 이렇게 해도 그쪽 사람들에게는 아무런 위안도 되지 않겠지만, 그래도 나로서는 내 품에 안겨 죽었으니 그게 하나의 행복이 될 거야."

이렇게 말하고 또다시 남자의 시신을 끌어안고 얼굴에 눈물을 철철 쏟아 내면서 오랫동안 울었습니다. 그러는 동안 동이 터 왔고, 하녀가 달래고 달랜 끝에 가까스로 몸을 일으켜 가브리오토와 결혼하며 받았던 반지를 손가락에서 빼서 남자의 손가락에 끼워 주었습니다. 그리고 울먹이며 이렇게 말했습니다.

"그리운 임이여! 당신의 영혼이 지금 나의 눈물을 본다면,

---

* 당시 명주는 귀하고 아주 비쌌다.

그리고 육체를 떠난 뒤에도 느끼고 알아보실 수 있다면 살아 생전 그토록 사랑하셨던 여자의 마지막 선물을 기쁘게 받아 주세요."

이렇게 말하고 정신을 잃고 시신 위에 쓰러졌어요.

얼마가 지나 정신을 차린 처녀는 하녀와 함께 명주 보자기에 싼 시신을 들고 정원에서 나가 남자의 집으로 향했습니다. 그런데 가던 중 하필이면 우연히 다른 사건 때문에 지나가던 경찰들의 눈에 띄어 시신과 함께 붙잡히고 말았습니다. 살기보다 죽는 것을 더 바랐던 안드레우올라는 경찰임을 알아보고 결연한 태도로 이렇게 말했습니다.

"당신들이 누구인지 잘 알아요. 도망치려 해도 소용없다는 것도 잘 압니다. 당장 당신들과 함께 행정관을 찾아가서 자초지종을 다 털어놓으려 합니다. 반항하지 않을 테니 내 몸에는 손가락 하나 대지 마세요. 또 나한테 고소를 당하고 싶지 않으면 이 시신에서 아무것도 가져가지 마세요."

그래서 처녀는 아무런 방해도 받지 않고 가브리오토의 시신과 함께 행정관의 관저로 갔습니다.

행정관은 보고를 받고 나서 잠자리에서 일어나 처녀를 거실로 불러 일의 전말을 들었습니다. 그리고 의사들을 불러 독물이나 그 밖의 다른 방법으로 이 사내가 살해된 것은 아닌지 진단해 보도록 했지요. 모두가 타살을 부정했습니다. 그리고 심장 옆에 생긴 종기가 파열되어 그로 인해 호흡 곤란이 일어났다는 진단을 내렸습니다. 보고를 들은 행정관은 그래도 처녀에게 조금이나마 죄를 물을 수 있다고 생각한 모양인지 자기 권한을 넘어서는 일을 해 주겠다고 생색을 냈습니다. 자기 기분을 좀 맞춰 주면 석방해 주겠다는 것이었죠. 그런데 이런 거드럭거리는 말들이 먹혀들지 않자 예의고 뭐고 다 벗어 버리고 폭력으로 그녀를 가지려고 했습니다. 하지만 안드레우올라는 몹시 화를 내며 강경한 태도를 보였습니다. 또 욕설을 퍼붓고 당당하게 행정관을 밀쳐 내면서 격렬하게 자신을 방어했습니다.

날이 밝아 이 소식을 전해 들은 네그로 씨는 죽을 만큼 슬퍼하며 여러 친구들을 데리고 행정관의 저택으로 갔습니다. 그리고 행정관에게서 일의 전말을 전해 듣고는 딸을 돌려 달라고 항의했습니다. 행정관은 안드레우올라에게서 고소를 당하기 전에 선수를 치기로 마음먹었습니다. 우선 처녀의 꿋꿋함을 칭찬하고, 이어 그에 맞게 자기가 그녀를 어떻게 대했는지 설명하려 했습니다. 한 술 더 떠서 그것으로 처녀가 아주 훌륭한 여성이란 것을 알게 되었고, 깊은 사랑을 느꼈으며, 두 사람만 괜찮다면 남편이 천한 출신이었던 것을 문제 삼지 않고 안드레우올라를 아내로 삼고 싶다고 했습니다.

그들이 이런 말을 주고받는 동안 안드레우올라는 아버지 곁으로 가 그 앞에 몸을 던지고 흐느끼며 말했습니다.

"아버지! 다 들어서 아실 테니 저의 뜨거운 사랑이나 불운에 대해서는 말씀드리지 않을게요. 그러니 저의 과실에 대해서, 그러니까 제가 좋아하는 사람을 아버지 몰래 남편으로 맞은 것에 대해서 이렇게 엎드려 용서를 구하고 싶어요. 이렇게 용서를 구하는 것은 제 목숨을 구하고자 함이 아니라 아버지의 적이 아닌, 딸로서 죽기 위함입니다."

그렇게 말하고 아버지의 발치에 쓰러져 울었습니다.

네그로 씨는 이제 늙은 데다 천성이 온화하고 정이 많은 사람이었기에 이 얘기를 들으며 눈물을 흘렸고, 울면서 딸을 부드럽게 일으켜 세워 이렇게 말했습니다.

"내 딸아! 네가 내 의견에 따라 걸맞은 남자를 남편으로 맞아들였다면 내가 얼마나 기뻤겠느냐. 그래도 네가 좋아하는 사람을 선택했다면 그 역시 내게는 큰 기쁨이 틀림없다. 하지만 네가 나를 믿지 않고 감추어 둔 것이 마음에 걸리는구나. 더욱이 내가 알기도 전에 그 사람을 잃었다는 걸 알게 됐으니 더 마음이 아프다. 그러나 일이 이렇게 된 이상, 너를 위해서 그가 살아 있는 동안에 내가 진정으로 해 주었을 일, 그러니까 내 사위로서의 명예를 차려서 장례를 치러 주도록 하마."

이렇게 말하고 아들들과 친지들을 향해 가브리오토를 위해서 성대하고 정중한 장례식을 준비하라고 명했습니다.

이러는 사이 소문을 들은 청년의 친척들이 모두 모여들었습니다. 도시의 사람들도 거의 모두 모였습니다. 그래서 명주 보자기에 싸인 가브리오토의 시신은 장미꽃들과 함께 저택의 안뜰에 놓였고, 안드레우올라와 그의 친지들뿐 아니라 공식적으로 도시의 거의 모든 여자들이 눈물을 흘렸습니다. 그리고 청년의 시신은 서민이 아니라 귀족의 예우를 받으며 저택 밖으로 실려 나가 신분이 높은 시민들이 짊어진 가운데 최고의 명예로 묘지까지 운반되었습니다. 그 후 며칠이 지나 행정관이 다시 청혼을 해 왔고 네그로 씨는 이를 딸에게 전했으나,

처녀는 전혀 들으려 하지 않았답니다. 아버지는 딸이 원하는 대로 해 주고 싶었고, 딸은 경건하기로 유명한 수도원에 하녀와 함께 들어갔습니다. 그리고 그곳에서 평생을 고결하게 살았다고 합니다.

네 번째 날 일곱 번째 이야기

시모나는 파스퀴노를 사랑한다. 둘이 풀밭에 있던 중 파스퀴노가 샐비어 잎을 이에 대고 문질렀다가 그만 죽고 만다. 이 일로 체포된 시모나는 판사에게 파스퀴노가 어떻게 죽은 것인지 보이려고 그 잎을 이에 대고 문질렀다가 같은 모습으로 죽는다.

판필로가 이야기를 마치자 왕은 안드레우올라에 대해서 아무런 연민도 표시하지 않고 에밀리아 쪽을 바라보았습니다. 방금 들은 이야기에 이어 다음 이야기를 하라고 눈짓했습니다. 에밀리아는 머뭇거리지 않고 이야기를 시작했습니다.

── 친애하는 동료 여러분! 판필로 님의 이야기를 듣고 보니 그 이야기와 모든 면에서 비슷하지 않은 이야기를 해야겠다는 생각이 드네요. 다만 안드레우올라가 정원에서 연인을 잃은 것처럼 제가 하려고 하는 이야기 속의 여자도 비슷한 처지

에 놓입니다. 안드레우올라처럼 그 여자도 체포됐지만, 물리력이나 덕을 통해서가 아니라 갑작스러운 죽음을 통해 법정을 벗어납니다. 그런데 전에도 우리끼리 얘기했듯 사랑의 신은 귀족의 집에 더 많이 기거하지만, 그렇다고 가난한 사람들의 거처를 거부하는 건 아닙니다. 오히려 그런 장소를 선택하여 자기 힘을 드러냄으로써 부유한 자들에게 두려움을 주기도 하지요. 제가 할 이야기의 전체에서는 아니어도 대부분에서 이런 내용이 나타날 거예요. 이제 다시 우리 도시로 돌아가 이야기를 하고 싶네요. 세상 곳곳을 다니며 여러 다양한 이야기를 하느라 오늘은 너무 멀리 온 것 같거든요.

그다지 오래된 일은 아닙니다만, 가난한 아버지 밑에서 자란 시모나라는 처녀가 피렌체에 살고 있었어요. 출신에 비해서는 아주 아름답고 우아한 처녀였지요. 자기 손으로 입에 풀칠을 해야 했기에 양털을 자아서 생계를 유지했으나 그렇다고 사랑을 받아들이지 못할 정도로 메마른 영혼의 소유자는 아니었어요. 사랑은 시모나보다 출신이 더 나을 것도 없는 청년이 보여 준 다정한 행동과 말로 다가왔지요. 청년은 양털 상인에게 고용되어 실을 낼 양털을 보급하며 돌아다니는 사람으로,* 처녀의 마음에 들어가고 싶다는 간절한 소망을 보여 주던 터였습니다. 시모나는 자기를 사랑하는 이 청년 파스퀴노의 다정한 모습에 마음이 끌려 벅찬 그리움을 느꼈지만 더 이상 진척되지 않는 것에 애를 태웠어요. 그래서 자기에게 실을

---

* 14세기 피렌체에서는 모직 산업이 최고로 번성했다.

낼 양털을 가져다준 청년을 생각하면서 실을 자아 물레 가락에 감아 돌리는 순간마다 불보다 더 뜨거운 한숨을 수도 없이 토해 냈답니다. 한편 청년은 자기 주인의 양털이 제대로 자아지도록 재촉하러 다녔는데, 온전하게 옷을 지을 털실은 시모나에게서만 나오는 듯 다른 여자들보다도 훨씬 더 자주 그녀 앞에 나타나 채근하는 것이었어요. 이렇게 한쪽은 채근하고 한쪽은 채근당하는 것을 즐기는 동안 어느새 한쪽은 전보다 더 뜨거워지고 다른 쪽도 원래 지녔던 두려움이나 부끄러움을 다 내려놓고 서로에게 기쁨을 주는 관계가 되었답니다. 서로가 서로를 몹시도 원하게 되어, 한쪽이 다른 쪽의 청을 기다리는 것이 아니라 서로가 서로에게 먼저 만나자고 청하기에 이르렀던 것입니다.

이렇게 그들의 즐거움은 어제도 오늘도 계속됐고 시간이 지날수록 더욱더 뜨거워져 갔습니다. 그러던 어느 날 파스퀴노는 시모나에게 어느 공원이든 갈 수 있는 방법을 찾았으면 좋겠다고 말했어요. 좀 더 아늑하고 의심을 덜 받는 곳으로 데려가 함께 있고 싶었던 것이지요. 시모나도 좋다고 말했어요. 그리고 어느 일요일에 식사를 마치고 산 갈로 축제*에 간다며 아버지에게 허락을 받고는 라지나라는 여자 친구와 함께 파스퀴노가 가르쳐 준 공원으로 갔어요. 가 보니 파스퀴노도 친구와 함께 와 있었는데, 원래 이름은 푸치노였지만 스트람바

---

*당시 피렌체 사람들이 매달 첫 번째 일요일에 남녀 서로 어울려 산 갈로에 가서 즐겼다는 기록이 있다.

라고 불리는 사람이었어요. 스트람바와 라지나 사이에 새로운 사랑이 시작되었기에 두 사람은 자기들만의 기쁨을 누리기 위해 스트람바와 라지나를 다른 쪽에 두고 공원 한구석으로 들어갔어요.

파스퀴노와 시모나가 간 공원의 구석에는 샐비어가 엄청나게 우거져 있었어요. 둘은 그 숲 언저리에 앉아 오랫동안 실컷 사랑을 나눴어요. 그곳에서 원래 즐기려던 나들이 얘기를 나누던 중, 파스퀴노는 샐비어가 우거진 곳으로 몸을 돌려 잎을 하나 뜯어내더니, 음식을 먹고 난 뒤에 잇새에 낀 것들을 씻어내는 데 샐비어가 아주 좋다며 그걸로 이와 잇몸을 문지르기 시작했어요. 그렇게 얼마 동안 문지르고 난 후에 파스퀴노는 아까의 나들이 얘기로 화제를 돌렸어요. 그런데 얘기를 꺼내는 순간 파스퀴노의 얼굴이 완전히 변하기 시작하더니 그와 거의 동시에 볼 수도 없고 말도 할 수 없게 되었어요. 그러고는 삽시간에 죽어 버리고 말았답니다. 이를 본 시모나는 울부짖으며 스트람바와 라지나를 불렀어요. 그들은 신속하게 달려와 파스퀴노가 죽어 있을 뿐만 아니라 얼굴이 붓고 거무스름한 반점이 얼굴과 몸에 가득 생겨난 것을 보았지요. 그러자 스트람바가 외쳤어요.

"이런 죽일 년을 봤나! 네가 파스퀴노를 독살했구나!"

이러한 소동이 벌어지자 공원 근처에 살던 많은 사람들이 듣고 몰려들었어요. 한 사람은 온몸이 부어서 죽어 있지, 스트람바는 애통해하며 시모나가 속임수를 써서 독을 먹였다고 나무라지, 시모나는 애인의 갑작스러운 죽음으로 얼이 빠져 변명 한마디 못 하지, 그러니 다들 스트람바가 하는 말을 그대로 믿어 버리고 말았어요.

　결국 처녀는 사람들에게 잡혀 통곡하며 판사 관저로 갔어요. 거기서 스트람바를 비롯하여 파스퀴노의 친구인 아티차토와 말라제볼레가 시모나가 범인이라고 강력하게 주장했고, 판사는 지체 없이 사실 심리를 시작했어요. 그런데 판사는 이일에서 처녀가 악행을 저질렀는지 아니면 죄가 없는지 확신이 서지 않았어요. 그래서 처녀를 불러 놓고 진술을 들으면서 죽은 시신이 보기에 어땠는지, 장소가 어디였는지, 사건이 어떻게 벌어졌는지 등을 알아보려고 했어요. 그러나 처녀의 말만으로는 확실하게 알 수 없었지요. 그래서 술통처럼 부은 파스퀴노의 시신이 아직 누워 있는 장소로 사람들의 방해를 받지 않고 처녀를 가게 했어요. 그리고 자기도 그 뒤를 따랐어요. 시신을 보고 놀란 판사는 도대체 어떻게 된 일이냐고 처녀에게 물었어요. 처녀는 샐비어가 우거진 곳으로 다가가 거기서 일어난 일을 세세하게 설명했으며, 그 일을 충분하게 이해시키기 위해서 파스퀴노가 했던 대로, 샐비어 잎을 하나 뜯어내서 이에 대고 문질렀어요.

　스트람바와 아티차토, 그 밖에 파스퀴노의 다른 친구들은 판사 앞에서 모두 쓸데없는 일이라고 비아냥거리면서 처녀의 죄를 더 원색적으로 비난했고, 그런 극악한 죄를 저지른 자에게는 화형밖에 다른 벌이 없다고 주장을 해 댔지요. 그런데 연인을 잃은 고통과 스트람바가 계속해서 주장하는 화형에 대한 두려움 때문에 정신이 혼미했던 이 불행한 처녀는 아까

크리스틴 드 피장, 『데카메론』 프랑스어판 삽화,
15세기 초, 바티칸 도서관 소장.

파스퀴노가 당했던 것과 똑같은 일을 당하고 말았어요. 샐비어를 이에 대고 문질렀기 때문이지요. 이를 본 사람들의 놀라움은 이루 말로 할 수 없었답니다.

아! 행복한 영혼들이여! 그대들은 같은 날에 불타는 사랑을 하고 필멸의 삶을 끝냈구려! 그대들은 한 장소에서 함께 갔으니 더 행복하지 아니한가! 또 저세상에서도 여기서와 같이 서로 사랑하게 됐으니 최고로 행복하지 아니한가!*

그러나 시모나의 뒤에 살아남은 우리가 판단하기에는 시모나의 영혼이 훨씬 행복하다고 하겠습니다. 시모나의 순수함은 스트람바나 아티차토, 말라제볼레 같은 천한 인간들의 악의에 말려들어 고통 받지 않고, 연인과 함께 죽음의 운명을 좇아 더 명예로운 길로 들어섬으로써 불명예에서 벗어났으며, 자기가 사랑하는 파스퀴노의 뒤를 따라갔으니 말이에요.

판사는 거기 모여든 사람들과 마찬가지로 완전히 얼이 빠져서 오랫동안 할 말을 잊고 있었습니다. 이윽고 판사가 정신을 가다듬고 이렇게 말했어요.

"참으로 흔치 않은 일이지만 이 샐비어에는 분명 독이 있습니다. 다른 사람들까지 당하지 않도록 뿌리째 뽑아 태워 버리도록 하시오."

그에 따라 공원을 관리하는 사람이 판사 앞에서 커다란 풀뿌리를 땅에서 파냈고, 그 순간 두 가엾은 연인을 죽음으로 몰

---

*이렇게 화자가 전면에 나서서 등장인물에게 직접 말을 거는 경우는 흔치 않은데, 열 번째 날에도 격한 감정에 화자가 개입하는 장면을 볼 수 있다.

아간 원인이 드러났어요. 그 샐비어의 뿌리 아래 엄청나게 큰 두꺼비가 한 마리 있었던 거예요. 독기를 품은 두꺼비의 숨에 샐비어가 중독됐던 것이죠. 아무도 감히 그 두꺼비에게 다가서지 못했기에 사람들은 주위에 마른 장작을 거대하게 쌓아 놓고 샐비어와 함께 태워 버렸어요. 이리하여 불행한 파스퀴노의 사인은 규명되었답니다.

똑같이 부어오른 파스퀴노와 시모나의 시신은 스트람바와 아티차토, 구초 임브라타, 그리고 말라제볼레가 수습하여 두 사람이 속해 있던 교구의 산 파올로 교회에 안장했습니다.

네 번째 날 여덟 번째 이야기

지롤라모는 살베스트라를 사랑하지만 어머니의 부탁을 받고 파리
에 가야 했다. 돌아와서 보니 연인은 이미 결혼한 뒤였다. 지롤라모
는 살베스트라의 집에 몰래 숨어들어 가 그 옆에서 죽는다. 지롤라모
의 시신이 성당으로 운반되자 살베스트라는 그 옆에서 죽는다.

에밀리아의 이야기가 끝나자 왕의 요청에 따라 네이필레가
이야기를 시작했습니다.

— 훌륭한 부인들이여! 제가 볼 때 세상을 잘 알지도 못하
면서 잘 안다고 믿는 사람들도 꽤 많은 것 같아요. 그런 사람
들은 다른 이들의 조언뿐 아니라 자연의 이치도 거슬러 자기
생각대로 단정을 내리죠. 이렇게 멋대로 단정을 내리다 보면
심각한 문제가 생기고 좋은 일은 절대 일어나지 않는답니다.
그런데 그러한 자연의 질서 속에서 사랑만큼 조언이나 간섭

을 받아들이지 않는 것도 없어요. 사랑이란 그 본성부터가 저스스로 사라져 버릴 수는 있을지언정 어떻게 해서든 강제로 제거할 수 없는 것입니다. 그래서 저는 이제 어느 부인의 이야기를 들려 드리고자 합니다. 이 부인은 타고난 바탕보다 더 현명한 듯 행동하려 했고 자기 능력을 넘어선 일에 잔재주를 자랑하려 했으며, 그래서 아마도 별들이 심어 놓았던 사랑을 사랑에 빠진 마음에서 제거할 수 있으리라고 믿으면서, 결국에 자신의 몸에서 사랑과 생명을 동시에 빼앗는 결과를 초래하고 말았답니다.

나이 든 분들의 말씀에 따르면, 우리 도시에 부유하고 굉장한 영향력을 지닌 레오나르도 시기에리*라는 상인이 살았다고 합니다. 부인과의 사이에 지롤라모라는 아들을 두었으며, 아이가 태어나자마자 사업을 잘 정리하고 세상을 떴답니다. 아이의 후견인들은 아이가 어머니와 함께 행복하고 성실하게 자라도록 해 주었지요. 아이는 이웃 어린이들과 어울려 자랐으며, 그중에서도 같은 나이의 여자아이와 특히 가깝게 지냈어요. 그 여자아이는 재단사의 딸이었지요. 자라면서 둘의 우정은 아주 열정적인 사랑으로 변했고, 지롤라모는 하루라도 여자아이를 보지 못하면 기분이 좋지 않을 정도였답니다. 물론 여자아이도 지롤라모에게 받는 사랑 이상으로 그를 사랑했지요.

---

* 시기에리 가문은 14세기 당시 피렌체의 부유한 상인 가문 중 하나였다. 산 판크라치오에 저택이 있었으며, 특히 프로방스 지방에 막대한 부동산을 소유했다.

아이의 어머니는 이 사실을 알고 수차례 꾸짖고 야단쳤어요. 그래도 지롤라모를 단념시키지 못하자 아이의 후견인들에게 가서 상의를 했지요. 아이가 가진 막대한 재산이라면 자두도 오렌지로 만들 수 있다고 믿었던 어머니는 후견인들에게 이렇게 말했어요.

"이제 겨우 열네 살도 안 된 우리 아이가 이웃 재단사의 딸 살베스트라에게 홀딱 빠져 버렸네요. 우리가 먼저 그 아이들을 떼어 놓지 않으면 필시 그 애는 언젠가 아무도 몰래 그 여자애를 아내로 삼고 말 거예요. 나로선 도저히 환영할 수 없는 일이에요. 하지만 여자애가 다른 데 시집이라도 가게 되면 우리 애는 그 아이가 그리워 미칠 겁니다. 그런 일이 생기지 않도록 여러분이 그 애를 어디 먼 곳에 있는 지점으로 파견을 보내는 게 좋을 것 같아요. 오랫동안 보지 못하면 마음에서 지워질 것이고, 그런 후에는 가문 좋은 다른 처녀를 아내로 맞아들일 테니 말입니다."

후견인들은 부인 말에 맞장구를 치면서 적극 협조하겠다고 말했어요. 그래서 아이를 회사로 불러 후견인 중 한 사람이 지극히 부드럽게 말을 꺼냈지요.

"나의 아들아! 너도 이제 다 컸으니 슬슬 집안일을 직접 돌보기 시작할 때가 됐다. 그래서 하는 말인데 네가 잠시 파리에 가 머물면 아주 기쁘겠구나. 파리에서 네 재산의 상당 부분이 어떻게 거래되는지 보고, 그쪽에 터를 잡고 있는 지주와 남작 같은 귀족들과 교류하면서 그들의 관습을 익히거라. 그런 과정에서 경험도 많이 쌓고 성장하다 보면 여기 있는 것보다 훨씬 더 나은 사람이 될 것으로 생각한다. 그러고 나서 돌아오는 게 어떠냐?"

소년은 열심히 듣더니 그럴 생각은 없다고 잘라 대답했어요. 피렌체에 있을 수 있는 것을 다른 사람들처럼 다행으로 여긴다면서 말이지요. 유능한 후견인들은 이 대답을 듣고서 더 많은 얘기를 늘어놓으며 아이를 설득하려 했지만 다른 대답을 끌어내지 못하고 이를 어머니에게 전달했어요. 얘기를 들은 어머니는 대단히 흥분하여 아들을 크게 책망했어요. 당연히 아들이 파리에 가지 않으려 했기 때문은 아니었죠. 하지만 이어 부드러운 말로 달래면서 후견인들의 뜻을 따르도록 부드럽게 회유도 하고 사정도 했어요. 그 결과 마침내 더 이상은 안 되고 일 년 정도만 있겠다는 동의를 받아 냈어요. 그리고 그렇게 실행됐습니다.

이렇게 해서 지롤라모는 사랑을 마음에 간직한 채 파리로 떠났고, 오늘내일하며 하루하루 지나는 사이에 어느덧 파리에서 이 년이나 보내고 말았어요. 때가 차서 전보다 더 큰 사랑을 마음에 품고 돌아왔건만 그가 알게 된 것은 사랑하는 살베스트라가 천막을 만드는 어느 멀쩡한 청년과 결혼했다는 사실이었지요. 지롤라모는 말할 수 없이 슬펐지만 달리 할 수 있는 일도 없다고 생각하고 상황을 받아들이려 노력했어요. 그래서 살베스트라가 살고 있는 곳을 수소문하여 그녀도 자기처럼 자기를 잊지 않았기를 바라면서 그 집 앞을 왔다 갔다 하기 시작했어요. 그러나 모두 소용없는 일이었어요. 여자는 마치 처음 본 사람처럼 그를 기억하지 못했거든요. 뭐든 기억하는 게 있는지는 몰라도 겉모습은 전혀 그렇게 보이지 않았지요. 얼마 지나지 않아 그 사실을 알아차린 지롤라모는 엄청난 슬픔에 잠겼어요. 그래도 살베스트라의 마음에 다시 들어가기 위해 할 수 있는 일을 모두 해 봤지만, 아무런 소용이 없었지요. 지롤라모는 죽을 각오를 하고 직접 만나 담판을 지어야겠다는 생각이 들었습니다.

그래서 근처 이웃 사람을 통해 여자가 사는 집의 내부 구조를 알아 둔 다음, 어느 날 저녁 여자가 남편과 친구들과 함께 밤 산책을 간 사이에 몰래 안으로 들어가 방 안에 드리운 커튼 자락 뒤로 몸을 숨겼어요. 한참을 기다리니 부부가 돌아왔고 침대로 가더니 남편이 곧바로 잠이 드는 것 같았어요. 지롤라모는 이미 봐 둔 대로 살베스트라가 자는 곳으로 갔어요. 그리고 여자의 가슴에 손을 얹고 나지막이 말했어요.

"오, 나의 사랑이여! 벌써 잠이 들었는가?"

잠들지 않았던 여자는 소리를 지르려 했지만, 청년이 재빨리 말했어요.

"제발 소리 지르지 마오. 그대의 지롤라모라오."

이 말을 듣고 여자는 무척이나 떨면서 말했어요.

"어머! 지롤라모! 나가 주세요. 소꿉장난하며 사랑을 나누던 어린 시절은 지나갔어요. 아시겠지만 나는 남편이 있는 몸이에요. 그러니 남편 말고 다른 남자에게 눈을 돌리는 건 있을 수 없는 일이에요. 제발 부탁이니 그만 가 주세요. 남편이 알면 무슨 나쁜 일이야 일어나지 않는다 해도 나는 그 사람과 함께 평화롭고 편안하게 살 수 없을 거예요. 지금 나는 남편의 사랑을 받으며 행복하고 평온하게 살아가고 있어요."

이 말을 들은 청년은 가슴이 찢어지는 고통을 느꼈답니다. 그래서 지난 시절을 상기시키고 멀리 떨어져서도 약해지지 않은 자신의 사랑을 호소하며 온갖 애원과 큰 약속들을 제시했지만 아무런 소용이 없었어요. 차라리 이젠 죽고 싶은 마음뿐이었지요. 그는 마지막으로 자신의 깊은 사랑을 봐서라도 기다리느라 언 몸을 데울 수 있도록 잠시만 곁에 누워 있게 해 달라고 애원했어요. 아무 말도 하지 않고 건드리지도 않다가 몸이 조금 녹으면 바로 가겠다면서 말이에요. 살베스트라는 청년에 대해 약간이나마 감정이 남아 있었기에 제시한 조건들을 지킨다는 전제하에 이를 허락했어요. 그래서 청년은 몸이 닿지 않게 하며 여자 곁에 몸을 뉘었지요. 그리고 오랫동안 간직한 사랑과 냉정한 지금의 여자, 그리고 잃어버린 희망을 생각하며 이제 그만 죽기로 마음을 먹었어요. 그러고는 그녀 곁에서 온 힘을 한곳으로 모으며 꼼짝도 하지 않다가 주먹을 꽉 쥔 채 죽고 말았어요.

한참 후 여자는 청년의 모양이 좀 이상하다고 여겨서 남편이 깨지 않을까 걱정하며 이렇게 속삭였어요.

"이봐요, 지롤라모! 왜 나가지 않는 거죠?"

하지만 대답하는 소리가 들리지 않아 잠이 들었나 생각했어요. 그래서 잠을 깨우려고 손을 뻗어 흔들다가 청년이 얼음처럼 차가운 것을 발견하고 너무나 놀랐어요. 그래서 힘을 더주어 흔들었으나 청년은 움직이지 않았지요. 몇 번이나 더 흔들어 본 끝에야 여자는 지롤라모가 죽었다는 것을 알았어요.

여자는 가슴이 조여드는 슬픔에 오랫동안 어찌할 바를 몰랐어요. 마침내 여자는 다른 사람의 일인 것처럼 하여 남편이라면 이런 경우 어떻게 해야 한다고 말할지 조언을 구하기로 결심했지요. 그래서 남편을 깨워 지금까지 자기에게 일어난 일을 남에게 일어난 일인 것처럼 얘기하고, 그런 일이 자기에게 생기면 어떤 해결책을 내놓겠는지 물어봤어요. 사람 좋은 남편은 자기 생각에는 죽은 사내를 몰래 그의 집에 갖다 놓아야 하며, 또 여자는 아무런 잘못도 하지 않은 것 같으니 여자에 대해서는 어떤 원망도 해서는 안 된다고 말했어요.

그러자 살베스트라는 이렇게 말했어요.

"우리도 그렇게 하면 되겠네요."

그리고 남편의 손을 잡아 죽은 청년을 만지게 했어요. 남편은 혼비백산하여 벌떡 일어났지요. 그러고는 불을 켜 들고 부인에게 아무런 얘기도 하지 않고서 시신에 원래 입었던 옷을 입혔습니다. 그런 뒤 즉시 시신을 어깨에 들쳐 메고서 그의 집 문까지 옮겨 그곳에 내려놓고 돌아왔어요. 자기는 죄가 없다고 생각하면서 말이죠.

날이 밝아 청년의 시신이 문 앞에서 발견되자 큰 소동이 일어났어요. 특히 어머니의 놀라움은 이루 말할 수 없었지요. 온몸을 살펴보고 또 보았지만 맞은 흔적이나 가벼운 상처 하나 없었기에 의사들도 대개 슬픔으로 인해 죽은 것으로 진단을 내렸어요. 시신은 성당으로 운반되었고, 거기서 슬픔에 잠긴 어머니는 수많은 친척과 이웃 여자들과 함께 우리의 관습대로 눈물을 펑펑 쏟아 내며 괴로워했어요.

이렇게 눈물과 한탄이 최고조에 이르는 동안 청년이 죽은 집에서는 사람 좋은 남편이 이렇게 말하고 있었어요.

"여보! 당신도 베일을 좀 쓰고 지롤라모가 안치된 교회에 가 보는 게 어떻겠소. 가서 여자들 사이에 섞여 이 일에 대해 무슨 얘기가 오가는지 들어 보구려. 나도 남자들 틈에 끼어들어 보겠소. 혹시라도 우리에 대해 뭔가 험담이 나오는지 들어 봅시다."

여자는 뒤늦게야 슬픈 생각이 들었어요. 살아 있을 때 그렇게 원하던 입맞춤 한 번 해 주지 못한 청년을 죽은 모습으로라도 보고 싶은 마음이 들었던 거예요. 그래서 교회로 향했지요.

사랑의 힘을 확인하기란 어찌 그리 어려운 걸까요? 지롤라모의 행복한 운명이 열 수 없었던 그 마음을 비참한 운명이 열었으니 말이에요. 그의 죽은 얼굴을 본 순간 살베스트라의 마음에서는 옛날의 불꽃이 갑자기 솟구쳐 올라와 걷잡을 수 없는 연민으로 변했답니다. 여자는 베일로 얼굴을 가린 채 다른 여자들 사이에 끼어들어 그들을 헤치며 시신 곁으로 다가갔어요. 그리고 외마디 날카로운 비명을 지르며 죽은 청년 위에 몸을 내던지고 얼굴을 묻었지요. 그러나 시신을 완전히 눈물로 적시지는 못했어요. 청년이 고통스럽게 삶을 마감한 것처럼 실베스트라도 그렇게 갑작스럽게 죽어 버렸기 때문이죠. 여자들은 살베스트라를 위로하면서 이제 그만 일어나라고 말했어요. 하지만 아무런 기척이 없었고, 여전히 일어날 기색을 보이지 않자 그녀를 일으켰는데 그래도 움직이지 않는 것이었어요. 여자를 흔들던 사람들은 어느 순간 그녀가 살베스트라이며 죽었다는 것을 알게 되었답니다. 그 사실에 거기 모인 여자들은 배가된 연민에 사로잡혀서 다시 한 번 하염없이 눈물을 뿌렸지요.

이 소식은 교회 밖에 있던 남자들에게도 전해졌고 여자의 남편 귀에까지 들어갔어요. 남자들 사이에 있던 남편은 누구의 위로도 듣지 않고 오랫동안 울었어요. 한참 울고 난 뒤에 남편은 모여 있는 사람들에게 지난밤에 자기 아내와 이 청년 사이에 있었던 이야기를 들려주었어요. 사람들은 그때서야 두 사람이 죽은 이유를 명백히 알고 크게 슬퍼했지요. 그리하여 부인을 거두어 죽은 자들에게 으레 그러듯 몸을 치장하고 청년과 같은 침대에 눕혔어요. 그리고 오랫동안 눈물을 흘린 뒤에 그들을 같은 묘지에 함께 묻어 주었답니다. 살아서 사랑으로 결합하지 못했던 그들을 갈라놓을 수 없는 동반자로 결합시켜 준 것은 바로 죽음이었지요.

네 번째 날 아홉 번째 이야기

굴리엘모 데 로실리오네 씨는 아내가 사랑하던 굴리엘모 데 과르다스타뇨 씨를 살해한 뒤 그의 심장을 아내에게 먹으라고 준다. 나중에 그 사실을 알게 된 아내는 높은 창문에서 몸을 던져 죽고, 연인과 함께 묻힌다.

네이필레의 이야기는 동료들 모두에게 큰 감동을 주면서 끝났습니다. 디오네오의 특권을 깰 생각은 없었던 왕은 더 이상 이야기할 사람이 없자 자기가 이야기를 시작했습니다.

── 마음이 따뜻한 부인들이여! 앞서 들은 불행한 사랑 이야기에 대단히 슬퍼하고 계신데, 마침 제 머리에 떠오른 이야기도 앞의 이야기 이상으로 여러분의 연민을 자아낼 것 같군요. 제가 들려 드릴 이야기의 불행한 사람들이 좀 더 신분이 높고 그들의 운명 역시 앞 이야기에서 등장한 운명들보다 더

처절하기 때문입니다.

프로방스 사람들의 말에 따르면, 옛날 프로방스에 귀족 기사 두 명이 각자 휘하에 수많은 성과 신하를 거느리며 살았다지요. 한 사람은 굴리엘모 데 로실리오네 씨였고 다른 사람은 굴리엘모 데 과르다스타뇨 씨였습니다. 둘은 모두 무술에 뛰어나 언제나 무장한 채 지냈고, 마상 창 경기나 다른 무술 경기에 같은 복장을 하고 함께 참가하곤 했습니다. 둘은 서로 10마일은 족히 떨어진 성에 살았지요.

굴리엘모데 로실리오네 씨에게는 정말 아름답고 매혹적인 아내가 있었는데, 굴리엘모 데 과르다스타뇨 씨가 둘 사이에 맺은 우정과 친분에도 불구하고 정도를 넘어서 그녀를 깊이 사랑하게 되었답니다. 그가 수단을 가리지 않고 여자에게 사랑을 전하는 바람에 여자도 이를 눈치채게 됐습니다. 대단히 훌륭한 기사라 생각하던 사람이 자신을 사랑한다는 사실을 알게 되자 여자도 사랑을 느끼기 시작했습니다. 그래서 이제는 그를 몹시도 원하는 마음에 상대가 요구해 오기만을 기다리는 형편이 됐지요. 과르다스타뇨 씨는 주저하지 않고 실행에 옮겼고, 둘은 한두 번 만남을 이어 가다가 깊은 사랑에 빠졌습니다.

그런데 그들의 만남이 별로 신중하지 않았던 탓에 남편이 이를 눈치채고 말았습니다. 남편은 크게 격노했지요. 과르다스타뇨에게 품고 있던 두터운 사랑은 그를 죽이고 싶을 정도의 증오로 변하고 말았지요. 그러나 저들의 사랑을 간직할 줄 몰랐던 두 연인과 달리 남편은 자신의 심중을 잘 감추며 어떻게든 그를 죽여 없애기로 결심했습니다.

로실리오네가 이런 상태에 있을 때 프랑스에서 대규모 마상 경기가 열리게 됐습니다. 그래서 로실리오네는 과르다스타뇨에게 곧바로 사람을 보내, 원한다면 자기에게 와서 경기에 함께 출전하는 게 어떨지, 같이 출전한다면 어떻게 할 것인지 논의해 보자고 말했어요. 과르다스타뇨는 틀림없이 다음 날 저녁 식사를 하러 오겠다고 아주 흔쾌히 대답했지요.

로실리오네는 대답을 듣고서 드디어 그를 죽일 수 있는 때가 왔다고 생각했습니다. 그러고는 다음 날 무장을 한 채로 부하 몇 명을 데리고 말에 올라 성에서 1마일쯤 떨어진 숲으로 가서 과르다스타뇨가 지나갈 만한 곳에 잠복하여 기다렸지요. 그렇게 어느 정도 기다리자 무장을 하지 않은 과르다스타뇨가 역시 무장을 하지 않은 부하들을 데리고 오는 것이 보였습니다. 자기 앞에 무엇이 기다리고 있는지 전혀 모르는 사람처럼 말입니다. 로살리오네는 원하던 곳에 그가 이르기를 기다렸다가 분노와 증오에 가득 찬 목소리로 "배신자! 넌 이제 죽었다!" 하고 외치며 손에 창을 들고 덤벼들었습니다. 외침과 동시에 과르다스타뇨의 가슴에는 창이 꽂혔지요.

과르다스타뇨는 아무런 방어도, 한마디 말도 하지 못한 채 창에 찔려 그 자리에 쓰러졌고, 곧 죽고 말았습니다. 그의 부하들은 누가 그랬는지 알지도 못한 채 말 머리를 돌려 최대한 빠르게 주인의 성 쪽으로 도망쳐 버렸고요. 로실리오네는 말에서 내려 칼로 과르다스타뇨의 가슴을 열고 자기 손으로 심장을 꺼내 창끝에 달린 깃발에 싸서 부하 중 하나에게 운반하게 했습니다. 그리고 이 일에 대해서는 절대 발설하지 말 것을 부하들 하나하나에게 명령한 뒤에 다시 말에 올라 벌써 밤이 된 길을 따라 성으로 돌아갔지요.

과르다스타뇨가 저녁에 식사를 하러 온다는 얘기를 듣고 크게 들떠 기다리던 부인은 과르다스타뇨가 함께 오지 않은 것을 보고는 매우 기이하게 여겨 남편에게 말했습니다.

"그런데 여보! 어째서 과르다스타뇨 씨는 오지 않았어요?"

이에 남편이 말했지요.

"부인! 그 친구가 글쎄, 내일까지는 올 수 없다고 알려 왔지 뭐요."

이 말에 부인은 조금 혼란스러워졌답니다.

로실리오네는 말에서 내려 요리사를 부른 뒤 그에게 이렇게 말했습니다.

"자, 멧돼지 심장을 받아라. 네 솜씨를 발휘해서 이걸로 최고로 맛있는 요리를 만들도록 하라. 그리고 내가 자리에 앉거든 은 쟁반에 얹어서 가져오너라."

요리사는 심장을 받아 들고 기술과 정성을 총동원하여 잘게 썰고 일급의 향료를 듬뿍 얹어 최고의 요리를 만들었지요.

로실리오네는 시간이 되자 부인과 식탁에 앉았습니다. 음식이 왔지만 자기가 저지른 악행이 마음에 걸려서인지 음식을 먹는 둥 마는 둥 했지요. 요리사가 심장 요리를 가져오자 남편은 그걸 부인 앞에 놓게 했습니다. 그리고 그날 저녁에는 식욕이 없는 척하면서 요리 칭찬만 늘어놓았어요. 부인은 식욕이 없지 않았던지라 먹어 보니 아주 맛있는 것 같아 그 요리를 다 먹어 버렸지요.

부인이 다 먹은 것을 보고서 기사는 이렇게 말했습니다.

"부인! 음식 맛은 좀 어땠소?"

부인은 이렇게 대답했어요.

"여보! 참 맛있어요. 마음에 딱 드네요."

"당연히 그럴 테지. 살아서 그렇게도 좋았으니 죽어서도 좋은 게 이상한 일은 아니지, 아무렴." 하고 기사가 말했습니다.

부인은 이 말을 듣자 곧장 의심이 들어 물었지요.

"뭐라고요? 지금 제게 무얼 먹인 거예요?"

기사는 이렇게 대답했습니다.

"당신이 먹은 건 사실 굴리엘모 과르다스타뇨의 심장이었소. 부정한 아내로서 당신이 그렇게도 사랑했던 그자 말이오. 돌아오기 직전에 이 손으로 직접 그 가슴에서 잘라 온 것이니 그자의 심장이 틀림없소."

부인은 그리도 사랑했던 사람의 심장이라는 얘기를 듣고 너무나 비통해져서 할 말을 잊었습니다. 그리고 얼마 후 입을 열었지요.

"당신은 기사답지 않게 비열하고 극악한 일을 하셨군요. 그분이 내게 강요한 것이 아니라 내가 그분을 사랑한 것이니 이 일로 당신의 명예가 더럽혀졌다면, 그분이 아니라 내가 벌을 받았어야 해요. 하지만 하늘이여 도우소서. 굴리엘모 과르다스타뇨 씨처럼 그렇게도 훌륭하고 그렇게도 고매하신 기사의 심장 요리를 먹었으니, 내 입으로 다시는 다른 음식이 지나가지 않게 하소서."

그러고는 벌떡 일어나 뒤에 있던 창문으로 곧바로 몸을 던졌답니다. 창문이 땅에서 너무나 높았던 탓에 부인은 죽었을 뿐만 아니라 떨어지면서 몸이 부서지고 말았지요. 로실리오네는 이를 보고 몹시 놀랐고 자기가 나쁜 짓을 했다고 생각했습니다. 그리고 마을 사람들이나 프로방스 백작을 두려워하여 말을 타고 어디론가 떠나 버렸다네요.

다음 날 아침 이 일은 그 부근에 널리 알려졌습니다. 두 사람의 시신은 굴리엘모 데 과르다스타뇨 씨의 부하들과 부인의 하인들에 의해 거두어졌고, 부인이 다니던 성당 묘지에 안장되었습니다. 그리고 그 무덤 위에는 안에 묻힌 사람들이 누구이며, 그들이 왜, 어떻게 죽었는지 알려 주는 비문이 새겨졌다고 합니다.

네 번째 날 열 번째 이야기

어느 의사의 아내가 마취된 애인을 죽은 줄로 알고 궤짝 안에 넣는데, 고리대금업자 두 사람이 그 궤짝을 그대로 집으로 옮겨 간다. 마취되었던 남자는 의식을 회복하지만 도둑으로 오인받는다. 이에 부인의 하녀가 고리대금업자들이 훔친 궤짝에 남자를 넣은 사람이 자기였다고 판사에게 설명한다. 그로 인해 남자는 교수형을 면하고 궤짝을 훔친 고리대금업자들은 벌금형을 선고받는다.

왕의 이야기가 끝나고 이제 수고할 사람은 디오네오만 남았습니다. 그 점을 잘 알았던 디오네오는 왕에게 요청을 받자 바로 이야기를 시작했습니다.

― 오늘 불행한 사랑 이야기들을 들으며 저 역시 여러분 못지않게 슬프고 눈물이 많이 났습니다. 그래서 그런 이야기들이 어서 끝나기를 무척 바랐지요. 이제 다행히도 이야기가 다

끝났으니(저 역시 마음 아픈 이야기를 보태야겠지만요.) 그렇게 고통스러운 주제로 다시 돌아갈 것 없이 좀 즐겁고 재미난 얘기를 시작하려 합니다. 그렇게 하면 내일 이야기해야 할 내용에 좋은 표본이 되지 않을까 생각합니다.

멋진 청년 여러분! 그리 오래되지 않은 일인데, 여러분은 살레르노에 마체오 델라 몬타냐* 선생이라는 유명한 외과 의사가 살았다는 걸 잘 아실 겁니다. 이 사람은 아주 늙은 나이에 같은 도시에 살던 아름답고 정숙한 처녀를 아내로 맞아 그곳의 어떤 여자도 따라가지 못할 정도로 고급스러운 옷과 보석, 그리고 여자가 좋아할 것이면 무엇으로든 치장을 시켰다고 합니다. 그러나 침대에서 선생에게 안기는 일이 별로 없었던 걸로 보아 지극히 썰렁한 삶을 살았던 게 틀림없습니다. 이전 이야기에서 리카르도 디 킨치카 씨가 아내에게 축일들을 가르쳤던 것처럼,** 이 의사 선생 역시 여자와 한 번 자면 회복하는 고통이 며칠이나 계속될지 모른다는, 뭐 그런 생각을 하는 사람이었습니다. 그러니 부인으로서는 최악의 나날을 보낼 수밖에 없었죠.

하지만 현명하고 위대한 영혼의 소유자였던 부인은 집의 것은 아껴 쓰고 거리로 눈을 돌려 남의 것을 닳고 해지도록 쓰기로 작정했습니다. 그리하여 조금이라도 더 젊은 상대를 찾

---

* 마테오 셀바티코. 그는 1317년 로베르토 왕에게 의학 사전을 헌정했는데, 이 책은 여러 쇄를 거듭하며 출판되었다. 1342년에 노환으로 사망했다. 『데카메론』에 등장하는 동시대인들 중 하나다.
** 두 번째 날 열 번째 이야기 참조.

아 둘러보던 중 마침내 한 사내가 마음에 쏙 들어왔습니다. 부인은 모든 희망과 모든 마음과 모든 행복을 그에게 송두리째 걸고 말았습니다. 청년은 이를 알아차리고 몹시 기뻐하며 부인과 비슷하게 모든 사랑을 기울였답니다. 루지에리 다이에롤리라고 하는 이 작자는 귀족 출신이었지만 생활이 방탕했고 남들한테 손가락질을 받는 사람이었습니다. 친척이나 친구들조차 그에게는 전혀 호의를 바라지 않았고 심지어는 만나는 것도 꺼릴 정도였습니다. 청년이 저지른 좀도둑질이나 다른 비열한 행위들이 살레르노 전체에 이미 파다하게 퍼져 있었건만, 부인은 별로 개의치 않았습니다. 다른 측면에서 기쁨을 얻었으니까요. 부인은 하녀에게 뻔질나게 심부름을 시켰고, 함께 만났습니다. 그렇게 어느 정도 둘 사이의 즐거움이 익어 갈 무렵, 마침내 부인은 청년의 과거 생활을 비난하기 시작했고, 사랑을 위해서라도 이제 그런 일들은 그만두라고 애원하기 시작했습니다. 그리고 그렇게 할 수 있도록 어떤 때는 적잖은 돈으로, 어떤 때는 다른 걸로 도와주었습니다.

이런 식으로 서로 극히 조심스럽게 관계를 지속하던 어느 날, 의사 선생이 한쪽 발이 썩어 가는 환자를 치료하게 됐습니다. 선생은 환부를 보더니 친척들에게 썩은 발뼈를 제거해야 한다, 발 전체를 잘라 내는 것이 더 좋겠다, 뼈를 잘라 내면 치료가 가능하지만 그렇게 하지 않으면 죽을지도 모른다, 뭐 그런 얘기들을 했습니다. 친척들은 말을 잘 알아듣고 모든 걸 의사 선생에게 맡겼습니다. 선생은 환자를 마취시키지 않으면 통증을 견디지 못할뿐더러 치료하기도 곤란할 것이라 생각했습니다. 하여 저녁 무렵까지 수술을 미루고 이를 위해 그날 아침에 물약 비슷한 걸 지었습니다. 그걸 먹으면 고통스러운 시술이 진행되는 동안에 잠이 드는 효과가 있었습니다. 의사 선생은 그걸 집으로 가져오게 해서 아무에게도 뭔지 말하지 않고 자기 방에 두었습니다.

그런데 의사 선생이 환자에게 가야 할 저녁 무렵에 아말피의 절친한 친구들에게서 전갈이 왔습니다. 그쪽에 큰 소동이 벌어져서 많은 사람들이 다쳤으니 급히 와 달라는 것이었죠. 의사 선생은 발 수술을 다음 날 아침으로 미루고 작은 배에 올라 아말피로 향했습니다. 그런 판이니 부인은 남편이 늘 그랬듯이 그날 밤엔 집에 돌아오지 않을 것으로 알고 은밀하게 루지에리를 오게 하여 자기 방으로 들이고는 집 안의 다른 사람들이 잠을 자러 갈 때까지 그를 숨겨 두었습니다.

부인의 방에서 부인을 기다리는 동안 루지에리는 하루를 힘들게 보냈는지, 아니면 음식을 짜게 먹었는지, 아니면 아마도 습관적으로 엄청 목이 말랐는지, 의사 선생이 환자에게 먹이려고 만들어 둔 창가의 조그마한 물약 병을 문득 발견했습니다. 그래서 그걸 마시는 물인 줄 믿고 입에다 몽땅 털어 넣었지요. 그러자 금세 주체할 수 없이 졸음이 밀려들어 잠에 빠져 버리고 말았습니다. 부인이 서둘러 방으로 와 보니 루지에리가 잠에 빠져 있었습니다. 그를 흔들어 깨우기도 하고 낮은 목소리로 어서 일어나라고도 했습니다만 아무 소용이 없었지요. 그는 대답도 하지 않고 꼼짝도 하지 않았습니다. 약간 화가 난 부인은 힘을 더 주어 그를 밀면서 말했습니다.

"일어나요, 잠꾸러기 양반아! 그렇게 자고 싶거든 집에나 가지 여기는 뭐하러 온 거예요."

부인이 미는 바람에 루지에리는 누워 있던 궤짝에서 바닥으로 떨어졌는데, 살아 있다는 느낌이 들지 않고 마치 시체처럼 보이는 것이었습니다. 크게 놀란 부인은 청년을 다시 깨어나게 하려고 더 강하게 흔들기도 하고 코를 쥐어 비틀기도 하고 수염을 잡아당기기도 했지만 모든 것이 허사였습니다. 너무나도 깊이 잠에 빠져 있었던 탓이지요. 부인은 혹시 청년이 죽은 게 아닐까 부쩍 의심이 들어 다시 살을 심하게 꼬집고 뜨거운 촛농을 떨어뜨리기도 했지만, 역시 아무 소용이 없었습니다. 남편이 의사였지 부인이 의사는 아니었기에 부인은 마침내 루지에리가 죽은 것으로 단정을 내리고 말았어요. 루지에리를 세상 누구보다도 사랑했던 부인의 슬픔은 이루 말할 수 없었지요. 소동이 일어나지 않도록 조심하면서 부인은 루지에리를 내려다보며 묵묵히 눈물을 흘렸고 그렇게 닥친 불행을 서러워했습니다.

그러나 잠시 시간이 흐른 뒤에 부인은 자기의 불행에 모욕까지 더해질까 두려워 더 이상 꾸물대지 말고 죽은 청년을 집 밖으로 끌어낼 방법을 찾아야겠다고 생각했습니다. 별 뾰족한 수가 생각나지 않자 부인은 가만히 하녀를 불러 이 불행한 사건을 설명하고 조언을 구했습니다. 하녀 역시 상당히 놀라면서 청년을 다시 잡아당기고 꼬집어 보기도 했으나 아무런 반응이 없자 부인이 말했던 대로 청년이 죽었다며 시체를 집 밖에 내다 버려야 한다고 의견을 냈습니다.

그에 대해 부인은 이렇게 말했습니다.

"어디다 내놓는단 말이냐? 내일 아침에 사람들이 볼 텐데, 이 안에서 나온 것이라고 의심을 받으면 안 되지 않느냐?"

그에 대해 하녀가 대답했습니다.

"마님! 아까 저녁 늦은 시간에 요 앞 맞은편 목공소에서 그렇게 크지 않은 궤짝을 하나 봤어요. 목수 양반이 가게 안에 들여다 놓지 않았다면 우리 일에 딱일 겁니다. 그 속에 시체를 넣고 칼을 두세 번 찔러서 버리면 되지 않을까요? 시체를 발견한 사람은 다른 데서 궤짝에 실렸지 설마 이곳에서 그랬으리라고는 생각하지 못할 거예요. 오히려 불량 청년이 뭔가 나쁜 일을 저지르다가 누군가에게 살해되어 궤짝 속에 버려졌다고 생각할 겁니다."

부인은 하녀의 의견이 마음에 들었으나 시체에 상처를 내어 영혼을 다치게 하는 것은 세상에 할 짓이 아니라고 말했지요. 궤짝이 아직 그 자리에 있는지 보고 오라고 했더니 하녀가 돌아와 그렇다고 대답했습니다. 젊고 다부진 하녀는 부인을 도와 어깨 위에 루지에리를 짊어졌습니다. 그리고 부인은 누가 보지 않을까 앞장서서 살피며 궤짝으로 가서 그 속에 시체를 넣고 닫은 후에 그곳에 버려두었습니다.

그런데 바로 그 며칠 전에 고리로 돈을 빌려 주는 일을 하는 두 청년이 근처 어느 집에 세를 들었습니다. 많이 벌고 적게 쓰자는 게 그들의 신조였지요. 가구가 필요했던 그들은 그날 봐 둔 궤짝이 밤에도 남아 있다면 집으로 옮겨 오기로 의견을 모았습니다. 이윽고 한밤중이 되어 집을 나서서 궤짝을 금방 찾아내고는 별로 살피지도 않고 재빨리 집으로 들여왔습니다. 좀 무섭단 느낌이 들었지만, 집 안으로 옮겨 와서 마누라들이 자고 있는 방 옆에 두었습니다. 그때는 어디에 두는 게 적당할지 생각할 겨를도 없었겠지요. 그렇게 놔둔 채로 그들은 잠을 자러 갔습니다.

아주 오랫동안 잠들어 있던 루지에리는 물약을 진즉에 다 소화시켰고 그 효능도 다 떨어진 터라 거의 동틀 무렵에 잠에서 깨어났습니다. 잠에서 깨어났으니 감각은 힘을 회복했으나 머리는 아직 몽롱한 상태였습니다. 그런 몽롱한 상태는 그날 밤뿐 아니라 그 후로도 며칠 동안 계속됐지요. 눈을 떴는데 아무것도 보이지 않자 그는 손으로 여기저기를 더듬어 보았습니다. 그러나 아무래도 궤짝 안에 있는 듯하여 이렇게 혼자서 속으로 중얼거렸습니다.

"이게 뭐야? 내가 어디 있는 거지? 간밤에 내 여자 방으로 간 것까지는 기억이 나는데, 지금은 이거 궤짝에 있는 것 같단 말이야. 이게 어찌 된 일이지? 의사 선생이 돌아왔거나 무슨 사고나 난 걸까? 그래서 부인이 내가 잠든 사이에 날 숨겨 놓은 걸까? 그럴 거야. 틀림없이 그럴 거야."

그는 이런 생각을 하며 무슨 소리가 들리지 않을까 가만히 귀를 기울여 보았습니다. 그리고 그렇게 오랫동안 그 작은 궤짝 속에서 불편하게 구부리고 누워 있던 터라 옆구리 위쪽이 쑤시고 아파서 다른 쪽으로 몸을 돌리려고 했습니다. 그런데 제 딴에는 기민하게 한다는 것이 궤짝의 다른 면에 허리를 부딪치고 말았습니다. 원래 궤짝은 평평한 장소 위에 있지 않았기 때문에 그런 동작이 궤짝을 기울어지게 하더니 옆으로 한 번 구르고 말았습니다. 그러면서 큰 소리를 냈는데, 그 때문에 옆방에서 자고 있던 여자들은 잠에서 깨어 무서운 마음에 숨을 죽이고 있었습니다.

루지에리는 궤짝이 구르자 무척이나 걱정이 됐지만 구르면서 궤짝이 열린 것 같았기에 어떻게든 안에 있는 것보다 밖으로 나가는 게 낫겠다고 생각했어요. 그렇지만 어디가 어디인지 도무지 알 수가 없어서 계단이며 문이 어디 있는지, 갈 수 있는 곳이 어디인지 알기 위해 더듬거리며 온 집 안을 헤맸습니다. 깨어 있던 여자들이 그 더듬거리는 소리를 듣고서 이렇게 외쳤습니다.

"거기 누구예요?"

루지에리는 목소리가 낯설었기 때문에 대답을 하지 않았습니다. 그래서 여자들은 남편들을 불렀지만, 늦게까지 돌아치다가 이제 막 깊이 잠든 남편들은 그 소리를 아예 듣지도 못했습니다. 그러니 여자들은 더욱 무서워져서 일어나 창문을 열고 밖을 향해 외쳤습니다.

"도둑이야! 도둑이야!"

그 소리에 이웃들이 여기저기서, 어떤 이는 지붕을 타고 어떤 이는 이쪽에서 어떤 이는 저쪽에서 달려와서는 집으로 들어왔습니다. 남편들도 이 소동에 비슷하게 잠에서 깨어 일어났지요.

루지에리는 이 난장판을 보고 얼이 빠져 어디로 도망갈지 모르고 어리둥절해 있다가 그들의 손에 잡혔고 이 소동을 들고 달려온 경찰에게 넘겨졌습니다. 원래 모든 사람들이 못된 인간으로 여기던 그인지라 판사 앞으로 인도되어 그 즉시 고문을 당하고는 도둑질을 하러 대금업자 집에 들어간 것이라고 고백하고 말았습니다. 그래서 판사는 당장이라도 그를 교수형에 처해야 하지 않을까 하고 생각하게 되었습니다.

아침이 되자 루지에리가 대금업자들의 집에 도둑질을 하러 들어갔다는 소문이 온 살레르노에 퍼졌습니다. 이를 들은 부인과 하녀는 놀랍고도 이상한 일이라고 생각했습니다. 간밤에 자기들이 한 일이 실제가 아니라 아마 꿈이 아니었을까 여겨질 정도였지요. 어쨌든 루지에리가 위험에 처해 있다는 소식에 부인은 못내 가슴이 아파 거의 미칠 지경이었습니다.

해가 기울 무렵에서야 아말피에서 돌아온 의사 선생은 환자에게 치료하고자 했던 물약이 어디 있느냐고 물었습니다. 그리고 병이 빈 것을 보자 이 집에서는 물건들에 발이 달린 거냐며, 남아나는 게 없다고 소리를 꽥 질렀습니다.

부인은 다른 일로 해서 애가 달아 있던 판이라 화를 내며 되받아쳤습니다.

"무슨 말씀을 하시는 거예요? 그 잘난 쪼끄마한 물병 하나가 그렇게 큰 소리를 지를 만한 일인가요? 세상에 물병이 그거 하나뿐인가요?"

이에 의사 선생이 말했습니다.

"여보! 당신은 그게 그냥 물인 줄로 아는 모양인데 그건 잠을 자게 만드는 마취 약이야!"

그리고 그것을 만들어 둔 이유를 설명했습니다.

부인은 이를 듣고 난 뒤에야 비로소 루지에리가 그걸 마셨으며 그로 인해서 자기와 하녀는 그가 죽은 것으로 착각했음을 알게 되었습니다. 그러고는 이렇게 말했습니다.

"여보! 우린 몰랐어요. 다시 다른 걸 만드셔야겠네요."

의사 선생은 달리 방도가 없다 생각하고 새로운 약을 주문했습니다. 한편, 부인의 분부를 받고 루지에리에 관해 알아보러 나갔던 하녀가 잠시 후에 돌아와 부인에게 이렇게 말했습니다.

"마님! 루지에리에 대해 좋게 말하는 사람이 하나도 없습니다. 제가 알아본 바로는 친구든 친척이든 누구 하나 그분을 도우려고 발 벗고 나섰거나 나서려는 사람이 없어요. 내일이라도 교수형에 처해질 거라고 다들 확신하고 있더군요. 그런데 한 가지 새로운 사실을 말씀드리고 싶어요. 그분이 어째서 대금업자들 집에 있다가 잡혔는가 하는 얘기예요. 사정을 들어 보세요. 우리가 목공소 옆에서 루지에리 님을 넣은 궤짝을 발견했잖아요. 그 목공소 주인이 아마 궤짝 주인인 듯한 사람과 말다툼을 하고 있더라고요. 세상에 그렇게 치고받는 말싸움은 또 처음 봐요. 주인인 듯한 사람이 자기 궤짝값을 달라고 하고 목수는 궤짝을 판 일이 없다, 그저 간밤에 도둑을 맞았다고만 답하는 거예요. 그랬더니 궤짝 주인이 이렇게 말했지요. '그렇지 않아요. 당신이 그 젊은 대금업자들에게 판 거 아뇨. 간밤에 그 사람들 집에서 루지에리가 잡혀 있을 그때 내가 궤짝을 봤는데, 그때 그 사람들이 그렇게 말했단 말이오.' 이에 대해 목수가 말했지요. '그건 그자들이 거짓말하는 거요. 난 그자들에게 궤짝을 판 적이 없소. 그저 그자들이 어젯밤에 훔쳐 간 거란 말이오. 그자들에게 한번 가 봅시다.' 그래서 두 사람은 대금업자 집으로 함께 갔어요. 거기서 저는 돌아왔고요. 자, 그러니 이제 아시겠죠. 루지에리 님은 그런 연유로 해서 발견된 그곳으로 옮겨졌던 거예요. 그런데 어떻게 해서 다시 살아났는지, 그걸 도대체 알 수가 없네요."

부인은 이제 일이 돌아가는 상황을 똑똑히 파악했습니다. 부인은 의사 선생에게 들었던 얘기를 하녀에게 들려주고 루지에리를 구해 내기 위해서 자기를 도와 달라고 부탁했습니다. 루지에리를 구출하는 동시에 자신의 명예도 지키고 싶었던 것이죠.

하녀는 이렇게 말했어요.

"마님! 방법을 말씀해 주세요. 뭐든 기꺼이 하겠습니다요."

부인은 허리띠를 졸라맨 여자처럼 단번에 결정을 내리고서 하녀가 해야 할 일을 하나씩 차근차근 일러 주었습니다.

하녀는 곧바로 의사 선생에게 가서 울면서 이렇게 주절거렸습니다.

"선생님! 제가 선생님께 큰 잘못을 저질렀습니다. 제발 용서해 주십시오."

의사 선생이 말했습니다.

"그게 뭐냐?"

그러자 하녀는 울음을 멈추지 않고 말했지요.

"선생님! 선생님도 루지에리 다이에롤리라는 젊은이가 어떤 인간인지 아시지요. 그 사람이 저를 좋아해서 저는 두려움과 사랑이 엉킨 가운데 올해 들어 그 사람의 애인이 되고 말았어요. 그 사람이 어제 저녁에 선생님께서 집을 비우신다는 걸 알고서 저를 엄청나게 꼬드겼고, 그래서 저는 제 방에서 함께 자려고 그 사람을 데려왔습니다. 그런데 그 사람이 목이 마르다고 하는 겁니다. 갑자기 어디서 물이든 포도주든 구할 길이 막연하고 거실에 계시던 마님에게 들키고 싶지는 않아서 마침 선생님 방에서 본 작은 물병이 떠올라 그걸 가져다가 마시라고 주었습니다. 그리고 먼저 두었던 곳에 갖다 두었던 것입니다. 나중에 선생님께서 돌아오셔서 크게 노하셨다는 것을 알았습니다. 정말 제가 잘못했다고 생각합니다. 하지만 사람은 누구나 가끔씩 잘못을 저지르지 않나요? 물론 제가 한 일은 몹시 후회하고 있습니다. 그렇지만 그다음에 이런저런 일들이 일어난 결과 루지에리는 지금 목숨을 잃을 지경에 빠져 있습니다. 그러니 선생님께서 저를 용서하시고 제가 가서 그 사람을 힘 닿는 데까지 도울 수 있도록 허락해 주세요."

의사 선생은 이 말을 듣고서 무척 화가 났지만 조롱하듯이 이렇게 대답했습니다.

"잘못도 네가 하고 용서도 네가 하는구나. 간밤에 젊은 놈을 끌어들여서 실컷 즐겨 보려 했을 텐데, 참 안됐구나. 그러니 이제 가서 네 애인이나 구해 보려무나. 또다시 그런 놈을 내 집에 끌어들이면 안 된다. 또 그러면 이번 것과 합해서 큰 벌을 내릴 테다!"

단번에 일이 잘 처리됐다고 생각한 하녀는 부리나케 루지에리가 갇혀 있는 감옥으로 달려갔습니다. 그리고 간수를 구워삶아 루지에리와 얘기할 기회를 얻었습니다. 하녀는 루지에리에게 감옥을 벗어나려면 판사에게 어떻게 대답해야 하는지 알려 준 다음 판사에게 내처 달려갔습니다.

싱싱하고 팔팔한 몸매를 지닌 하녀를 보자 판사는 말도 들어 보기 전에 이 하느님의 어린양에게 갈고리를 한번 걸쳐 보고 싶었나 봅니다. 하녀도 자기 말을 더 잘 전달하기 위해 굳이 피하지 않았습니다. 그리고 방아 찧는 일을 끝내고는 일어나서 이렇게 말했습니다.

"나리! 나리는 루지에리 다이에롤리를 도둑이라 여겨 가둬 두셨습니다만, 그 사람은 결백합니다."

그리고 연인인 자기가 어떻게 그를 의사 선생 집으로 끌어들였는지, 마취제가 섞인 물을 잘못 알고 마시게 주었는지, 그리고 죽은 줄만 알고 궤짝 속에 넣었는지 등등, 처음부터 끝까지 낱낱이 설명해 주었지요. 그리고 난 다음 목수와 궤짝 임자 사이에 일어난 말다툼의 내용을 전하고, 이런 연유로 해서 루지에리가 대금업자들 집에서 발견된 것이라고 차근차근 설명을 했습니다.

판사는 그것이 사실인지 알아보는 일은 어렵지 않다고 생각했습니다. 그래서 우선 의사 선생에게 그 물에 대한 얘기가 사실인지 물어보고, 사실이라는 확인을 받았습니다. 이어 목수와 궤짝 주인, 그리고 대금업자들을 탐문하고는, 복잡한 관계이긴 하지만 대금업자들이 간밤에 궤짝을 훔쳐다가 집에 두었다는 사실을 밝혀냈습니다. 판사는 마지막으로 루지에리를 불러와 전날 밤 어디서 잤는지 물었습니다. 그는 잔 곳은 모르지만 마체오 선생의 하녀와 함께 자러 간 것은 틀림없으며, 방에서 목이 말라 물을 마신 기억이 난다고 진술했습니다. 그러나 그다음에 어떤 일이 일어났는지, 왜 자기가 대금업자들 집에서 궤짝 속에 갇혀 있다가 깼는지는 모르겠다고 말했습니다. 판사는 이 모든 얘기를 듣고 크게 재미있어 하며 하녀와 루지에리와 목수와 대금업자들에게 여러 번 진술을 다시 하게 했습니다.

결국 루지에리는 무죄 판결을 받아 석방되었고, 대금업자들은 궤짝을 훔친 죄로 금화 10온차*의 벌금형을 받았습니다. 루지에리가 얼마나 기뻐했는지는 물어볼 필요도 없을 겁니다. 그리고 부인이 얼마나 기뻐했는지는 헤아릴 길이 없겠지요. 부인은 나중에 루지에리와, 그리고 그를 칼로 찌르려고 했던 하녀와 함께 웃으며 여러 번 이 이야기를 했고, 부인과 루지에리는 더욱 자주 만나면서 사랑을 즐겼습니다. 저에게도 그런 일이 일어나면 좋겠습니다만, 궤짝 속에 들어가는 일은 사양할까 합니다.

---

* 나폴리에서 쓰이던 금화로, 10온차는 1피오리노에 상당한다. 당시의 화폐 단위에 대해서는 『데카메론』 1권 62쪽 각주 참조.

앞의 이야기들이 우아한 부인들을 가슴 아프게 했다면, 디오네오의 마지막 이야기는 부인들을 충분히 즐겁게 만들었습니다. 특히 판사가 갈고리를 걸쳤다고 하는 대목에서는 모두가 지금까지의 이야기들로 침울해진 기분을 회복할 수 있었습니다. 그러나 왕은 태양이 기울기 시작하자 자신의 권한이 끝나 간다는 걸 생각하고, 자기가 한 일, 즉 연인들의 불행이라는 냉혹한 주제를 가지고 이야기를 이어 가도록 한 점에 대해 아름다운 부인들에게 매우 정중하게 사과했습니다. 그렇게 사과를 하고 일어나 자기 머리에서 월계관을 벗어, 부인들이 누구에게 씌울 것인지 지켜보는 가운데 피암메타의 눈부신 금발 위에 가볍게 얹으며 말했습니다.

"이 관을 당신께 얹습니다. 내일은 쓰디쓴 오늘과 달리 좀 더 나은 이야기로 우리 동료들을 위로해 주시리라 믿습니다."

피암메타의 긴 금발은 매끄럽고 섬세한 어깨 위로 출렁거리며 흘러내렸고, 동그스름한 얼굴은 흰 백합과 붉은 장미를 섞어 놓은 듯 눈부셨으며, 두 눈은 야생의 매처럼 까맣게 얼굴에서 빛났고, 자그마한 입술은 두 개의 작은 루비처럼 보였습니다. 피암메타는 미소를 지으며 이렇게 말했습니다.

"필로스트라토 님! 즐거이 관을 받겠습니다. 그리고 당신이 하신 일을 더 잘 아실 테니, 저는 지금부터 우리 모두에게 이렇게 부탁하고 요청하겠습니다. 내일은 사랑하는 연인이 얼마 동안 역경이나 불운을 겪고 나서 행복한 결말에 이르는 주제로 이야기를 준비하시지요."

모두가 그 주제를 환영했습니다. 피암메타는 집사를 불러 함께 준비해야 할 물품들을 점검한 뒤, 일동이 자리에서 일어나자 저녁 식사 때까지 자유 시간을 주었습니다.

그들 중 일부는 아직도 아름다움이 싫증나지 않는 정원을 거닐었고 일부는 밖에서 방아를 찧는 물레방앗간을 향해 발길을 옮겼습니다. 그리고 저녁 식사 때까지 저마다 마음껏 즐기면서 시간을 보냈습니다. 식사 시간이 되자 여느 때처럼 모두가 아름다운 분수 주위에 모여서 웃고 떠들면서 훌륭한 접대를 받으며 식사를 했습니다. 그리고 자리에서 일어난 그들은 여느 때처럼 춤을 추고 노래를 불렀습니다. 필로메나가 춤에 참여하자 여왕은 이렇게 말했습니다.

"필로스트라토 님! 저는 지금까지 앞의 분들이 해 오던 것들을 어기고 싶지 않아요. 제 앞의 분들이 하신 것처럼, 제 요청에 따라 노래를 한 곡 불러 주셨으면 해요. 아마 당신의 노래도 당신이 관장하신 이야기들처럼 슬플 것으로 생각됩니다만, 오늘은 원하시는 노래를 부르시고 내일부터는 당신의 슬픈 이야기로 우리 마음을 아프게 하지 않으셨으면 합니다."

필로스트라토는 그렇게 하겠다고 대답했습니다. 그리고 지체 없이 바로 노래를 시작했습니다.

사랑이여, 그대를 믿었건만 배신당한

이 마음이 얼마나 괴로운지

눈물을 흘리며 보여 주노라.

사랑이여, 이제는 인사를 바라지도 못한 채*

한숨만 짓게 하는 그녀를

처음으로 그대가 내 마음에 심어 놓은 그때

그녀를 그리도 우아한 모습으로 보여 주었으니

그녀는 그대를 통해 내 마음에

들어와서 고통스럽게 남은

온갖 고뇌들을 가볍게 해 주었네.

하지만 이제 내 실수를 아노니,

고통이 그 대가가 아니었을까.

오로지 바라던 그녀에게서

버림받은 나를 보자니

---

* '인사'는 청신체파의 중심 주제로서, 도덕과 영혼의 구원을 상징한다.

속은 줄을 이제야 알겠노라.

내가 그녀의 은총 속에 있고

그녀를 섬기며 살아가는 줄 알던 그때

나는 내 미래의 불행

그 닥쳐올 곤란을 보지 못했네.

그녀가 다른 사람을 마음에 들이고

나를 밖으로 쫓아낸 줄을 이제야 깨달았다네.

그녀의 마음에서 쫓겨난 줄 알았을 때

마음에는 고통스러운 눈물이 솟아났고

눈물은 아직도 마음에 남아 있다네.

그날 그때를 끊임없이 저주하노니,

처음 그대의 사랑스럽고 숭고하며 아름다운

얼굴이 그 어떤 불길보다도 뜨겁게

내 앞에 나타났던 그때를!

나의 믿음, 희망, 정열을

나의 죽어 가는 영혼은 조소하고 있다네.

사랑이여, 나의 위안 없는 고통이 얼마나 큰지

그대는 느낄 수 있으리니, 그렇게

그대를 고통스러운 목소리로 불러 보노라.

나를 그리도 완벽하게 소진시킨다고 말해 보노라.

죽음도 그보다는 고통이 크지 않으리.

그러니 어서 오너라, 그리고

나의 잔인하고 냉혹한 삶을

그 육신과 더불어 끝내 다오. 그러면 나의 불행은

내 어디를 가든 가벼워질 것을 느끼겠네.

내 고통에는 죽음밖에 다른 길도 없고

다른 위안도 남아 있지 않다네.

그러니 이제 죽음을 허락해 다오, 사랑이여.

그리고 나의 불행을 끝내 다오.

이렇게도 비참한 삶의 심장을 거둬 가 다오.

어서 그렇게 해 다오, 그리하여 모든 기쁨이

내게서 떠나 사라지도록.

나 죽어서 그녀를 기쁘게 해 다오, 사랑이여,

새로운 사랑을 그녀에게 보냈던 것처럼.

나의 노래여, 설령 누구 하나 그대를 부르지 않아도

마음에 두지 않으리, 그 누구도 나처럼

그대를 노래할 수는 없을 테니.

그대에게 단 하나 말하고 싶은 것이 있네.

그대 사랑을 다시 만나거든,

나의 삶이 얼마나 슬프고 쓰라린지

나를 얼마나 돌보지 않는지

그대 오로지 혼자서 다 보여 주오.

사랑의 명예로 나를 더 나은 항구에

데려다 주길 바란다고.

이 노래의 가사는 필로스트라토의 마음이 어땠는지, 왜 그렇게 됐는지 잘 보여 주었습니다. 닥쳐오는 밤의 그림자가 홍조 띤 얼굴을 감추지 않았더라면 춤을 추는 여자의 모습은 아마도 더 분명하게 드러났을 겁니다. 하지만 필로스트라토가 노래를 끝낸 후에도 사람들은 자러 갈 시간이 올 때까지 여러 차례 수많은 노래들을 불렀습니다. 그리고 여왕의 요청에 따라 각자 자기 방으로 흩어졌습니다.

다섯 번째 날

『데카메론』의 네 번째 날이 끝나고 다섯 번째 날이 시작된다.
피암메타가 이끄는 가운데, 사랑하는 연인이 얼마 동안 역경이나 불운을 겪고 나서
행복한 결말에 이르는 주제로 이야기를 나눈다.

산드로 보티첼리, 「나스타조 델리 오네스티에 관한 이야기」(부분),
15세기 말, 프라도 미술관(에스파냐 마드리드) 소장.

이미 동녘은 완전히 환해졌고 떠오르는 햇살은 우리의 반구를 온통 밝혔습니다. 이른 아침부터 나무들 사이에서 즐겁게 지저귀던 새들의 달콤한 노랫소리에 눈을 떠 자리에서 일어난 피암메타는 다른 부인들과 세 청년을 불러 모았습니다. 그리고 느릿한 걸음으로 풀밭으로 내려가 이슬에 젖은 풀을 밟으며 넓게 펼쳐진 들판을 향해 태양이 어느 정도 솟아오를 때까지 동료들과 이런저런 얘기를 나누면서 산책을 했습니다. 그러나 이내 뜨거워진 햇살을 느끼고는 방 쪽으로 발길을 돌렸습니다. 그곳에 이르자 최고급 포도주와 과자가 가벼운 피로를 풀어 주었고, 그들은 식사 시간이 될 때까지 쾌적한 정원에서 휴식을 취했습니다. 식사 시간이 되자 여왕의 요청에 따라 몇 곡의 노래와 한두 곡의 발라드를 가볍게 부르고, 집사가 사려 깊게 준비한 음식을 먹었습니다. 이런 일들을 하나하나 재미나게 하고 난 뒤에 늘 하던 대로 정해진 순서를 잊지 않고 악기를 연주하고 노래를 부르며 잠시 춤을 추었습니다. 그러고 나서 여왕은 낮잠 시간이 지나갈 때까지 각자에게 자유 시간을 주었습니다. 어떤 이는 잠을 자러 가고 어떤 이는 아름다운 정원에 남아 산책을 즐겼습니다. 그러나 아홉 번째 시간*이 좀 지나자 여왕의 바람대로 늘 그랬던 것처럼 다들 분수 주위에 모였습니다. 지위에 맞게 먼저 자리에 앉은 여왕은 미소를 지으며 판필로를 향해·행복한 이야기의 처음 순서를 맡으라고 요청했습니다. 분부를 받은 판필로는 쾌활하게 다음과 같은 이야기를 들려주었습니다.

---

* 대략 오후 3시를 가리킨다.(『데카메론』 1권 45쪽 각주 참조.)

다섯 번째 날 첫 번째 이야기

에피제니아를 사랑하면서 지혜로워진 치모네는 바다에서 그녀를 납치한다. 그 일로 로도스 섬에 있는 감옥에 갇히지만, 리시마코가 그를 구해 낸다. 그는 리시마코와 함께 다시 에피제니아와 카산드레아를 결혼식장에서 납치하고, 여자들과 함께 크레타 섬으로 도망친다. 그리하여 여자들은 두 사람의 아내가 되고 각자의 남편과 함께 집으로 돌아간다.

― 사랑하는 부인들이여! 오늘은 아주 즐거운 하루가 될 것 같군요. 그런 하루의 처음을 시작해야 할 저에게도 많은 이야기들이 떠오릅니다만, 그중 마음에 드는 것이 하나 있습니다. 제 이야기를 들으면 여러분은 우리가 오늘 이야기하게 될 행복한 결말이 뭔지 이해하게 되실 겁니다. 또 많은 사람들이 정작 자기가 무슨 말을 하는지도 모르면서 괜히 비난하고 질

책하기도 합니다만, 사랑의 힘이 얼마나 신성하고 강인하며 충분히 선한 것인지 아시게 될 겁니다. 제가 잘못 안 게 아니라면, 여러분도 사랑을 하고 계시니 제 생각을 크게 환영하시리라 생각합니다.

우리가 다들 읽어 본 키프로스 사람들의 옛날이야기에 나오듯, 키프로스 섬에는 아리스티포라고 하는 아주 고매한 신사가 살았습니다. 그는 모든 면에서 다른 이들보다 뛰어났고 재산도 어마어마하게 많았습니다. 단 한 가지, 즉 운명이 그를 괴롭히지만 않았다면 누구보다도 행복하게 살았을 사람이지요. 자, 이런 이야기입니다.

아리스티포에게는 유독 체격이 크고 늠름한 아들이 하나 있었습니다. 다른 자식들은 물론이고 그 일대의 젊은이들이 따라올 수 없을 정도였지요. 그런데 이 아들이 머리가 많이 모자라서 뭔가 특별한 걸 바랄 수 없는 처지였습니다. 그의 진짜 이름은 갈레소였지요. 하지만 선생님이 아무리 노력을 해도, 아버지가 아무리 달래고 때려 봐도, 또 다른 사람들이 아무리 연구해 봐도 아예 읽지도 못하고 예의도 익히지 못했으며, 심지어는 거칠고 기형적인 목소리에다 사람이라기보다는 짐승에 더 가까운 행동을 보이는지라 모든 사람들이 그를 조롱하며 치모네라고 불렀답니다. 치모네란 그들 말로 '커다란 짐승'을 가리키는 말이었습니다. 이 가망 없는 인생을 지켜 보기가 너무나도 지겹고 이미 자식에 대한 희망을 다 버린 상태였던 아버지는 고통의 근원을 눈앞에 두고 싶지 않아 아들에게 시골로 내려가 소작인들과 함께 살라고 명령했습니다. 치모네는 그 거친 사람들의 관습이나 행동이 도시 사람들에 비해 훨씬 자기에게 맞았기 때문에 아버지의 명령이 몹시 마음에 들었습니다.

그래서 치모네는 시골로 갔고 거기서 자기 식대로 생활을 했습니다. 그러던 어느 날이었습니다. 정오가 훌쩍 지나서 치모네가 어깨에 굵은 지팡이를 메고 이쪽 밭에서 저쪽 밭으로 지나다가 그 근방에서 가장 아름다운 작은 숲에 들어서게 되었습니다. 마침 5월이라 숲은 신록이 무성했어요. 행운이 그렇게 인도했는지, 그곳을 걸어가던 치모네 앞에 키 큰 나무들로 둘러싸인 자그마한 초원이 펼쳐졌는데, 그 한편에서는 시원한 샘에서 맑은 물이 솟아났고 그 곁에는 아름다운 처녀 하나가 푸른 풀밭 위에 누워 잠을 자고 있었습니다. 여자는 대단히 섬세한 옷을 걸쳤는데, 순백의 속살을 거의 드러내고 있었습니다.* 특히나 허리 아래로는 새하얀 얇은 천만 덮고 있었지요. 그리고 발치에는 처녀의 하인인 두 여자와 한 남자가 비슷한 모양으로 자고 있었습니다.

지금까지 한 번도 본 적이 없는 유형의 여자를 보게 된 치모네는 굵은 지팡이에 기대서서 한마디 말도 없이 경이로운 눈으로 그녀를 응시하기 시작했습니다. 그리고 지금까지 수천 번의 교육에도 세련된 즐거움 따위는 터럭만큼도 들어서지

---

* 5월의 숲에서 샘물 곁에 잠을 자는 여자의 이미지는 당시 기사 애정 소설에 등장하는 표준적인 유형이다. 중세에 확산된 상징 체계에 따르면, 5월의 숲과 샘물은 영혼의 내밀한 곳에 잠들어 있는 덕성과 힘을 현실화할 수 있는 장소이자 계기가 된다.

보니파초 베르네세, 「치모네와 에피제니아」,
16세기 초, 귀도 로시(이탈리아 밀라노) 소장.

못했던 그의 투박한 가슴에 어떤 생각이 깨어나는 걸 느꼈습니다. 그 생각은 거칠고 딱딱한 그 영혼에 그녀야말로 살아 있는 사람이 볼 수 있는 것 중 가장 아름다운 무엇이라고 말하고 있었습니다.* 그리하여 치모네는 처녀의 몸을 샅샅이 살펴보기 시작했습니다. 머릿결에 감탄하고 그 금빛을 음미하며, 이마와 코, 입, 목, 어깨, 그리고 요컨대 아직 조금밖에 부풀지 않은 가슴을 눈으로 어루만졌습니다. 농사꾼에서 갑자기 미의 판관이 된 것이지요. 치모네는 깊은 잠에 빠져 굳게 감긴 두 눈을 보고 싶은 마음에 여자를 흔들어 깨울까도 몇 번이나 생각해 보았답니다. 그러나 그가 지금까지 보아 온 어떤 여자들보다도 훨씬 더 아름다운 것만 같아서 이건 여신이 틀림없다는 생각도 들었습니다. 그리하여 신성한 것은 세속적인 것보다 더 숭배할 가치가 있다고 판단하고는 끓어오르는 감정을 누르며 여자가 스스로 깨어나기를 가만히 참고 기다렸습니다. 기다림이 너무 오래가는 듯도 했지만, 이전에는 알지 못했던 즐거움을 맛본 치모네는 자리를 뜰 수가 없었습니다.

시간이 꽤 지나서 에피제니아**라는 이름의 그 처녀가 다른 사람들보다 먼저 눈을 뜨고 머리를 들다가 바로 앞에서 지팡

---

* 사랑이 가슴에 깃들어 그 사랑으로 하여금 말을 하게 만드는 청신체파의 작시법을 따른 구절로 보인다. 『신곡 – 연옥편』(2곡 112~114행)에 비슷한 구절이 나온다. "내 마음에 속삭이는 사랑,/ 그가 부드럽게 노래하기 시작했다./ 그 부드러움은 아직도 내 안에서 울리고 있다."
** 그리스 신화 속 연민을 불러일으키는 인물인 아가멤논의 딸에게서 따온 이름으로 보인다.

이에 기대선 치모네를 올려다보고는 깜짝 놀라 말했습니다.

"치모네! 이 시간에 숲에는 뭘 찾으러 온 거야?"

생긴 모양이나 거친 행동 때문에도 그렇고, 아버지가 귀족에다 부자라는 사실 때문에도 그렇고, 마을 인근에서 치모네를 모르는 사람은 없었습니다. 치모네는 에피제니아의 휘둥그레진 눈만 멀거니 바라볼 뿐 아무런 대답도 하지 않았습니다. 그렇게 뚫어져라 보고 있자니 속에서 어떤 달콤한 느낌 같은 것이 솟아나와 일찍이 맛보지 못한 즐거움으로 속을 가득 채우는 것만 같았습니다.

처녀는 그 꼴을 보고는, 이 인간이 이렇게 뚫어져라 바라보다가 자기에게 수치로 돌아올 만한 행동이라도 하면 어쩌나 싶어 하인들을 불러 일으키며 이렇게 말했습니다.

"치모네, 그럼 나중에 봐!"

그에 대해 치모네는 이렇게 대답했습니다.

"나도 너랑 갈 거야."

여전히 그가 두려웠던 처녀는 동행을 거절하고 싶었으나, 끝내 떼어 내지 못하고 결국은 치모네 집 가까이에 위치한 자기 집까지 그를 따라오게 하고 말았습니다. 이런 일이 있은 다음에 치모네는 아버지 집으로 갔고, 다시는 시골로 돌아가지 않겠다고 고집을 부렸습니다. 아버지와 가족들은 좀 귀찮았지만, 무슨 이유에서 그런 생각을 하게 된 건지 관찰하면서 그대로 두기로 했습니다.

그런데 에피제니아의 아름다움을 통해 치모네의 가슴에 꽂힌 사랑의 화살은 어떤 가르침도 받아들이지 못하던 그를 단번에 다른 사람으로 바꿔 놓았습니다. 그 변화는 아버지와 가족들, 그리고 그를 아는 모두를 놀라게 했습니다. 치모네는 우선 옷이며 그 밖의 다른 것들을 제 형제들처럼 훌륭한 것으로 해 달라고 요구했습니다. 이에 대해 아버지는 크게 기뻐했지요. 그리고 똑똑한 친구들과 사귀며 신사가 갖추어야 할, 그리고 특히 사랑에 빠진 사람들이라면 반드시 익혀야 할 예의들을 배웠습니다. 모두가 크게 놀라는 가운데 치모네는 아주 짧은 시간 안에 기초적인 학문들을 깨쳤을 뿐만 아니라 학자들 사이에서도 두각을 나타낼 정도가 되었습니다. 그에 더해 그의 거친 목소리와 촌스러운 말투가 점잖아지고 세련되어졌으며, 성악과 기악을 능숙하게 하게 됐고, 승마를 비롯해 바다와 육지에서 행하는 병법에 정통한 전문가가 되었던 것입니다. 그가 갖춘 훌륭한 점들을 세세히 열거하기가 어려우니 짧게 말씀드립니다만, 요컨대 치모네는 처음으로 사랑에 빠진 날로부터 사 년도 안 돼 키프로스 섬의 어느 젊은이보다 더 특별한 재능을 갖춘, 가장 뛰어나고 훌륭한 청년이 될 수 있었던 것입니다. 이 모든 것이 에피제니아에게 품은 사랑에서 기인했지요.

그런데 여러분! 이런 치모네를 우리가 어떻게 이해해야 할까요? 그것은 분명 그의 출중한 영혼에 깃든, 하늘이 주신 뛰어난 재능이 질투심 많은 운명으로 인해 그의 마음 작은 한 구석에 강한 쇠사슬로 묶여 꼼짝도 하지 못하다가, 운명의 신보다 훨씬 더 강력한 사랑의 여신이 그 모든 사슬들을 자르고 끊어 버렸다고밖에는 달리 설명할 길이 없습니다. 사랑의 신은 잠들어 있던 재능을 깨어나게 했고, 최대한의 힘을 발휘하여 야만스러운 어둠에 갇혀 있던 그를 밝은 빛으로 인도했습니다. 그러면서 그러한 재능을 자신의 규칙에 따라 빛으로 인도해, 이것을 어디서 끌어내 어디로 끌고 가는지 명확하게 보여 주었던 것입니다.

물론 사랑에 빠진 여느 젊은이들이처럼 에피제니아에 대한 치모네의 사랑이 도를 넘어설 때도 있었습니다. 그래도 아리스티포는 사랑이 숫양*을 사람으로 돌아오게 했다 여기고 끈기 있게 참았을 뿐만 아니라 아들이 하고 싶은 대로 하도록 내버려 두었습니다. 치모네는 에피제니아가 자기를 치모네라고 불렀던 것을 떠올리면서 갈레소라는 이름을 거부할 정도였으며, 자신의 소망이 정당한 결실을 맺도록 에피제니아의 아버지 치프세오에게 딸을 아내로 달라고 거듭 졸라 댔습니다. 그러나 그럴 때마다 치프세오는 딸이 로도스 섬의 귀족 청년 파시문다와 약혼했기 때문에 줄 수 없다고 대답했습니다.

그러는 동안 에피제니아의 결혼 날짜가 다가와 파시문다가 사람을 보냈습니다. 이를 보고서 치모네는 속으로 생각했습니다. '오, 에피제니아여! 이제야말로 내가 그대를 얼마나 사랑하는지 보여 줄 때로구나. 나는 그대 덕분에 사람이 됐다. 그대를 가질 수만 있다면 나는 어떤 신보다도 영광스러우리로다. 이는 분명 그대를 갖느냐 내가 죽느냐의 문제로구나.'

---

* 우둔한 사람을 가리키는 말. 여섯 번째 날 여덟 번째 이야기에서 프레스코의 조카딸을 묘사할 때, 일곱 번째 날 다섯 번째 이야기에서 질투쟁이를 묘사할 때에도 쓰인다.

그는 그렇게 되뇌면서 친구로 사귀던 몇 명의 귀족 청년들을 은밀히 모아 비밀리에 해전에 적합하게 완벽히 무장시킨 배 한 척을 끌고 바다로 나가, 에피제니아를 로도스 섬의 남편에게 보내는 배가 출항하기를 기다렸습니다. 한편, 파시문다의 친구들은 처녀의 아버지에게서 성대한 대접을 받고 바다로 나서서 로도스로 뱃머리를 돌려 항해를 시작했습니다. 한잠도 못 잔 치모네는 다음 날 아침에 배를 타고 쫓아가 뱃머리에 서서 에피제니아의 배에 타고 있던 자들에게 큰 소리로 고함을 쳤습니다.

"멈춰라! 돛을 내려라! 그렇지 않으면 한 놈도 빠짐없이 바다에 수장시키겠다!"

치모네의 적들은 갑판 위에 무기를 꺼내 놓고 방어 태세를 취했습니다. 이를 본 치모네는 말을 거뒀고, 전속력으로 달리던 로도스 사람들 배의 고물에 쇠갈고리를 던져서는 그 배를 자기 배의 이물에 단단히 붙들어 맸습니다. 그리고 누가 뒤를 따를 새도 없이 한 마리 사자처럼 용감하게 로도스 사람들의 배 위로 뛰어올랐습니다. 그러고는 손에 칼을 쥔 채 놀라운 힘으로 적들 사이에 뛰어들어 이쪽저쪽으로 마치 양들을 무너뜨리듯 그들을 베어 버렸습니다. 이를 본 로도스 사람들은 무기를 내던지고서 거의 한목소리로 항복하고 말았습니다.

치모네는 이들에게 이렇게 말했습니다.

"제군이여! 내가 키프로스를 떠나 바다 한가운데서 이렇게 손에 무기를 들고 여러분을 공격해야 했던 것은 약탈을 위해서도 아니고 여러분을 미워해서도 아니다. 나를 움직인 것은 내게는 아주 큰 것이지만, 여러분에게는 순순히 양도할 수 있을 만큼 매우 사소한 것이다. 그건 바로 내가 다른 누구보다 사랑하는 에피제니아다. 에피제니아의 아버지가 순순히 그녀를 주지 않으니, 사랑이 나로 하여금 여러분을 적으로 삼아 무기를 들고 그녀를 쟁취하게 만든 것이다. 그러므로 나는 여러분의 파시문다와 같은 자격으로 그녀를 맞이하고자 한다. 여러분은 그녀를 나에게 넘겨주고 무사히 집으로 돌아가기 바란다."

로도스 사람들은 울고 있던 에피제니아를 치모네에게 넘겨주었습니다. 원해서라기보다는 어쩔 수 없이 말이죠. 치모네는 울고 있는 그녀를 보며 말했습니다.

"고귀한 여인이여! 슬퍼하지 마시오. 나는 당신의 치모네요. 당신을 오랫동안 사랑했소. 그저 약혼을 했을 뿐인 파시문다보다 당신을 가질 자격이 더 크단 말이오."

치모네는 에피제니아가 자기 배에 오르는 것을 보고 나서, 동료들이 로도스 사람들 물건에 전혀 손을 대지 않도록 한 다음 배로 돌아왔습니다. 그리고 로도스 사람들을 보내 주었습니다. 치모네는 그렇게도 소중한 전리품을 얻은 것이 세상 누구보다 기뻤지만, 얼마 동안은 마음이 혼란한 그녀를 달래야만 했습니다. 그래서 당장에 키프로스로 돌아가지 않는 것이 낫지 않을까 동료들과 의논했습니다. 모두 동의했기 때문에 그들은 크레타 섬으로 향했습니다. 거의 모두가 그랬지만 특히 치모네에게는 오래된 친척들과 새로운 친구들이 그곳에 많았습니다. 그래서 에피제니아를 데리고 가도 안전하리라 여겨 뱃머리를 돌린 것입니다.

그러나 여자를 얻는 데까지는 그렇게 흔쾌히 치모네를 도와주던 운명의 여신이 사랑에 빠진 젊은이의 측량할 길 없는 기쁨을 돌연 슬프고 쓰디쓴 눈물로 바꾸고 말았습니다. 치모네가 로도스 사람들을 놔주고 난 뒤 네 시간도 안 돼 밤이 닥쳤습니다. 그날 밤이야말로 치모네가 한껏 부푼 마음으로 기다리던 밤이었는데, 날이 어두워지면서 폭풍이 불어와 날씨가 험악해졌습니다. 하늘은 구름으로 덮이고 바다는 광폭한 바람에 날뛰는 것이었습니다. 그 때문에 어떻게 해야 좋을지, 어디로 가야 할지 도무지 알 수 없었고, 뭘 하든 배 위에는 서 있을 수도 없는 지경이었습니다. 치모네가 이 일로 얼마나 괴로웠을지는 물을 필요도 없겠지요. 신들이 그에게 희망을 허용한 것은 이전에는 별로 생각해 보지 않았던 죽음을 더 고통스럽게 맛보여 주려는 의도인 것만 같았습니다. 동료들도 비슷하게 고통스러워했지요. 하지만 그 누가 에피제니아만 했을까요? 그녀는 서럽게 울면서 배가 파도에 흔들릴 때마다 고통스러워했습니다. 또 구슬피 울면서 치모네의 사랑을 저주했고 그의 정열을 질책했습니다. 그리고 전에 없이 이런 폭풍이 일어난 것은 뜻을 어기고 자기를 신부로 삼으려 했던 치모네가 분수도 모르고 욕망을 만끽하는 걸 신들이 원하지 않기 때문이라 잘라 말하며 자기가 먼저 죽는 걸 보고 그 역시 비참하게 따라 죽을 운명이라고 악담을 퍼부었습니다.

그렇게 한탄과 그보다 더한 것들에 휩싸여 선원들이 어쩔 줄 모르고 우왕좌왕하는 사이에 바람은 한층 더 거세졌고, 그들은 어디로 가는지도 모르고 있다가 로도스 섬 근처까지 밀려오게 됐습니다. 그들은 거기가 로도스 섬인지도 모르고 그저 목숨을 구할 생각으로 있는 힘을 다해 육지에 닿기 위해 무진 애를 썼습니다. 이에 운명의 여신도 친절을 베풀어 그들을 작은 만으로 인도해 주었습니다. 그곳에는 치모네에게서 풀려난 로도스 사람들의 배가 조금 전에 도착한 터였습니다. 새벽녘이 되어 하늘이 어느 정도 뿌옇게 밝아 와 자기들이 전날 놓아 주었던 배가 대략 화살이 닿을 만한 거리에 있는 것을 보고서야 그들은 로도스 섬에 도착한 것을 알았습니다. 어쩔 줄 몰라 하던 치모네는 뒤이어 일어날 일을 걱정하며 전력을 다해 그곳을 벗어나라고 명령했습니다. 운명이 그들을 어디로 데려가든 여기보다 더 위험한 곳은 없으리라 생각했던 것입니다. 그들은 그곳에서 벗어나려고 엄청나게 노력했으나 모든 노력은 수포로 돌아갔습니다. 강한 바람이 반대로 불어서 그들을 그 작은 만에서 벗어나게 하기는커녕, 싫든 좋든 그들을 육지로 떠밀었기 때문이었습니다.

그렇게 해서 그들은 마침 배에서 내리던 로도스 선원들에게 발견되고 말았습니다. 선원 몇 명은 젊은 로도스 귀족들이 머물던 근처 마을로 재빨리 달려가, 에피제니아를 빼앗아 간 치모네가 다행히 저들처럼 여기에 와 있다는 걸 알렸습니다. 로도스 귀족들은 이 소식을 듣고 매우 기뻐하면서 마을 사람들을 대거 동원하여 서둘러 바닷가로 달려왔습니다. 그에 앞서 동료들과 배에서 내린 치모네는 근처 숲 어디론가 도망치려고 하다가 에피제니아와 함께 모두 사로잡혀서 마을로 압송되었습니다. 그리고 마침 그해에 로도스의 최고 사법관 자리에 오른 리시마코가 일단의 군대를 이끌고 도시에서 달려와 치모네와 그 동료들을 모두 감옥에 집어넣었습니다. 이게 다 소식을 듣고 달려온 파시문다가 로도스 의회에 청원하여 꾸민 일이었습니다.

그렇게 해서 사랑에 빠진 가련한 치모네는 몇 번의 입맞춤을 끝으로 방금 전에 얻었던 에피제니아를 잃어버리고 만 것입니다. 에피제니아는 로도스의 귀부인들에게서 환영을 받았고, 그 험한 바다에서 겪은 고생은 물론 납치되어 받은 고통까지 위로받았습니다. 그리고 정해진 결혼식 날이 올 때까지 귀부인들과 함께 머물렀습니다. 파시문다는 갖은 수단을 다 써서 치모네와 그의 동료들을 사형대로 보내려고 했으나, 전날 로도스의 젊은이들을 살려 보낸 일이 참작되어 종신형에 처해졌습니다. 그들이 감옥에서 아무런 위안도 희망도 없이 얼마나 고통스러웠는지는 말할 필요도 없겠지요. 한편 파시문다는 다가오는 결혼을 서둘러 준비하느라 여념이 없었습니다.

치모네의 희망을 너무 섣불리 꺾은 것을 후회했는지 운명의 신은 그의 안전을 위해 새로운 사건을 준비했습니다. 파시문다에게는 오르미스다라는 동생이 있었습니다. 나이는 어리지만 인품은 형에 뒤지지 않는 청년이었지요. 그는 카산드레아라고 하는 젊고 아름다운 처녀를 아내로 맞아들이기로 오래전부터 약속이 되어 있었는데, 리시마코가 이 처녀에게 뜨거운 연정을 품고 있었습니다. 그에 더해 여러 사건들로 인해 결혼이 자꾸 늦춰지고 있었습니다. 그런데 자기 결혼식을 성대하게 치르려고 계획했던 파시문다는 오르미스다도 같은 날 결혼식을 올리게 되면 비용도 덜 들고 축하 분위기도 고조될 테니 아주 좋겠다고 생각했지요. 그래서 카산드레아의 부모와 협의를 했고 동의를 이끌어 냈습니다. 그래서 파시문다가 에피제니아와 결혼하는 바로 그날, 오르미스다도 카산드레아와 결혼하기로 얘기가 된 것입니다.

이 얘기를 들은 리시마코는 너무나도 불쾌했습니다. 오르미스다가 카산드레아와 결혼하지 않으면 그녀를 확실하게 자기 것으로 만들 수 있겠다고 생각했는데, 그런 희망이 사라진 듯 보였기 때문입니다. 그러나 리시마코는 워낙 용의주도한 사람이라 불쾌한 심중을 감춰 두고 어떻게 하면 결혼식이 진행되는 걸 방해할까 생각하다가 그녀를 납치하는 수밖에 없다는 결론을 내렸습니다. 그런 일은 그의 직책으로 보면 쉽게 할 수 있는 일 같았으나 막상 그런 직책에 있는 그로서는 지극히 명예롭지 못한 일로 보이기도 했습니다. 그러나 생각을 거듭하다 보니 결국 명예도 사랑에 굴복했고, 나중 일이야 어찌 되든 카산드레아를 납치하기로 마음먹었습니다. 그래서 이를 함께 실행할 동지나 취할 방법을 강구하다가 동료들과 함께 감옥에 있는 치모네를 기억해 냈습니다. 이 일에 치모네 이상 믿음직스러운 동지는 없다는 생각이 들었던 겁니다.

그래서 다음 날 밤에 은밀히 치모네를 자기 방으로 오게 해서 이런 식으로 자기 계획을 설명했습니다.

"치모네! 신들은 인간에게 여러 가지를 마음껏 선사하는 최고의 존재들이지. 하지만 인간의 덕을 심판할 때도 지극히 현명하시다네. 그래서 어떤 경우에도 침착하고 의연한 인간들을 가장 뛰어난 이들로 보고 으뜸의 상으로 보답하신다네. 내가 알기로 자네 부친은 상당한 재력가라고 하던데, 신들은 자네가 아버지 집에서 보여 줄 수 있었던 것보다 더 확실한 방법으로 자네의 덕에 대해 알고 싶었던 거야. 그래서 우선 자네에게 사무치는 사랑의 감정을 일으켜 무지한 짐승에서 인간에 이르게 하셨고, 혹독한 운명에 이어 지금은 이 고통스러운 감옥 생활을 통해 자네의 영혼이 바로 얼마 전에 자네가 획득한 전리품으로 행복했던 때를 떠올리며 변화를 일으키지 않는지 보고 싶으신 거라네. 그래서 자네의 영혼이 이전이나 지금이나 변함이 없다면, 신들은 이전에 그렇게 큰 기쁨을 주지 않았던 것만큼이나 이번에는 자네에게 큰 선물을 준비하고 계시지. 그러니 자네의 힘을 북돋우고 힘을 불어넣기 위해서 내가 그 선물이 뭔지 설명해 주려 하네.

파시문다는 자네의 불행을 기뻐하면서 자네의 죽음을 열심히 준비하고 있어. 자네가 사랑하는 에피제니아와의 결혼을 가능한 한 서두르면서 말일세. 그렇게 해서 처음에는 호의적이었던 운명이 자네에게 줬다가 곧바로 돌변해서 빼앗아 버린 전리품을 즐기고 있단 말이야. 내가 믿듯 자네가 그녀를 사랑한다면 그게 얼마나 큰 고통인지 나도 잘 안다네. 게다가 운명은 자네에게 가했던 것과 똑같은 모욕을 나에게도 주려 하네. 파시문다의 동생 오르미스다가 파시문다가 결혼하는 바로 그날 내가 너무나도 사랑하는 카산드레아와 결혼식을 올리려 준비한다는 말일세.

따라서 이처럼 심한 운명의 모욕과 장난에서 벗어나려면 우리 영혼과 행운의 힘으로 길을 개척해 나가는 수밖에 다른 도리가 없다고 생각하네. 우리가 칼을 휘둘러 길을 만들고, 그러면서 우리의 두 여자 중 자네는 두 번째 전리품을, 나는 첫 번째 전리품을 손에 넣었으면 하네. 아무리 감옥에서 나간들 자네 여자가 없다면 무슨 의미가 있겠나. 그건 자유가 아니야. 반대로 자네 여자를 되찾는다면 대단한 기쁨이 될 걸세. 나의 계획에 따르기를 원하네만, 그렇게만 한다면 신들은 자네 여자를 자네 손에 쥐어 줄 거야."

이러한 말들은 길을 잃은 치모네의 영혼을 소생시켰습니다. 치모네는 별로 망설이지 않고 이렇게 대답했습니다.

"리시마코! 자네가 생각하는 대로, 자네의 계획에 나만큼 든든하고 강력한 동지는 얻을 수 없을 거네. 그러니 일은 다 된 거나 마찬가지. 그렇다면 자네가 생각하고 있는 걸 어서 얘기해 보게. 내 멋지게 힘을 발휘해 보겠네."

그러자 리시마코가 말했습니다.

"오늘부터 사흘째 되는 날 두 신부가 저희 남편들 집으로 첫날밤을 보내러 갈 거야. 그러면 자네는 무장한 동료들을 데려가고 나도 가장 신뢰하는 친구들을 무장시켜서 저녁때쯤 그들의 집으로 쳐들어가자고. 그리고 잔치가 열리는 중간에 두 여자를 내가 비밀리에 준비해 둔 배로 납치하면 어떻겠나. 방해하는 놈들은 다 없애야겠지."

치모네는 이 계획이 마음에 들었습니다. 그래서 그날이 오기까지 감옥에 얌전히 있었습니다.

결혼식 날이 오자, 두 형제의 집은 엄청난 규모와 이루 말할 수 없는 화려함으로 온통 잔치 분위기에 휩싸였습니다. 리시마코는 빈틈없이 준비를 갖춘 뒤, 대기 중인 치모네와 그 동료들, 그리고 자기 친구들과 함께 옷 속에 무기를 감추고 적절한 때를 노려 계획을 실행에 옮겼습니다. 우선 일행을 세 조로 나눠서 한 조는 필요할 때 배에 오르는 걸 아무도 저지하지 못하도록 비밀리에 항구로 보내고, 다른 두 조는 파시문다의 집으로 향해서 한 조는 문 앞에 남아 아무도 안으로 들어가지 못하게 하고 나머지는 치모네와 함께 계단으로 뛰어올라갔습니다. 이렇게 해서 거실에 이르니 새 신부들이 다른 여러 부인들과 나란히 식탁에 앉아 막 식사를 하려던 참이었습니다. 그들은 앞으로 내달려 식탁을 뒤집어엎고 각자 자기 여자들을 붙잡아 동료들의 손에 넘긴 다음 준비된 배로 즉시 데려가라고 명령했습니다.

새 신부들이 비명을 지르며 울고, 비슷하게 다른 부인들이나 하인들도 울부짖으면서 집 안은 순식간에 비명과 절규로 가득 찼습니다. 그러나 치모네와 리시마코, 그리고 그들의 동료들이 칼을 빼 들자 아무도 저항하지 못하고 순순히 길을 내주었고, 그들은 계단을 향해 나아갔습니다. 그들이 계단을 내려가는데 파시문다가 커다란 몽둥이를 손에 들고 내달려 와 그들과 맞부딪쳤으나, 치모네가 용감하게 머리를 쳐서 깨끗하게 두 쪽을 내자 파시문다는 절명해서 발밑에 나뒹굴고 말았습니다. 불쌍한 오르미스다가 파시문다를 도우려고 달려들었지만 그 역시 치모네가 휘두르는 칼에 죽고 말았습니다.

그들은 피와 비명과 울음과 슬픔으로 아수라장이 된 집을 버리고 어떠한 제지도 받지 않으면서 그들의 전리품들을 데리고 배가 있는 곳까지 도착했습니다. 그리고 여자들을 배에 태우고 동료들과 함께 배에 올랐습니다. 바로 그때 여자들을 빼앗기 위해 무장한 일단의 사람들이 바닷가를 가득 채웠으나, 그들은 힘차게 노를 저어서 예정된 항로로 접어들었습니다.

크레타에 도착한 그들은 수많은 친구와 친척들에게서 열렬한 환영을 받았습니다. 치모네와 리시마코는 여자들과 결혼하여 성대한 잔치를 열고 그들의 전리품들과 기쁨을 누렸습니다. 키프로스와 로도스에서는 이들이 벌인 행동에 대해 오랫동안 소문과 비난이 끊이지 않았습니다. 그러나 결국 양쪽 친구들과 친척들의 중재로 이들은 일정 기간 동안 추방되었다가 치모네는 에피제니아와 함께 키프로스로 돌아가고 리시마코 역시 카산드레아와 함께 로도스로 돌아가는 식으로 해결을 봤습니다. 그리고 각자 자기 나라에서 오랫동안 행복하게 잘살았다고 합니다.

다섯 번째 날 두 번째 이야기

고스탄차는 마르투초 고미토를 사랑하는데, 그가 죽었다는 말을 듣고 절망에 빠져 혼자서 배에 몸을 싣는다. 배는 바람에 밀려 수사까지 떠내려간다. 그런데 마르투초가 튀니지에 살아 있다는 소식을 듣고 고스탄차는 그 앞에 모습을 드러낸다. 마르투초는 왕에게 여러 충언들을 한 덕분에 상당한 지위에 올라 있었다. 그는 고스탄차와 결혼하고 부자가 되어 리파리로 돌아온다.

여왕은 판필로의 이야기가 끝나자 침이 마르도록 칭찬한 뒤 에밀리아에게 다음 이야기를 이어 가라고 재촉했습니다. 이에 따라 에밀리아가 이야기를 시작했습니다.

— 애정이 보상받는다는 것은 누구나 기뻐할 만한 일이지요. 오랜 시간을 두고 보면 사랑은 괴로운 일이 아니라 행복한 일이니까요. 그러니 만큼 어제는 왕의 말에 순종하지 못했지

만 오늘은 여왕의 말에 순종하고자 합니다.

친절하신 부인 여러분! 시칠리아 근처에 리파리라는 작은 섬이 있는 건 다들 아시겠지요. 그렇게 오래된 일은 아닙니다만, 그 섬에 매우 고귀한 가문에서 태어나 아주 아름답게 자란 고스탄차라는 처녀가 살았어요. 그런데 그 섬에 사는 마르투초 고미토라 불리는, 품성이 고상하고 예절이 바르며 하는 일에서도 뛰어난 청년이 그 처녀를 사랑했어요. 고스탄차도 마찬가지로 그를 뜨겁게 사랑해서 하루라도 보지 못하면 마음이 편치 않을 정도였답니다. 마르투초는 고스탄차를 아내로 맞고 싶어 처녀의 아버지에게 딸을 달라고 청했지만, 돌아온 것은 가난한 그에게는 줄 수 없다는 답이었어요. 마르투초는 가난 때문에 거절당한 것을 몹시 분하게 여겨 부자가 되기 전에는 리파리에 돌아오지 말자고 친구들과 친척들을 모아 놓고 맹세했어요.

그렇게 그들과 함께 떠난 마르투초는 바르베리아의 해안을 떠돌며 자기보다 약한 배들을 닥치는 대로 약탈하기 시작했어요. 만약 자신의 행운에 한계를 그을 줄 알았더라면 운명도 그에게 친절을 베풀었을 겁니다. 그러나 마르투초는 삽시간에 엄청난 부자가 된 것에 만족하지 않고 지나친 욕심을 부리다가 어느 날 사라센인들의 배에 오랫동안 포위당한 끝에 동료들과 함께 잡히고 배 안의 물건도 모조리 빼앗기고 말았어요. 사라센인들은 배 안의 동료들을 대부분 바다에 던져 버리고 배를 침몰시켰으며, 그를 튀니지로 보내 그곳 감옥에서 엄중한 감시를 받으며 오랫동안 비참한 생활을 하게 했어요.

이 소식은 한두 사람이 아니라 수많은 사람들의 입을 통해 리파리까지 전해졌어요. 그 작은 배에 탄 마르투초와 동료들이 모조리 익사했다는 내용으로요. 마르투초가 떠난 일로 크게 슬퍼하던 처녀는 그가 동료들과 함께 죽었다는 얘기를 듣고 오랫동안 울다 지쳐 자기도 이젠 그만 살기로 결심했어요. 그러나 자기 심장에 쓰라린 고통을 가하면서 죽고 싶지는 않았기에 뭔가 색다른 방법으로 편안하게 죽어야겠다는 생각이 들었어요. 그래서 어느 날 밤 아버지 집에서 몰래 빠져나와 항구에 갔다가 우연히 다른 배들과 떨어져 정박 중인 어선 한 척을 발견했어요. 배에 탔던 사람들이 방금 뭍으로 올라갔는지 그 작은 배에는 돛대도 돛도 노도 모두 그대로 있었어요. 처녀는 재빨리 배에 올라타서 바다를 향해 노를 저었어요. 그 섬의 여자들은 모두가 이 정도 바다 일은 익숙했거든요. 그리고 돛을 올리고 노와 키를 바다에 던져 버린 다음 바람이 부는 대로 자신을 맡겼습니다. 그렇게 하면 결국에는 짐도 없고 키잡이도 없이 배는 바람에 뒤집히거나 암초에 부딪혀 부서질 것이고, 그러면 자기도 바라는 대로 결국은 익사하게 되리라고 생각했던 거지요. 처녀는 머리까지 망토를 푹 뒤집어쓰고 울면서 배 바닥에 누웠어요.

그러나 일은 뜻한 대로 돌아가지 않았어요. 불어오던 바람이 잦아들더니 아주 부드러워져서 물결은 거의 일어나지 않았습니다. 오히려 배를 적당히 받쳐 주어 배에 오른 그다음 날 저녁 어스름에 튀니지에서 100마일은 족히 떨어진 수사라는 도시 근처의 해안으로 처녀를 데려다 주었던 거예요. 처녀는 자기가 땅에 있는지 바다에 있는지 전혀 느끼지 못했어요. 그도 그럴 것이 어떤 일이 생겨도 누운 채로 머리를 들지 않았고 또 그럴 생각도 없었기 때문이죠.

그런데 배가 해안으로 떠밀려 왔을 때 마침 가난한 아낙네 하나가 해안에서 고기잡이 그물을 거둬들이고 있었어요. 아낙네는 작은 배 하나가 돛을 팽팽히 한 채 뭍을 향해 부딪칠 듯이 돌진하는 것을 보고 깜짝 놀랐어요. 아마도 선원들이 배 안에서 자고 있나 보다 생각하고서 배로 달려갔으나 그 처녀 외에 아무도 보이지 않는 것이었어요. 아낙네는 곤히 잠든 처녀를 수차례 불렀고, 겨우 잠에서 깨울 수 있었어요. 입은 옷으로 보아 기독교인이라는 걸 알고서, 어떻게 해서 그런 배를 타고 혼자 몸으로 이곳까지 오게 됐느냐고 이탈리아어로 물었어요. 처녀는 아낙네가 이탈리아어로 말하는 걸 듣자 바람에 떠밀려 리파리로 돌아온 건가 하여 어리둥절했어요. 처녀는 곧바로 몸을 일으켜 사방을 둘러보았어요. 그러나 주변이 낯설고 자신이 뭍에 올라 있는 걸 보고는 사람 좋아 보이는 여자에게 거기가 어디인지 물었어요.

그러자 사람 좋아 보이는 여자는 이렇게 대답했어요.

"아가씨! 여긴 바르베리아의 수사 근처예요."

이를 듣고 처녀는 하느님께서 자기 목숨을 거두지 않으신 것을 슬프게 여기고, 능욕을 당하지 않을까 두려워 어쩔 줄 몰라 하며 뱃전에 앉아 울기 시작했어요. 이를 본 아낙네는 불쌍한 생각이 들어 처녀를 위로했으며, 자기 오두막으로 데려가 그곳에서 정성을 들여 마음을 가라앉혀 주었어요. 그러자 마침내 처녀는 어떻게 해서 이곳까지 오게 되었는지 말해 주었어요. 아낙네는 처녀가 아무것도 먹지 못한 것을 알고 딱딱한 빵을 생선과 물을 곁들여 내놓았고, 자꾸 권하는 바람에 처녀는 조금이나마 배를 채웠지요.

고스탄차는 이렇게 이탈리아어를 쓰는 그 아낙네가 누구인지 물었어요. 그러자 아낙네는 자기는 트라파니 사람으로 이름은 카라프레사이며, 여기서는 기독교인 어부들의 일을 돕고 있다고 말해 주었습니다. 고스탄차는 아직 슬픈 감정에 젖어 있긴 했으나 카라프레사라는 이름을 듣자, 뭔가 알 수 없는 것이 내부에서 꿈틀거리는 걸 느꼈어요. 이유는 모르지만 그 이름을 들은 것이 어쩐지 좋은 징조로 여겨져 죽고 싶은 생각이 가시기 시작했던 겁니다. 처녀는 자기가 누구이고 어디서 왔는지 밝히지 않고, 그 아낙네에게 제발 부탁이니 자신의 젊음을 불쌍히 여겨서 자기가 능욕을 당하지 않고 이곳을 벗어날 수 있도록 도와 달라고 간절하게 부탁했어요.

처녀의 얘기를 들은 카라프레사는 그야말로 선한 여자답게 그녀를 집에 남겨 두고 곧바로 해안으로 나가 그물을 마저 거둬들인 다음 부리나케 돌아와서 자기 망토로 그녀 얼굴을 가린 채 수사로 데려갔어요. 그리고 그곳에 도착해서 이렇게 말했어요.

"고스탄차! 이제부터 아가씨를 마음씨가 아주 좋은 어느 사라센 부인의 집으로 데려갈 겁니다. 내가 여러 가지 일들을 도와 드리는 분으로, 나이가 많고 마음이 따뜻하신 분이에요. 내 힘이 닿는 한 아가씨를 잘 부탁드릴게요. 틀림없이 아가씨를 기꺼이 맞아서 딸처럼 대해 주실 겁니다. 그러니 아가씨도 최선을 다해 그분을 모시면서 하느님께서 더 나은 운명을 보내 주실 때까지 그분의 은혜를 얻을 수 있도록 해 보세요."

아낙네는 자기가 말한 대로 그렇게 했습니다.

나이가 많이 든 부인은 사연을 듣고서 고스탄차의 얼굴을 물끄러미 바라보더니 눈물을 흘리며 그녀를 껴안고 이마에 입을 맞췄어요. 그리고 손을 잡고 집 안으로 데리고 들어갔어요. 그 집에서 부인은 남자 없이 다른 여러 여자들과 함께 살고 있었는데, 그들은 명주나 야자수 잎, 가죽 등으로 여러 가지 수예품을 만들고 있었어요. 고스탄차는 바로 몇 가지 일을 익혀 그들과 함께 일을 시작했어요. 그리고 얼마 지나지 않아 가르쳐 주는 대로 그들의 언어도 배웠어요.

고스탄차가 수사에 사는 동안 집에서는 그녀가 사라진 후 죽은 것으로 믿고 모두가 슬퍼하고 있었답니다. 한편, 그라나다에서 세력을 크게 확장 중이던 청년 하나가 튀니지의 왕권은 자기에게 귀속되어야 한다며 엄청난 대군을 이끌고 당시 튀니지의 왕이었던 물라이 압달라를 쫓아내려고 진격해 왔어요.

이런 상황은 감옥에 있던 마르투초 고미토의 귀에도 들어갔지요. 그는 바르베리아 말을 아주 잘 알았는데, 튀니지의 왕이 방어를 위해 전격적으로 군대를 소집하고 있다는 말을 듣고는 자기와 동료들을 감시하던 간수 중 하나에게 이렇게 말했어요.

"한 가지 충언을 드리고자 하니 왕을 만나게 해 주게. 왕께서 내 말을 들으시면 반드시 전쟁에서 승리하실 걸세."

간수는 이 얘기를 상관에게 전했고, 상관은 즉시 왕에게 보고했어요. 그러자 왕은 마르투초를 데려오게 하여 충언할 것이 무어냐고 물었습니다. 마르투초는 이렇게 대답했어요.

"전하! 저는 얼마 전에 전하의 이 나라에서 체류한 적이 있어 전하께서 전투를 하실 때 어떤 방식을 쓰시는지 압니다. 제가 보기에 전하께서는 다른 무엇보다 활과 화살을 많이 활용하시는 것 같습니다. 그러니 적군의 화살은 떨어지게 하고 아군의 화살은 충분히 남아 있게 만드는 전법을 쓰신다면 전투에서 승리하실 것이라고 생각합니다."

이 말을 듣고 왕은 이렇게 말했습니다.

"그럴 수만 있다면 틀림없이 승리하리라 믿어지는구나."

이에 마르투초가 말했어요.

"전하! 전하께서 하고자만 하신다면 반드시 성공하실 겁니다. 구체적인 방법을 말씀드리겠습니다. 우선 지금 공통으로 쓰고 있는 것보다 훨씬 더 가는 줄로 활을 제작하게 하십시오. 그리고 화살 오늬가 그 가느다란 줄에 딱 맞게 만드십시오. 이 일은 적이 알지 못하도록 비밀리에 진행되어야 합니다. 그렇지 않으면 그쪽도 대책을 마련할 테니까요. 제가 이런 말씀을 올리는 데는 이유가 있습니다. 적의 궁수들은 활을 쏠 테고 전하의 군사들도 활을 쏠 것입니다. 그렇게 싸우다 보면, 전하도 잘 아시겠지만, 적은 이쪽에서 쏜 화살을 주워서 쓰지 않을 수 없고 또 이편에서도 적의 화살을 주워 쓰게 될 겁니다. 그러나 적은 전하가 쏜 화살을 사용할 수 없습니다. 오늬가 작아서 그들이 사용하는 굵은 줄에는 맞지 않기 때문입니다. 그런데 가는 줄로는 굵은 오늬의 화살도 적절하게 쏠 수 있기 때문에 전하의 군사들은 적의 화살을 사용할 수 있습니다. 그러면 전하의 군대는 화살을 충분히 보유하는 반면, 적은 화살이 없어 쩔쩔맬 것입니다."

총명한 사람이었던 왕은 마르투초의 조언이 마음에 들었어요. 그리고 그를 전적으로 따른 결과 전쟁을 승리로 이끌 수 있었지요. 그리하여 마르투초는 왕의 총애를 받았고 결과적으로 높은 지위에 올라 부자가 되었답니다.

이 소문은 온 나라에 퍼졌습니다. 오랫동안 죽은 줄로만 믿었던 마르투초 고미토가 살아 있다는 소식은 고스탄차의 귀에도 들어갔어요. 진즉에 미지근하게 식었던 처녀의 가슴에는 그에 대한 사랑이 순식간에 세차게 타올랐고 더 커졌으며 죽었던 희망이 되살아났어요. 처녀는 함께 살아온 친절한 부인에게 자기에게 일어났던 일들을 낱낱이 고백하고서 튀니지로 가서 자기 귀로 들었던 얘기들을 이제는 눈으로 확인하고 싶다고 말했어요. 부인은 좋은 생각이라며 크게 칭찬하고, 친딸과 다름없는 처녀를 데리고 배에 올라 튀니지로 향했어요. 그리고 그곳에서 고스탄차와 함께 어느 친척의 집으로 가서 융숭한 대접을 받는 한편, 함께 간 카라프레사를 시켜 마르투초를 찾을 방도를 알아보게 했어요. 카라프레사는 마르투초가 살아 있으며 높은 지위에 올랐다고 보고했지요. 친절한 부인은 마르투초에게 고스탄차가 찾아왔다는 것을 알려 주고 싶은 생각이 간절했어요.

그래서 어느 날 마르투초에게 가서 이렇게 말했어요.

"마르투초! 리파리에서 온 당신의 하인 하나가 내 집에 머물고 있어요. 그런데 은밀히 당신께 하고 싶은 말이 있다고 하는군요. 그 사람 부탁으로 다른 사람들 모르게 내가 이렇게 직접 알려 주러 왔습니다."

마르투초는 감사를 표하며 부인과 함께 집으로 갔지요.

고스탄차는 마르투초의 얼굴을 보는 순간 너무나 기뻐 죽을 것 같았어요. 그리고 이내 자신을 이기지 못하고 두 팔을 벌리고 달려가 그의 목을 얼싸안았어요. 그리고 불행했던 과거의 아픔과 현재의 기쁨으로 인해 할 말을 잊은 채 조용히 눈물을 흘렸답니다. 마르투초도 그녀를 본 순간 얼마나 놀랐던지 아무 말도 못하다가 이윽고 한숨을 내쉬며 말했어요.

"아아, 나의 고스탄차여! 그대가 살아 있단 말이오? 실종됐다고 들은 것이 꽤 오래전이고, 우리 고향에서는 그 후로 당신 얘기가 전혀 나오지 않았는데 말이오."

이렇게 말하고는 말없이 눈물을 흘리며 그녀를 껴안고 입을 맞췄어요. 고스탄차는 지금까지의 일들을 낱낱이 얘기하고, 친절한 부인이 돌봐 주어 잘 지냈다고 말했어요.

그 후에도 둘은 수많은 얘기들을 나눴답니다. 마르투초는 이윽고 처녀를 데리고 왕 앞에 가서 자신과 그녀가 겪었던 일들을 들려주고는 허락해 주신다면 우리의 법*에 따라 처녀와

---

* 여기서 말하는 "우리"는 이야기를 하는 사람과 그것을 듣는 사람, 즉 열 명의 남녀를 가리킨다. "법"은 '종교'를 뜻한다.

결혼하고 싶다고 말했어요. 왕은 이 얘기에 크게 놀라 처녀를 불러 마르투초가 했던 얘기를 다시 확인한 다음 이렇게 말했어요.

"그렇다면 그대는 마르투초를 남편으로 맞을 자격이 충분하도다."

그리고 값진 선물들을 산더미처럼 가져오게 해서 절반은 처녀에게, 절반은 마르투초에게 나눠 주고는 모든 걸 둘이서 알아서 하도록 전적으로 맡겼어요.

마르투초는 고스탄차를 맡아 주었던 친절한 부인에게 경의를 표하고 베풀어 준 환대에 감사를 표한 다음 많은 선물을 주었어요. 부인은 고스탄차의 행복을 빌고 두 사람과 눈물의 이별을 했지요. 그런 뒤에 두 사람은 왕의 허락을 받아 카라프레사와 함께 배에 올라 순풍을 받으며 리파리로 돌아갔답니다. 리파리에서 그들은 말로 다 할 수 없는 환영을 받았어요. 마르투초는 고스탄차를 아내로 맞아 성대하고 아름다운 혼인식을 치렀어요. 그리고 오랫동안 평화롭고 평안하게 그들의 사랑을 즐겼다고 합니다.

다섯 번째 날 세 번째 이야기

피에트로 보카마차는 아뇰렐라와 도망을 치다가 도적 떼를 만난다. 이 일로 여자는 숲으로 도망쳐 어느 성으로 들어가고, 피에트로는 도적들의 손에 잡혔다가 벗어나 몇 가지 사건을 겪은 뒤에 아뇰렐라가 있는 성으로 들어간다. 그리고 두 사람은 결혼해서 로마로 돌아간다.

모인 이들 중 에밀리아의 이야기를 칭찬하지 않은 사람은 하나도 없었습니다. 여왕은 이야기가 끝난 것을 알고 엘리사에게 이야기를 이어 가라고 말했습니다. 엘리사는 순순히 따르며* 이야기를 시작했습니다.

---

* 단테의 표현을 연상시킨다. "나는 그의 말에 순순히 따르고 싶었기에." (『신곡 ‐ 지옥편』 10곡 43행.)

── 우아한 부인들이여! 언뜻 제 머릿속에는 무모한 어린 연인이 끔찍한 밤을 보낸 이야기가 떠오르네요. 하지만 그 후 즐거운 나날이 오래도록 이어졌으니 오늘의 주제에 알맞으리라 생각됩니다. 그 이야기를 해 볼게요.

한때는 세상의 머리와도 같은 도시였으나 지금은 꼬리에 불과한 로마*에서 바로 얼마 전에 있었던 일이에요. 이 도시의 매우 명예로운 가문 출신인 피에트로 보카마차**라는 청년이 아뇰렐라라는 아름답고 매혹적인 처녀를 사랑했어요. 아뇰렐라는 평민이지만 로마인들에게는 매우 친숙한 사람인 질리우오초 사울로의 딸이었어요. 청년이 지극정성으로 사랑을 보여 주자 처녀도 자기를 사랑하는 그를 사랑하게 됐지요. 피에트로의 사랑은 점점 뜨겁게 불타올랐고, 처녀에게 품은 욕망으로 인해 더 이상 처절한 고통을 겪고 싶지 않아 결혼해 달라고 청했어요. 그런데 이를 안 그의 친척들이 죄다 몰려와서 그가 하고자 하는 일을 몹시 비난하는 것이었어요. 한편으로는 질리우오초 사울로에게도 사람을 보내서 피에트로의 말에 일

---

* 14세기 전반 로마는 아비뇽 유수와 함께 몰락하고 있었다. 이런 역사적 배경은 보카치오의 작품에서 자주 창작 동기로 작용한다. 비록 로마에 체류한 기간은 짧았지만, 로마의 몰락은 그에게 강한 인상을 남겼던 것 같다.
** 14세기에는 두 개의 보카마차 가문이 존재했다. 산 탄젤로의 보카마차는 포로 아르젠티노라고 불리던 동남부 지역에 터를 두었고, 카르디날레의 보카마차는 트레비에 근거지를 두었다. 앞의 가문은 니콜라오 보카마차의 딸인 안젤라 보카마차에서 시작되었고, 뒤의 가문은 오노리오 사벨리에게서 기원했다. 둘 다 13세기 중반의 일이었다. 오노리오 사벨리는 오르시니 당에 속했는데, 이 이야기에서 피에트로 보카마차는 오르시니 당원들의 친구로 묘사된다.

절 귀를 기울이지 말라며, 만일 그럴 경우 자기들은 피에트로를 친척으로도 친구로도 인정하지 않을 테니 그렇게 알라고 경고했어요.

결혼만이 자신의 소망을 이룰 길이라 믿었던 피에트로는 그 길이 막히자 죽고 싶을 만큼 고통스러웠어요. 만일 질리우오초가 이쪽 친척들의 요구를 어기면서 결혼을 승낙했더라면 그녀를 아내로 맞아들였을 거예요. 그래도 여자만 좋다면 길은 있으리라는 생각에 사람을 중간에 세워 들어 보니 그녀도 준비가 되어 있다는 걸 알았지요. 그리하여 둘은 로마를 벗어나 도망치기로 결심했답니다. 피에트로는 도피할 준비를 갖추고 어느 이른 아침 그녀와 함께 말에 올랐어요. 그리고 진심으로 믿는 친구들이 있는 알라냐*로 향했어요. 사람들이 뒤를 쫓아오지 않을까 걱정이 되어 결혼식을 올릴 여유도 없이 그들은 말 위에서 얘기를 나누고 이따금씩 입을 맞추면서 사랑을 확인하곤 했답니다.

그런데 그 길은 피에트로가 잘 아는 길이 아니었어요. 그래서 가다 보니 로마에서 아마 8마일 정도 되는 지점에서 오른쪽으로 돌아야 할 것을 왼쪽으로 돌고 말았어요. 그러고 나서 2마일쯤 더 가자 성 한 채가 앞에 나타났어요. 성에서는 그들을 보고 병사 여남은 명이 즉각 뛰어나왔어요. 이미 너무

---

* 오늘날의 아나니. 로마에서 남쪽으로 50킬로미터쯤 떨어진 작은 마을로, 보니파키우스 8세가 선호한 주거지였다고 한다.(『신곡 – 연옥편』 20곡 86행, 『신곡 – 천국편』 30곡 148행 참조.) 피에트로와 아뇰렐라는 아마도 보카치오가 나폴리와 로마를 오가던 행로를 따라간 것으로 보인다.

가까워져서야 그들을 본 여자가 외마디 소리를 질렀어요.

"피에트로! 피해요! 공격당하고 있어요."

그들은 안장에 몸을 바짝 붙인 채 말 옆구리에 박차를 가하면서 깊은 숲 쪽으로 급히 말 머리를 돌렸어요. 늙은 말은 박차를 느끼면서 내달려 그 숲으로 그들을 데려갔지요.

피에트로는 길보다도 그녀의 얼굴을 바라보며 달리고 있었어요. 그 때문에 병사들이 어디서 오는지를 그녀만큼 빨리 알 수가 없었고, 그래서 그들이 어느 방향에서 오는지 살피느라 두리번거리는 사이에 포위되어 잡히고 말았어요. 그들은 피에트로를 말에서 끌어 내렸어요. 누구냐고 묻기에 대답을 하자, 그들은 자기들끼리 의논을 하더니 이렇게 말했어요.

"이놈은 우리 적과 한패다. 이놈의 옷을 벗기고 말을 빼앗은 다음 저 떡갈나무에 매달아 오르시니 놈들에게 본을 보여 줘야 하지 않겠나!"

모두가 이 제안에 동의했고 그들은 피에트로에게 옷을 벗으라고 명령했어요. 피에트로가 최악의 경우를 상상하며 옷을 벗는데 갑자기 스물다섯 명은 족히 될 장정들이 "죽여라, 죽여!" 하고 외치면서 사방에서 뛰어나오는 것이었어요. 허를 찔린 그들은 피에트로를 내버려 두고 그들을 상대하느라 정신이 없었죠. 그러나 습격해 온 자들이 자기들보다 수가 많은 것을 알고는 도망치기 시작했고, 습격한 자들이 그들을 추격했어요. 이를 본 피에트로는 즉각 자기 물건들을 챙기고 말에 올라서 봐 두었던 대로 여자가 도망간 방향으로 있는 힘을 다해 도망쳤어요. 그러나 숲에는 길은커녕 오솔길도 없었고,

말이 지나간 자국도 알아볼 수 없었어요. 자기를 붙잡은 병사들과 그들을 습격했던 자들의 손아귀에서 벗어나 안전하다고 생각했는데, 이제 자기 여자를 찾을 수 없게 되니 피에트로는 너무나도 슬퍼 울면서 여자의 이름을 부르며 숲을 이리저리 헤매고 다녔답니다. 하지만 대답하는 사람은 아무도 없고, 이제 와서 다시 돌아갈 기력도 없어 어디로 가는지 알지도 못한 채 그저 앞으로만 나아갈 뿐이었어요. 한편, 숲에서 도사리고 있을 맹수들을 생각하면 자기나 자기 여자가 동시에 떠올라 두렵기만 했어요. 곰이나 늑대에게 잡아먹히는 모습이 눈앞에 보이는 것만 같았죠.

이렇게 오도 가도 못 하게 된 피에트로는 하루 종일 울부짖고 외치면서 숲을 헤매고 다녔어요. 앞으로 나아간다는 것이 다시 뒤로 돌아가는 일을 되풀이하면서 말이에요. 그렇게 소리치고 울부짖고, 또 두려움과 굶주림 때문에 지칠 대로 지쳐 이제는 아예 꼼짝도 할 수 없게 되었을 즈음 밤이 밀려들었고, 어떻게 해야 좋을지 갈피를 잡지 못하다가 문득 커다란 떡갈나무를 발견했어요. 그는 말에서 내려 나무에 말을 매어 두고 한밤중에 맹수들의 먹이가 되지 않도록 나무 위로 올라갔어요. 곧 달이 떠올랐고 날이 아주 청명했지만, 나무 위에서 떨어질까 봐 그는 잠을 이루지 못했어요. 떨어질 걱정이 없었다고 해도 자기 여자에 대한 걱정과 그로 인한 고통이 쉽게 해 주지 않았을 거예요. 그래서 그는 한숨을 쉬고 울면서 자신의 불운을 한탄하느라 밤을 지새웠지요.

한편, 여자는 앞에서 말한 대로 도망을 치고 있었지만 어디로 가고 있는지 알 수 없었어요. 여자를 태운 말도 자기가 어디로 가고 있는지 모르는 것 같았습니다. 그러다 어디서부터였는지 모르게 여자는 그만 숲으로 깊이 들어서고 말았어요. 그리고 피에트로와 마찬가지로 온종일 어쩔 줄 모르고 가다 서다를 반복하며 울고 소리치고 자신의 불행을 한탄하면서 그 황량한 곳을 헤매고 다녔어요. 하지만 결국 피에트로가 오지 않는다는 걸 깨달았지요. 벌써 날은 저물고 있는데 마침 샛길이 하나 나타났어요. 여자는 그 길로 말을 몰았어요. 그렇게 한 2마일을 더 달리다 보니 멀리서 오두막 한 채가 보였어요. 그곳을 향해 여자는 있는 힘을 다해 나아갔지요. 그곳에는 사람 좋아 보이는 노인이 자기와 마찬가지로 늙은 아내와 함께 살고 있었어요.

그들은 여자가 혼자임을 보고 이렇게 말했어요.

"아니, 아가씨! 어째서 이 시간에 이런 곳을 혼자서 헤매고 있는 거요?"

여자는 눈물을 흘리면서 일행과 떨어져서 숲 속에서 길을 잃었다고 대답하고, 어떻게 하면 알라냐에 갈 수 있는지 물었어요. 그러자 사람 좋아 보이는 노인은 이렇게 대답했어요.

"아가씨! 이 길은 알라냐로 가는 길이 아니에요. 알라냐는 12마일도 더 떨어져 있어요."

그러자 여자가 말했어요.

"그럼 이 근처에 묵어 갈 만한 곳이 있을까요?"

사람 좋아 보이는 노인이 대답했어요.

"그런 곳은 이 근처에 없어요. 밤이 되기 전에는 도저히 갈 수 없을 겁니다."

그러자 여자가 말했어요.

"제가 도저히 갈 수 없을 것 같으니, 괜찮으시면 제발 오늘 밤 저를 재워 주실 수 있는지요?"

사람 좋아 보이는 노인이 말했어요.

"아가씨! 아가씨가 우리 집에서 오늘 밤을 묵는 것은 아무래도 좋아요. 그런데 알아야 할 게 있어요. 이 근처는 낮이고 밤이고, 또 이편이고 저편이고 할 것 없이 나쁜 놈들이 떼를 지어 다니면서 수도 없이 극악무도한 일들을 저지르고 다니는 곳이라오. 만일 재수가 없어서 누구라도 이곳에 와서 아가씨처럼 젊고 아름다운 여자가 있는 걸 보면 틀림없이 욕을 보이고 말 거요. 우리 늙은이들이야 아가씨를 도울 힘이 없으니, 혹여 그런 일이 일어나도 우리한테 따질 생각은 하지 마쇼."

노인의 말이 무섭긴 했지만 여자는 날이 저문 것을 보고서 이렇게 말했어요.

"만일 하느님께서 원하신다면, 두 분과 저를 그런 고난에서 지켜 주시겠지요. 설령 그런 일이 닥치더라도 숲에서 맹수에게 물려 죽는 것보다 사람들한테 해코지를 당하는 편이 나을 겁니다."

그렇게 말하고 말에서 내려 가난해 보이는 노인들의 집으로 들어갔어요. 그리고 그들과 함께 소박한 저녁을 먹고 옷을 다 입은 채 그들의 작은 침대에 함께 몸을 뉘었어요. 여자는 자신과 피에트로의 불행을 생각하며 밤새도록 한숨을 쉬고 눈물을 흘렸지요. 더욱이 피에트로에게는 최악의 사태가 일어난 것만 같아 잠을 이룰 수가 없었답니다.

새벽이 가까웠을 무렵 여자의 귀에 여러 무리의 발자국 소리가 들려왔어요. 여자는 벌떡 일어나 오두막 뒤편에 있는 널찍한 마당으로 나갔어요. 그리고 마당 한구석에 건초가 산더미처럼 쌓인 것을 보고 그 안에 몸을 숨겼어요. 거기에 숨어 있으면 사람들이 오더라도 쉽게 찾아내지 못할 것이라 생각했던 거죠. 이렇게 겨우 몸을 숨기자마자 불한당 패거리가 들이닥쳤어요. 그들은 문을 열게 하고 안으로 들어와 아직 안장이 놓인 채로 있는 여자의 말을 보자 누가 있느냐고 물었어요.

사람 좋은 노인은 여자가 안에 없는 것을 확인하고 이렇게 대답했어요.

"우리밖에 아무도 없습니다. 이 늙어 빠진 말은 어디선가 도망쳐 온 것 같은데, 저희가 어제 저녁에 붙잡아서 이렇게 집에다 들여놓았습죠. 늑대들한테 먹히지 않도록 말입니다요."

"그렇다면 우리 차지가 되겠구먼. 주인이 없다면 말이야." 하고 무리의 우두머리가 말했어요.

그러고는 각기 흩어져 그 조그마한 오두막을 샅샅이 뒤지더니 일부는 뒤뜰로 나왔어요. 거기서 창이나 방패로 이곳저곳을 찌르고 두들겼는데, 그중 한 놈이 무심결에 그 건초에 창을 찔러 넣은 거예요. 창이 옷을 찢고 왼쪽 가슴 옆을 스쳐 지나가는 바람에 숨어 있던 여자는 거의 죽거나 아니면 모습을 드러낼 판이었지요. 여자는 상처를 입을까 두려워 엉겁결에 소리를 지를 뻔도 했으나, 자기 처지를 떠올리고는 몸을 와들와들 떨면서도 그대로 참고 있었어요. 불한당들은 여기저기 흩어져서 새끼 염소나 다른 고기들을 구워 먹고 술을 마신 다음 여자의 말을 빼앗아 저들 갈 길로 가 버렸어요.

그들이 웬만큼 사라진 후에 노인이 아내에게 물었어요.

"간밤에 우리랑 함께 있던 처녀는 어떻게 된 거요? 일어나 보니 당최 보이지 않네그려."

사람 좋은 할머니는 잘 모르겠으니 한번 찾아보자고 대답했지요.

여자는 그들이 떠나는 소리를 듣고서 건초 더미에서 나왔어요. 이를 본 노인은 대단히 기뻐했지요. 불한당들 손에 넘어가지 않았으니 말이에요. 더욱이 날도 밝아 왔기에 이렇게 말했어요.

"자, 이제 날이 밝았소. 아가씨가 원한다면 여기서 5마일쯤 되는 곳에 성이 있는데 우리가 거기까지 안내해 주겠소. 그곳이라면 안전할 거요. 하지만 그 나쁜 놈들이 떠나면서 아가씨 말을 가져가 버렸으니 걸어갈 수밖에 없겠구려."

여자는 그런 건 괜찮으니 제발 성까지 데려다 달라고 부탁했어요. 이리하여 그들은 길을 떠났고 아침 무렵 성에 도착했어요.

그 성은 오르시니 가문의 리엘로 디 캄포 디 피오레라는 사람의 성이었어요.* 다행히 그의 부인은 아주 선하고 온화한 여

---

* 캄포 디 피오레 집안은 오르시니 가문의 일파로, 캄포 데이 피오레에 저택을 소유하고 있어서 그렇게 불렸다. 리엘로(라파엘로의 약칭일 수 있다.)는 14세기 전후에 생존했던 인물이며, 뒤이어 나오는 "그의 부인"은 반나 디 톨로메오다.

자였어요. 부인은 곧바로 여자를 알아보았고 크게 환영했어요. 그리고 어떻게 이곳까지 오게 됐는지 상세히 얘기해 보라고 말했어요. 여자는 모든 것을 설명해 주었지요. 부인은 남편의 친구인 피에트로를 잘 알고 지내던 처지였기에 그런 일이 일어난 것을 슬퍼했어요. 피에트로가 잡힌 장소가 어디인지를 듣고서 아마도 벌써 죽었을 것으로 짐작한 부인은 여자에게 이렇게 말했어요.

"피에트로가 어떻게 됐는지 모르니 우선은 이곳에서 우리와 함께 지내요. 내가 적당한 때를 봐서 로마로 안전하게 보내 줄게요."

한편, 더 이상 고통스러울 수 없을 정도로 비탄에 빠져 떡갈나무 위에서 뜬눈으로 밤을 지새우던 피에트로는 스무 마리 남짓의 늑대들이 다가오는 걸 봤어요. 그놈들은 늙은 말을 보자 곧바로 주위를 에워쌌어요. 이를 알아차린 말은 머리를 치켜들며 고삐를 끊고 달아나려 했지만, 늑대들에 둘러싸여 도망갈 수 없게 되자 이빨을 한껏 드러내고 발길질을 하며 방어했어요. 그러나 늑대들은 결국 게걸스럽게 말을 한입에 먹어 치우고는 뼈만 남겨 놓은 채 달아나고 말았어요. 말이야말로 자신의 피곤한 몸을 받쳐 줄 동반자로 여겼던 피에트로는 이를 보고 크게 상심하여 도저히 그 숲을 빠져나갈 수 없겠다는 생각이 들었답니다.

벌써 날이 밝아 오고, 떡갈나무 위에서 추위로 얼어 죽을 것 같았지만 피에트로는 쉴 새 없이 사방을 둘러봤어요. 그러다 보니 1마일쯤 앞쪽으로 환한 불빛이 보이는 것이었어요. 그래서 날도 다 밝았겠다, 좀 두렵긴 했지만 나무에서 내려와 걷고 또 걸어서 마침내 그곳에 도착했어요. 목동들이 모닥불을 피워 놓고 식사를 하면서 즐거운 시간을 보내고 있었는데, 그를 보자 반가이 맞아 주었어요. 그렇게 피에트로는 배를 채우고 몸을 녹이고 난 뒤 자기가 겪은 불행한 일들을 털어놓고 어떻게 해서 여기까지 왔는지 얘기해 줬지요. 그리고 혹시 이 근처에 자기가 갈 만한 저택이나 성이 있는지 물었어요. 목동들은 여기서 3마일쯤 떨어진 곳에 리엘로 디 캄포 디 피오레의 성이 있는데, 지금 리엘로의 부인이 있을 거라고 말해 주었습니다. 이를 듣고 피에트로는 대단히 기뻐하면서 목동들 중 누군가 자기를 성까지 안내해 줄 수 있는지 간청했고, 그들 중 둘이 선뜻 나섰답니다.

성에 도착한 피에트로는 그곳에서 아는 사람들을 만났고, 그들과 함께 숲에서 여자를 찾을 방도를 모색하고 있는데, 부인 쪽에서 좀 만나자는 전갈이 왔어요. 즉시 부인에게 가 보니 아뇰렐라가 부인과 함께 있는 것이었어요. 이를 본 피에트로의 기쁨은 말로 할 수 없을 정도였지요. 그는 대뜸 뛰어가서 그녀를 안으려고 했지만, 부인이 지켜보는 앞이라 부끄러워 그러지 못했어요. 그가 그렇게도 기뻐한 만큼 여자의 기쁨도 그만 못하지 않았어요.

친절한 부인은 피에트로를 손님으로 맞아 연회를 베풀었고, 그동안 일어난 사건에 대해 듣고 나서 친척들의 뜻을 어기고 제멋대로 한 것을 크게 나무랐어요. 그러나 남자의 뜻이 단호한 것과 여자도 동의한 것을 보고 이렇게 말했어요.

"그렇다면 내가 말릴 수는 없겠군요! 두 분은 서로 사랑하고 서로를 잘 알며 두 분 다 제 남편의 친구니까요. 두 분의 소망이 순수하고, 하느님도 그 소망을 기쁘게 여기시는 것 같네요. 한 분은 교수형을 면했고 한 분은 창을 피했으며, 두 분 다 야수에게서 벗어났으니 말예요. 그러니 두 분의 뜻대로 하세요."

그리고 다시 두 사람을 향해 이렇게 말했어요.

"저도 바라는 바입니다만, 만일 두 분이 아내와 남편으로 함께 살고 싶으시다면 그렇게 하세요. 결혼 비용은 리엘로가 부담하도록 하지요. 그리고 두 분의 친척들 일은 제가 잘 처리하도록 할게요."

피에트로는 크게 기뻤어요. 아뇰렐라도 그 이상 기뻐했지요. 그들은 곧바로 결혼했어요. 부인은 산중이지만 가능한 한 성대한 결혼식을 준비해 줬어요. 이렇게 해서 두 사람은 사랑의 첫 번째 열매를 아주 달콤하게 맛보았답니다.

며칠이 지나서 부인은 두 사람과 함께 말에 올라 수행원들의 호위를 받으며 로마로 돌아왔어요. 로마에서는 피에트로의 친척들이 피에트로가 저지른 일을 몹시 비난했지만, 부인의 중재로 원만하게 해결됐지요. 그리고 피에트로는 아뇰렐라와 함께 늙을 때까지 아주 평온하고 행복한 삶을 살았답니다.

다섯 번째 날 네 번째 이야기

리차르도 마나르디*는 리치오 다 발보나** 씨의 딸과 함께 있다가 그에게 들킨다. 리차르도는 그녀와 결혼하고 장인과도 화목하게 지낸다.

엘리사가 입을 다물자 그녀가 들려준 이야기에 동료들이 찬사를 쏟아 냈습니다. 그 소리를 들으면서 여왕은 필로스트라토에게 다음 이야기를 청했습니다. 그는 웃으면서 이야기

---

*『신곡 - 연옥편』 14곡 97행에 마나르디 가문의 아리고라는 사람이 등장한다. 아리고 마나르디는 1170년부터 1228년까지 파엔차에 억류됐다가 풀려나 파올로 트라베르사로의 추천으로 피렌체 시의 행정관이 됐다. 리차르도라는 이름은 당대 마나르디 가문의 기록에서 발견되지 않는다.
**겔피 당원이었던 리치오 다 발보나는 1260년 피렌체의 영주였던 귀도 노벨로 다 폴렌타를 위해 일했고 또 포를리의 기벨리니 당과 대립하던 리니에리 다 칼볼리를 도왔다. 『신곡 - 연옥편』에 마나르디 가문의 아리고와 함께 등장한다. 넓은 도량과 고매한 성품으로 이름이 높았다.

를 시작했습니다.

─ 비극적인 이야기를 주제로 선정해 여러분을 울게 한 죄로 저는 많은 책망을 들었습니다. 그래서 딴에는 제가 저지른 일을 보상하고 싶은 마음에 여러분을 웃게 만들 이야기를 들려 드려야겠다고 마음먹고 있습니다. 따라서 처음에는 한숨이나, 부끄러움이 섞인 가벼운 걱정거리 정도에서 출발하지만 결국은 행복한 결말에 이르는 아주 짧은 이야기를 들려 드릴까 합니다.

현명하신 부인들이여! 그리 오래된 이야기는 아닙니다만, 로마냐 지방에 리치오 다 발보나라는 반듯하고 선한 기사가 살았습니다. 그는 노년의 문턱에서 자코미나라는 부인과의 사이에 딸자식 하나를 얻는 행운을 누렸지요. 이 아이는 그 일대에서 단연 뛰어나게 아름답고 사랑스럽게 자라났습니다. 아버지와 어머니는 이 외동딸에게 온갖 사랑을 쏟아 부었고, 장래에 훌륭한 혼사를 치러 주리라 기대하면서 지나칠 정도로 엄격한 보호와 감시 아래 키웠습니다.

그런데 이 집에 리차르도라는 청년이 곧잘 찾아와서는 리치오 씨와 담소를 나누곤 했습니다. 브레티노로를 다스리던 마나르디 가문 출신의 이 청년은 체격도 당당하고 성격도 원만했지요. 리치오 씨나 그의 부인도 이 청년만큼은 친아들처럼 여기고 별다른 감시를 하지 않았습니다. 청년은 외동딸의 아름답고 우아한 외모, 그리고 흠잡을 데 없는 예의나 행동거지, 또 결혼할 나이가 된 것을 보고 그녀를 깊이 사랑하게 됐습니다. 하지만 그는 자기 마음을 숨기려고 굉장히 노력했지요. 그런데도 처녀는 이를 눈치채고, 피하기는커녕 자기도 비슷하게 사랑에 빠졌답니다. 이에 대해 리차르도는 대단히 기뻐했습니다.

청년은 처녀에게 수차례 말을 걸고 싶었으나 선뜻 실행에 옮기지 못하다가 마침내 마음을 단단히 먹고 기회를 잡아 이렇게 말했습니다.

"카테리나! 그대에 대한 사랑 때문에 죽을 것 같소!"

처녀는 곧바로 이렇게 대답했습니다.

"저 역시 당신 때문에 죽을 것 같아요."

이 대답을 듣고 리차르도는 너무도 기뻐 다시 한 번 용기를 내서 이렇게 말했습니다.

"당신이 기뻐하는 일이라면 무엇이라도 하겠소. 하지만 우리 두 사람의 살길을 찾을 사람은 내가 아니라 당신이오."

그러자 처녀가 말했습니다.

"리차르도! 제가 얼마나 감시를 받는지 잘 아시잖아요. 그러니 저는 어떻게 해야 당신이 저한테 오실 수 있는지 잘 모르겠어요. 하지만 제가 창피한 꼴을 당하지 않고 할 수 있는 일이 있다면 알려 주세요. 그렇게 할게요."

리차르도는 이리저리 속으로 생각해 보다 선뜻 이렇게 말했습니다.

"사랑하는 카테리나! 당신이 당신 아버지의 정원이 내려다보이는 발코니로 오든지, 아니면 거기서 아예 잠을 자든지 하는 수밖에 없는 것 같아요. 발코니가 높다지만 당신이 밤에 거기 있다는 걸 알면 내가 어떻게 해서든 올라가서 당신을 만날 거요."

그러자 카테리나는 이렇게 대답했습니다.

"당신이 와 주실 마음만 있다면, 기꺼이 거기 가서 자도록 할게요."

리차르도는 그렇게 하겠다고 대답한 뒤 그들은 딱 한 번 입을 맞추고 헤어졌습니다.

5월 말에 다가서던 다음 날, 처녀는 어머니에게 간밤에 너무 더워서 제대로 잘 수가 없었다고 투덜거렸습니다.

어머니는 이렇게 말했지요.

"아니, 애야! 덥다니 그게 무슨 말이냐? 그렇게 덥지는 않았는데."

"어머니! '내가 볼 때는'이라고 말씀하셔야죠. 어머니 말씀도 맞겠지만 젊은 처녀는 아줌마보다 몸이 더 뜨겁다는 걸 생각하셔야 해요."

"애야! 그 말이 맞구나. 하지만 네가 바란다고 해서 내 맘대로 날씨를 덥게 하고 춥게 하고 그럴 수가 없어요. 날씨는 계절이 가는 대로 받아들여야 한단다. 아마 오늘 밤에는 더 선선할 것이고 잠이 잘 올 거야."

"그러면야 얼마나 좋겠어요. 하지만 여름이 다가오는데 날이 선선해진다는 건 있을 수 없는 일이에요." 하고 카테리나가 말했습니다.

"그렇다면 어떻게 하자는 거냐?"

"아버지와 어머니만 괜찮으시다면, 아버지 방에 딸린, 정원으로 난 발코니에 간이침대를 놓았으면 좋겠어요. 거기서 잘게요. 그렇게 하면 밤꾀꼬리 노랫소리*도 잘 들리고 장소도 시원하니 어머니 방에서 자는 것보다 훨씬 나을 거예요."

그러자 어머니가 말했습니다.

"알겠다, 얘야! 네 아버지한테 말해 보고, 좋다고 하시면 그렇게 하자꾸나."

부인에게서 이런 얘기를 들은 리치오 씨는 늙은 데다 성미도 좀 까다로웠던지 이렇게 말했습니다.

"무슨 꾀꼬리 소리를 들으며 자겠다는 거야? 귀뚜라미 소리나 들으며 자라고 해!"

카테리나는 아버지 말을 듣고서 더위보다도 화가 나서 그날 밤 잠을 이루지 못했고, 뿐만 아니라 더워서 미치겠다고 계속 투덜대면서 어머니도 잠을 못 자게 만들었습니다. 밤새 딸한테 시달림을 당한 어머니는 아침에 리치오 씨에게 가서 이렇게 말했습니다.

"여보! 당신은 딸을 사랑하긴 하는 거예요? 발코니에서 자고 싶다는 게 어떻다고 그래요? 애가 더워서 밤새 한잠도 못 자잖아요. 젊은 애가 꾀꼬리 노랫소리 좀 듣고 싶다는데 당신 보기에 그게 그렇게 이상한 일인가요? 젊은 애들은 젊은 애들에게 맞는 일을 하고 싶어 하는 거예요."

리치오 씨는 이 얘기를 듣고 이렇게 말했습니다.

"좋아! 그럼 걔한테 맞는 침대를 놔 주구려. 주변에 장막도 쳐 주고. 그러면 자면서 꾀꼬리 소리를 실컷 듣겠지."

---

* 밤에 이루어지는 사랑을 상징한다.

딸은 이 말을 전해 듣고 곧바로 침대를 설치하게 했습니다. 그날 밤에는 거기서 잠을 자리라 생각하면서 리차르도가 오기를 학수고대하다가 그가 오자 미리 짜 둔 대로 신호를 보냈습니다. 그를 통해서 리차르도는 자기가 뭘 해야 하는지 이해했지요. 리치오 씨는 딸이 침대로 가는 소리를 자기 침실에서 발코니로 통하는 문을 잠그고 자기도 잠을 청했습니다. 리차르도는 사방이 조용해지기를 기다렸다가 사다리를 타고 벽을 올랐습니다. 그리고 갖은 애를 써서 그 벽에서 다른 벽의 튀어나온 모서리를 잡고 떨어질 위험을 감수하면서 발코니에 도달했습니다. 거기서 카테리나의 조용하고도 뜨거운 환영을 받았지요. 그리고 둘은 수도 없이 입을 맞추고 침대에 들어 밤새 그야말로 꾀꼬리 노랫소리를 들으며 기쁨과 쾌락을 누렸습니다. 밤은 짧고 쾌락은 크기만 해서 두 사람은 날이 샐 무렵이 된 것도 몰랐습니다. 날도 더운 데다 재미나게 논 여파로 아직 몸이 뜨거웠던 두 사람은 알몸으로 곤히 잠에 빠져들었습니다. 카테리나는 오른손으로는 리차르도의 목을 끌어안았고 왼손으로는 여러분이 남자들 사이에서 이름을 들어 말하기 차마 부끄러운 그곳을 쥐고 있었지요.

이런 꼴로 세상 모르고 자는 동안에 날이 밝았고, 리치오 씨가 일어났지요. 그는 딸이 발코니에서 자고 있다는 것을 기억하고서 살그머니 문을 열고 중얼거렸습니다.

"어디 간밤에 꾀꼬리가 카테리나를 어떻게 재웠는지 한번 볼까."

그리고 천천히 밖으로 나가 침대를 둘러치고 있는 장막을 높이 치켜들었습니다. 그러자 앞에서 말한 모양으로 아무것도 덮지 않은 리차르도와 딸이 알몸으로 꼭 껴안고 잠들어 있는 꼴이 눈에 들어왔습니다. 그게 리차르도라는 걸 확인한 리치오 씨는 자리를 떠서 아내의 방으로 가서는 이렇게 말했습니다.

"여보! 일어나! 당신 딸이 꾀꼬리를 그렇게 그리워하더니만, 이젠 아주 꾀꼬리를 잡아서 손에 꼭 쥐고 있더군. 가서 좀 보라고!"

"어떻게 그럴 수가 있죠?"

"가 보면 금방 알 거야."

아내는 부리나케 옷을 입고 리치오 씨 뒤를 조심조심 따라 갔습니다. 둘이서 침대에 이르러 장막을 올리자 그렇게도 꾀꼬리의 노랫소리가 듣고 싶다던 딸이 그 꾀꼬리를 꼭 쥐고 있는 모습이 자코미나 부인의 눈에 훤히 들어왔답니다.

리차르도에게 속았다는 생각에 소리를 지르고 욕을 해 주려고 했지만 리치오 씨가 말렸습니다.

"여보! 당신이 내 사랑을 안다면 그렇게 경거망동하지 말라고. 사실 말이지만, 우리 딸애가 잡은 이상 저 사람은 딸애 것이 될 거야. 리차르도는 귀족이고 돈도 많은 젊은이야. 이보다 훌륭한 사윗감을 또 어디서 얻을 수 있겠나. 일을 잘 마무리해서 둘을 우선 결혼시키기만 하면 우리 딸애는 꾀꼬리를 남의 새장이 아니라 자기 새장에 넣은 셈이 되는 것 아닌가."

설명을 들은 부인은 남편이 화내지 않는 이유를 알았습니다. 게다가 딸이 좋은 밤을 보내고 이제 편히 쉬고 있으며 꾀꼬리까지 쥐고 있다는 걸 생각해 조용히 입을 다물었습니다.

두 사람이 이런 얘기를 나눈 지 얼마 지나지 않아 리차르도가 잠에서 깨어났습니다. 리차르도는 날이 밝은 걸 보고 이제는 죽었구나 싶어 카테리나를 불렀습니다.

"아이고, 이거 큰일 났어! 날이 밝았는데 이러고 있으니 이제 어쩌지?"

이 말을 듣고 리치오 씨는 침대 쪽으로 다가가 장막을 들어올리며 이렇게 대답했습니다.

"잘하고 있구먼, 뭘."

리차르도는 그를 보고서 심장이 터지는 줄로만 알았습니다. 그래서 벌떡 일어나 침대 위에 앉아 이렇게 말했습니다.

"아저씨! 제발 용서해 주세요. 저는 정말 돼먹지 못한 나쁜 놈이고 죽어도 싼 놈입니다. 그러니 아저씨 마음대로 하세요. 하지만 가능하시다면, 제발 목숨만은 살려 주세요. 죽고 싶지는 않다고요!"

"리차르도! 이건 너에 대한 내 사랑과 믿음을 완전히 저버린 행동이야. 하지만 일이 이렇게 됐고 그게 또 네가 젊어서 저지른 짓이니, 너는 죽음을 면하고 나는 수치를 면할 수 있도록 네가 카테리나와 정식으로 혼인을 해야겠다. 간밤에 네 것이었듯 일생 동안 내 딸을 네 것으로 삼아라. 그러면 너는 용서를 받고 무사히 일을 수습할 수 있을 거다. 하지만 그렇지 않으면 널 만드신 분을 만날 준비나 해야 할 거다!"

그들이 이런 말을 주고받는 동안 카테리나는 꾀꼬리를 손에서 놓고 이불을 덮어쓰고는 엉엉 울기 시작했습니다. 그리고 리차르도를 용서해 달라고 아버지한테 애원했어요. 다른

작가 미상의 프레스코화(부분), 14세기 말,
다반자티 저택 박물관(이탈리아 피렌체) 소장.

쪽에서 리차르도는 리치오 씨가 하라는 대로 하겠다고 싹싹 빌었습니다. 기필코 평생 동안 간밤과 같은 밤들을 함께 보내겠다고 말입니다. 하지만 그렇게 길게 애원할 필요는 없었습니다. 한편으로는 그런 일을 저지른 것에 대한 부끄러움과 그걸 바로잡고 싶은 희망이 있고 다른 한편으로는 죽음에 대한 두려움과 거기서 벗어나고 싶은 마음이 있는 데다, 그 밖에도 불타는 사랑이 있고 또 사랑하는 걸 갖고 싶은 욕구가 있었으니 자기 스스로 나서서 적극적으로, 전혀 주저함 없이, 리치오 씨가 원하는 걸 다 하겠다고 말했기 때문이지요.

그리하여 리치오 씨는 부인 자코미나에게서 반지 하나를 빌려 리차르도에게 주며 바로 그 자리에서 카테리나를 아내로 맞게 했습니다. 리치오 씨는 일을 마무리 짓고 부인과 함께 자리를 떠나면서 이렇게 말했습니다.

"그럼 좀 더 쉬어라. 일어나는 것보다는 아마 그 편이 더 나을 거다."

그들이 떠나자 젊은이들은 다시 부둥켜안고 간밤에 달린 6마일에 다시 2마일을 더 달려 첫날밤을 마쳤습니다. 그리고 일어나서 리차르도는 리치오 씨와 정식으로 논의하고 며칠 뒤 친구들과 친척들이 모인 자리에서 다시 결혼식을 올렸습니다. 그리고 성대한 환대 속에서 카테리나를 집으로 데려와서 근사하고 멋진 잔치를 벌였습니다. 이렇게 해서 그녀와 더불어 오랫동안 밤낮으로 마음껏 꾀꼬리 잡기 놀이를 즐겼다고 합니다.

다섯 번째 날 다섯 번째 이야기

귀도토 다 크레모나는 자코민 다 파비아에게 딸을 하나 남기고 숨을 거둔다. 파엔차에 사는 잔놀레 디 세베리노와 민기노 디 민골레가 이 처녀를 사랑한다. 둘은 결투를 하지만, 이 처녀가 잔놀레의 누이동생임이 알려지면서 민기노의 아내로 정해진다.

밤꾀꼬리 이야기를 들으면서 부인들은 모두 몹시도 웃었고 이야기가 끝난 뒤에도 계속해서 웃음을 그칠 줄 몰랐습니다. 어느 정도 웃음이 잦아들자 여왕이 필로스트라토에게 이렇게 말했습니다.

"어제는 우리를 너무나 슬프게 만들더니 오늘은 이렇게도 들뜨게 해 주는군요. 이젠 누구도 필로스트라토 님에게 불평할 수 없겠어요."

이렇게 말하고 여왕은 몸을 돌려 네이필레에게 이야기를 시작하라고 했고 네이필레는 기쁜 얼굴로 말문을 열었습니다.

— 필로스트라토 님이 로마냐 지방에서 일어난 이야기를 했으니 저도 다소 범위를 넓혀 그쪽 지방에서 일어난 이야기를 하려 해요. 파노라는 도시에 두 명의 롬바르디아 사람이 살았어요. 한 사람은 귀도토 다 크레모나였고 다른 사람은 자코민 다 파비아였지요. 이제는 둘 다 나이를 먹었지만 그들은 젊은 시절을 군인으로서 거의 전쟁터에서 보낸 사람들이었어요. 어느덧 죽을 때가 다가오자, 아들도 없고 믿을 만한 친구나 친척도 없었던 귀도토는 자코민에게 자기와 관련된 여러 얘기들을 들려준 다음, 열 살쯤 된 계집아이와 자기가 세상에서 지니고 있던 모든 걸 남기고 숨을 거뒀답니다.

그럴 즈음 오랫동안 전쟁과 재해에 시달리던 파엔차에 마침 어느 정도 질서가 잡혀 갔고, 도시로 돌아가고 싶은 사람은 자유롭게 돌아갈 수 있게 되었어요. 자코민은 이전에 한번 살아 봤던 터라 파엔차라는 도시가 살기 좋은 곳이라 여기고는 자기가 가진 걸 다 들고서 그곳으로 돌아갔어요. 귀도토가 맡긴 계집아이도 물론 데리고 갔지요. 그는 그 계집아이를 자기 딸처럼 사랑하고 돌봐 주었답니다.

계집아이는 자라면서 그 도시에서 당시 견줄 여자가 없을 정도로 굉장히 아름다운 처녀가 되었어요. 아름다운 만큼이나 반듯하고 정숙하기도 했지요. 그 때문에 여러 사람들로부터 관심을 받기 시작했지만, 그중에서도 잘생기고 똑같이 재산도 많은 두 젊은이가 특히 엄청난 사랑을 퍼부었답니다. 그러다 보니 두 사람은 질투를 넘어 정도 이상으로 서로를 미워하게 되었네요. 한쪽은 잔놀레 디 세베리노였고 다른 쪽은 민기노 디 민골레였어요. 처녀가 열다섯 살이 되자 두 사람은 각자 부모가 허락만 하면 그녀를 아내로 맞아들이고 말리라 생각했어요. 하지만 그게 뜻대로 되지 않자 무슨 수를 써서라도 처녀를 소유하겠다고 각자 마음을 먹었지요.

자코민이 살던 집에는 늙은 하녀와 크리벨로라는 쾌활하고 재미난 하인이 살았어요. 잔놀레는 이 하인과 대단히 친하게 지내 왔기 때문에 적당한 때를 봐서 자기 마음을 다 내보이고는, 자기가 바라는 걸 얻도록 도와주기만 하면 엄청난 사례를 하겠으니 도와 달라고 부탁했어요. 그러자 크리벨로는 이렇게 대답했어요.

"글쎄요. 그런 일에서 제가 할 수 있는 일이란 주인 나리가 다른 곳에 식사를 하러 외출하셨을 때 아가씨가 있는 곳으로 나리를 끌어들이는 것 정도입니다. 제가 나리를 위해 아무리 말을 늘어놓아도 아가씨는 제 말을 듣지 않으실 겁니다. 그래도 좋으시다면 그렇게 하겠습니다. 그다음은 나리가 알아서 하세요. 생각하시는 대로 말씀입니다."

잔놀레는 그 이상은 원하지 않는다며 그러자고 했지요.

한편 민기노는 하녀와 친해 둔 터였는데, 하녀에게 부탁해서 처녀에게 수도 없이 심부름을 시킨 결과 자기 마음을 처녀에게 어느 정도 전해 둘 수 있었어요. 더욱이 하녀는 자코민이 저녁에 일이 있어 외출한 경우 둘을 만나게 해 주겠다고 약속도 해 둔 상태였지요.

이런 상태에서 며칠이 지나 크리벨로가 수완을 발휘한 결과 자코민이 친구와 함께 식사를 하러 외출을 하게 됐어요. 크리벨로는 잔놀레에게 이 일을 알렸고, 문을 열어 둘 테니 신호를 하거든 달려오도록 공모를 했어요. 한편 이 일을 전혀 알지 못했던 하녀 역시 민기노에게 자코민이 집에서 식사를 하지 않는다고 알리고 집 근처에 있다가 자기가 신호를 보내면 안으로 들어오라고 말해 둔 거예요. 저녁이 되자 사랑에 빠진 두 사람은 서로의 일을 전혀 모르면서도 서로를 의심하며 처녀를 손에 넣으려고 무장한 동료들을 데리고 출발했어요. 민기노는 자기 패거리와 함께 신호를 기다리며 처녀의 집 근처 친구 집에서 대기했고, 잔놀레도 같은 모양으로 처녀 집에서 조금 떨어진 곳에서 기다렸지요.

한편, 크리벨로와 하녀는 자코민이 집을 비우자 서로 내보내려고 머리를 썼어요. 크리벨로가 하녀에게 말했지요.

"할멈은 어째서 잠도 안 자고 집 안을 서성거리는 거요?"

그러자 하녀가 대꾸했어요.

"그런 자네는 어째서 주인님을 모시러 가지 않는 거야? 이제 밥도 다 먹었는데 왜 여기서 얼쩡거리냐고!"

그러나 이런 식으로는 서로를 쫓아낼 수가 없었지요.

이러는 동안 잔놀레가 오기로 한 시간이 다가오자 크리벨로는 속으로 생각했어요. '이 할멈은 신경 쓰지 말자! 입 다물지 않으면 자기만 손해일걸.' 그러고는 약속한 신호를 보내고 문을 열어 주었어요. 잔놀레는 두 명의 패거리를 이끌고 잽싸게 안으로 들어왔지요. 그리고 처녀가 거실에 있는 걸 보고 붙잡아서 데려가려고 했어요. 처녀가 크게 비명을 지르며 저항하자 그 소리를 들은 민기노가 자기 패거리를 데리고 뛰어들어왔어요. 처녀가 벌써 문밖으로 끌려 나가는 걸 본 민기노 패거리는 칼을 빼 들고 소리를 질렀어요.

"야! 이 배신자 놈들아! 다 죽여 버릴 테다! 너희들 멋대로는 안 될걸! 이게 뭐하는 짓이냐?"

이렇게 말하고 한꺼번에 덤벼들었답니다.

한편, 이웃 사람들이 이 소란을 듣고 횃불을 켜 들고 무기를 들고 달려 나와 욕을 퍼부으며 민기노를 돕기 시작했어요. 이렇게 오랫동안 싸운 결과 민기노는 잔놀레에게서 처녀를 다시 빼앗아 자코민의 집으로 데려왔지요. 그런데 소동이 끝나기 전에 그곳 시장이 보낸 관리들이 현장에 도착했고 그 자리에 있던 사람들을 체포했어요. 그 가운데 민기노와 잔놀레, 그리고 크리벨로가 끼어 있었는데, 이들은 모두 감옥에 갇히고 말았답니다. 일이 가라앉고 나서야 집으로 돌아온 자코민은 속상하고 분한 마음을 가누지 못했어요. 하지만 일이 어쩌다 그렇게 됐는지 따져 본 결과 처녀에게는 아무런 잘못이 없다는 것을 알고 다소 마음을 놓았지요. 그리고 이런 일이 다시는 일어나지 않도록 빨리 시집을 보내야겠다고 생각했어요.

다음 날 아침 이편과 저편의 친척들이 사건의 전말을 듣고 감옥에 갇힌 두 젊은이가 큰일을 당하지 않을까 염려하며 자코민을 찾아왔어요. 자코민이 법의 판정에 영향을 미칠 수 있을 것으로 생각했던 거지요. 그들은 젊은 사람들이 생각이 짧아서 저지른 짓이니 너무 심각하게 받아들이지 말고 애정과 호의를 베풀어 달라고 부드러운 말로 간청했어요. 그리고 그들 자신이나 잘못을 저지른 젊은이나 자코민의 마음이 풀리도록 어떤 배상이든 하겠다고 제안했지요.

자코민은 살아오면서 숱한 일들을 겪었고 좋은 심성을 지닌 사람이었기에 선선하게 대답했어요.

"여러분! 저는 지금 여러분의 도시에 있지만 제 도시에 있다 해도 여러분을 친구로 생각할 겁니다. 그러니 여러분이 원하지 않는 일은 하고 싶지 않아요. 게다가 여러분 자신이 어려운 처지에 놓였으니 여러분이 바라는 대로 제가 따라야겠지요. 아마 많은 분들이 아시겠지만, 사실 이 처녀는 크레모나 출신도 아니고 파비아 출신도 아니며, 파엔차 출신입니다. 저에게 이 아이를 맡긴 사람도 그렇고 저도 그렇고 그 애가 어디 출신인지를 몰랐습니다. 그러니 여러분이 간절히 원하시는 것을 저도 최선을 다해서 해 보려 합니다."

사람들은 처녀가 파엔차 출신이라는 얘기를 듣고 깜짝 놀랐답니다. 그들은 자코민의 관대한 대답에 감사를 표한 뒤 어떻게 해서 그녀를 맡게 됐고 어떻게 해서 그녀가 파엔차 출신이라는 걸 알았는지 괜찮으면 말해 달라고 부탁했어요. 그러자 자코민은 이렇게 말했답니다.

"귀도토 다 크레모나는 나의 동료이자 친구였습니다. 그 친구가 죽으면서 한 말에 따르면 이 도시가 페데리코 황제에게 점령당하고* 무차별적으로 약탈을 당하는 와중에 자기 동료

---

* 페데리코 2세가 파엔차를 점령한 사건은 토스카나에 커다란 반향을 불러일으켰다.

들과 어느 집에 들어갔다가 거기서 살던 사람들이 버리고 간 물건들을 발견했다는군요. 사람이라곤 당시 두 살쯤이던 이 아이 하나뿐이었고요. 그런데 이 아이가 계단을 오르는 제 친구를 보고 아빠라고 부르는 바람에 불쌍해서 그 집에 있던 물건들과 함께 아이를 파노까지 데려왔다는 겁니다. 그리고 죽을 때 이 아이를 나한테 맡기면서 적당한 때가 오면 결혼을 시키고 자기 재산을 지참금으로 주라고 부탁했지요. 이제 남편을 맞을 나이가 됐는데 아직 제 마음에 드는 사람을 골라 주지 못하고 있던 차였습니다. 하지만 어젯밤 같은 일이 또다시 일어날까 걱정이라 서두르려 하고 있습니다."

그곳에 몰려와 있던 사람들 중에는 굴리엘미노 다 메디치나*라는 사람이 있었습니다. 그는 당시 귀도토와 행동을 함께 했던 사람으로 그 덕분에 귀도토가 약탈한 집이 누구 집이었는지 잘 알았습니다. 공교롭게도 그 자리에 그 집 주인이 있는 걸 보고서 그에게 다가가서 이렇게 말했어요.

"베르나부초! 자코민이 말하는 걸 들었소?"

베르나부초가 말했어요.

"들었습니다. 생각만 해도 가슴이 떨립니다. 그 난리통에 자코민이 말하는 그 나이 또래의 어린 딸을 잃었던 일이 떠오릅니다."

그러자 자코민이 말했어요.

---

* 메디치나 가문은 볼로냐의 명문가로, 13세기에 법률가를 여러 명 배출했다.

"이 처녀가 그 애가 틀림없습니다. 그때 저는 귀도토와 함께 있었고, 어디서 약탈을 했는지 듣고는 당신 집이라는 걸 알았습니다. 그러니 딸이라고 인정할 만한 특징을 생각해 보고 찾아보십시오. 그래야 당신 딸이라는 것을 확증할 것 아닙니까."

베르나부초는 생각에 잠겼다가 딸의 왼쪽 귀 위에 조그마한 십자가 모양의 상처가 있다는 걸 기억해 냈어요. 그 일이 일어나기 얼마 전에 종기를 잘라 낸 자국이었지요. 베르나부초는 아직 자리에 있던 자코민에게 바로 다가가서 자기를 집으로 데려가 처녀를 보게 해 달라고 부탁했어요. 자코민은 기꺼이 그를 집으로 데려갔고 처녀를 그의 앞에 데려오게 했어요. 베르나부초는 처녀를 보자 지금도 미인인 그녀의 어머니를 보고 있는 듯한 기분이 들었어요. 그러나 그것만으로는 충분치 않아 자코민에게 왼쪽 귀를 덮고 있는 머리카락을 조금만 들어 올리게 해 달라고 부탁했어요. 자코민은 그렇게 해 주었습니다. 베르나부초가 부끄러워하는 처녀에게 다가가 오른손으로 머리카락을 들어 보니 십자가 모양이 보였어요. 이제 틀림없이 자기 딸이라는 것을 알게 된 베르나부초는 머뭇거리며 거리를 두려 하는 처녀를 와락 껴안고 눈물을 하염없이 흘렸답니다.

그리고 자코민에게 이렇게 말했어요.

"정말 고맙소! 이 아이는 내 딸입니다. 귀도토가 약탈했던 집은 바로 우리 집이었습니다. 그때 갑작스러운 혼란 속에서 내 아내, 즉 이 아이의 엄마가 얘를 그만 잃어버린 겁니다. 지금까지 우리는 이 아이가 그날 불에 탄 그 집에서 죽은 줄로만 알았습니다."

애기를 듣고 나이가 지긋한 사람인 걸 보고서 그 말을 신뢰하게 된 처녀는 보이지 않는 본능에 이끌려 그의 포옹을 받아들였어요. 그리고 소리 없이 울기 시작했답니다. 베르나부초는 서둘러 사람을 보내 어머니를 데려오게 했고, 다른 친척들과 형제자매들도 오게 했지요. 그리고 그들 모두에게 처녀를 소개하고 그간 있었던 일을 설명해 주었습니다. 수천 번의 포옹이 이어진 뒤 모두가 축하하고 자코민이 몹시 기뻐하는 가운데 베르나부초는 처녀를 자기 집으로 데려갔어요.

그곳 시장은 이 소식을 듣고 체포된 잔놀레가 베르나부초의 아들이며 처녀의 친오빠라는 것을 알게 되자 그 죄를 관대하게 사면하겠다고 공표했어요. 뿐만 아니라 베르나부초와 자코민, 잔놀레와 민기노가 모두 화해를 했으며, 특히 민기노에게는 이 처녀를 아내로 주기로 모든 친척들이 동의하고 기뻐했답니다. 처녀의 이름은 아녜자였어요.* 그리고 이 사건에 연루되었던 크리벨로와 다른 사람들도 석방됐지요.

민기노는 너무나도 큰 기쁨 속에서 아름답고 성대한 결혼식을 치렀고, 처녀를 자기 집에 맞아들여 함께 오랜 세월 행복하게 살았답니다.

---

* 여자의 이름과 잔놀레가 베르나부초의 아들이라는 사실이 결말에 가서야 함께 밝혀짐으로써 둘의 가족 관계가 회복된 것을 강조한다.

다섯 번째 날 여섯 번째 이야기

잔니 디 프로치다는 사랑하는 처녀가 페데리코 왕에게 바쳐지자 그녀와 은밀히 만나다 들킨다. 두 사람은 함께 기둥에 묶여 화형을 당할 위기에 처한다. 그러나 루지에르 데 로리아의 눈에 띄어 구출되고 잔니는 처녀의 남편이 된다.

부인들을 대단히 기쁘게 했던 네이필레의 이야기가 끝나자 여왕은 팜피네아에게 다음 이야기를 준비하라고 요청했습니다. 팜피네아는 해맑은 얼굴을 들어 곧바로 이야기를 시작했습니다.

—사랑하는 부인 여러분! 사랑의 힘이란 얼마나 위대한가요! 바로 그 힘 덕분에 연인들은 크나큰 고통을 견디면서 범상치 않고 예기치 못했던 위험들에 결연히 맞서는 것이 아닐까요? 그 점은 오늘 나눈 이야기에서도, 지난번의 많은 이야기

들에서도 확인할 수 있었지요. 그렇다고 하더라도 저는 사랑에 빠진 어느 청년의 정열에 관한 이야기를 들어 그 점을 다시 한 번 더 보여 드리려고 해요.

이스키아는 나폴리에 아주 가까이 위치한 섬이지요. 옛날 그곳에 눈에 띄게 아름답고 발랄한 레스티투타라는 아가씨가 살았답니다. 그 섬에 사는 귀족인 마린 볼가로의 딸이었지요. 그리고 이스키아 인근의 프로치다라는 섬에 사는 잔니라는 청년이 목숨을 바쳐 이 처녀를 사랑했고 처녀도 그를 사랑했답니다. 잔니는 레스티투타를 만나기 위해 낮에는 프로치다에서 이스키아로 건너와 살았으며, 배를 구할 수 없는 밤에도 종종 그녀의 집 벽이라도 보겠다며 프로치다에서 이스키아까지 헤엄을 쳐서 오가길 벌써 여러 번이나 했답니다.

이렇게 뜨거운 사랑이 계속되던 어느 날 처녀가 혼자서 바닷가에 나와 절벽을 오가며 작은 칼로 바위에서 조개를 따고 있었어요. 그러다 절벽들 사이로 난 어느 한적한 곳으로 들어서게 됐어요. 그곳은 응달이 지고 차디찬 샘물이 알맞게 솟아오르는 곳이어서 나폴리에서 온 시칠리아 청년들 몇이 배를 대고 쉬고 있었어요. 청년들은 아름다운 처녀가 나타난 걸 보았으나 처녀 쪽에서는 그들을 보지 못했어요. 그들은 그녀가 혼자인 것을 알자 붙잡아서 데려가기로 작당을 하고는 곧바로 실행에 옮겼지요. 처녀는 비명을 크게 질렀지만 이내 잡혀서 배에 실리고 말았어요. 그들은 칼라브리아에 도착하자 처녀를 누가 차지할 것인지를 놓고 입씨름을 했어요. 다들 자기 걸로 만들고 싶어 했으나 좀처럼 의견을 모으지 못했고, 더욱이 여자 하나 때문에 그들 사이가 깨지고 뭔가 나쁜 일이 일어날지도 모른다는 생각에 처녀를 시칠리아의 왕 페데리코*에게 헌납하기로 결정을 했어요. 젊은 왕은 이 일을 알고 크게 기뻐했지요. 결국 그들은 팔레르모로 가서 처녀를 왕에게 바쳤답니다.

왕은 아름다운 처녀를 보자 곧 좋아하게 됐어요. 하지만 당시는 몸이 좀 불편했기 때문에 기운을 차릴 때까지 자기 정원에 속한 쿠바라 불리는 아름다운 저택에 하녀를 딸려 머물게 했어요. 그리고 그렇게 실행됐지요.

처녀가 납치됐다는 소문은 이스키아에서 널리 퍼졌어요. 이스키아 사람들을 특히 슬프게 만든 것은 처녀를 납치한 자들이 누구인지 알 길이 없다는 것이었어요. 하지만 이 일로 그 누구보다도 상심한 잔니는 이스키아에 앉아 무작정 소식을 기다리지만은 않았어요. 그는 배가 어느 방향으로 갔는지 알았던지라 무장한 배 한 척을 몰고서 가능한 한 신속하게 미네르바에서부터 스칼레아까지 칼라브리아 해안을 샅샅이 뒤졌어요. 그런 식으로 탐문하던 중 스칼레아에서 처녀가 시칠리아 선원들에 의해 팔레르모로 잡혀갔다는 얘기를 듣게 됐어요. 잔니는 곧바로 팔레르모를 향해 배를 몰았고, 사방으로 수소문한 끝에 처녀가 왕에게 바쳐져 쿠바에서 왕의 보호를 받고 있다는 걸 알았어요. 처녀를 되찾기는커녕 다시 볼 수도 없

---

* 페데리코 2세. 1296년부터 1337년까지 시칠리아를 다스렸다. 이 일화는 그의 집권 초기에 일어난 일로 추정된다.

을 거라는 생각에 청년은 거의 모든 희망을 잃고 깊은 절망에 빠졌답니다.

그러나 그는 사랑에 이끌려 배를 보내 버리고 누구의 눈에도 띄지 않도록 하면서 계속 머물렀어요. 그리고 종종 쿠바 주변을 배회하던 중 어느 날 운이 좋게 창가에 선 처녀를 보게 되었지요. 처녀도 청년을 보았고, 둘은 너무나도 기뻤답니다. 잔니는 주위에 인기척이 없는 것을 확인하고 가능한 한 바짝 다가서서 말을 걸었어요. 그리고 처녀에게 더 가까이에서 얘기를 나눌 방법을 안내받고 그곳 사정을 면밀하게 조사한 다음 자리를 떠났어요. 그리고 그 밤 적당한 시간이 오기를 기다려 그곳으로 돌아와서는 딱따구리도 기어오르기 힘든 곳을 힘겹게 올라가 정원 안으로 들어갔어요. 그리고 거기서 통나무를 하나 찾아내서 처녀가 가르쳐 준 창문에 기대 놓고서 아주 쉽사리 창문으로 올라갔어요.

과거에는 명예를 지키기 위해 청년에게 새침하게 굴었지만 이미 명예를 잃었다고 생각한 처녀는 이제 자기 몸을 맡길 만한 사람이 이 청년밖에 없다고 생각했고, 더욱이 이곳을 벗어날 수 있도록 도와줄 수 있으리라는 희망을 품고는 청년이 원하는 것이라면 무엇이든 응하여 그를 기쁘게 하기로 결심했어요. 그래서 청년이 신속하게 안으로 들어올 수 있도록 창문을 열어 놓았어요. 창문이 열려 있는 걸 발견한 잔니는 살며시 안으로 들어갔고, 아직 잠들지 않았던 처녀 곁에 몸을 뉘었어요. 그러자 처녀는 일이 더 진행되기 전에 자기 생각을 다 펼쳐 놓았어요. 요컨대 자기를 그곳에서 빼내어 도망치게 해 달라고 부탁했던 것입니다. 이 말을 듣고 잔니는 그보다 더 기쁜 일은 없다고 답하며 당연히 그 즉시로 그녀를 데리고 나가는 데 아무런 문제가 없도록 할 것이며, 우선 돌아가서 준비를 하겠다고 약속했어요. 이리하여 둘은 벅찬 기쁨으로 서로 껴안고서 사랑이 줄 수 있는 최고의 쾌락을 맛보았어요. 여러 번 그 쾌락을 되풀이하고 난 뒤 두 사람은 서로를 껴안은 채 세상 모르고 잠이 들었지요.

그런데 처음 보았을 때부터 처녀를 대단히 좋아했던 왕은 그녀가 생각이 났고 몸도 좋아진 느낌이 들어서 새벽녘이긴 했지만 그녀에게로 가서 함께하기로 마음을 먹었어요. 그래서 시종을 하나 데리고 조용히 쿠바로 향했지요. 그 안에 들어서서 처녀의 침실로 알고 있는 방의 문을 가만히 열게 한 뒤, 커다란 촛불을 켜고 방 안으로 들어갔어요. 그러자 침대 위에서 처녀가 잔니와 벌거벗은 채 꼭 껴안고 자는 모습이 눈에 들어 온 거예요. 순간적으로 불쾌함과 분노가 치솟은 왕은 말없이 허리에 찬 칼을 뽑아 그들을 죽이려고 했지요. 그러나 벌거벗고 자는 두 사람을 죽인다는 것은 누구에게든 비겁한 짓이며, 하물며 왕인 자신의 위치를 떠올리고는 그들을 공개적으로 화형에 처하기로 마음을 고쳐먹었어요. 그래서 시종을 향해 이렇게 말했어요.

"일찍이 내 마음을 사로잡았던 이 화냥년을 어떻게 하면 좋겠느냐?"

그리고 대담하게 궁 안까지 들어와 오만불손한 행동을 한 이 청년이 누군지 아느냐고 물었어요. 질문을 받은 시종은 본 적도 들은 적도 없는 사람이라고 대답했지요. 왕은 불쾌한 표정으로 방을 나섰고, 두 연인을 알몸 그대로 포박하여 날이 밝는 대로 팔레르모의 중앙 광장으로 압송해서 세 번째 시간*까지 서로 등을 맞댄 채 기둥에 묶어 모두가 볼 수 있도록 둔 다음, 죄의 대가로 화형에 처하라고 명령했어요. 이렇게 말하고는 여전히 노여움을 삭이지 못한 채 팔레르모의 자기 방으로 돌아갔지요.

왕이 떠나자마자 곧바로 많은 사람들이 덤벼들어 두 연인의 잠을 깨웠고 인정사정 볼 것 없이 신속하게 그들을 붙잡아 묶어 버렸어요. 느닷없이 당한 일에 깜짝 놀란 두 사람은 목숨을 잃을까 봐 두려워서 울음을 터뜨리며 자기들이 저지른 짓을 후회했어요. 그들은 왕의 명령에 따라 팔레르모로 끌려가 광장 기둥에 결박되었답니다. 그리고 그들의 눈앞에는 왕의 명령이 떨어지는 대로 불을 붙일 수 있도록 장작더미가 쌓여 있었지요.

팔레르모 사람들은 남녀 할 것 없이 이 연인을 보려고 우르르 몰려나왔어요. 남자들은 처녀를 보고 그 아름다움에 끌려 하나같이 칭찬을 아끼지 않았고, 여자들 역시 청년을 보고는 잘생기고 당당한 용모에 다들 매료되었답니다. 그러나 불행한 연인은 너무나 부끄러워서 얼굴을 들지 못했고 불에 타서 끔찍한 죽음을 당할 순간을 시시각각 기다리며 저희의 불행을 슬퍼하며 눈물을 흘렸어요.

---

* 대략 오전 9시를 가리킨다.(『데카메론』 1권 45쪽 각주 참조.)

그렇게 정한 시각이 다가오는 동안 그들이 저지른 죄가 세세하게 알려졌고, 그 소식은 단연 뛰어난 인격의 소유자인 데다 왕의 해군 제독이었던 루지에르 데 로리아*의 귀에까지 들어갔어요. 제독은 두 사람을 보기 위해 그들이 묶여 있는 곳으로 갔어요. 그곳에 도착해서 처녀를 본 제독은 곧 그 아름다움에 무척 놀랐지요. 그리고 청년에게 다가가서 그리 어렵지 않게 누구인지 알아보고는 더 가까이 다가서서 잔니 디 프로치다가 아니냐고 물었어요.

잔니는 얼굴을 들어 제독을 알아보고서 대답했어요.

"장군님! 저는 장군님이 물어보신 바로 그 사람이었습니다만, 이제는 더 이상 그 사람이 아닙니다."

제독은 어찌하여 이렇게까지 됐는지 물었어요. 그에 잔니는 이렇게 대답했지요.

"왕의 사랑과 분노 때문입니다."

제독은 더 자세하게 얘기를 해 보라고 독촉했어요. 그리고 일의 전말을 듣고서 자리를 떠나려 하자, 잔니가 그를 불러 세워 말했습니다.

"아, 장군님! 가능하다면 저를 이렇게 만든 그분께 자비를 부탁드릴 수 있는지요?"

그러자 루지에리가 물었어요.

"어떻게 말인가?"

---

* 1284년 나폴리 앞바다에서 샤를 앙주 2세를 사로잡아 피렌체에 기적 같은 승전을 알린 인물. 페데리코 2세 아래에서 1296년부터 1297년까지 제독으로 일했다.

잔니는 이렇게 말했지요.

"제가 곧 죽는다는 걸 압니다. 그러하오니 제 목숨보다도 더 사랑하는 이 여자와 등을 맞대는 것이 아니라 얼굴을 마주 볼 수 있도록 해 주셨으면 합니다. 그러면 그녀의 얼굴을 보면서 죽을 수 있으니 얼마나 위안이 되겠습니까."

제독은 웃으며 선뜻 말했어요.

"싫증이 날 만큼 처녀를 볼 수 있도록 해 주겠네."

그리고 그 자리를 떠나면서 형 집행을 기다리는 사람들에게 왕의 다른 명령이 있기 전에는 어떤 일도 해서는 안 된다고 일러 두었어요. 그러고는 곧장 왕에게 갔지요. 왕은 아직도 분을 삭이지 못하고 있었으나 제독은 왕이 분한 마음을 털어놓기를 기다리지 않고 먼저 이렇게 말했어요.

"폐하! 저 아래 광장에서 화형에 처하라고 명하신 두 젊은 이들은 폐하께 어떤 잘못을 저질렀는지요?"

왕이 대답하자 제독이 이렇게 말을 받았어요.

"그들이 저지른 죄는 잘못이지만 폐하가 처벌해서는 아니 되옵니다. 잘못은 처벌받아 마땅하나 그와 마찬가지로 선행은 자비나 자선 이상으로 포상할 가치가 있습니다. 폐하께서 화형에 처하시려는 사람들이 누구인지 아십니까?"

왕은 모른다고 대답했어요. 그러자 제독이 말했지요.

"그럼 말씀드리겠습니다. 그러면 폐하께서는 분노의 충동을 얼마나 신중하게 억제해야 하는지 아실 것입니다. 청년은 폐하께서 이 섬을 정복하고 군주가 되시는 데 큰 역할을 한 잔디 프로치다 씨의 친형인 란돌포 디 프로치다의 아들입니다.

그리고 처녀는 오늘날 폐하의 권력이 이스키아까지 미치도록 만드는 데 큰 힘이 되고 있는 마린 볼가로의 딸입니다. 뿐만 아니라 두 사람은 서로 오랫동안 사랑을 나눠 온 젊은이들입니다. 폐하의 권위를 해치고자 그런 것이 아니라 사랑에 매여 그렇게 됐던 것입니다. 이것을 죄라고 말한다면 그건 젊은이들의 사랑 때문에 저지른 죄라 할 수 있을 것입니다. 따라서 진심으로 기뻐하시고 최고의 선물로 축복해 주셔야 할 일이거늘 어찌하여 저들을 죽이려 하십니까?"

왕은 이 얘기를 듣고서 제독의 말이 옳다고 생각했어요. 그리고 행하려 한 일뿐 아니라 그 전에 자기가 했던 일도 크게 후회했어요. 왕은 당장 두 젊은이를 기둥에서 풀어 자기 앞으로 데려오라고 명령했어요. 그리고 그렇게 실행됐지요. 두 사람의 상황을 알게 된 이상 왕은 명예와 선물로 자신의 격노를 보상하리라 생각했어요. 그래서 둘에게 훌륭한 옷을 입히고 두 사람 모두 결혼할 의사가 있음을 확인하고는 그 어린 처녀를 잔니와 혼인시켰어요. 그리고 기뻐하는 그들을 많은 선물과 함께 집으로 돌려보냈답니다. 그들은 고향에서 성대한 환영을 받았고, 오랫동안 함께 즐겁고 기쁘게 살았다고 합니다.

다섯 번째 날 일곱 번째 이야기

테오도로는 주인 아메리고 씨의 딸 비올란테와 사랑에 빠져 그녀를 임신시키고 그로 인해 교수형을 판결받는다. 그는 채찍질을 당하며 끌려 다니다가 아버지에게 발견되어 풀려난 뒤, 비올란테를 아내로 맞는다.

부인들은 두 연인이 화형당하는 게 아닌가 걱정하며 귀를 기울이다가 그들이 구출되었다는 이야기를 듣고는 하느님을 찬미하며 서로 기뻐했습니다. 여왕은 결말을 듣고 나서 라우레타에게 다음 이야기를 하라고 부탁했습니다. 라우레타는 즐겁게 이야기를 시작했습니다.

─ 아름다운 부인들이여! 어진 왕이었던 굴리엘모가 시칠리아를 다스리던 시절* 그 섬에는 트라파니 출신의 아메리고 아바테 씨라는 귀족이 살았어요. 이 사람은 다른 귀족들에 비

해 재산도 많고 자식도 아주 많았어요. 그런 연유로 하인들이 필요했는데, 마침 아르메니아 연안을 노략질하여 아마도 터키 출신인 듯한 소년들을 잔뜩 잡아들인 제노바인 해적 갤리선들이 레반트에서 들어오자 거기서 아이들을 몇 명 사들였어요. 그 아이들은 모두 목동으로 보였는데, 그중 테오도로라 불리는 한 아이만은 유독 다른 아이들보다 품위가 있고 의젓했어요. 그 아이는 노예 취급을 받으면서도 아메리고 씨의 자식들과 함께 성장했어요. 그리고 우연이라기보다는 본성이 표출된 게 분명할 테지만, 예의범절을 잘 익히고 행동거지가 훌륭하여 아메리고 씨의 마음에 꼭 들었어요. 아메리고 씨는 아이를 노예 신분에서 해방시켜 주고, 터키인으로 생각되기는 하지만 세례를 받게 한 뒤 피에트로라는 이름을 붙여 주었으며, 크게 신임해 자기 사업의 관리를 맡겼어요.

그런데 아메리고 씨의 여러 자식들 중에서 비올란테라는 딸도 아주 비슷하게 아름답고 섬세한 처녀로 성장했어요. 부친이 딸의 결혼을 주저하는 사이, 비올란테는 어느새 피에트로를 사랑하게 됐어요. 하지만 그를 사랑하고 그의 예의와 행적을 높이 평가하면서도 부끄러운 나머지 마음을 표현하지 못했어요. 그런데 사랑의 신은 그러한 괴로움을 덜어 주었지요. 피에트로 쪽에서도 틈만 나면 비올란테를 훔쳐보다가 처녀를 보지 못하면 마음이 괴로울 정도로 사랑에 빠진 거예요.

---

* 보카치오는 굴리엘모 2세를 높이 평가한다.(네 번째 날 네 번째 이야기, 열 번째 날 일곱 번째 이야기 참조.)

하지만 말도 안 되는 일이라 여겨 다른 사람이 자신의 감정을 눈치챌까 몹시도 두려워했어요. 그를 행복한 눈길로 바라보던 처녀는 이를 느끼고서, 그를 안심시키기 위해서 자기도 아주 기쁘게 여기고 있다는 것을 보여 주곤 했지요. 그런 식으로 서로 간절히 원하면서도 섣불리 아무 말도 하지 못한 채로 시간이 흘러갔습니다.

그러나 그렇게 열렬히 사랑의 불꽃이 타오르는 동안, 운명은 마치 그렇게 되기를 바랐다는 듯 그들을 가로막던 두려움을 없애 버릴 길을 찾아 주었어요. 아메리고 씨는 트라파니에서 1마일쯤 떨어진 곳에 대단히 훌륭한 정원을 갖고 있었는데, 딸과 다른 귀부인들이나 하녀들과 함께 부인을 데리고 기분을 전환하러 그곳으로 자주 나들이를 가곤 했지요. 하루는 날이 몹시도 더웠는데, 피에트로를 데리고 가서 어울려 놀던 중에 갑자기 하늘이 검은 구름으로 덮이는 것이었어요. 여름엔 흔히 있는 일이잖아요. 하녀와 함께 있던 부인은 찌푸린 날씨를 염려하여 트라파니로 돌아갈 채비를 서둘렀고, 할 수 있는 한 걸음을 재촉했어요.

그런데 피에트로는 젊은 터라 비슷하게 젊은 비올란테와 함께 어머니나 다른 사람들보다 훨씬 더 앞서 나갔어요. 아마 무서운 날씨보다 사랑이 걸음을 재촉했겠지요. 그렇게 두 사람이 부인과 다른 사람들이 거의 보이지 않을 정도로 훨씬 앞서 나갔을 무렵 천둥이 마구 치더니 엄청나게 굵은 우박이 갑자기 쏟아지는 거예요. 그래서 부인과 일행은 어느 농부의 집으로 피신했고, 피에트로와 비올란테는 피신할 곳을 찾지 못하다가 아무도 살지 않아 거의 폐가가 되어 버린 낡은 오두막으로 뛰어들어갔어요. 그리고 아직 간신히 남아 있는 한 뼘 지붕 아래서 몸을 움츠리고 있었어요. 공간이 워낙 협소했기에 두 사람은 서로 몸을 찰싹 붙이고 있을 수밖에 없었지요. 이런 접촉을 통해 두 사람의 마음에서는 조금씩 사랑의 욕망이 타올랐어요.

그런 상황에서 피에트로가 먼저 말을 꺼냈어요.

"하느님, 청하오니 이 우박이 그치지 않아서 제가 이렇게 계속 있을 수 있게 하소서."

그러자 비올란테도 말했어요.

"저도 그럴 수 있다면 좋겠어요!"

이 말을 시작으로 두 사람은 손을 잡고 서로 몸을 가까이한 뒤 이어서 꼭 부둥켜안고 입을 맞추었어요. 우박은 여전히 쏟아지고 있었지요. 이 장면을 세세히 얘기하지는 않겠지만, 아무튼 두 사람은 날씨가 진정될 때까지 사랑이 주는 최고의 기쁨을 맛보았고 서로의 쾌락을 위해 비밀리에 다시 만나기로 약속했답니다. 사나운 날씨가 잦아들자 도시에서 멀지 않은 오두막에 머물던 두 사람은 도시로 들어가 기다리던 부인과 함께 집으로 돌아갔어요. 그들은 지극히 비밀리에 신중한 만남을 자주 가지면서 서로에게 큰 위로가 됐어요. 그러다 종국에는 비올란테가 임신을 하고 말았네요. 두 사람 모두에게 이 일은 반갑지 않은 소식이었어요. 비올란테는 자연의 이치를 어겨 가며 갖은 수단을 다 써서 낙태를 하려 했으나 뜻대로 되지 않았지요.

일이 이렇게 되자 피에트로는 자신의 목숨이 위태로운 걸 느끼고 도망치기로 결심하고는 비올란테에게 이 얘기를 했어요. 그 말을 들은 비올란테는 이렇게 말했지요.

"당신이 떠나면 나도 곧 죽어 버리겠어요."

그녀를 몹시 사랑하던 피에트로는 그 말을 듣고 이렇게 말했어요.

"오, 내 사랑! 어찌하여 내게 여기 있으라는 것이오? 당신이 임신을 했으니 우리 죄가 들통 날 것이고, 당신은 가볍게 용서받겠지만 불쌍한 이 사람은 당신 죄와 나의 죄를 모두 뒤집어쓰고 무거운 벌을 받을 겁니다."

이에 비올란테는 이렇게 말했어요.

"피에트로! 나의 죄는 알려지겠지만 당신의 죄는 당신만 말하지 않는다면 아무도 모를 거예요."

그러자 피에트로가 말했어요.

"당신이 그렇게만 약속해 준다면 여기 남겠소. 하지만 반드시 약속을 지켜야 합니다."

비올란테는 자신의 임신 사실을 최대한 감추다가 배가 점점 불러 와 더 이상 감출 수 없는 상태에 이르자 어느 날 눈물을 있는 대로 쏟으며 어머니에게 이 사실을 고백했어요. 자신을 좀 구해 달라고 애원하면서 말이지요. 부인은 몹시 슬퍼하며 딸을 호되게 꾸짖고는 도대체 어쩌다 이런 일이 생긴 건지 말해 보라고 했어요. 비올란테는 피에트로가 화를 당하지 않도록 사실을 감추고 얘기를 꾸며 냈어요. 그러자 어머니는 딸의 말을 믿었고, 불상사를 막기 위해 딸을 별장으로 보냈답니다.

거기서 출산이 임박한 여자들이 그러듯 비올란테가 소리를 지르고 있는데, 어머니로서는 전혀 예상치도 못하게 그동안 별장에 한 번도 발을 들이지 않던 아메리고 씨가 나타났어요. 그는 마침 사냥에서 돌아오는 길이었는데, 딸이 울부짖는 방 옆을 지나가다가 놀라서 곧장 방 안으로 들어와 이게 어찌 된 일이냐고 물었어요. 부인은 불시에 들이닥친 남편을 보자 딸에게 일어난 일들을 얘기할 수밖에 없었지요. 남편은 부인처럼 호락호락 믿어 주지 않고 딸이 누구의 자식을 가졌는지 모른다는 것이 말이 되느냐고 호통을 쳤어요. 그리고 모든 진상을 알아야겠으니, 진실을 말하면 용서를 해 줄 것이되 그렇지 않으면 가차 없이 죽여 버리겠다고 을러 댔지요. 부인은 이런 저런 얘기를 해 가며 갖은 애를 써서 남편을 진정시키려고 했으나 아무 소용이 없었어요.

화가 머리끝까지 치민 아버지는 손에 칼을 빼 들고 딸에게로 달려갔어요. 딸은 아버지가 떠들어 대는 동안에 사내아이를 출산한 터였지요. 아버지는 이렇게 말했어요.

"이것아! 이 애의 아비가 누구인지 말해라! 말하지 않으면 지금 당장 죽여 버릴 테다!"

비올란테는 죽음이 두려운 나머지 피에트로와의 약속을 깨고서 그들 사이에 있었던 일을 모조리 자백했어요. 이 말을 들은 기사는 불같이 화를 내며 금방이라도 딸을 죽일 기세였으나 가까스로 자신을 억눌렀어요. 분노를 가까스로 잠재우고 한참 불평과 잔소리를 늘어놓은 뒤에 말을 타고 트라파니로 갔어요. 그리고 왕의 측근으로 트라파니를 다스리던 쿠라도 지사에게 가서 피에트로에게서 받은 모욕을 다 털어놓고 그를 즉각 체포하게 했어요. 이런 일이 일어날 줄은 꿈에도 몰랐던 피에트로는 고문을 당한 끝에 모든 사실을 자백하고 말았지요.

지사는 며칠 동안 도시를 끌고 다니며 채찍질을 한 뒤 그를 교수형에 처하라고 명했습니다. 피에트로의 죽음만으로는 분이 풀리지 않았던 아메리고 씨는 두 연인과 그들 사이에서 태어난 아기까지 세상에서 동시에 제거해 버리기로 했어요. 그래서 포도주 잔에 독약을 넣고는 이를 칼과 함께 하인에게 건네주며 이렇게 말했지요.

"이 두 가지 물건을 비올란테에게 가져가라. 그리고 독이든 칼이든 둘 중 하나를 택하여 즉각 자살하라는 나의 명령을 전해라. 안 그러면 수많은 시민들이 보는 앞에서 불에 태워 죽이겠다고 말해라. 그럴 만한 죄를 지었다고 말이다. 그리고 그렇게 실행하기 며칠 전에 애를 빼앗아 와 머리를 벽에 찧어 버리고 개들에게 먹이로 던져 주어라."

선보다는 악에 더 기울어져 있던 하인은 냉혹한 아버지가 딸과 손자에게 내린 끔찍한 판결을 받아들고 곧바로 출발했습니다.

한편, 사형 선고를 받은 피에트로는 형리들에게 채찍을 맞으며 교수대로 향하다가 그들을 인솔하던 지휘자의 지시에 따라 마침 아르메니아의 세 귀족이 머물던 어느 여관 앞을 지나가게 되었어요. 이들은 아르메니아의 왕이 십자군에 관한 중대한 일들을 교황과 함께 논의하기 위해 로마에 사절로 파견한 사람들이었어요.* 그들은 이곳에서 며칠 바람을 쐬며 휴식을 취하려고 여장을 풀던 참이었는데, 트라파니의 귀족들, 그중에서도 아메리고 씨에게서 극진한 대접을 받고 있었어요. 이들은 피에트로를 끌고 가는 자들이 지나간다는 얘기를 듣고 창문으로 내다보고 있었지요.

피에트로는 허리부터 위로는 완전히 발가벗었고 손은 뒤로 묶여 있었어요. 그를 바라보던 사절 세 명 가운데 피네오라는 나이 지긋하고 권위 있는 귀족이 있었어요. 그런데 마침 피에트로의 가슴에 있는 큼지막한 빨간 점이 피네오의 눈에 들어온 거예요. 그것은 그린 것이 아니고 원래부터 피부에 새겨진 것으로, 여자들은 이를 가리켜 '장미'라고 부르던 터였지요. 그것을 보자 피네오는 잃어버린 아들이 바로 떠올랐어요. 벌써 십오 년 전에 라이아초의 해변에서 해적들에게 납치된 후로 생사조차 알 수 없었던 아들이 말이에요. 채찍질을 당하는 불쌍한 남자의 나이를 가늠해 보니 아들이 살아 있다면 바로 그 나이쯤 됐을 것이며 그의 가슴에 있는 점으로 보아 혹시 자기 아들이 아닐까 하는 의심이 들기 시작했어요. 피네오는 만일 저자가 자기 아들이라면 자기 이름과 아버지의 이름, 그리고 아르메니아 말을 아직 기억할 거라고 생각했어요.

그래서 남자가 가까이 오자 이렇게 불렀어요.

---

* 여기서 '십자군'은 제3차 십자군 전쟁에 참가한 군대를 가리킨다. 당시 시칠리아와 나폴리, 로마 교황청은 십자군 전쟁을 준비하면서 긴밀한 관계를 맺었으며, 아르메니아가 여기에 참여했다. 보카치오 당대에 아르메니아의 왕들은 나폴리와 시칠리아의 왕가와 혼인 관계를 맺고 있었다.

"오오, 테오도로!"

그 소리를 듣고 피에트로는 순간적으로 머리를 들었어요. 그러자 피네오는 아르메니아어로 이렇게 말했어요.

"자네는 어디 태생인가? 어느 집안 사람인가?"

호송하던 형리들이 이 훌륭한 귀족에게 경의를 표하느라 피에트로를 멈추게 했으므로 그는 이렇게 대답했어요.

"저는 아르메니아 출신입니다. 피네오라는 이름을 가진 분의 아들이며, 어렸을 때 모르는 어떤 사람들에게 끌려와 이곳까지 오게 되었습니다."

이를 듣고 피네오는 이 사람이 잃어버린 자신의 아들이라는 걸 알았어요. 그는 눈물을 흘리며 일행들과 함께 아래로 내려가 형리들 사이를 헤치고 그를 부둥켜안았어요. 그리고 자기가 입고 있던 화려한 외투를 벗어 그에게 걸쳐 주었으며, 그를 사형에 처하기 위해 끌고 온 자에게 새로운 명령이 떨어질 때까지 여기서 대기해 달라고 부탁했어요. 그자는 당연히 그렇게 하겠다고 대답했지요.

소문이 워낙 도처에 퍼져 있었기 때문에, 피네오는 아들이 사형을 선고받은 이유를 금방 알 수 있었지요. 그는 곧장 일행들과 함께 부하들을 이끌고 쿠라도 씨에게 찾아가서 이렇게 말했어요.

"장관! 장관께서 노예로 사형에 처하려는 그 사람은 노예가 아니며 나의 아들입니다. 순결을 빼앗았다고 말하는 처녀를 아내로 삼을 자격이 충분하지요. 그러니 처녀가 제 아들을 남편으로 맞을 생각이 있는지 확인할 때까지 집행을 보류해 주시기 바랍니다. 만일 처녀가 원하는데도 집행을 하신다면 그건 법을 어기시는 것입니다."*

쿠라도 씨는 피에트로가 피네오의 아들이라는 얘기를 듣고 깜짝 놀랐어요. 그리고 운명의 불공평함을 안타깝게 여겨 피네오가 말하는 것이 옳다고 생각하고는 즉각 그를 집으로 돌아가게 조치했으며, 아메리고 씨에게 사람을 보내 일의 전말을 고하게 했어요.

한편, 아메리고 씨는 이미 딸과 손자가 죽었을 것으로 생각하고 세상에서 가장 비참한 사람이 되어 있었어요. 죽지만 않았다면 모든 일이 다 잘됐을 텐데 하는 생각도 들었지요. 그래도 혹시 모른다 싶어 하인이 자기 명령을 아직 수행하지 않았다면 막으려고 딸이 있는 곳으로 급히 부하를 보냈어요. 부하가 가 보니 아메리고 씨가 보낸 하인이 주저하는 비올란테에게 칼과 독을 들이밀며 둘 중 하나를 선택하라고 상소리로 을러 대고 있었습니다. 그러던 하인은 주인의 명령을 전해 듣고 처녀를 버려둔 채 주인에게로 돌아와 일의 경과를 보고했어요. 아메리고 씨는 기뻐하며 피네오의 숙소로 직접 달려가 눈물을 흘리며 그간 일어난 일에 대해 사과하고 용서를 빌었습니다. 그러면서 테오도로가 자기 딸을 아내로 원한다면 정말로 기쁘겠다고 분명하게 말했어요.

피네오는 너그럽게 용서하며 이렇게 대답했어요.

---

* 당시 법률에는 사형수라고 해도 결혼할 상대가 나타나면 사면하는 조항이 있었다고 한다.

"나도 내 아들이 당신 딸과 결혼하기를 바랍니다. 만일 싫다고 하면 내려진 형을 받아야 할 테니까요."

이렇게 서로 뜻을 모은 피네오와 아메리고 씨는, 아버지를 다시 찾아 기뻐하면서도 아직 죽음의 두려움에 사로잡혀 있던 테오도로에게 가서 경과를 설명하고 의향을 물었어요. 테오도로는 그렇게도 원하던 비올란테가 아내가 된다는 말에 지옥에서 천국으로 오른 듯 크게 기뻐했어요. 그리고 두 사람이 행복해진다면 그보다 더 큰 은혜는 없을 거라고 말했지요. 그래서 이번에는 비올란테에게 의견을 물으러 사람을 보냈어요. 테오도로에게 일어났던 일과 앞으로 일어날 일을 듣고 그 어떤 여자보다도 고통스러워하며 죽음을 생각하던 그녀는 그간 벌어진 일들을 전해 듣고 잠시 기운을 내어 자기는 테오도로가 원하는 바에 따르겠으며, 테오도로의 아내가 되면 그 이상 기쁜 일은 없겠지만, 그래도 아버지의 명령에 따르겠다고 대답했어요. 그렇게 해서 모두의 의견이 일치하여 두 연인은 모든 시민이 최고로 기뻐하는 가운데 성대한 결혼식을 올렸답니다.

아이를 유모에게 기르도록 하면서 몸을 돌본 결과 비올란테는 얼마 지나지 않아 이전보다 더욱 아름다운 모습을 갖게 됐어요. 비올란테는 산후 조리를 하고 난 다음 로마로 돌아가 자기를 기다리던 피네오에게로 가서 아버지에게 하듯 존경을 담아 인사를 올렸어요. 피네오는 그렇게 예쁜 며느리가 생긴 것을 크게 기뻐하면서 성대한 잔치를 열어 결혼을 축하해 주었어요. 그리고 그녀를 딸로 받아들였고 늘 딸처럼 대했답니다. 그로부터 며칠 후 아들과 며느리, 작은 손자는 배를 타고 라이아초로 가서 그곳에서 평화롭고 안락한 삶을 누렸다고 합니다.

다섯 번째 날 여덟 번째 이야기

나스타조 델리 오네스티는 트라베르사리 가문의 한 여자를 사랑하지만 뜻을 이루지 못한 채 재산만 탕진한다. 그는 친척들의 권유로 키아시에 갔다가 그곳에서 어떤 처녀가 기사에게 쫓기다가 살해되고 두 마리 개에게 물어뜯기는 장면을 목격한다. 그 후 나스타조는 자기 친척들과 자기가 사랑한 여자를 식사에 초대한다. 여자는 그곳에서 자기 같은 여자가 갈기갈기 몸이 찢기는 걸 보고 비슷한 일이 자기한 테도 일어날까 두려워 나스타조를 남편으로 받아들인다.*

라우레타가 이야기를 마치자 여왕의 명령에 따라 필로메나 가 이야기를 시작했습니다.

---

* 오랫동안 전 유럽의 여러 작가와 화가 들은 사랑에 좌절한 기사가 사냥 개를 동원해 상대 여자를 무자비하게 사냥함으로써 끝없이 복수를 거듭한 다는 소재와 이미지에서 영감을 얻곤 했다.

──사랑스러운 부인들이여! 우리 사이에서 연민은 칭찬받을 만한 것이며, 그와 마찬가지로 잔인성은 하느님의 정의에 따라 엄중한 처벌을 받습니다. 저는 이 사실을 증명하고, 여러분에게서 잔인성을 몰아내도록, 유쾌하기보다는 연민을 자아내는 이야기를 하나 들려 드릴까 합니다.

로마냐 지방의 옛 수도 라벤나에는 한때 대단히 많은 귀족과 부자들이 살고 있었어요. 그중 아버지와 숙부가 죽고 난 뒤 막대한 재산을 물려받은 나스타조 델리 오네스티*라는 청년이 있었어요. 아내가 없는 젊은 사람들이 흔히 그러듯 그는 파올로 트라베르사리 씨의 딸을 사랑하게 됐어요. 자기보다 훨씬 신분이 높은 여자였지요. 그래도 나스타조는 자기가 가진 모든 것을 바쳐서 사랑을 이루고자 했어요. 그가 동원한 수단들은 대단히 놀랍고 근사하며 찬미할 만한 것들이었지만 효과를 내기는커녕 손해만 가져왔던 모양이에요. 그가 사랑한 여자가 잔인하고 무정한 태도로 그를 꺼렸던 걸 보면요. 자신의 남다른 미모 때문인지 혹은 자신의 높은 신분에 대한 자부심으로 상대를 업신여긴 것인지는 모르겠지만, 여자는 남자는 물론 남자가 자랑하려는 것에도 전혀 흥미를 보이지 않았어요. 나스타조는 그녀의 태도를 더 이상 참을 수 없어 절망하고 슬퍼하기를 여러 번 거듭한 끝에 차라리 죽어 버릴까 하는 생각도 했지요. 그러다 마음을 고쳐먹고서 그녀를 그냥 단념

---

* 오네스티 가문은 라벤나에서 가장 오래된 귀족 가문 중 하나로, 트라베르사리 가문과 인척 관계에 있었다고 한다. 『신곡 – 연옥편』 14곡에도 아나스타지라는 이름으로 등장한다.

할까, 아니면 그녀가 자기에게 하듯 미워할 수 있지 않을까 하는 생각도 여러 번 했어요. 그러나 그런 여러 생각들을 헛되이 거듭하는 동안 희망은 그에 따라 사라져 가는 것 같았고, 반면 사랑은 날로 커져 가기만 했답니다.

이렇게 사랑을 집요하게 고집하는 동안 나스타조는 재산을 무절제하게 써 버렸고, 친구나 친척들은 그가 이대로 가다가는 건강이나 재산을 다 소진해 버리지 않을까 염려하게 되었습니다. 그래서 모두가 그에게 라벤나를 떠나 다른 곳에 가서 얼마 동안 머무는 것이 좋겠다고 여러 번 충고도 하고 간청도 했어요. 그렇게 하면 연정도 식고 낭비도 그치게 되지 않을까 생각했던 거지요. 나스타지오는 이런 충고를 여러 번 웃어넘기다가 끈덕진 성화를 견디지 못하고 마침내 그렇게 하겠다고 말했어요. 그래서 마치 프랑스나 스페인 또는 다른 먼 곳으로 가기라도 하는 듯 요란하게 온갖 준비를 마친 다음 말에 올라 수많은 라벤나 친구들의 대단한 호위를 받으며 길을 떠났어요. 그리고 라벤나에서 3마일 정도 떨어진, 키아시라고 불리는 곳으로 갔어요. 그곳에 이르자 나스타조는 천막을 치고 임시 거처를 마련한 다음 동행한 사람들에게 자신은 그곳에 머물 작정이니 모두 라벤나로 돌아가 달라고 말했어요. 그런데 그곳에 머물면서 그는 이전보다 훨씬 더 화려하고 규모가 큰 생활을 하기 시작했고, 전과 같이 이런저런 사람들을 마구 만찬에 초대했답니다.

그러다 5월에 접어들 무렵 날씨가 아주 좋은 어느 날, 불쑥 그 잔인한 여자가 생각났어요. 그래서 실컷 생각이나 해 볼 요량으로 하인들을 모두 물리치고 상념에 잠겨 혼자서 걸음을 옮기다 보니 소나무 숲까지 오게 됐어요.* 시간은 이미 하루 중 여섯 번째 시간을 향하고 있었는데,** 뭘 먹을 생각도 안 나고 다른 생각도 하지 못한 채 반마일은 족히 들어왔지요. 그때 갑자기 여자의 커다란 울음과 드높은 비명이 들려오는 것 같았어요. 그 때문에 달콤한 상념에서 깨어나 무슨 일인가 하여 머리를 들다가 자신이 소나무 숲에 들어와 있다는 걸 깨닫고 적이 놀랐지요. 그런데 앞쪽을 바라보니 덤불과 나무들이 우거진 숲 쪽에서 그가 있는 곳을 향하여 굉장한 미모의 처녀가 벌거벗은 채 산발한 머리로 온몸을 나뭇가지와 가시에 긁히는 줄도 모르고 살려 달라고 울부짖으며 뛰어오는 모습이 보였어요. 게다가 그 뒤로 커다란 사나운 개 두 마리가 쫓아와서는 날듯이 연거푸 처녀를 따라잡아 사정없이 잡아채서 물어뜯는 것이었어요. 처녀 뒤로는 검은 말을 탄 흑기사가 무서운 얼굴을 하고 손에는 장검을 휘두르면서 살벌하고 더러운 욕설들을 내뱉으며 죽인다고 위협하면서 쫓아오고 있었지요. 이 광경에 그의 마음은 놀라움과 두려움에 동시에 사로잡혔지만, 결국은 그 불쌍한 여자에 대한 연민으로 바뀌어 할 수만 있다면 눈앞에 닥친 고통과 죽음에서 처녀를 구해 주고 싶은 마음이 들었어요. 그러나 무기가 없었기에 우선 달려가서

---

* 전반적으로 망각과 고립, 상상의 세계로 접어드는 과정이다. 특히 소나무 숲은 불멸과 저승을 상징한다.
** 여섯 번째 시간이 대략 정오를 가리키므로(『데카메론』 1권 45쪽 각주 참조.) 오전 11시 정도일 것이다.

산드로 보티첼리, 「나스타조 델리 오네스티에 관한 이야기」,
15세기 말, 프라도 미술관 소장.

몽둥이가 될 만한 나뭇가지를 하나 꺾어 들고 개들과 기사에 맞서 싸우기 시작했답니다.

그런데 이를 보고 기사가 멀리서 소리치는 것이었어요.

"나스타조! 방해하지 마시오! 개들과 나를 그냥 두시오! 이 못된 여자는 벌을 받아야 하오!"

그렇게 말하는데, 그 순간 개들이 처녀의 옆구리를 꽉 물어 그 자리에서 꼼짝 못 하게 만들었고 그 자리에 도착한 기사는 말에서 내렸어요. 나스타조는 기사에게 다가가서 말했지요.

"저는 당신을 모르는데, 당신은 저를 아시는 모양입니다. 어쨌거나 벌거벗은 여자를 무장한 기사가 죽이려 하다니, 정말 비열한 짓 아니오. 더구나 야생의 짐승도 아닌데 개들로 갈비뼈를 물게 하다니요. 내 힘이 닿는 한 분명코 이 여자를 지킬 것이오!"

그러자 기사가 말했어요.

"나스타조! 나는 당신과 같은 도시 사람이오. 당신이 아직 어렸을 때 나는 귀도 델리 아나스타지 씨라고 불리던 사람이었소.* 나는 이 여자를 너무나도 사랑했소. 당신이 지금 트라베르사리 가문의 여자를 사랑하듯이 말이오. 그런데 이 여자의 냉정함과 잔인함으로 인해 나는 불행한 운명을 맞이했고, 어느 날 절망에 빠져 당신 눈에 보이는, 손에 든 이 장검으로 자살해 버렸소. 그 일로 나는 영원한 벌을 받게 되었소. 그런

---

* 아나스타지 가문은 트라베르사리 가문과 함께 라벤나의 패권을 쥐었고, 13세기 초반에 권력이 절정에 달했다. 이들 가문은 관대와 예의로 이름을 날렸다.(『신곡 – 연옥편』 14곡 104~111행 참조.)

데 그로부터 오래지 않아 나의 죽음을 정도 이상으로 기뻐했던 이 여자도 죽었소. 자신의 잔인성에 대한 죄, 조금도 뉘우치지 않고 나의 고통을 즐긴 죄 때문에, 그리고 자기가 한 짓을 죄로 여기지 않고 당연한 일로 생각했기 때문에 이 여자는 이렇게 지옥의 벌*을 받고 있는 것이오. 이 여자가 지옥에 떨어지자 우리 둘에게는 이러한 벌이 주어졌다오. 여자는 앞에서 나에게 쫓기고 나는 이 여자를 사랑한 여자로서가 아니라 죽여야 할 원수처럼 이전에 사랑했던 만큼 쫓아다녀야 하게 되었단 말이오.

그리고 이 여자를 따라잡을 때마다 나는 나에게 꽂았던 이 장검을 수도 없이 그녀에게 꽂은 뒤 등을 찢어서 그 딱딱하고 차가운 심장, 사랑도 연민도 들어갈 수 없었던 심장을, 당신이 지금 곧 보게 될 것처럼 다른 내장들과 함께 몸에서 도려내어 이 개들에게 먹이로 주어야 하오. 그러나 하느님의 정의와 권세가 바라시는 대로, 얼마 지나지 않아 이 여자는 죽음을 모른다는 듯 다시 살아나 처음부터 고통스러운 도주를 시작하고 나는 개들을 몰고 그녀를 뒤쫓게 됩니다. 그리고 매주 금요일 이 시각에 이곳에 와서 바로 여기서 보시는 바와 같이 참살을 되풀이하게 된다오. 다른 날들은 우리가 쉰다고 생각하지 마시오. 이 여자가 나를 두고 잔인한 생각과 행동을 했던 다른 장소들에서 이 여자를 쫓아야 하니 말이오. 이제 아시겠지만,

---

* 많은 문헌에서 사냥은 속죄와 정죄의 형식, 즉 연옥의 상징으로 나타난다. 그러나 지금 여자는 좌절한 애인의 자살을 즐긴 야만성 때문에 벌을 받는 것이므로 여기서 사냥은 지옥을 상징한다.

애인이 적으로 변했으니 이 여자가 내게 잔인하게 군 달수만큼이나 여러 해 동안 이렇게 추격해야만 하는 것이오.* 그러니 이 성스러운 정의를 집행하게 해 주시오. 당신이 막아선다고 될 일이 아니오."

이런 긴 얘기를 들은 나스타조는 너무나 무서워서 머리털이 다 쭈뼛 서는 것만 같았어요.** 그리고 뒤로 물러나 이 가련한 처녀를 바라보면서 겁에 질린 채로 기사가 자기 일을 하도록 기다릴 수밖에 없었지요. 할 말을 마친 기사는 개처럼 미쳐 날뛰며 손에 장검을 들고는 두 마리 맹견에게 눌려 꼼짝도 못하고 누운 채 살려 달라고 울부짖는 여자에게 냅다 달려들었어요. 그리고 온 힘을 다해 가슴 한복판에 장검을 찔러 넣으니 장검이 다른 쪽으로 꿰뚫고 나왔지요. 처녀는 충격을 받아 몸을 부르르 떨면서도 계속해서 울부짖었어요. 하지만 기사는 단도를 손에 들고 배를 갈라 심장과 다른 내장들을 끄집어내어 그걸*** 두 마리 맹견들에게 던져 주었으며, 그놈들은 그 자리에서 게걸스럽게 먹어 치웠지요. 그러자 곧이어 여자가 아

---

* 이는 형벌의 기간이 정해져 있다는 의미인데, 지옥의 형벌은 영원하다. 앞에서 말한 대로 사냥이 정죄의 형식이며 연옥이 시간성에 지배된다는 점을 생각하면, 여기서 형벌의 장소는 지옥이되 그 속성은 연옥의 방식이라고 정리할 수 있다.
** 비슷한 표현이 『신곡 – 지옥편』(23곡 19~20행)에도 등장한다. "나는 무서워서 머리털이 다 쭈뼛/ 일어서는 것 같았다."
*** 단수로 쓰였으며, 심장을 가리킨다. 앞의 표현대로 "딱딱하고 차가운 심장, 사랑도 연민도 들어갈 수 없었던" 심장은 복수의 대상을 상징한다. "다른 내장들"은 부수물이며, 이 대목에서는 거의 잊힌 대상이다.

무 일도 없었다는 듯이 재빨리 몸을 일으키더니 바다 쪽으로 도망치기 시작했어요. 개들은 그 뒤를 쫓으며 물어뜯고 기사는 다시 말에 올라 장검을 꼬나들고 추격하기 시작했지요. 그리고 어느새 모두 나스타조가 알아볼 수 없을 정도로 멀어졌습니다.

나스타조는 이러한 광경들을 보고 나서 너무나 불쌍한 마음이 들면서도 한편으로는 엄청난 두려움에 사로잡혀 그 자리에 오랫동안 멍하니 서 있었어요. 그러다 이내 매주 금요일에 이 일이 일어난다니 이를 어떻게든 이용해 보리라는 생각이 들었지요. 그래서 그곳에 표식을 해 두고, 하인들에게 돌아갔어요. 그리고 적당한 시기에 친척들과 친구들에게 사람을 보내 이렇게 말했어요.

"여러분은 오래전부터 내가 이 원수 같은 여자를 사랑하느라 재산을 탕진한다며 그 짓을 그만두라고 충고했습니다. 그래서 나도 이젠 여러분의 충고를 따르고자 여러분께 한 가지 부탁을 드리려 합니다. 부탁이란 이겁니다. 이번 금요일에 파올로 트라베르사리 씨와 부인, 그리고 그분의 딸과 친척 되는 여러 부인들과 또 여러분께서 추천하시는 다른 모든 분들을 모시고 식사를 하고자 합니다. 제가 원하는 것이 무엇인지는 그때 아실 수 있을 겁니다."

사람들은 이 일을 대수롭지 않게 여기고는 라벤나로 돌아간 뒤 기회를 보아 나스타조가 말한 사람들을 초대했어요. 물론 그가 사랑하는 여자를 오게 하는 것은 쉬운 일이 아니었습니다만, 어쨌든 그 처녀도 다른 사람들과 함께 왔습니다. 나스타조는 훌륭한 식사를 준비하게 하고는 냉혹한 여자가 참살당하는 장면을 본 장소 주변의 소나무들 아래에 식탁을 마련하게 했어요. 그리고 남녀 손님들을 식탁에 앉히고, 특히 그 사건이 일어난 곳이 정면으로 보이는 지점에 사랑하는 여자를 앉혔습니다.

식사의 마지막 요리가 나왔을 무렵, 쫓겨 온 여자의 절망적인 외침이 모두의 귀에 들려오기 시작했습니다. 소리를 들은 사람들은 모두가 너무나 놀라서 대체 무슨 일이냐고 물었지만 아무도 대답하는 사람이 없었어요. 모두가 자리에서 벌떡 일어나 소리 나는 쪽을 바라보고 있으려니 울부짖는 여자와 기사와 개들이 보였어요. 그들 무리는 삽시간에 연회석 한복판에 도달했어요. 모두가 개와 기사에게 큰 소리를 지르면서 여자를 돕기 위해 앞으로 달려 나갔어요. 그러나 기사는 나스타조에게 들려준 것과 똑같은 얘기를 그들에게 하면서 뒤로 물러서게 했을 뿐만 아니라 그들을 혼비백산하게 만들었습니다. 기사는 지난번에 했던 그 행동을 다시 했기 때문에 이를 본 부인들은(그중에는 울부짖는 여자와 기사의 친척 되는 사람들이 있었고 또 기사의 사랑과 죽음을 기억하는 사람들도 있었습니다.) 모두가 마치 자신이 그 일을 당하기라도 한 듯 처절하게 울었습니다. 참살이 끝나고 여자와 기사가 가 버리자 그들이 목격한 것에 대해 무성한 추측이 오갔어요. 그런데 그중 가장 두려움을 느낀 사람은 나스타조가 사랑하는 그 냉정한 여자였어요. 모든 것을 똑똑히 보고 들으며, 자기가 나스타조에 대해 취했던 잔인한 태도를 기억해 내고는 이 일이 다른 누구보다도 자기와 더 밀접한 관계가 있다는 것을 알게 됐던 것이지요. 진짜로 그녀는 나스타조에게 쫓기면서 사나운 개들에게 옆구리를 물리는 것 같은 느낌을 받았답니다.

여기서 비롯한 두려움이 너무나 생생했기에 여자는 자기에게 이런 일이 일어나지 않도록 하기 위해서 기회를 엿보다가 바로 그날 저녁에 미움을 사랑으로 바꾸고는 믿을 만한 하녀를 비밀리에 나스타조에게 보냈어요. 하녀는 여자를 대신해 나스타조가 원하는 것이면 무엇이든 할 준비가 되어 있으니 언제든 자기에게 와 주십사 하는 전갈을 전했지요. 이에 대해 나스타조는 그처럼 기쁜 일은 없으니 여자만 좋다면 그녀의 명예를 존중하여 그녀의 희망에 따라 결혼하고 싶다고 말했어요. 처녀는 나스타조의 아내가 되지 않았던 것이 다른 누구도 아니고 바로 자신 때문이었다는 걸 알았기에 그렇게 하겠다는 답을 전했어요. 그리고 저 자신이 결혼을 요청하는 입장이 되어 아버지와 어머니에게 나스타조의 신부가 되면 기쁘겠다고 말했고, 그들도 대단히 기뻐했답니다.

그리하여 다음 일요일에 나스타조는 그 처녀와 결혼하여 오랫동안 행복하게 살았다네요. 결국 두려움이 행복의 원인이 된 셈인데, 그 후로 라벤나 여자들은 이전에 마음을 주지 않던 남자들에게 두려움 때문에 너무도 쉽게 항복하곤 했다는군요.

산드로 보티첼리, 「나스타조 델리 오네스티에 관한 이야기」,
15세기 말, 프라도 미술관 소장.

다섯 번째 날 아홉 번째 이야기

페데리고 델리 알베리기는 사랑을 하지만 사랑을 받지는 못한다. 사랑을 표현하느라 재산을 다 써 버리고 가진 것이라곤 달랑 매 한 마리뿐이었던 그는 사랑하는 여자가 집에 찾아오자 매를 요리하여 내놓는다. 여자는 이를 알고 마음을 고쳐먹은 뒤 페데리고를 남편으로 맞아들이고 부자로 만든다.

필로메나가 이야기를 마쳤을 때 여왕은 특권을 지닌 디오네오 외에는 이야기할 사람이 남아 있지 않다는 것을 알고 즐거운 낯으로 이야기를 시작했습니다.

── 이제 제가 이야기할 차례네요. 사랑하는 부인들이여! 저는 부인들이 방금 들으신 이야기와 부분적으로 비슷한 이야기를 들려 드릴까 합니다. 이 이야기를 하는 것은 여러분의 아름다움이 고귀한 정신을 지닌 남자들에게 얼마나 큰 힘을

발휘할 수 있는지 알게 하기 위해서이며, 또한 여러분이 받은 선물을 나눠 줄 대상을 스스로 찾기를 바라기 때문이에요. 언제나 운명이 여러분을 이끌게 할 필요는 없는 것이, 운명은 거의 언제나 분별이 깃들기보다는 절제되지 못한 보상을 하기 때문입니다.

여러분도 아시다시피, 옛날 우리 도시에 코포 디 보르게제 도메니키*라는 분이 살았습니다. 아마 아직도 살아 계시리라 생각됩니다만, 우리 지역에서 대단히 존경받는 분이었지요. 혈통이 귀족이어서라기보다는 예의와 덕이 뛰어나서 불후의 명성을 누릴 만한 가치가 있는 분이었지요. 그분은 나이가 지긋해지자 이웃들과 그 밖의 사람들을 모아 놓고 지난 시절의 이야기를 하는 것을 낙으로 삼았어요. 그 줄거리도 일관되고 기억력도 대단히 뛰어났으며 말솜씨 또한 다른 사람들보다 훨씬 훌륭했지요. 그는 굉장히 다양한 이야깃거리를 갖고 있었는데, 그중에서도 피렌체에 살았던 필리포 알베리기 씨의 아들, 그러니까 무예나 예의범절에서 토스카나를 통틀어 으뜸간다는 페데리고라는 청년 이야기를 즐겨 하곤 했어요. 귀족들이 대개 그렇듯이, 페데리고는 당시 피렌체에서 가장 아름답고 우아한 부인들 중에서도 손꼽히던 조반나라는 귀족 부인을 사랑했어요. 그는 부인의 사랑을 얻으려고 개인 무술 경기나 창술 시범을 열기도 하고 잔치를 벌이고 선물도 하면

---

* 1308~1338년에 피렌체의 주요 요직을 거쳤고, 1348~1353년에 사망했다. 코포는 자코포의 약칭이다.

서 돈을 아낌없이 썼지요. 그러나 아름다운 것 못지않게 성격 또한 조심스러웠던 부인은 자기를 위해 이런 일을 벌이는 그에게 아무런 관심도 보이지 않았답니다.

그러니 페데리고는 분수 이상으로 막대한 돈을 쓰면서도 얻는 것은 아무것도 없는 상태가 되었고, 당연한 결과로 재산을 다 탕진하여 가난뱅이가 되었지요. 결국 남은 것이라고는 근근이 살아갈 정도의 수입이 나오는 자그마한 농원과 세상에서 보기 힘든 훌륭한 매 한 마리뿐이었어요. 부인에 대한 사랑은 전보다 더한데 도시에서는 원하는 대로 살아갈 수 없을 것 같아서 그는 자신의 농원이 있는 캄피로 이사를 했지요. 그곳에서 매를 이용해 새를 사냥하면서 아무에게도 돈을 빌리지 않고 가난한 생활을 견뎠답니다.

페데리고가 이렇게 극도로 어렵게 살아가던 어느 날, 조반나 부인의 남편이 병에 걸렸어요. 남편은 죽음이 임박한 걸 알고서 유언장을 만들었지요. 엄청난 부자였던 그는 유언장에서 이미 성장한 아들을 상속인으로 정했고, 만일 아들이 적법한 상속인 없이 죽으면 그렇게 사랑하던 부인이 재산을 모두 상속받도록 정한 뒤, 세상을 떠났어요.

그렇게 조반나 부인은 미망인이 되었답니다. 그녀는 우리 부인들의 관습대로 매년 여름 아들을 데리고 시골에 있는 별장에 가곤 했는데, 그곳은 페데리고의 농원과 매우 가까웠어요. 그런데 그곳에 가 있는 동안 이 아들이 페데리고와 친해지게 됐고 새와 개를 데리고 놀게 됐지요. 아이는 특히 페데리고의 매를 여러 번 보고 나서 이상하게도 마음에 들어 하면서 갖고 싶어 어쩔 줄 몰라 했어요. 그러나 페데리고가 끔찍이 생각하는 줄 알기 때문에 선뜻 용기를 내서 매를 달라는 말은 하지 못했지요. 그렇게 지내는 동안 아이가 병에 걸리고 말았어요. 다른 자식도 없는 처지에 아들을 깊이 사랑한 어머니는 너무나 걱정이 되어 하루 종일 곁을 지키며 간호를 했어요. 그리고 갖고 싶은 게 없느냐, 자기에게 얼른 말해 봐라, 가능하다면 반드시 구해 주도록 하겠다고 거듭 거듭 물어보았답니다.

아이는 이런 제의를 수도 없이 듣더니 이렇게 말했어요.

"어머니! 페데리고 아저씨의 매를 가져다주신다면 몸이 금방 나을 것 같아요."

부인은 이 말을 듣고 잠시 생각에 잠겨 어떻게 해야 좋을지 궁리하기 시작했어요. 자기는 눈길 한 번 주지 않았지만 페데리고가 자기를 오랫동안 사랑해 왔다는 걸 잘 알았던 터라 이렇게 중얼거렸지요.

"사람을 보내든 내가 가든 어떻게 그 매를 달라고 한단 말인가? 듣자 하니 날쌔기로는 최고이며 그 사람 생활을 지탱하고 있다던데……. 그러니 그런 사정을 무시하고, 다른 낙이라곤 아무것도 남아 있지 않은 그분에게 어떻게 그 매를 달라고 할 수 있을까?"

요구를 하기만 하면 분명 받을 수 있을 것 같기도 했지만, 이런 생각에 가로막혀 어떻게 말해야 좋을지 모른 채 아이에게 대답도 하지 못하고 그냥 그렇게 우물쭈물하고 있었어요.

그러나 결국 아들에 대한 사랑이 승리를 거뒀지요. 부인은 아들의 소원을 들어주기 위해 사람을 보내는 대신 자기가 직접 가서 어떻게든 해 보리라 결심했어요. 그래서 아들에게 이렇게 대답했어요.

"아들아! 기운을 내서 어떻게든 병을 이겨야 한다. 약속하는데, 내일 아침 제일 먼저 아저씨한테 가서 매를 달라고 해보마."

이 말을 듣고 아이는 기뻐서 그날 당장 다소 병세가 호전되는 모습을 보였어요.

부인은 다음 날 아침 다른 부인과 함께 산책을 나가는 척하면서 페데리고의 조그마한 오두막으로 가서 그를 보자고 청했어요. 마침 사냥철이 아니어서 그날은 사냥 대신 채소밭에서 이런저런 잡일을 하고 있던 페데리고는 조반나 부인이 문에서 자기를 찾는다는 말을 듣고 깜짝 놀라면서도 반가워하며 뛰어갔어요.

부인은 그가 오는 걸 보고 귀부인답게 우아한 얼굴로 나아가 맞았어요. 페데리고가 정중하게 허리를 굽혀 인사하자 그녀가 이렇게 말했어요.

"그동안 안녕하셨습니까, 페데리고 님?"

그리고 계속 말을 이었어요.

"지금까지 필요 이상으로 저를 사랑해 주시고 그로 인해 적잖은 고통을 받으신 것에 대해 보답을 해 드리고자 오늘 이렇게 왔습니다. 보답이라고는 하지만, 그저 여기 있는 제 친구와 함께 오늘 아침 가족처럼 식사나 한 번 하자는 것입니다."

이에 페데리고는 겸손한 태도로 이렇게 말했어요.

"부인! 저는 당신 때문에 어떤 괴로움도 받았다고 생각하지 않습니다. 오히려 저같이 쓸모없는 사람이 훌륭한 인품을 지닌 부인께 사랑을 바칠 수 있었던 걸 감사히 여기고 있습니다. 더욱이 부인의 정중한 말씀을 들으니 지난 시절 이미 탕진한 재산을 또다시 써 버리는 한이 있어도 조금도 아까울 것 같지 않습니다. 게다가 이런 누추한 곳에 와 주시다니 정말 고맙습니다."

이렇게 말하고 페데리고는 겸손한 태도로 집 안으로 부인을 맞아들여 정원 쪽으로 안내했어요. 그런데 그곳에는 부인을 대접해 줄 사람이 아무도 없었기에 이렇게 말했지요.

"부인! 여기는 다른 사람이 없으니, 제가 식사 준비를 하는 동안 이 농부의 착한 아내가 부인의 말벗을 해 드릴 겁니다."

페데리고는 극도로 곤궁한 지경에 빠져 있었으나 대책 없이 재산을 써 버린 결과 자기가 얼마나 궁핍한 지경인지 아직도 깨닫지 못하고 있었어요. 그러나 한때는 부인에 대한 사랑 때문에 셀 수 없이 많은 귀빈들을 초청할 수 있었는데 오늘 아침에는 부인의 명예를 높여 줄 만한 것이 아무것도 없다는 현실을 절실히 깨달았어요. 그래서 갑작스러운 불안에 사로잡혀 정신 나간 사람처럼 이리저리 왔다 갔다 하며 속으로 운명을 저주했답니다. 돈도 없지, 저당 잡힐 물건도 없지, 시간은 자꾸만 흘러가는데, 사랑하는 부인을 무엇으로든 대접하고 싶은 마음은 커져만 갔어요. 하지만 다른 사람은 물론 농부에게도 도움을 요청하고 싶지는 않았어요. 그러는데 갑자기 애지중지하는 매가 방 안의 횃에 앉아 있는 모습이 눈에 들어왔어요. 다른 건 눈에 뜨이지도 않았기에 그놈을 손에 들어 보니 제법 무게가 나갔어요. 이놈이면 부인께 대접할 훌륭한 요리가 되겠다는 생각이 들었어요. 이것저것 더 생각할 것도 없이 페데리고는 그놈의 목을 비틀어 하녀에게 넘기고 빨리 털을 뽑고 꼬챙이에 꿰어서 잘 구워 보라고 일렀습니다. 그런 뒤 아직 몇 장 남아 있던 새하얀 식탁보를 깔고 밝은 낯으로 뜰에 있던 부인에게로 돌아가서 자기가 할 수 있을 만큼 성의를 들여 식사를 준비했다고 말했어요. 부인과, 같이 온 다른 부인은 몸을 일으켜 식탁으로 가서 무엇을 먹는지도 모른 채 정중하고 품위 있는 대화를 이끄는 페데리고와 함께 그 불쌍한 매를 먹었어요.

식사가 끝나고 어느 정도 즐거운 얘기를 주고받다가 부인은 찾아온 용건을 얘기할 때가 됐다 싶어 페데리고를 향해 상냥하게 입을 열었어요.

"페데리고 님! 당신의 지난 생활과 저의 정숙함을 기억하신다면, 제가 이곳을 찾아온 주된 용건을 들으시고 저의 뻔뻔함에 놀라시리라 확신합니다. 저 자신의 정숙함을 위해 당신을 얼마나 무정하고 냉혹하게 대했던지요. 하지만 당신에게도 자식이 있거나 혹은 있었다고 생각하시면, 자식에게 품는 사랑의 힘이 얼마나 큰지 잘 아시고, 절 용서하실 마음이 조금이나마 생기실 것이라 생각합니다. 당신은 자식이 없지만, 저는 하나가 있습니다. 저 역시 여느 어미들이 갖고 있는 공통된 법칙에서 벗어날 수가 없네요. 저는 그런 힘에 이끌릴 수밖에 없었고, 그래서 제 감정이나 체면이나 예의를 어기면서까지 당신께 한 가지 부탁을 드리고자 합니다. 그게 당신께 얼마나 소중한 것인지 잘 압니다. 맞습니다. 생활이 그렇게 극도로 궁 핍해진 당신께 다른 어떤 즐거움도 없고 사는 낙도 없으며 어 떤 위안도 없으시겠지요. 제가 바라는 것은 바로 당신의 매입 니다. 제 아이가 굉장히 갖고 싶어 합니다. 만일 제가 매를 가 져다주지 않으면 지금 앓고 있는 병이 무거워질 뿐만 아니라 목숨마저 위태로워질지도 모릅니다. 그러니 당신께 이렇게 간청합니다. 저에게 품으신 사랑에는 아무런 보답도 드리지 못했습니다만, 사랑이 아닌, 친절하고 자상한 마음에서는 누 구보다도 뛰어나신 당신의 고귀함에 기대어 그 매를 저에게 주십사 부탁드립니다. 이 일은 당신께도 기쁨이 될 겁니다. 저 는 그 선물 덕분에 아들의 생명을 구할 것이고, 그 점을 언제 까지라도 잊지 않을 테니까요."

페데리고는 부인이 요구하는 바를 들으면서 이미 그녀에게 먹으라고 주었으니 이제 와서 어쩌나 하는 생각이 북받쳐 올 라 한마디 말도 못하고 그녀 앞에서 그저 눈물만 흘렸어요. 부 인은 페데리고의 눈물을 보고 처음에는 자기가 아끼는 매를 떠나보내야 하는 고통 때문에 그러는 줄 알고 그럼 그만두시 라고 말할 뻔했지요. 그러나 잠시 좀 지켜보기로 하고 페데리 고가 울기를 그치고 대답할 때까지 기다렸어요. 페데리고는 이렇게 말했어요.

"부인! 하느님의 뜻으로 제가 당신에 대한 사랑을 간직한 이래 운명이 어쩌면 이렇게 나를 거스르기만 하는가 하여 정 말 괴로워 죽을 것만 같았습니다. 그러나 그러한 일들은 지금 벌어지는 이 일에 비하면 하찮은 것들이었군요. 이제 저는 제 운명을 도저히 용서하지 못할 것 같습니다. 부인께서 제가 부유했을 때 발길도 돌리지 않으시다 이렇게 갑자기 제 누추한 집에 오셔서 작은 선물을 달라고 하시는데, 제가 그 선물을 드릴 수 없도록 만들어 놓았으니 말입니다. 제가 선물을 드릴 수 없는 이유를 간단하게 말씀드리지요. 실은 부인께서 그 상냥한 마음으로 저와 함께 식사를 하고 싶으시다는 얘기를 들었을 때 부인의 우아하고 반듯한 인품을 생각해서 제가 할 수 있는 최대한의 능력을 발휘하여 값진 음식을 대접해 드리고 싶었습니다. 보통 다른 사람들에게 내놓는 것과는 비교할 수 없는 그런 음식을 말입니다. 그래서 지금 저에게 청하시는 매를 떠올리고 부인께 대접할 만한 훌륭한 음식이 되리라 생각했습니다. 그래서 오늘 아침에 구워서 정성을 담아 식탁에 올린 것입니다. 달리 대접해 드릴 방도가 도저히 생각나지 않았으니까요. 그런데 이제 그 매를 다른 방법으로 원하신다니, 그렇게 해 드릴 수 없는 것이 그저 슬플 따름입니다. 사는 동안 저 자신을 용서하지 못할 것입니다."

이렇게 말하고 그는 매의 털과 다리, 부리를 증거로 가져오게 했어요. 부인은 얘기를 듣고 증거를 눈으로 보았으므로 처음에는 여자 하나를 먹일 요량으로 매를 죽인 것을 탓했지만, 이윽고 궁핍 속에서도 훼손되지 않은 그 고결한 정신을 마음속으로 높이 평가했어요. 그러고는 매를 가져갈 희망이 사라진 마당에 아들의 건강도 염려스러워 암담한 심정으로 자리에서 일어나 아들에게로 돌아갔어요. 아들은 매를 갖지 못하여 상심한 탓인지, 아니면 원래 그렇게 될 운명이었든지, 며칠 후 어머니의 처절한 슬픔 속에서 세상을 떠나고 말았지요.

부인은 눈물로 밤을 지새우고 가슴이 찢어지는 심정으로 세월을 보냈답니다. 친정 오빠들은 아직 젊은 동생에게 유산도 많이 받았고 하니 다시 결혼을 하라고 강력하게 권했어요. 부인은 재혼할 생각은 없었으나 워낙 성화에 시달리다 보니 자기를 위해 그렇게 애지중지하던 매를 죽인 페데리고의 훌륭한 인품과 관대한 성격이 마음에 떠올랐어요. 그래서 오빠들에게 이렇게 말했어요.

"오빠들만 좋다면 저는 그냥 이렇게 살고 싶어요. 그러나 꼭 재혼하기를 원하신다면 저는 페데리고 델리 알베리기가 아니면 누구도 남편으로 삼지 않겠어요."

그 말을 듣고 오빠들은 부인을 비웃으며 말했지요.

"바보같이 무슨 소리를 하는 게냐? 천하의 비렁뱅이가 어디가 좋다고?"

이에 부인이 대답했어요.

"오빠들이 왜 그렇게 말씀하시는지는 잘 알고 있어요. 하지만 돈 있고 인품 없는 사람보다는 돈 없고 인품 있는 사람이 낫습니다."

페데리고가 비록 가난하지만 대단히 훌륭한 사람임을 알았던 터라 오빠들은 부인의 진심 어린 말을 듣고서 그녀의 바람대로 전 재산을 지참금으로 주었어요. 이리하여 페데리고는 엄청난 재산과 함께 사랑했던 여자를 아내로 맞아들이고, 그 재산을 잘 관리하면서 오래오래 행복하게 살았답니다.

다섯 번째 날 열 번째 이야기

피에트로 디 빈촐로가 집 밖으로 식사를 하러 가자, 아내는 젊은 놈팡이를 끌어들인다. 그런데 예기치 않게 피에트로가 돌아오는 바람에 아내는 남자를 닭장 속에 감춘다. 피에트로는 식사를 하러 간 에르콜라노의 집에서 그 부인이 젊은이를 숨겨 두었다가 발각됐다고 말한다. 아내는 에르콜라노의 부인을 비난한다. 그런데 일이 안 되려고 그랬는지, 당나귀가 닭장 속에 숨은 남자의 손가락을 밟는다. 남자가 소리를 지르자 피에트로가 그리로 달려가 그자를 발견하고 아내에게 속은 것을 깨닫는다. 그러나 결국에는 다른 뜻*이 있어 화해를 한다.

여왕의 이야기가 끝나자 일동은 하느님이 페데리고에게 정

---

* 『데카메론』에서 이렇게 모호한 비유로 쓰인 것은 거의 모두 성적인 의미를 내포한다.

당한 보상을 내리신 것을 찬양했습니다. 그러자 디오네오가 요청을 기다리지도 않고 자기 얘기를 시작했습니다.

─우연히 생긴 악덕인지 인간의 잘못된 습관이 키운 것인지, 또는 본성적으로 타고난 결함인지 모르겠습니다만, 우리는 선행보다는 나쁜 짓을 보고 더 즐거워하는 경향이 있습니다. 그 나쁜 짓이 우리와 관계가 없을 때는 특히 더 그렇지요. 지금까지 그래 왔고, 지금도 그러려고 하듯이, 제가 맡은 일은 여러분이 우울함에 빠지지 않도록 웃음과 기쁨을 드리려고 노력하는 것뿐입니다. 제가 지금 들려 드릴 이야기의 내용도 사랑에 빠진 젊은이들에 관한 것인데, 부분적으로 정숙하지 못한 부분이 있습니다. 하지만 재미를 선사하기 위해서 드리는 말씀이니, 여러분은 정원에 나가 섬세한 손길을 뻗어 장미를 꺾을 때 가시는 건드리지 않는다는 마음으로 들어주시기 바랍니다. 이야기 속에 등장하는 나쁜 남자는 그 파렴치함으로 인해 벌을 받도록 두시고, 그 애인의 요염한 속임수에 대해서는 즐겁게 웃어 주셨으면 합니다. 그리고 필요하다면 남편들에 대해서는 동정을 보내 주셔도 좋겠습니다.

그렇게 먼 옛날 이야기는 아닙니다만, 페루자에 피에트로 디 빈촐로라는 재력가가 살았습니다. 이 사람은 아내를 얻고 싶어서라기보다는 아마도 모든 페루자 사람들이 자신에 대해 갖고 있을 그렇고 그런 평을 무마하고 다른 사람들을 속이려는 마음에서* 결혼을 했습니다. 그런데 운명은 그의 성향에 관

---

* 명확한 의미를 드러내지 않는 이 구절도 성적인 함의를 지닌다.

심을 두지 않았습니다. 탱탱한 피부에 다부진 몸매, 그리고 하나가 아니라 두 사람의 남편이라도 감당할 만한 처녀를 아내로 선사했으니까요. 그러나 여자의 입장에서는 자기보다 다른 곳에 훨씬 더 정신이 팔린 남자한테 시집을 오게 된 것이었습니다.

시간이 지나면서 여자는 이런 상황을 알게 됐고, 자기가 아름답고 싱싱한 미인이며 원기왕성하고 정력이 넘치는 여자라는 걸 생각하고서 처음에는 남편에 대해 무척 화를 내기도 하고 때로는 남편과 입씨름을 해 가며 불만스러운 생활을 해 나갔습니다. 하지만 이러다가는 남편의 나쁜 버릇을 고치기도 전에 자기가 말라 죽을 것 같아 속으로 이렇게 투덜거렸습니다.

"이 쓰레기 같은 인간이 날 버리고 추잡스럽게도 나막신을 신고서 마른 곳에 가니 나는 다른 사람을 배에 태워서 비가 내리는 곳으로 데려가야겠군.* 나는 그 인간을 남편으로 맞느라 막대한 지참금까지 썼어. 그래도 남자니까 다른 남자들처럼 나 같은 미인을 탐낼 줄로만 알았지. 이런 인간인 줄 알았더라면 절대 결혼하지 말았어야 하는데. 자기도 내가 여자라는 걸 알았을 거 아니야? 그런데 여자를 마음에 두지 않는 인간이 어째서 나를 아내로 삼은 거지? 도무지 참을 수 없어. 내가 세속적인 욕망을 원하지 않았다면 수녀가 됐겠지. 하지만 그럴

---

* 두 쌍의 비유는 구조상 서로 대칭이 되는 내용을 담고 있어야 하는데, 맞바람을 피우겠다는 의미 외에 더 자세하게 어떤 의미를 담고 있는지 모호하며 확실히 대칭이 되는지도 명확하지 않다.

수 없기에 원하는 대로 한 건데, 그 인간한테서 즐거움이나 쾌락을 기다리다가는 필경 늙어 죽고 말겠어! 늙어 빠진 다음에 잃어버린 젊음을 돌려 달라고 해 봐야 쓸데없는 일이지. 그러니 그 인간은 자기가 즐기는 걸 나도 멋지게 즐기도록 본을 보여 주는 훌륭한 선생 노릇을 하는 셈이야. 내가 즐기는 건 훌륭한 행동이고 그놈이 즐기는 건 악행이지. 나는 세상 법칙을 어길 뿐이지만, 그 인간은 세상 법칙뿐 아니라 자연의 법칙도 어기니 말이야."

그래서 이 순진한 여자는 자기 생각을 비밀리에 실행에 옮기려고 아마도 한 번 이상은 궁리한 끝에, 먹이를 주며 뱀들을 키웠다는 성 베르디아나*가 살아 돌아온 것이라고들 하는 어떤 노파와 친해졌습니다. 그 노파는 늘 손에 묵주를 쥐고서 면죄를 받는 자리라면 어디든 쫓아다녔고, 이야기라면 교황들의 생애라든가 성 프란체스코의 고행에 대한 것밖에 말하지 않아 모든 사람들로부터 성녀로 추앙받았다고 합니다. 그래서 여자는 기회를 봐서 노파에게 자기 의도를 솔직하게 풀어 놓았습니다. 그러자 노파는 이렇게 말했습니다.

"나의 딸이여! 무슨 일이든 알고 계시는 하느님은 네가 하려는 일도 알고 계신다. 너를 비롯해서 여느 여자들도 다른 이유에서가 아니라 청춘을 헛되이 보내고 싶지 않아서 그런 일을 한단다. 현명한 사람에게는 청춘을 헛되이 보내는 것만큼

---

* 전설에 의하면 성 베르디아나는 두 마리 뱀이 자기 방으로 들어오자 하느님께서 시험하려고 보내신 것을 알고 곁에 두고 키웠다고 한다.

슬픈 일도 없거든. 늙은 다음에야 화로 곁에 앉아 재를 바라보는 것 말고 뭔 놈의 할 일이 있겠느냐? 그런 건 아무도 관심 갖지도 않고 알아주지도 않아. 나도 그런 여자들 중 하나란다. 늙어 버린 지금에 와서야 그냥 보내 버린 청춘이 너무나도 휑하고 쓰라리게 내 마음을 찌르는구나. 하지만 나도 그냥 다 그렇게 살아 버린 건 아니다. 내가 바보였다는 말을 듣지 않으려고 하는 말이지만, 돌이켜 보면 할 수 있었던 걸 하지 않았던 것뿐이야.

나를 한번 보아라. 이렇게 쪼그라든 넝마에 누가 불을 붙이겠느냐? 내가 느끼는 고통은 하느님만 아시지. 그런데 남자들은 그렇지 않거든. 남자들은 이런 일이 아니더라도 수천 가지 일들을 하도록 타고났단다. 게다가 대부분이 나이가 훨씬 들어서도 할 건 다 한단 말이야. 하지만 여자들은 그 일을 해서 애 낳는 거 말고는 아무것도 하지 못하지. 그 때문에 보호를 받는 거란 말씀이야. 보아하니 너는 다른 건 몰라도 여자들은 남자들이 못 하는 걸 언제나 잘할 준비가 되어 있다는 거 하나는 잘 아는 것 같구나. 게다가 여러 남자가 여자 하나를 못 당하는 것과 달리 한 여자는 여러 남자를 녹초로 만들 수 있다는 말도 있단다.

자, 우리가 이렇게 생겨나 살고 있으니 말인데, 아까도 말했지만 나이 먹고 난 다음에 네 마음이 육체더러 왜 그렇게 살았느냐고 뭐라고 하게 하지 말고, 남편한테 잘할 수 있을 때 잘하는 게 좋을 거야. 이 세상 사람들은 누구나 가질 만큼은 다 갖고 산단다. 특히 여자들은 남자들보다도 시간을 아주 잘 활용할 필요가 있단 말씀이지. 왜냐하면 너도 머리가 돌아가겠지만, 우리가 늙으면 남편이든 누구든 아무도 우리를 거들떠보지도 않거든. 부엌에 몰아넣고 고양이랑 수다나 떨라고 하든지 냄비나 접시 숫자나 세라고 하든지 하겠지. 더 나쁘게는 우리에 대해 이런 노래까지 부르잖니. '젊은 여자들에게는 맛있는 음식을 주고, 할망구들에게는 입마개를 물려라.' 뭐, 그 밖에도 온갖 말들이 무성하지.

그러니 더 이상은 얘기하지 않겠다. 널 위해서 나보다 더 쓸모 있는 얘길 해 준 사람은 세상에 또 없을 거다. 아무리 점잔을 빼는 고상한 여자라도 내가 싫으면 필요한 얘길 해 줄 마음이 없고, 아무리 천하고 막돼먹어도 내 마음대로 주물러서 요리 못 할 여자는 없어. 자, 네가 하고 싶은 걸 말해 봐라! 그리고 나한테 맡겨 보려무나. 그리고 나의 딸아! 내가 이렇게 친절하게 조언하는 대신 먹을 거나 좀 나눠 다오. 이제부터는 면죄 기도를 드릴 때나 주기도문을 외울 때 꼭 널 끼워 넣도록 할 테니. 하느님께서 너의 죽은 친지들에게 빛과 촛불을 내려 주시도록 말이다."

노파는 그렇게 말을 맺었습니다. 그 젊은 여자는 노파와 손발이 잘 맞게 됐지요. 여자는 주변을 뻔질나게 들락거리는 젊은 남자가 있다고 말하고 그의 외모를 설명해 준 다음, 만날 수 있게 해 달라고 노파에게 부탁했습니다. 그리고 소금에 절인 고기를 한 조각 주어 돌려보냈습니다. 노파는 며칠 지나지 않아 여자가 말한 남자를 아무도 몰래 그녀의 방으로 데려왔습니다. 그리고 얼마간의 간격을 두고 젊은 여자의 관심을 끌었던 몇몇 남자들을 비슷하게 그녀에게로 인도했습니다. 여자는 남편을 늘 두려워하면서도 그런 좋은 기회를 맞아 들이는 걸 놓치지 않았습니다.

그러던 어느 날 저녁, 남편이 에르콜라노라는 친구와 나가서 저녁 식사를 하게 되었습니다. 여자는 그 기회를 살리기 위해 노파에게 페루자에서 가장 잘생기고 멋진 젊은 사내를 데려와 달라고 부탁했습니다. 노파는 곧 그렇게 해 주었습니다. 그래서 여자가 사내와 함께 식탁에서 저녁을 먹으며 앉아 있는데, 갑자기 현관에서 피에트로가 문을 열라고 외치는 것이었습니다. 여자는 그 소리를 듣고 기겁하여 사내를 어떻게든 숨기려고 했습니다만, 어디로 보내야 할지 또는 다른 어디에 숨겨야 할지 생각이 떠오르지 않았습니다. 그래서 식사 중인 방 개랑(開朗)에 놔두었던 닭장 속으로 남자를 들여보냈습니다. 그리고 커다란 부대 자루를 그 위에 덮어씌우고 나서 곧바로 남편에게 문을 열어 주었습니다.

그러고는 집으로 들어온 남편에게 이렇게 말했습니다.

"오늘은 저녁 식사를 아주 급하게 해치우셨네요."

피에트로의 대답은 이랬습니다.

"맛도 못 봤어."

"무슨 일이 있었나요?" 하고 부인이 물었습니다.

그러자 피에트로가 대답했습니다.

"실은 말이야. 에르콜라노와 그 부인과 내가 식탁에 막 자리를 잡고 앉았는데 바로 옆에서 재채기 소리가 들리더란 말이야. 첫 번째도 두 번째도 그냥 지나갔는데, 그놈의 재채기 소리가 세 번, 네 번, 다섯 번, 그러고도 계속해서 들리는 바람에 다들 깜짝 놀라고 말았지 뭐야. 실은 에르콜라노는 마누라가 오랫동안 문을 열어 주지 않고 입구에서 우릴 기다리게 했기 때문에 화가 나 있었지. 그래서 짜증 섞인 목소리로 이렇게 말했어. '대체 무슨 일이야? 이렇게 재채기를 해 대는 놈이 누구냐고?' 이렇게 말하고 식탁에서 일어나 바로 옆에 있는 계단 쪽으로 갔지. 그 계단 밑에는 조그마한 창고 같은 게 있었어. 왜 사람들이 집을 정돈하기 위해 잡동사니들을 넣어 두는 곳 있잖아. 에르콜라노는 아무래도 재채기 소리가 거기서 나는 것 같아서 문을 벌컥 열었단 말이야.

그러자 순간 지독한 유황 냄새가 코를 찔렀어. 그 전에도 그런 냄새 때문에 기분이 나빴던 적이 있는데 마누라가 이렇게 얘기했다는군. '아까 유황으로 내 너울들을 표백했어요. 그러고 나서 큰 그릇에 물을 담아 냄새를 좀 가시게 하려고 계단 밑에 둔 건데, 그게 아직도 냄새를 풍기네요.' 그 뒤에 에르콜라노가 그 문을 열어 냄새가 확 풍겨 나온 셈인데, 안을 들여다보니까 재채기를 했던 놈이 또다시 재채기를 하고 있더란 말이지. 강한 유황 냄새가 완전히 그놈을 조여 놨던 거야. 연발 재채기를 하면서 그러지 않아도 유황이 가슴을 심하게 눌렀으니 재채기는 고사하고 까딱하다가는 목숨까지 날아갈 판이었던 거지. 에르콜라노는 그걸 보고서 소리를 질렀어. '아, 이제 알았어, 이 마누라야! 좀 전에 우리가 왔을 때 문도 안 열어 주고 *그렇게* 기다리게 하더니! 이걸 그냥 뒀다가는 내 명을 다 못 채우고 죽고 말겠군!'

그 말을 들은 여자는 자기 죄가 탄로 난 걸 알고 변명도 못 하고 식탁에서 벌떡 일어나 도망치고 말았는데, 어디로 갔는지는 모르겠어. 에르콜라노는 마누라가 도망친 것도 모르고 재채기를 하던 놈에게 밖으로 나오라고 몇 번이고 다그쳤어. 하지만 그놈은 힘이 다 빠졌는지 에르콜라노가 아무리 소리를 질러도 꼼짝도 못 하더군. 그래서 에르콜라노는 그놈 한쪽 다리를 잡아 밖으로 끌어내서는 죽이려고 칼을 가지러 뛰어갔어. 하지만 나는 나까지 경찰에 끌려갈까 걱정이 돼서 죽이거나 뭔가 잘못되지 않도록 자리에서 일어나 큰 소리로 말렸지. 그런 와중에 이웃 사람들이 달려와서 벌써 정신을 잃은 그놈을 붙잡아 어딘지 모르지만 집 밖으로 끌고 갔어. 그러는 바람에 식사가 엉망이 돼 버렸고, 음식을 삼키기는커녕 맛도 보지 못했다 이 말씀이야.”

이 얘기를 들은 여자는 때로는 일이 그렇게 잘못되더라도 다른 여자들도 자기 이상으로 현명하다는 걸 생각하고 에르콜라노의 부인을 감싸 주는 얘기를 할까 했습니다. 하지만 남의 나쁜 일을 비난해야 자기 앞길이 더 자유로워질 것 같아 이렇게 말했습니다.

“어머, 별일도 많아라! 그 부인은 틀림없이 선량하고 신심이 깊은 분이실 텐데! 흠잡을 데 하나 없는 정숙한 부인이라 그분 댁으로 가서 참회를 할까 생각했는데! 정말 반듯한 분 같았는데 말이야! 게다가 이젠 나이도 제법 들었으니 젊은 사람들한테 좋은 본보기를 보여 줘야 할 거 아녜요! 그런 여자는 세상에 태어난 것부터가 잘못이고 아직도 살아 있다는 게 잘못이에요! 정말이지 이 땅의 모든 여자들을 다 욕먹이는 파렴치한 여자의 극치라고! 세상에, 자신의 정절, 남편과의 약속과 믿음, 그리고 이 세상의 명예를 그런 식으로 팽개칠 수 있는 거예요? 그렇게 훌륭한 사람에다 명예로운 시민인 남편을, 그렇게도 자기를 잘 대해 준 남편을 다른 남자를 끌어들여 부끄럽게 만들고도 뻔뻔스럽게 함께 살고 있다니! 하느님께서 나는 구해 주셔도 그렇게 되먹잖은 여자들은 불쌍히 여기실 리 없어요. 죽여도 시원치 않으니, 아예 산 채로 화형을 시켜서 재로 만들어 버리는 게 나아요!"

그렇게 말한 뒤에 여자는 바로 옆 닭장 속에 숨겨 둔 남자 친구를 떠올리며 피에트로를 위로하고 이제 그만 잘 시간이니 잠이나 자자고 말했습니다. 배가 너무 고팠던 피에트로는 잠을 자기는커녕 뭐 좀 먹을 것이 없느냐고 물었습니다. 아내는 이렇게 대답했습니다.

"먹을 거라니! 당신도 집에 없는데 내가 뭘 어째야 하는 거예요? 날 에르콜라노 마누라 대용으로 삼으려 하시나! 참 나, 오늘 밤은 그냥 주무시는 게 어때요? 그 편이 속도 편하지 않으시겠어?"

그런데 그날 저녁 피에트로의 소작인들이 마을에서 이런저런 물건들을 싣고 온 당나귀들을 물도 주지 않은 채 복도 옆 마구간에 그냥 내버려 두었는데, 그들 중 한 놈이 너무 목이 말랐던지 굴레를 벗어 버리고 마구간에서 나와서는 이리저리 헤집고 다녔습니다. 아마도 물을 찾으려 했겠죠. 그렇게 다니다가 젊은 사내가 숨어 있는 닭장까지 오고 말았습니다. 사내는 납작 엎드려 있어야 했기 때문에 한 손의 손가락들이 닭장 밖으로 삐져나와 있었습니다. 그런데 행운인지 불행인지는 모르지만, 이놈의 당나귀가 그 손가락들을 발로 밟아 버린 겁니다. 사내는 너무나 아파서 자기도 모르게 비명을 지르고 말았습니다.

이 소리를 들은 피에트로는 깜짝 놀랐지요. 더욱이 그 소리가 집 안에서 났다는 걸 알고는 방에서 나와 보니, 그때까지도 끙끙거리는 그 사내의 신음 소리가 들려왔습니다. 당나귀가 손가락을 밟고 선 다리를 아직도 들지 않았을 뿐만 아니라 더세게 밟고 있었기 때문입니다.

"거기 누구요?"

피에트로가 닭장으로 달려가 그걸 들어 올리자 젊은 사내가 나타났습니다. 사내는 당나귀 발에 밟힌 손가락들이 너무나 아픈 데다 피에트로에게 봉변을 당하지 않을까 겁에 질려부들부들 떨고 있었습니다. 그런데 이 사내를 잘 살펴보니 피에트로가 아는 사람이었습니다. 피에트로가 남색을 목적으로 오랫동안 졸졸 따라다니던 바로 그 사람이었던 거지요. 피에트로가 "당신, 거기서 뭐하는 거야?" 하고 묻자 상대는 아무런 대답도 하지 않고 제발 살려 달라고 빌기만 하는 것이었습니다.

그러자 피에트로는 이렇게 대답했어요.

"일어나! 그냥 둘 테니 걱정하지 말라고! 하지만 왜 거기 있는지 그거나 말해 봐!"

사내는 모든 것을 털어놨습니다. 마누라는 얼이 빠졌지만 그와 반대로 피에트로는 너무나 기뻤습니다. 그는 사내의 손을 잡고 마누라가 겁에 질려 기다리는 방으로 데려갔습니다.

피에트로는 아내의 정면에 앉아서 이렇게 말했습니다.

"너 방금 에르콜라노의 마누라 욕을 그렇게 해 대면서 그런 년은 불에 태워 죽여야 한다느니 너희 여자들의 수치라느니 떠들어 댔지? 근데 네 꼬락서니는 어떻게 된 거야? 네 일은 얘기하고 싶지 않았던 건가? 자기도 그 여자와 똑같은 짓을 저질러 놓고 어떻게 그런 험담을 할 생각이 든 거지? 너희 여자들은 고작 그 따위로 생겨 먹은 거야? 남의 잘못으로 자기 죄를 덮어 버리려고 하다니 말이야. 그래서 너도 그럴 수밖에 없었구먼! 하늘에서 불덩이가 내려와서 너희 같은 저질 인종은 모조리 불태워 버려야 돼!"

그런데 이 여자는 남편이 이렇게 초장부터 사나운 말만 늘어놓고 아무런 행동도 하지 않을뿐더러 이렇게 잘생긴 젊은 놈을 수중에 넣고 희희낙락한다는 걸 알고는 기운을 내어 이렇게 말했습니다.

"그래요! 당신은 하늘에서 불덩이라도 내려와 우리 여자들을 다 태워 죽였으면 좋겠죠! 당신은 우리 같은 여자들 보기를 개가 뼈다귀 보고 환장하듯 하는 사람이니까요.* 하지만 하느님의 십자가를 두고 맹세하는데 그 사람이 순순하게 응하진 않을걸요. 그런데 그 사람과 관련해서 저도 좀 따져 보고 싶

---

* 첫 번째 날 첫 번째 이야기의 차펠레토에 대한 묘사와 표현은 비슷하나 의미는 정반대이다.

네요. 왜 당신이 그렇게 불평을 하는지 알고 싶단 말이야. 분명히 말하지만 나를 에르콜라노의 마누라와 비교하고 싶으면 얼마든지 해 봐요. 그 할망구는 신자인 척하는 돌팔이에다 위선자이지만 바라는 걸 남편에게서 얻고 있고 아내로서 응분의 사랑을 받고 있어요. 하지만 난 그렇지 않다고. 그래요! 난 당신 덕분에 좋은 옷에 좋은 신발을 걸치고 있지만, 다른 건 어떤지 당신도 잘 알 거야. 당신이 나랑 잠자리를 하지 않은 게 얼마나 됐는지 잘 알잖아. 난 지금처럼 이런 모든 걸 다 해 주면서 호강시켜 주느니, 넝마를 걸치고 맨발로 다녀도 좋으니 침대에서 잘 대해 주는 걸 원한단 말이야. 잘 들어 봐요, 피에트로! 난 다른 여자들과 다르지 않아요. 다른 여자들이 원하는 걸 나도 원해요. 그러니 당신한테서 얻지 못한 걸 스스로 구했다고 해서 날 비난할 수는 없는 거라고요. 마구간 애들이나 거지들과 놀아나지는 않았으니 적어도 당신 명예는 지켜 줬잖아.”

피에트로는 이런 식이면 마누라의 불평이 밤새 이어지겠다는 생각이 들었습니다. 더욱이 마누라가 어떻든 원래부터 신경을 쓰지 않았기에 이렇게 말했습니다.

“이제 그만하자고, 이 여편네야! 그거라면 내가 아주 잘 만족시켜 주지. 그보다도 당신, 우리 저녁거리로 뭔가 만드는 대단한 자비를 좀 베풀지그래. 이 친구도 나처럼 아직 저녁을 못 먹었을 것 같은데.”

“그래요! 그 사람도 아직 저녁을 먹지 못했어요. 우리가 저녁을 먹으려고 식탁에 앉는 순간에 재수 없게도 당신이 왔으니까." 하고 아내가 말했어요.

"그럼 그러면 되겠네. 함께 식사 좀 하게 해 줘. 그리고 그 일에 대해서는 당신이 불만을 갖지 않도록 내가 잘할게." 하고 피에트로가 말했어요.

남편의 기분이 좋은 걸 알고 여자는 일어나서 재빨리 식탁을 다시 차리도록 하고 준비했던 저녁 식사를 가져오게 했습니다. 그리고 그 이상한 남편과 청년과 함께 즐겁게 식사를 했습니다.

식사가 끝난 뒤 세 사람이 모두 만족할 수 있도록 피에트로가 뭔가 방법을 고안했는지는 잊어버렸어요. 내가 아는 건 다음 날 아침에 광장*으로 나갈 때까지 청년이 밤새도록 아내나 남편 중 어느 쪽을 위해서 더 힘을 썼는지는 분명치 않았다는 겁니다. 그러니 사랑하는 부인 여러분! 여러분께 드리고 싶은 말은 바로 '받은 만큼 되돌려 줘라.' 이겁니다. 만일 그럴 수 없다면 적당한 시기가 올 때까지 기다리세요. 고생 끝에 낙이 온다는 말도 있지 않습니까.**

---

*페루자의 중앙 광장인 피아차 데이 시뇨리.

**두 번째 날 아홉 번째 이야기에서 상인의 현명함을 묘사하는 데도 쓰였으나, 분위기는 약간 다르다. 위의 이야기에서 보카치오는 도덕적 판단을 떠나 모호성이 낮게 깔린 그들 사이의 합의를 강조한다. 자연의 법칙을 거스르는 남색가 피에트로가 부정을 저지른 아내와 공모하는 모습을 보여 주는 것이다. 남편과 아내는 만족할 만한 합의를 이끌어 냈고 더욱이 청년은 두 명의 애인을 얻은 셈이니, 그들은 서로 대립하면서도 조화를 이루는 결말을 이끌어 내고 있다. 이는 다섯 번째 날의 주제와 맞는다.

크리스틴 드 피장, 「데카메론」 프랑스어판 삽화,
15세기 초, 바티칸 도서관 소장.

디오네오의 이야기가 그렇게 끝났을 때 부인들 사이에는 부끄러움 때문에 잦아들긴 했지만 재미는 참을 수 없었던지 웃음이 약간 일었습니다. 여왕은 자기 역할이 끝났다고 생각하여 자리에서 일어난 뒤 월계관을 벗어 엘리사의 머리에 부드럽게 얹어 주며 이렇게 말했습니다.

"자, 여왕님! 이제 이끌어 가실 차례입니다."

엘리사는 명예를 받고서 지금까지 진행되어 온 그대로 했습니다. 우선 집사에게 자기가 여왕 역할을 하는 동안에 필요한 것을 준비하도록 시키고, 모두가 그것에 만족하자 이렇게 말했습니다.

"우리는 지금까지 재치 있는 입담과 즉흥적인 대답 혹은 예리한 판단으로 많은 사람들이 상대방을 교묘하게 물어서 입을 막거나 닥친 위험을 피할 수 있었던 이야기들을 여러 번 들었어요. 그런 내용은 사실 재미나고 유익하기도 합니다. 이제 하느님의 가호를 받아, 내일은 기발한 재치를 발휘해서 자신을 방어하거나 적절한 대답 또는 날카로운 통찰로 손해나 위기, 모욕을 모면한 사람들의 이야기를 들려주시기 바랍니다."

이 제안은 모두의 뜨거운 환영을 받았습니다. 여왕은 일어서서 저녁 식사 시간까지 일동에게 자유 시간을 주었습니다. 일동은 이 의견을 존중하여 여왕이 일어선 다음에 모두 일어나서 늘 하던 방식대로 제각기 하고 싶은 일들을 했습니다.

그러다 벌써 매미 우는 소리도 그쳤고 여왕이 그들을 불러 모았기에 저녁을 먹으러 갔습니다. 저녁 식사를 마치고 나서는 노래도 하고 악기도 연주하며 흥겹게 놀았습니다. 그리고 여왕의 청에 따라 에밀리아가 춤을 한 차례 추고 나자 디오네오에게 노래를 한 소절 부르라는 명령이 떨어졌습니다. 디오네오는 곧바로 「알드루다 아주머니, 치마를 올려요, 재미난 얘기를 해 줄게요」라는 노래를 시작했습니다. 이 노래에 부인들은 모두 웃음을 터뜨렸고 여왕은 특히 호쾌하게 웃었습니다. 여왕은 그건 그만두고 다른 걸 좀 해 보라고 명령했습니다.

디오네오는 이렇게 말했습니다.

"여왕님! 제게 쳄발로가 있다면 「옷을 벗어 봐요, 라파 아줌마!」나 「올리브 아내는 풀밭이네」를 부르고 싶네요. 아니면 「바다 물결은 나를 몹시도 우울하게 하네」도 좋고요. 하지만 쳄발로가 없으니 다른 게 더 마음에 드실지도 모르겠네요. 「5월에 피어난 꽃 같은 그대, 꺾이기 전에 달아나렴!」을 불러 볼까요?"

안드레아 보냐우티, 「전투하는 교회 — 허영과 세속적 기쁨에 대한 우화」(부분),
1360~1370, 산타 마리아 노벨라 성당의 스페인 예배당(이탈리아 피렌체) 소장.

여왕이 말했습니다.

"아녜요. 다른 걸로 불러 보세요."

"그렇다면「시모나 아줌마! 아줌마 통 속에 술을 넣어요」를 부를게요." 하고 디오네오가 말했어요.

여왕은 웃으며 말했습니다.

"아이고, 망측해라! 좀 아름다운 걸로 불러 보세요! 우린 그런 건 싫단 말예요."

그러자 디오네오는 이렇게 말했습니다.

"아뇨, 여왕님! 나쁘게 생각하지는 마세요. 그래도 어떤 게 더 마음에 드시나요? 저는 천 가지 이상 알거든요. 그럼「나는 내 그걸 충분히 어루만지지 않았네」라든가「제발 천천히 해 줘, 나의 서방님!」이라든가「100리라로 수탉을 한 마리 샀다네」는 어떠세요?"

그러자 다른 부인들은 웃고 있는데 여왕은 좀 불쾌했는지 이렇게 말했습니다.

"디오네오 님! 이제 그만 놀리세요! 좋은 노래를 좀 해 보세요. 아니면 내가 화낼 줄도 안다는 걸 알게 되실 거예요."

그 말을 듣고 디오네오는 장난을 그만두고 곧바로 다음과 같은 노래를 부르기 시작했습니다.

사랑이여! 그대의 아름다운 눈동자에서
흘러나오는 매혹의 빛이
날 그대와 그녀의 종으로 만들었네.
그녀의 아름다운 눈에서 광채가 나와

내 눈을 관통하면서

내 마음에 그대의 불꽃을 일으켰네.

그대의 매력이 얼마나 큰지

그녀의 아름다운 얼굴이 날 창백하게 만들었네.

그 얼굴을 생각만 해도

내 모든 힘이 솟아올라

그녀에게 전부 바치니

내 한숨의 새로운 원인이 되는구나.*

그렇게 나의 사랑이여! 난

그대의 종이 되어 그대의 우아한 힘에

순종하는 모습이 됐네.

하지만 그대가 내 가슴에 심는 드높은 희망이,

그녀를 향한 나의 온전한 충직함이,

내 안으로 들어왔는지는 잘 모르겠네.

내 마음이 그렇게 지니고 있는,

내가 그녀에게서가 아니라면

평화를 누릴 수도, 원하지도 않는 그런 것들이니.

그러니 그대에게 바라노라, 나의 부드러운 신이여!**

나를 돕는 그대의 불길이

---

* 페트라르카의 표현을 직접 차용한 흔적이 보인다.
** 사랑이 창작의 근원이며 삶의 목표라고 믿었던 청신체파 시인들의 분위기가 묻어난다.

얼마나 뜨거운지 그녀에게 보여 주고 느끼게 하소서.

이미 난 사랑에 지쳐 조금씩

이렇게 쓰러져 가고 있는 걸 아시니.

그리고 내 목숨이 다할 때

반드시 그녀에게 날 맡겨 주소서.

그대와 함께 즐거이 그렇게 하리라.

디오네오가 조용해지자 사람들은 노래가 끝났음을 알았습니다. 여왕은 다른 부인들에게도 노래를 부르도록 했습니다만, 디오네오의 노래를 극구 칭찬했습니다. 이윽고 밤이 꽤 깊었으므로, 여왕은 낮의 더위가 밤의 신선함에 제압됐다고 느끼고 다음 날까지 각자 원하는 대로 자리에 들라고 요청했습니다.

여섯 번째 날

『데카메론』의 다섯 번째 날이 끝나고 여섯 번째 날아 시작된다.
여섯 번째 날은 엘리사의 주재 아래, 기발한 재치를 발휘해서
자신을 방어하거나적절한 대답 또는 날카로운 통찰로
손해나 위기, 모욕을 모면한 사람들에 대해 이야기한다.

암브로지오 로렌체티, 「좋은 정부가 시골에 끼치는 영향」(부분),
1338~1340, 푸블리코 궁전(이탈리아 시에나) 소장.

중천에 걸려 있던 달은 이미 빛을 잃었고, 새로운 빛이 떠올라 우리의 세상 구석구석을 밝혔습니다. 여왕은 일어나서 모두를 깨웠습니다. 사람들은 이런저런 이야기를 나누기도 하고, 지금까지 들은 이야기 중에서 아주 좋았던 것이나 덜 좋았던 것들을 살피기도 하고, 또 그 가운데 세세한 경우들을 다시 이야기하며 새삼 웃기도 하면서 한가하고 느릿한 발걸음으로 쾌적한 저택에서 멀어져 갔습니다. 그러는 동안 해가 벌써 상당히 높이 솟아 더워지기 시작했기 때문에 모두 집으로 돌아가야겠다고 생각했습니다. 돌아와 보니 식사가 이미 준비되어 있었고, 주변에는 향기로운 풀과 아름다운 꽃들이 뿌려져 있었습니다. 그들은 날이 더 더워지기 전에 여왕이 주도하는 대로 식사를 시작했습니다. 즐거운 식사가 끝나자 다른 일을 하기 전에 아름답고 쾌활한 노래를 몇 곡 불렀습니다. 그리고 몇몇은 잠을 더 잤고 몇몇은 장기를 두었으며 몇몇은 그냥 그 자리에 남았습니다. 디오네오는 라우레타와 함께 트로일로스와 크리세이데의 사랑 이야기*를 노래하기 시작했습니다.

이윽고 다시 모여야 할 시간이 돌아왔기에 여왕이 모두를 불러 모았고 그들은 여느 때처럼 분수 주위에 둘러앉았습니다. 여왕이 첫 번째 이야기를 명하려는 순간, 여태까지 없던 일이 일어났습니다. 여왕과 모두의 귀에 하녀들과 하인들이 부엌에서 큰 소란을 피우는 소리가 들려온 것입니다. 집사를 불러서 누가 소리를 지르는지, 소란을 피우는 이유가 뭔지 묻자, 집사는 리치스카와 틴다로**가 떠들고 있고, 그렇지 않아도 그들을 말리러 가던 차에 여왕님이 부르셔서 이유는 아직 잘 모르겠다고 대답했습니다. 여왕은 당장 리치스카와 틴다로를 불러오라고 명령했습니다. 그들이 오자 여왕은 다투는 이유가 뭔지 물었습니다.

그 물음에 틴다로가 막 대답하려고 하는데, 나이는 먹었지만 언제나 당당한 모습을 보이던 리치스카가 흥분해서 소리를 질러 대다가 틴다로를 향해 오만상을 찌푸려 보이며 이렇게 말했습니다.

"이 뻔뻔하고 멍청한 놈아, 내가 여기 버젓이 있는데 먼저 입을 열려고 해! 내가 먼저 말해야겠다!"

그러고는 여왕 쪽으로 몸을 돌리고 이렇게 말했습니다.

---

* 보카치오의 다른 작품 『필로스트라토』가 여기서 유래했다.
** 각각 필로메나와 필로스트라토의 하인이다.

"마님! 이놈이 저한테 시코판테*의 아내 얘기를 해 주겠다지 뭡니까. 그 여자라면 저도 웬만큼은 친한 사이죠. 그런데 이놈이 시코판테가 아내와 보낸 첫날밤에 곤봉 양반을 검은 산에 억지로 들이밀려다가 피가 솟았다느니 어쩌느니 하며 마치 본 것처럼 얘기를 하는 거예요. 그래서 저는 거짓말이다, 오히려 순순하게 들어갔고, 들어간 상태에서 아주 좋았다고 말했지요. 세상 처녀들이 그렇게 멍청하다고 믿다니 이런 단순한 놈이 어디 있습니까? 처녀들 중 일곱에 여섯은 어쩔 수 없이 삼사 년씩 결혼을 못 하고 있으며 부모 형제들의 감시를 받으면서 시간을 죽이는 줄 알더라니까요. 천만에요. 여자들이 어디 그리 오래 기다리나요? 그리스도께 맹세를 해도 좋아요. 제 말에 자신이 있으니까 하는 말입니다. 저는 처녀로 시집가는 얼빠진 여자를 한 번도 본 적이 없어요. 결혼해서도 얼마나 많은 여자들이 남편을 바보로 만드는지 잘 안다고요. 그런데 이 돌대가리가 저한테 여자란 이렇고 저렇다며 가르치려 하더란 말입니다. 제가 무슨 갓난아이랍니까?"

리치스카가 떠들어 대는 동안에 부인들은 배꼽을 쥐고 웃어 댔습니다. 턱이 모두 빠질 지경이었죠. 여왕은 여섯 번이나 조용히 하라고 했으나 그래도 소용이 없었습니다. 리치스카는 하고 싶은 말을 다 쏟아 낼 때까지 전혀 입을 다물지 않았습니다.

---

*리치스카, 틴다로와 함께 당시 희극 무대에 고정적으로 등장하는 전형적인 인물.

그러다가 간신히 얘기가 끝나자 여왕이 웃으면서 디오네오를 향해 이렇게 말했습니다.

"디오네오 님! 이건 당신이 처리할 문제네요. 오늘 이야기가 다 끝나면 최종 판결을 내려 주세요."

디오네오는 얼른 대답했습니다.

"여왕님! 판결은 이미 나왔으니 다른 얘기는 들을 것도 없습니다. 리치스카가 옳습니다. 리치스카가 말한 그대로라고 저는 믿습니다. 틴다로가 멍청한 거죠."

이 말을 들으면서 리치스카는 키득키득 웃으며 틴다로를 향해 이렇게 말했습니다.

"내 말이 그거잖아. 그만 꺼지시지! 아직 눈곱도 떼지 못한 주제에 나보다 뭘 더 안다고 그러는 거야! 하느님 덕분에 나도 나이를 헛먹지는 않았다고, 암 그렇고말고!"

여왕은 얼굴을 찌푸리며 이제 그만 조용히 하라고, 더 떠들거나 소란을 피우면 채찍질을 하겠다고 엄하게 꾸짖어 그들을 보냈습니다. 그렇게 하지 않았으면 모인 사람들은 그날 온종일 리치스카의 얘기를 듣느라 아무것도 못 했을 겁니다. 이렇게 두 사람이 떠난 뒤에 여왕은 필로메나에게 그날의 이야기를 시작하라고 청했습니다. 필로메나는 즐겁게 이야기를 시작했습니다.

여섯 번째 날 첫 번째 이야기

어느 기사가 오레타 부인에게 이야기를 하나 들려주면서 말을 타는 느낌이 들게 해 주겠다고 한다. 그러나 두서없이 이야기를 늘어놓자 부인은 그냥 말에서 내려 달라고 부탁한다.

— 젊은 부인 여러분! 밤하늘의 별이 청명한 하늘을 수놓고 꽃과 나무들이 봄날의 초록 들판과 언덕을 뒤덮듯이, 기지 넘치는 한마디는 훌륭한 예의와 뛰어난 화술을 빛나게 하지요. 그 기지 넘치는 한마디는 짧기 때문에 남자들보다 여자들에게 더 중요하답니다. 지루하게 떠드는 것은 보통 남자보다 여자들이 많이 하는 일이니까요. 우리의 이해력이 딸리는 건지, 아니면 우리 시대에 하늘이 내리신 특별한 적의 때문인지 이유는 모르겠지만, 오늘날 적절한 순간에 몇 마디 말로 반박할 줄 알거나 어떤 말을 들었을 때 그게 무슨 말인지 이해할

줄 아는 여자는 이제 거의 없거나 전혀 남아 있지 않아요. 이
건 우리 여자들 모두의 수치입니다. 하지만 이 문제에 대해서
는 팜피네아 님이 이미 지적했으니 그 이상 다른 얘기는 하지
않겠어요. 다만 적절한 순간을 포착해서 내놓는 말이 얼마나
훌륭한 행동이 되는지 여러분께 보여 드리기 위해서 한 귀부
인이 어떤 기사의 입을 정중하게 틀어막은 이야기를 들려 드
릴까 해요.

여러분도 보거나 들어서 아실 테지만, 우리 도시에 예의가
바르고 성품이 관대하며 화술이 뛰어난 부인이 살았습니다.
이름을 얘기해도 그분의 훌륭함에 누가 되지 않을 테니 말씀
드리지만, 그분은 제리 스피나 씨의 아내인 오레타 부인이었
어요. 우리처럼 우연히 시골에 머물던 이 부인이 어느 날 자기
집으로 부인들과 기사들을 식사에 초대했어요. 함께한 장소
에서 다른 장소로 가던 중에 모두가 걸어서 가려고 했던 그 길
이 아마도 좀 멀었던지 기사들 중 하나가 이렇게 말을 꺼냈답
니다.

"오레타 부인! 괜찮으시다면 우리가 가는 이 길을 세상에
서 가장 재미난 이야기를 들려 드리면서 말에 태워 모실까 합
니다."*

그 말에 부인은 이렇게 대답했어요.

"제가 오히려 부탁드려요. 정말 재미나겠군요."

---

* '말에 태우다.'라는 말에는 힘들게 걸어갈 길을 재미난 얘기로 쉽게 가게
해 준다는 뜻과 함께 여자를 유혹한다는 속뜻도 담겨 있다.

이 말을 듣고 아마도 서툰 칼 솜씨 만큼이나 이야기를 풀어 나가는 솜씨도 형편없었던 기사는 이야기를 시작했지요. 이 야기 자체는 아주 재미난 것이었지만, 서너 번, 아니, 여섯 번 까지도 같은 이야기를 반복하고, 줄거리를 거꾸로 거슬러 올 라가기도 하고, 때로는 "아니, 그게 아니라," 하며 이름들을 잘못 말하거나 서로 혼동하기도 하는 동안 이야기는 완전히 엉망진창이 되었답니다. 인물들의 성격이나 그들이 일으킨 사건들에 비해서 기사의 이야기 솜씨가 말할 수 없이 형편없 었던 거죠.

그러니 오레타 부인은 이야기를 들으면서 식은땀이 나고 마치 병에 걸려 숨이 넘어갈 것처럼 가슴이 답답해지는 순간 이 얼마나 많았는지 몰라요. 그리고 마침내 기사가 미궁에 빠 져서 이야기를 이어 나가지 못한다는 걸 알고는 더 이상 참지 못하고 빙긋이 웃으며 말했지요.

"기사님의 말은 걸음이 너무 덜거덕거려서 못 견디겠어요. 그러니 이젠 그만 걸어가는 게 좋겠어요."

기사는 이야기를 하는 쪽보다는 분위기나 낌새를 눈치채는 쪽에 더 능력이 있는 사람이었기에 그 익살을 그냥 가벼운 농 담으로만 받아들이고 또 다른 이야기를 시작했어요. 그렇게 시작한 이야기는 또다시 한도 끝도 없이 갈피를 못 잡고 이어 지기만 했답니다.

여섯 번째 날 두 번째 이야기

빵 장수 치스티는 단 한마디 말로 제리 스피나 씨로 하여금 자신이 경솔한 요구를 했다는 걸 깨우치게 만든다.

오레타 부인의 한마디는 부인들과 남자들 모두에게서 큰 칭찬을 받았습니다. 여왕은 팜피네아에게 이야기를 이어 가라고 부탁했고, 팜피네아는 다음과 같이 이야기를 시작했습니다.

──아름다운 부인들이여! 자연이 고귀한 영혼에 비루한 육신을 준 것이 잘못일까요, 아니면 운명이 고귀한 영혼을 부여받은 육신에 비천한 직업을 준 것이 잘못일까요? 저는 둘 중 어느 편이 더 잘못된 것인지 잘 판단할 수가 없네요. 치스티를 비롯한 우리의 수많은 시민들*이 후자의 경우에 해당한다고

---

* 치스티는 당시 피렌체에서 흔한 이름이었다.

할 수 있지요. 치스티라는 사람은 매우 고고한 영혼의 소유자였지만 운명은 그를 빵 장수로 만들어 버렸답니다. 그러니 분명히 말씀드리지만, 자연이 매우 사려 깊고 운명이 천 개나 되는 눈을 가졌다는 걸 몰랐더라면, 저 역시 운명이 눈멀었다고 믿는 어리석은 사람들처럼 자연과 운명을 똑같이 저주했을 거예요. 자연이나 운명은 매우 명민하게도 사람들이 정말 자주 저지르는 짓들을 따라 하지요. 사람들은 미래의 불확실한 사건에 대비해서 가장 아끼는 물건들을 집 안에서 가장 너저분한 장소에다 숨겨 두고 필요할 때마다 꺼내 봅니다. 남의 의심을 사지 않으니 그런 너저분한 장소가 안전한 방보다도 더 확실하게 자기 물건들을 보존해 준다고 믿는 것이지요. 바로 그와 같이, 세상을 관장하는 운명과 자연은 사람들이 가장 소중하게 여기는 것들을 가장 비천하다고 평가받는 직업의 그늘 아래 감춰 놓는 것입니다. 그런 뒤 필요한 때마다 꺼내 보면서 그 광채를 더욱 발하게 하지요. 빵 장수 치스티가 바로 그 점을 잘 드러나지 않는 방식으로 은근하게 보여 준답니다. 그가 어떻게 해서 제리 스피나 씨*를 지성의 눈으로 깨우쳐 주었는지 아주 짤막한 이야기로 소개할까 합니다. 좀 전에 스피나 씨의 아내인 오레타 부인의 이야기를 듣다가 떠오른 이야기랍니다.

---

* 루제리 디 마네토 스피나는 1300년에 궬피 흑당을 이끄는 자리에 올랐다.('제리'는 루제리의 약칭이다.) 그와 그가 이끄는 상인들은 보니파키우스 8세에게 충성을 바쳤다. 그는 당시 문화와 정신의 측면에서 시대를 이끄는 사람으로 인정받았다.

메트로 콜린(?),
「빵 가게」(부분), 1480,
이소녜 성(이탈리아 아오스타)
소장.

제리 스피나 씨는 보니파키우스 교황의 측근으로 매우 중요한 자리에 앉아 있었다고 말씀드릴 수 있어요. 교황은 중요한 일을 처리하도록 귀족 몇 사람을 피렌체에 사절로 파견한 적이 있는데,* 그 사절들이 그때 제리 씨의 집에서 머물면서 그분과 함께 교황의 일을 처리했다고 하네요. 그런 상황에서, 왜 그랬는지는 모르지만 제리 씨는 교황의 사절들과 함께 거의 매일 아침 걸어서 산타 마리아 우기** 앞을 지나가곤 했답니다. 빵 장수 치스티는 그곳에 가게를 열고 자기 기량을 발휘하고 있었지요. 이 사람에게 매우 비천한 자리를 준 운명은 상당한 부자가 될 정도의 호의도 함께 베풀어 주었지요. 그래서 다른 일에는 전혀 눈도 돌리지 않고 아주 호화로운 생활을 했고, 여러 귀한 물건들 중에서도 피렌체나 그 인근에서 제일가는 최고급 백포도주와 적포도주를 언제나 소장하고 있었어요.

　치스티는 아침마다 제리 씨와 교황의 사절들이 문 앞을 지나가는 모습을 보면서 이 무더운 계절에 자기가 가진 훌륭한 백포도주를 저들에게 대접하면 얼마나 근사할까 생각했답니다. 하지만 자신의 낮은 신분과 제리 씨의 높은 신분을 견주어 볼 때 그런 초대가 어쩐지 적절한 행동처럼 여겨지지 않아서 제리 씨가 초대에 응하도록 유도하는 방법을 생각해 냈어요. 그래서 치스티는 제리 씨가 아침마다 사절들과 함께 가게

---

* 1300년에 보니파키우스 교황은 피렌체의 내분을 격화시키고 있던 백당과 흑당을 화해시키기 위해 피렌체에 사절을 파견했다. 당시 단테는 피렌체의 행정 위원들 중 하나였다.
** 우기 가문(『신곡 – 천국편』 16곡 88행 참조.)이 세운 성당.

앞을 지나가는 시간에 새하얀 겉옷에 언제나 갓 세탁한 듯한 앞치마를 두르고 빵 장사라기보다는 밀가루 장사 같은 모습으로 서 있었어요. 그리고 가게 문 앞에 신선한 물을 가득 담은 새 양동이와 고급 백포도주를 담은 조그마한 볼로냐제 새 항아리, 그리고 반짝거리는 은으로 만든 잔을 두 개 준비시켰답니다. 그리고 그 앞에 앉아서 그들이 지나갈 때면 보란 듯이 한두 번 입을 가신 다음, 죽은 사람이라도 오고 싶을 만큼 맛있게 그 포도주를 마시기 시작한 거예요.

아침마다 그 광경을 본 제리 씨가 세 번째 되는 날 아침에 이렇게 말을 건넸어요.

"어떤가, 치스티? 맛이 좋은가?"

치스티는 재빨리 일어나서 이렇게 대답했어요.

"그럼요, 나리! 하지만 직접 맛을 보지 않으시면 어떻게 그 맛을 말씀드릴 수가 있겠습니까."

제리 씨는 더위 탓인지, 여느 때보다 피곤했던지, 아니면 치스티가 하는 양을 보고 아마도 입맛이 당겼던지, 목이 몹시 마른 느낌이 들었어요. 그래서 사절들을 돌아보고 미소를 지으며 이렇게 말했지요.

"여러분! 이 멋진 사람의 포도주를 맛보는 게 좋겠습니다. 어쨌거나 마시고 후회할 일은 없을 테니까요."

그리고 그들은 함께 치스티를 향해 걸어왔어요.

치스티는 곧바로 가게 안에서 근사한 긴 의자를 내오게 해서 그들에게 앉도록 권했어요. 그리고 잔을 씻으려고 재빨리 앞으로 나서던 그들의 하인들에게 이렇게 말했어요.

"이보게들! 자네들은 뒤로 물러나 있게. 나에게 시중을 맡겨 주게. 나는 빵을 굽는 것보다 술을 더 잘 따른다네. 한 방울도 흘리지 않을 테니 자네들은 맛볼 생각일랑 아예 말게!"

그렇게 말하고서 직접 아름다운 새 잔 네 개를 씻고 고급 포도주가 든 작은 호리병을 가져오게 하여 제리 씨를 비롯한 사절들에게 열심히 따라 줬어요. 그 포도주는 그들이 오랫동안 마셔 온 것보다 훨씬 더 맛이 좋은 듯했어요. 그래서 제리 씨는 크게 칭찬했으며, 사절들이 그곳에 머무는 동안 거의 매일 아침 함께 그곳에 들러 포도주를 마셨답니다.

그러는 동안 사절들이 임무를 마치고 그곳을 떠나게 되어 제리 씨는 성대한 환송연을 베풀었어요. 그 자리에는 주변의 명망가들뿐 아니라 치스티도 초대되었지요. 그러나 치스티는 아무리 해도 가려고 하지 않았어요. 그래서 제리 씨는 하인을 보내 치스티의 포도주를 받아 와서 첫 요리가 나올 때 손님의 잔마다 반씩 따르라고 지시했어요. 하인은 그때까지 한 번도 포도주를 맛보지 못해 심술이 났던지 일부러 큼지막한 병을 들고 갔지요.

그걸 본 치스티는 이렇게 말했어요.

"이보시오! 당신은 제리 님이 보내신 사람이 아니구먼."

하인은 펄쩍 뛰면서 여러 번 거듭 주장했지만 다른 대답을 얻어 내지 못하자 다시 제리 씨에게 돌아가 그 얘기를 전했지요. 그러자 제리 씨가 이렇게 말했어요.

"다시 가서 틀림없이 내가 보냈다고 말해라. 그래도 같은 대답을 한다면 대체 내가 어디로 심부름을 보냈겠느냐고 물어보아라."

하인은 돌아가서 이렇게 말했어요.

"치스티! 틀림없이 제리 님이 날 당신한테 심부름 보냈다고요."

그러자 치스티가 대꾸했어요.

"에이, 이 사람아! 그럴 리가 없어!"

"그렇다면 제리 님이 나를 어디로 보내셨단 말이오?" 하고 하인이 말했어요.

치스티의 대답은 이랬답니다.

"아르노 강에 보냈겠지."

하인이 이 말을 제리 씨에게 보고하니, 그는 문득 머리에 떠오르는 게 있어 하인에게 이렇게 말했어요.

"네가 가져간 병을 가져와 봐라."

그리고 그걸 보더니 "과연 치스티 말이 맞구나." 하고 말하며 하인을 꾸짖고 다시 적당한 병을 들려 보냈답니다.

치스티는 그제야 이렇게 말했어요.

"이제야 틀림없이 그분이 보내신 줄을 알겠다."

그러고는 기쁜 낯으로 병을 채워서 보냈지요.

그런 다음 그날 중으로 작은 술통에 같은 포도주를 가득 담아 몰래 제리 씨 집으로 보내 놓고는 직접 집으로 찾아갔어요. 그리고 그를 만난 자리에서 이렇게 말했어요.

"나리! 제가 오늘 아침에 큰 병을 보고 놀랐다고는 생각하지 마십시오. 지금까지 제가 작은 병에 술을 드린 것은 이 술이 하인들이 마실 술이 아니라는 생각에서 그리한 것입니다.

오늘 아침에는 다만 그 점을 상기시켜 드린 것이죠. 이제 저는 더 이상 나리의 포도주 담당을 맡지 않으려고 있는 걸 전부 갖고 왔습니다. 그러니 모두 좋으실 대로 하시기 바랍니다."

제리 씨는 치스티의 선물을 매우 고맙게 여겼고 그에게 적절하다고 생각되는 답례를 했답니다. 그리고 그 후로는 치스티를 아주 훌륭한 사람으로 평가하며 친구로 지냈다고 하네요.

여섯 번째 날 세 번째 이야기

논나 데 풀치 부인은 부적절한 희롱에 즉각적인 반격을 가해 피렌체 사교(司教)의 입을 다물게 한다.

팜피네아가 이야기를 마치자 모두 치스티의 대응과 후한 인심을 칭찬했습니다. 여왕은 라우레타가 다음 이야기를 이어가기를 원했고 라우레타는 즐거이 이야기를 시작했습니다.

─사랑스러운 부인들이여! 앞서는 필로메나 님이, 지금은 팜피네아 님이 단순 명료한 말의 힘과 빼어난 한마디에 관련된 이야기들을 아주 재미나게 들려주셨어요. 그러니 이제 더 이상 덧붙일 것도 없겠으나, 앞서 들으신 것 외에 저는 촌철살인의 한마디라는 것이 그 말을 듣는 상대를 그야말로 개가 아니라 양처럼 물어뜯어야 하는 것임을 상기시키고자 해요. 그렇지 않으면 그 한마디는 촌철살인의 재치가 아니라 욕설이

되어 버릴 수도 있거든요. 오레타 부인의 한마디나 치스티의 답변에는 정말 촌철살인의 묘미가 있었어요. 사실 말입니다만, 누군가가 먼저 개한테 물렸다면 그 사람도 상대방을 개처럼 물어뜯는다고 해도 지나치다고 말할 수는 없을 거예요. 상대가 먼저 그러지 않았다면 비난을 받아야 하겠지만요. 그렇기 때문에 언제 어떻게 누구와 함께 또 어디서 재치 있는 말을 사용할 것인지에 대해 주의를 기울여야 하는 것이지요. 우리의 사교(司敎)가 얼마 전에 이를 조심하지 않는 바람에 자기가 말한 것 이상으로 심하게 물어뜯긴 적이 있답니다. 그 사건을 간단한 이야기로 들려 드리고자 합니다.

훌륭하고 현명한 사교인 안토니오 도르소* 님이 피렌체의 사교로 계실 때, 루베르토 왕의 사령관인 데고 델라 라타라는 카탈루냐 출신의 신사 한 분이 피렌체에 왔어요. 이 사람은 건장한 몸매에 유난히도 여자를 밝히는 사람이었는데, 그러다 보니 많은 피렌체 여자들 중 특히 방금 말씀드린 사교가 교회에서 맺은 형제의 조카 되는 대단히 아름다운 여자를 눈여겨보게 되었죠. 사령관은 여자의 남편이 좋은 가문 출신이지만 매우 욕심 많고 파렴치한 사람이라는 것을 익히 들었기에 부인과 하룻밤 자게 해 주면 피렌체 금화로 500피오리노를 주겠다고 흥정을 했어요. 그렇게 부인의 의사와는 무관하게 부인과 자게 되었고, 당시에 쓰인 포폴리니**라는 은화에 도금을 해

---

* 그는 1301년에 피렌체의 사교가 되었다.
** 피오리노와 매우 흡사하게 생긴 화폐로, 1305년부터 주조되었다. 당시의 화폐 단위에 대해서는 『데카메론』 1권 62쪽 각주 참조.

서 남편에게 주었어요. 나중에 그 일이 세상에 알려져 그 파렴치한 남편은 손해를 보고 조롱도 받았답니다. 사교는 신중한 사람이라 이런 일들을 다 알면서도 모르는 척하고 있었어요.

사교와 사령관은 자주 회동하곤 했는데, 어느 성 요한 축제일의 일이었어요. 서로 앞서거니 뒤서거니 말을 타고 가면서 경마가 열리는 거리를 향해 걸어가는 여자들을 보다 보니 사교의 눈에 젊은 부인이 들어왔어요. 당시에는 젊었으나 병마를 겪느라 어느덧 늙어 버린 분인데 여러분도 잘 아실 거예요. 이름이 논나 데 풀치라는 부인으로 알레소 리누치 님의 사촌 동생이었지요. 당시 그분은 매우 젊고 아름다웠으며 온화하고 말도 잘했는데, 그 얼마 전 포르타 산 피에로에 사는 남편에게 시집을 온 터였습니다. 사교는 그녀가 사령관 가까이로 오자 사령관의 어깨에 손을 얹으며 이렇게 말했어요.

"논나! 이 사람 어떻게 생각하시오? 당신을 정복하고도 남을 것 같지 않아요?"

이 말에 논나는 자신의 정숙함이 물어뜯겼다고 느꼈고, 이 말을 들은 주변에 있던 사람들이 자기를 형편없는 여자로 볼 거라 생각했어요. 그래서 오해를 씻겠다는 의도보다는 잘못을 꼬집어 주려는 생각에서 즉각 이렇게 대답했답니다.

"사교님! 이분은 날 정복하지 못할걸요. 하지만 진짜 동전은 갖고 싶네요."

이 말을 듣고 사령관과 사교는 둘 다 똑같이 아찔한 기분이 들었어요. 한 사람은 사교 형제의 조카에게 파렴치한 짓을 했고, 다른 사람은 자기 형제의 조카가 그런 피해를 당했으니 말이죠. 둘은 부끄러워서 서로 바라보지도 못하고 말도 못 한 채가 버렸다고 하네요. 그날 부인에게는 끝내 다른 말도 붙여 보지 못하고 말이지요. 상대방이 그런 식으로 물어뜯었으니 부인이 그 사람을 물어뜯었다고 해서 아무도 부인을 비난하지 않았답니다.

여섯 번째 날 네 번째 이야기

쿠라도 잔필리아치의 요리사인 키키비오가 위기를 모면하려고 순간적으로 내놓은 대답이 쿠라도의 분노를 웃음으로 바꾼다. 그 결과 요리사는 쿠라도가 내리고자 했던 최악의 벌에서 빠져나온다.

라우레타가 이야기를 마치자 모두가 논나를 크게 칭찬했습니다. 여왕은 네이필레에게 순서를 이어 가라고 요청했고, 네이필레는 이야기를 시작했습니다.

— 사랑스러운 부인들이여! 준비된 기지는 말하는 사람에게 즉각적이고 유리하며 멋진 말들을 쏟아 내게 합니다. 그런데 운명이란 것은 때로는 겁쟁이에게도 구원의 손을 내밀어 말하는 사람도 미처 생각하지 못한 근사한 대답을 그들의 혀위에 얹어 주기도 하지요. 제 이야기에서는 바로 그 점을 보여 드리고자 해요.

여러분도 보고 들으셨겠지만 쿠라도 잔필리아치는 우리 도시의 명망 높은 시민으로 자유분방하고 대가다운 면모를 지닌 분이었죠. 언제나 개와 조류를 애지중지 키우며 귀족다운 생활을 했습니다만, 그런 얘기는 더 중요한 얘기를 위해 잠시 접어 두기로 할게요. 그분이 어느 날 페레톨라 부근에서 매를 써서 학을 한 마리 잡았는데, 잡고 보니 몸집이 크고 팔팔한 놈이었어요. 그래서 베네치아 출신의 솜씨 좋은 요리사 키키비오에게 보내 잘 구워서 저녁 식사로 준비하라고 일렀지요. 키키비오는 아주 소탈하고 재미난 사람이었어요. 그는 학의 털을 뽑고 불에 올려 열심히 요리를 하기 시작했지요. 그런데 고기가 다 구워져서 구수한 냄새를 풍길 무렵 마을의 젊은 아낙네가 주방에 들어왔어요. 키키비오가 홀딱 반한 브루네타라는 여자였지요. 그 여자는 고기 냄새를 맡고 학을 보더니 키키비오에게 한 점만 달라고 아양을 떨었어요.

키키비오는 흥얼거리듯 대답했어요.

"난 줄 수 없네. 브루네타 부인! 난 줄 수가 없어."

브루네타는 화가 나서 이렇게 말했어요.

"아이고, 주기 싫으면 마셔. 나도 당신이 원하는 걸 절대 주지 않을 테니."

이 일로 잠시 입씨름이 벌어졌습니다만, 결국 키키비오는 자기 여자를 달래기 위해 학의 다리를 하나 떼어 주고 말았답니다.

그러고는 쿠라도와 그가 초대한 손님들 앞에 다리가 하나 없는 학을 떡하니 내놓은 거예요. 쿠라도는 깜짝 놀라서 키키비오를 불러 다른 쪽 다리는 어떻게 됐느냐고 물었지요. 그러나 넉살 좋은 이 베네치아 사람은 서슴없이 이렇게 대답했답니다.

"주인님! 학이란 놈은 원래 다리가 하나에 발도 하나입니다요."

그러자 쿠라도는 펄쩍 뛰며 말했어요.

"무슨 놈의 학이 다리 하나에 발이 하나라는 거냐? 내가 그런 학을 본 적이 있는 줄 아느냐?"

이에 키키비오는 이렇게 대꾸했지요.

"나리! 말씀드리는 그대롭니다요. 원하신다면 살아 있는 놈으로 보여 드리지요."

쿠라도는 동석한 손님들 눈치도 보이고 해서 더 이상 얘기를 끌고 싶지 않았습니다만, 이런 얘기는 해 두었어요.

"내가 이제까지 듣지도 보지도 못한 걸 산 채로 보여 주겠다고 하니 내일 아침에 보겠다. 보면 납득이 가겠지. 하지만 하늘에 맹세컨대 만일 네 말이 거짓으로 드러나게 되면 네가 살아 있는 동안 내 이름을 기억하는 게 고통이 되도록 혼쩌검을 내 줄 테다."

그렇게 그날 저녁은 말로 끝냈지만 화가 치밀어 잠을 제대로 못 잔 쿠라도는 다음 날 아침이 되자마자 여전히 식식거리며 일어나 하인에게 말을 준비시켰어요. 그리고 키키비오를 늙은 말에 태워 해가 떠오를 때면 언제나 학을 볼 수 있다는 큰 강으로 데려갔지요.

"어제 저녁에 거짓말을 한 사람이 넌지 난지 이제 곧 알게 될 거다."

키키비오는 쿠라도가 아직도 화가 나 있는 걸 보고 온 세상의 두려움은 다 짊어진 듯 어쩔 줄 몰라 하며 말을 타고 쿠라도를 따라갔어요. 아무리 궁리해 봐도 둘러댈 말이 떠오르지 않아 할 수만 있다면 도망이라도 치고 싶었지요. 그러나 그렇게 하지도 못한 채 눈에 들어오는 건 다리가 두 개 달린 학들밖에 없을 거라고 생각하며 이쪽저쪽을 힐끗거렸어요.

그런데 강에 가까이 다가가자 당장 열두어 마리 정도 되는 학들이 강변에 서 있는 것이 눈에 들어왔는데 희한하게도 죄다 다리 하나로 서 있는 게 아니겠어요? 학이란 놈은 잠잘 때 그렇게 하니까요. 그래서 그는 재빨리 쿠라도에게 보라고 하면서 말했어요.

"나리! 잘 좀 보세요! 엊저녁에 제가 말씀드린 게 맞지요. 학이란 놈은 다리 하나에 발 하나만 있습니다. 저기 선 놈들을 보시면 아시겠지요."

쿠라도는 그걸 보고 이렇게 말했어요.

"잠깐 기다려 봐라! 다리가 둘이란 걸 보여 주겠다."

그러고서 학들 곁으로 더 가까이 다가가서 소리를 버럭 질렀어요.

"훠이, 훠이!"

그 소리에 학들은 다른 쪽 다리를 내리고 두어 발짝 내디디다 날아가 버렸지요. 쿠라도는 키키비오를 보며 말했어요.

"어떠냐, 이 악당아! 이제 다리가 둘인 것 같으냐?"

키키비오는 기겁을 하면서도 어디서 그런 대답이 나오는지 자기도 모른 채 이렇게 대답했답니다.

"네, 나리! 하지만 나리는 엊저녁에 '휘이, 휘이!' 하고 소리를 지르지 않으셨습니다. 만일 그렇게 외치셨다면 지금 날아간 놈들처럼 다른 쪽 다리도 나왔을 텐데 말입니다요."

쿠라도는 이 대답이 대단히 마음에 들었어요. 덕분에 화가 싹 가라앉아서 껄껄 웃으며 이렇게 말했지요.

"키키비오! 네 말이 맞다. 그렇게 할 걸 그랬구나."

그렇게 해서 키키비오는 듣는 사람을 즐겁게 하는 즉흥적인 대답을 잘한 덕분에 최악의 벌에서 빠져나왔고 주인과 원만한 관계를 유지했다고 하네요.

여섯 번째 날 다섯 번째 이야기

포레세 다 라바타 씨와 화가 조토 씨는 무젤로에서 돌아오는 길에 각자의 꾀죄죄한 행색을 놓고 농담처럼 서로를 조롱한다.

키키비오의 대답은 부인들을 굉장히 즐겁게 해 주었습니다. 네이필레가 입을 다물자 이번에는 판필로가 여왕의 뜻에 따라 이야기를 시작했습니다.

─ 친애하는 부인들이여! 방금 팜피네아 님을 통해 보셨듯이, 운명은 때로 비천한 직업에 종사하는 사람들에게도 훌륭한 능력의 보물을 감춰 두지요. 마찬가지로 흉물스러운 형상을 한 사람에게 자연에서 나온 놀라운 능력이 깃드는 경우도 있답니다. 이런 사실은 제가 지금부터 짧게 들려 드리고자 하는 우리 도시의 두 시민들을 봐도 잘 드러납니다. 한 사람은 포레세 다 라바타 씨로, 몸집이 작고 볼품없이 생긴 데다 코가

납작 주저앉아 바론치 가문*에서 가장 흉하게 생긴 사람을 데려와도 그보다는 나을 만한 인물이었습니다. 그런데 그는 법률에 대한 학식이 대단해서 여러 저명한 사람들도 그를 민법의 대가라고 칭송할 정도였습니다. 다른 사람은 조토라는 천재 화가였습니다. 그 사람의 천재적인 재질로 말하자면 만물의 어머니이며 천체의 끊임없는 운행을 담당하는 자연이 더이상 보탤 게 없을 정도로 탁월했다고 합니다. 그 사람은 연필이나 펜, 붓으로 자연과 비슷한 정도가 아니라 오히려 자연보다 더 그럴듯하게 그림을 그려서 많은 경우에 그가 그린 그림들을 보면 그려진 것이 맞나 어리둥절해지고 보는 사람의 눈이 잘못되지 않았나 생각될 정도였지요. 말하자면 조토는 예술에 다시 빛을 주는 사람이었습니다. 수 세기 동안 몇몇 예술가들의 과오로 인해 예술이 지성인의 머리에 호소하기보다는 무지한 자들의 눈을 즐겁게 하는 데 묻혀 버리고 말았는데, 이제 조토가 피렌체 예술에 영광의 빛을 주는 사람이 된 것이지요. 그래서 당시 화가들 중에서도 대가라 불려야 마땅했으나 너무나 겸손해서 대가라고 불리는 걸 언제나 사양하면서 그렇게 살고 있었습니다. 조토가 사양한 대가라는 칭호는 그보다 못한 사람들이나 그의 제자들이 앞을 다투어 갈취해 갈 정도로 누구나 선망하는 것이었으니, 그만큼 그의 명망은 높았

---

* 피렌체의 문벌가인데, 이 가문 사람들은 대체로 용모가 흉했다고 한다.(여섯 번째 날 여섯 번째 이야기 참조.) 이탈리아의 시인 사케티가 이에 대해 상술한 바 있다. 보카치오 시대에는 이 가문의 톰마소 바론치가 이름을 떨쳤다.

던 것입니다. 이렇듯 예술가로서는 말로 하기 힘들 만큼 위대했습니다만, 안타깝게도 용모나 체격 어느 면에서도 포레세 씨보다 나을 것이 없었습니다. 둘 사이에 어떤 이야기가 전개될지 한번 들어 보시죠.

포레세 씨와 조토 씨는 무젤로에 각자 소유지가 있었습니다. 포레세 씨는 마침 재판소가 문을 닫아 휴가를 가게 되었는데 그 김에 자기 소유지를 보러 갔습니다. 비실거리는 늙은 말을 세내어 타고 갔다 오는 길에 우연히 앞서 말씀드린 조토를 만났습니다. 조토도 마찬가지로 자기 소유지를 돌아보고 피렌체로 돌아가던 길이었지요. 조토가 타고 있던 말이나 그 자신의 행색도 포레세보다 결코 나을 게 없었습니다. 두 사람은 그렇게 똑같이 늙어 빠진 모습으로 느릿느릿 동행하고 있었습니다. 그러다 그런 계절에 흔히 일어나는 일입니다만, 갑자기 소나기가 쏟아지는 것이었습니다. 두 사람은 둘 다 잘 아는 친구인 어느 농부의 집으로 가능한 한 서둘러 피신했습니다. 그러나 한참을 기다려도 비는 그칠 기미를 보이지 않았고 두 사람은 그날 중으로 피렌체로 돌아가고 싶었기에 로마냐 지방에서 쓰는 낡아 빠진 망토와 너덜너덜 떨어진 모자를 농부에게 빌려서 다시 길을 재촉했습니다. 뭐 그런 것밖에 없었기 때문이지요.

이렇게 얼마를 가다 보니 말이 발굽으로 차올리는 거대한 양의 진흙을 흠뻑 뒤집어쓴 채 완전히 물에 빠진 생쥐 꼴이 되고 말았습니다. 누가 봐도 존경심을 불러일으키는 모양새는 아니었지요. 그러다 차차 날씨가 회복되어 오랫동안 입을 봉

하고 묵묵히 걷던 두 사람은 얘기를 나누기 시작했습니다. 포레세 씨는 말을 타고 가면서 입담이 꽤나 좋은 조토의 얘기를 들으며 그의 전신을 머리끝부터 발끝까지 훑어보았습니다. 그렇게 형편없이 초라한 꼴을 보면서, 자신의 꼴은 전혀 생각지도 않고 킬킬거리며 이렇게 말했습니다.

"조토! 이제껏 자네를 한 번도 본 적 없는 낯선 이가 여기 나타나 우릴 만나면 자네를 세상에서 제일가는 화가라고 믿어 줄 것 같은가? 어떻게 생각하나?"

조토는 즉각 이렇게 대답했습니다.

"그자가 선생을 보면서 이 사람은 에이비시 정도는 알겠지 하고 생각한다면 저를 알아볼 거라고 생각합니다."*

포레세 씨는 그 말을 듣고서 자기 잘못을 깨달았고, 스스로 무덤을 팠다는 걸 알게 되었습니다.

---

* '무식하다.'라는 뜻으로 쓰인 "에이비시 정도는 알겠지."라는 표현은 단테의 『향연』 제4권 제15장 16절에도 비슷하게 등장한다.("에이비시도 모르는 바보들이 많다.") 한편, 둘의 대화에서 포레세는 조토에게 하대를 하고 조토는 포레세에게 경어를 쓰는데, 당시 화가가 법률가에 비해 사회적 지위가 낮았음을 알 수 있다.

여섯 번째 날 여섯 번째 이야기

미켈레 스칼차는 일단의 청년들에게 피렌체의 바론치 가문이 세상 전체 혹은 마렘마*에서도 가장 정통적인 가문이라고 주장해 저녁 내기에서 이긴다.

부인들은 조토의 기발하고 기민한 대답에 크게 웃었습니다. 여왕은 피암메타에게 이야기를 이어 가라고 일렀습니다. 피암메타는 이야기를 시작했습니다.

── 젊은 부인들이여! 판필로 님이 바론치 가문을 어떻게 아는지 여러분은 아마도 모르시겠지만, 어쨌든 판필로 님 덕분에 바론치 가문을 떠올리니 그 가문의 명망이 얼마나 대단

---

* 사람이 살 수 없는 늪지로(『신곡 ─ 지옥편』 13곡 7행, 25곡 19행, 29곡 47행 참조.) 세상 전체를 더욱 강조하는 표현으로 쓰였다.

했는지 보여 주는 이야기가 하나 생각나네요. 우리 주제와도 연관이 있으니 그 이야기를 들려 드리지요.

우리 도시에 미켈레 스칼차라는 청년이 살았던 것은 그리 오래전 일이 아닙니다. 스칼차는 세상에서 가장 명랑하고 쾌활한 청년으로서 언제나 새로운 이야깃거리를 손에 쥐고 있었어요. 때문에 피렌체의 젊은이들은 노는 일에 재미를 더하고 싶을 때면 그와 함께하는 걸 대단히 반가워하는 형편이었지요. 그런데 어느 날, 그가 몇 사람과 함께 몬투기*에 갔을 때 그들 사이에서 피렌체에서 가장 정통적이고 오래된 가문이 어디일까 하는 의문이 제기되었어요. 어떤 이는 우베르티 가문이라고 하고 또 어떤 이는 람베르티 가문이라고도 하는 등 너도나도 떠오르는 대로 가문의 이름들을 들먹였지요.

이를 듣고 있던 스칼차는 빙그레 웃으며 말했어요.

"다들 바보 같은 소리 그만하지. 자기가 무슨 말을 하는지도 모르면서 말이야. 피렌체는 물론이고 세상 전체나 마렘마에서도 가장 정통적이고 가장 오래된 가문은 바론치 가문이야. 이건 모든 먹물들이며 나처럼 그 가문을 아는 사람이라면 모두가 동의하는 사실일세. 그리고 자네들이 다른 가문과 혼동할까 봐 말해 두는데, 바로 산타 마리아 마조레 옆에 사는 그 바론치 가문을 말하는 거라네."

스칼차가 다른 가문을 말할 것으로 기대했던 청년들은 모

---

*피렌체 외곽에 있는 언덕으로, 피렌체의 내로라하는 가문들의 별장이 즐비했다고 한다.

두가 빈정거리면서 이렇게 말했어요.

"우릴 놀리는 건가! 자넨 우리가 바론치 가문을 전혀 모른다고 생각하는 모양이군!"

그러자 스칼차가 말했어요.

"천만의 말씀. 자네들을 놀리는 게 아냐. 사실을 말하는 거라고. 어디 나랑 저녁 내기할 사람 없나? 이기는 사람한테는 그가 선택한 친구들 여섯 명까지 해서 내가 저녁을 사도록 하지. 아니, 뭐 그 이상도 하겠네. 자네들이 누구를 심판으로 정하든 그 말에 복종하겠네."

그러자 그들 중 네리 반니니라는 자가 이렇게 말했어요.

"나야말로 저녁 얻어먹을 준비나 해야겠군."

그들은 만장일치로 피에로 디 피오렌티노를 심판으로 정하고 다들 그에게로 몰려가서 있었던 일을 소상히 얘기해 주었어요. 스칼차가 내기에 져서 당황하는 꼴을 보려고 말이에요. 피에로는 신중한 사람이었기에 우선 네리의 얘기를 들어 보고, 그런 다음에 스칼차를 향해 이렇게 말했죠.

"그런데 자네는 자네의 주장을 어떻게 증명할 수 있겠나?"

"어떻게라고 했나? 자네뿐 아니라 내 말을 부정하는 그 친구도 내 주장이 옳다고 말할 만큼 정확한 근거를 보여 주겠네. 자네도 알다시피 사람이란 오래될수록 더 정통이 되는 법이지. 이건 이미 다들 동의한 내용일세. 그러니 바론치 가문이 세상에서 가장 오래된 가문이라고 한다면 당연히 가장 정통이 아니겠나. 따라서 바론치 가문이 가장 오래된 가문이라는 걸 보여 주기만 하면 당연히 내가 내기에서 이기게 되는 거지.

자, 들어 보게. 바론치 가문은 하느님께서 그림을 배우기 시작하실 때 벌써 창조하신 가문이란 말일세. 내 말이 진실이라는 걸 확인하고 싶거든 바론치 가문과 다른 사람들을 잘 견주어 보게. 다른 사람들 얼굴을 보면 하나같이 균형이 잘 잡히고 적절하게 배치되어 있는데, 바론치 가문 사람들은 얼굴이 무척 길고 좁은 걸 볼 수 있을 걸세. 코를 보면 어떤 사람은 너무 길고 어떤 사람은 또 너무 짧지. 어떤 사람은 턱이 밖으로 나왔는가 하면 위로 쳐들린 사람도 있네. 마치 당나귀처럼 턱뼈가 넓적한 사람도 있고. 또 한쪽 눈이 다른 쪽 눈보다 큰 사람도 있고 한쪽 눈이 다른 쪽보다 처진 사람도 있네. 그야말로 그림을 배우는 어린애가 처음에 그리는 그런 얼굴들 아닌가. 그러니까 내가 아까 말한 대로 하느님께서 그림을 배우기 시작하셨을 때 바론치 가문을 만드셨다는 게 아주 명확하지 않은가. 따라서 바론치 가문이 다른 가문들보다 더 오래됐고, 그래서 더 정통적인 셈이지."

심판을 맡은 피에로와 저녁 내기를 건 네리와 그 밖의 다른 사람들은 스칼차의 익살맞은 설명을 듣고 모두 웃음을 터뜨렸어요. 그들은 스칼차가 옳으며 저녁 내기에 이겼다는 걸 인정했고, 또 바론치 가문이 확실히 피렌체뿐 아니라 세상 전체에서나 마렘마에서나 가장 정통적이고 가장 오래된 가문임을 인정했답니다.

그러니까 판필로 님이 포레세 씨의 흉한 얼굴을 들어 바론치 가문의 사람들보다 더 흉할 거라고 말했던 건 충분히 근거가 있는 얘기였던 거예요.

크리스틴 드 피장, 『데카메론』프랑스어판 삽화,
15세기 초, 바티칸 도서관 소장.

여섯 번째 날 일곱 번째 이야기

필리파 부인은 정부와 함께 있다가 남편에게 들켜 법정에 서게 된다. 그러나 예리하고 순발력 있는 대답으로 풀려나고 법령까지 수정하게 만든다.

피암메타는 진즉에 이야기를 마쳤지만 바론치 가문이 모든 귀족 가문들 중에서도 가장 정통적이라는 스칼차의 주장에 다들 웃음을 멈추지 못했습니다. 여왕이 필로스트라토에게 다음 이야기를 하라고 요청하자 그가 이야기를 시작했습니다.

──훌륭하신 부인들이여! 적절한 소재를 적절한 장소에서 말하는 능력은 아주 바람직한 것입니다만, 필요한 순간에 말할 수 있다면야 그 이상 칭찬받을 수 없겠지요. 제가 지금 들려 드리려는 이야기의 귀족 부인은 그런 능력이 정말 탁월한

분이었습니다. 그분은 교묘한 화술로 듣는 사람에게 웃음과 즐거움을 선사했을 뿐만 아니라, 이제 들으시겠지만, 치욕적인 죽음의 함정에서 스스로를 구해 냈습니다.

옛날 프라토에는 가혹하다기보다는 분명 적잖이 비난받을 만한 법령이 있었습니다. 간통하다가 남편에게 적발된 여자는, 정부와 눈이 맞아서 그랬든 돈 때문에 그랬든 예외 없이 산 채로 태워 죽여야 한다는 법이었습니다.

이런 법령이 힘을 발휘할 때의 이야기입니다. 아름답고 천성이 지극히 정열적인 필리파라는 귀족 부인이 어느 날 밤에 자기 침실에서 그 지역의 잘생긴 젊은 귀족 라차리노 데 과찰리오트리의 품에 안겨 있다가 남편 리날도 데 풀리에지에게 발각되었습니다.* 여자는 라차리노를 아주 깊이 사랑했고 그도 부인을 그만큼 사랑했다고 합니다. 현장을 목격한 남편 리날도는 눈이 뒤집힌 나머지 당장에 두 사람을 잡아 쳐 죽이고 싶은 마음을 억누르기 힘들었습니다. 나중에 자기에게 미칠 결과를 두려워했기에 망정이지, 그렇지 않았다면 분노가 치솟는 대로 그들을 죽이고 말았을 겁니다.

당장에는 정신을 차리며 참아 냈지만, 아내를 죽이고자 하

---

* 14세기 전후에 과찰리오트리 가문은 프라토에서 강력한 권력을 쥐고 있었으며, 가문의 웅장한 저택이 오늘날에도 남아 있다. 역시 프라토에서 위세를 떨치던 풀리에지 가문과 과찰리오트리 가문의 오랜 적대 관계는 세상에 널리 알려져 있었다. 그 적대 관계 때문에 풀리에지 가문은 1342년에 축출되었다. 한편, 라차리노(혹은 차리노)라는 이름이 과찰리오트리 가문의 기록에 여러 번 등장하는 반면, 리날도나 필리파라는 이름은 풀리에지 가문의 기록에 나타나지 않는다.

는 마음은 억제하기 힘들었지요. 자기 손으로 그녀를 죽이는 것은 위법일 테니 도시의 법령에 호소하기로 결정했습니다. 그래서 아내의 죄를 입증할 증거도 충분했기 때문에 날이 밝자 더 이상 생각할 것도 없이 고소해 버렸습니다.

자! 진정으로 사랑에 빠진 여자는 두려울 것이 없는 법, 리날도의 아내도 예외가 아니었습니다. 많은 친구와 친지들이 그러지 말라고 만류했음에도 부인은 결연한 태도로 소환에 응하여 진실을 주장하고, 법정을 거부하며 비겁하게 도망치기보다는 의연히 죽음을 맞기로 결심했습니다. 전날 밤 자기를 품에 안았던 남자처럼 용렬한 연인이 되기를 거부한 것입니다. 그래서 부인은 결백을 입증하라고 격려하는 수많은 남녀 군중들에 둘러싸여 행정관 앞으로 나아갔습니다. 그리고 행정관을 당당하게 쏘아보며 또렷한 목소리로 자기에게 요구하는 것이 무엇인지 물었습니다.

여자를 살펴본 행정관은 그녀가 참 아름답고 때 묻지 않고 잘 자란 여자라는 것을 알았어요. 그리고 그녀의 진술에서 꿋꿋한 정신을 발견하고는 감동한 나머지 동정하는 마음이 솟아올랐습니다. 혹시나 그녀가 자백이라도 하여 권위를 지켜야 하는 자기 입장에서 사형을 선고할 수밖에 없게 되면 어쩌나 걱정될 정도였지요. 그러나 그렇게 해야만 했던 여자의 사정을 심문하지 않을 수 없어 이렇게 말했습니다.

"부인! 보시다시피 여기 있는 당신의 남편 리날도가 당신이 간통하는 현장을 잡았다고 주장하며 당신을 고소했소. 당신 남편은 나에게 처벌을 요구하고 있습니다. 우리의 법령에 따라 사형에 처하라는 거요. 하지만 당신이 자백하지 않는 이상 난 그렇게 할 수 없어요. 그러니 잘 생각해서 대답하시오. 당신 남편의 고소 내용이 사실입니까?"

부인은 조금도 당황하지 않고 당차게 대답했습니다.

"행정관님! 리날도가 제 남편이고 어젯밤에 라차리노의 품에 안겨 있는 절 발견한 것은 사실입니다. 또한 제가 그를 진정으로 깊이 사랑한 것도 사실입니다. 그리고 우리는 전에도 수없이 사랑을 나누었습니다. 부정하지 않겠습니다. 하지만 시장님께서도 아실 줄 믿습니다만, 무릇 남자와 여자는 법 앞에서 평등해야 합니다. 법은 법을 적용받는 사람들의 동의 위에 만들어져야 합니다. 그런데 지금 우리의 경우에는 이런 기본적인 조건이 충족되지 않고 있습니다. 제가 적용받는 이 법은 불쌍한 여자들, 남자들보다 자기 몸을 훨씬 더 자유롭게 허락할 줄 아는 여자들에게만 적용되기 때문입니다. 더욱이 이 법이 만들어졌을 때 우리 여자들은 동의하지 않았고 의견을 내놓을 수도 없었습니다. 따라서 대단한 악법으로 규정해야 마땅합니다. 이 악법을 시행하신다면 저의 몸과 행정관님의 영혼에 해를 끼치게 될 것이나, 원하신다면 그렇게 하십시오. 다만 판결을 내리시기 전에 제 작은 부탁을 들어주시기 바랍니다. 남편이 원할 때마다 제가 한 번이라도 제 몸 전부를 양도하는 일을 거부한 적이 있는지 제 남편에게 물어봐 주세요."

행정관의 심문을 기다릴 것도 없이 리날도는 분명히 자기가 요구할 때마다 아내는 육체적인 쾌락을 제공했다고 바로 대답했습니다.

부인은 즉시 말을 이었습니다.

"그렇다면 행정관님! 남편이 필요한 만큼, 또 선택한 만큼 저를 가졌다면, 그래도 솟구치는 저는 어쩌라는 겁니까? 개한테나 던져 줄까요? 자기 목숨보다 더 절절히 저를 사랑하는 신사에게 선물하는 것이 썩히거나 허비하는 것보다 훨씬 더 나은 일 아닌가요?"

부인에게 적용된 고소의 성격은 그녀가 사회적으로 유명한 인물이라는 사실과 함께 법정에 몰려든 프라토 시민들에게 이미 잘 알려져 있었습니다. 그들은 부인이 스스로를 변호하기 위해 행한 멋진 연설을 듣고 박장대소하며 한목소리로 그녀가 옳으며 대단히 지당한 얘기라고 외쳤습니다. 게다가 사람들은 법정을 떠나기 전에 행정관의 제안에 따라, 차후에는 돈 때문에 남편을 배신한 여자들에 한해 적용한다는 내용으로 이 가혹한 법령을 수정하기로 했습니다.

일이 이상하게 돌아가 창피를 당한 리날도는 굴욕감에 젖어 참담한 심정으로 그곳을 떠났고, 그의 아내는 이제 자유롭고 당당한 여자로서 집으로 돌아갔답니다. 화형에서 부활하여 의기양양하게 말이지요.

여섯 번째 날 여덟 번째 이야기

프레스코는 조카딸에게 짜증 나는 사람들을 보는 게 싫다고 불평할 거면 거울도 보지 말라고 충고한다.

필로스트라토가 들려준 이야기는 처음에는 귀를 기울이던 부인들의 마음을 다소 부끄럽게 만들었습니다. 그 표시로 다들 얼굴이 있는 대로 빨개졌으니까요. 그러다 그들은 서로를 바라보면서 터지려는 웃음을 겨우 참고 킥킥거리며 이야기를 들었습니다. 필로스트라토의 이야기가 끝나자 여왕은 에밀리아를 바라보며 이야기를 이어 가게 했습니다. 에밀리아는 잠에서 깨어나듯 한숨을 쉬고는 이야기를 시작했습니다.

— 귀여운 젊은이들이여! 저는 깊은 생각에 잠겨서 오랫동안 다른 곳에 가 있었어요. 정신을 차리고 있었더라면 이렇게 짧은 이야기가 되지 않았겠지만, 이제 여왕님의 명령에 따라

마음을 가다듬고자 합니다. 숙부의 재치 있는 말을 이해할 능력이 없는 젊은 아가씨가 어리석은 처지에서 헤어나지 못한다는 이야기입니다.

프레스코 다 첼라티코에게는 체스카라는 애칭으로 불리는 조카딸이 있었어요. 얼굴도 예쁘고 몸매도 아리따운 아가씨였습니다만, 우리가 앞에서 숱하게 보아 온 여자들처럼 천사 같은 여자는 아니었어요. 어쨌든 항상 남들에게서 예쁘고 고상하다는 말을 듣다 보니 이 아가씨에게는 남자든 여자든 자기 눈에 띄는 사람들은 모두 경멸하는 습관이 생겼답니다. 성미가 까다롭고 고약했으며, 무엇보다 화를 잘 내서 마음에 드는 일이라곤 아무것도 없는 자신은 돌아보지 못했지요. 게다가 어찌나 거만했던지 프랑스 왕가의 고귀한 분이라도 그보다 더 으스대지는 못할 정도였어요. 길을 가다가 사람을 만나면 악취라도 맡은 양 거만한 얼굴로 코를 찡그리곤 했죠.

이 외에도 꼴사납고 짜증 나는 모습이 많지만 일단 접어 두기로 하고, 어느 날 일어난 얘기를 들려 드릴게요. 어느 날 이 아가씨가 집에 돌아가니 프레스코가 와 있었어요. 그녀는 숙부 곁에 앉으면서 이맛살을 온통 찌푸리고는 땅이 꺼질 듯 한숨을 쉬었어요. 그래서 프레스코가 왜 그러느냐고 물었지요.

"체스카! 오늘은 축제일인데 왜 이렇게 일찍 집에 돌아온 거니?"

그러자 아가씨는 아주 무뚝뚝하게 대답했어요.

"네, 맞아요. 아주 일찍 돌아와 버렸어요. 글쎄, 오늘은 정말 거리에 보기 싫고 불쾌한 남자와 여자 들이 득실대더라니까요. 정말 재수가 없으려니 도대체 길거리에 돌아다니는 사람 중에 마음에 드는 사람이 하나도 없는 거예요. 보기 싫은 걸 보려니 어찌나 짜증이 나는지, 그래서 더 보지 않으려고 일찌감치 돌아왔어요."

프레스코는 조카딸의 거만한 태도가 심히 못마땅해서 이렇게 말했어요.

"애야! 네 말대로 그렇게 불쾌한 사람들이 마음에 들지 않으면 이제부턴 거울도 보지 마라. 그래야 언제나 즐겁게 살 거 아니냐!"

그러나 속이 빈 갈대 이상으로 머리가 빈 주제에 자신을 솔로몬 왕과 비교할 생각이나 하는 그녀는 숫양과 마찬가지로 프레스코의 예리한 말을 이해하지 못했어요. 오히려 다른 여자들처럼 거울이나 보겠다고 말하는 것이었죠. 그 정도로 머리가 우둔했고, 지금도 그렇게 살고 있답니다.

여섯 번째 날 아홉 번째 이야기

귀도 카발칸티는 갑자기 자기를 놀라게 한 피렌체 기사들에게 점잖은 말 한마디를 던져 핀잔을 준다.

에밀리아가 이야기를 끝내자, 여왕이 이제 마지막으로 이야기할 특권을 가진 사람을 빼고는 자기밖에 남지 않았다는 걸 깨닫고 이야기를 시작했습니다.

— 사랑스러운 부인들이여! 오늘은 내가 생각해 두었던 이야기를 여러분이 두 개도 넘게 가로채 버렸네요. 그래도 아직 한 가지 이야기가 남았습니다. 이 이야기의 결론에는 아주 좋은 말이 포함되어 있어요. 그렇게 심오한 감정 같은 것은 없을지 모르겠지만요.

여러분이 아셔야 할 것은 오늘날에는 전혀 남아 있지 않지만, 옛날 우리 도시에 지극히 바람직하고 칭찬할 만한 관습이 있었다는 사실이에요. 사람들이 점점 더 잘살게 되면서 탐욕이 늘어난 탓에 사라졌지요. 탐욕이 모든 걸 쫓아내 버린 거지요. 어쨌든 그중 하나가, 피렌체의 여러 지역에서 귀족들이 모여 일정한 수의 단체를 만들고, 그 단체들을 유지하기 위해 필요한 경비를 자진하여 충당하는 관습이었어요. 오늘은 누구, 내일은 누구 하는 식으로 순번을 정해 각자 자기 날이 되면 연회를 열어 회원들을 초대하는 것이었지요. 그 연회에는 마침 내방 중인 외국 귀족들도 자주 초대되었고 일반 시민들도 초대되었어요. 그리고 적어도 일 년에 한 번은 모두가 똑같은 옷을 입었고, 중요한 날에는 함께 말을 타고 거리를 누볐으며 때로는 무술 경기를 벌이기도 했답니다. 큰 축제일이나 전승의 기쁜 소식 같은 것이 도시에 전해질 경우에는 굉장히 큰 행사를 벌이기도 했지요.

이런 단체들 중에 베토 브루넬레스키* 씨의 단체가 있었는데, 베토 씨와 그의 동료들은 카발칸테 데 카발칸티 씨의 아들 귀도**를 끌어들이려고 굉장한 노력을 기울였어요. 거기에는 이유가 있었지요. 귀도는 세상에서 가장 뛰어난 논리학자 중 한 사람이었고 가장 위대한 자연철학자였던 데다(사실 단체는 그런 점에 크게 주목하지는 않았어요.) 대단히 정중하고 품위

---

* 원래 기벨리니 가문이나 잠시 궬피 백당이 되면서 카발칸티와 단테의 동료가 되었다. 1311년에 살해당했다. '베토'는 '브루네토'의 약칭이다.
** 귀도 카발칸티(1255?~1300). 단테의 가장 절친한 친구로 단테와 함께 당시 청신체파를 이끌었으며, 심오한 철학과 뛰어난 문학적 감수성으로 당시로서는 급진적인 사상을 펼친 지식인이었다.

있는 달변가였고, 하고자 하는 일이라면 그것이 귀족에게 적합한 것인 이상 누구보다 훌륭하게 해내는 사람이었기 때문입니다. 그 밖에도 엄청난 부자였고, 자기가 볼 때 가치가 있는 사람에게는 할 수 있는 만큼 명예를 돌릴 줄도 알았죠. 그런데 베토 씨는 아무리 해도 그를 입회시킬 수가 없었어요. 그래서 그와 그의 동료들은 귀도가 그저 가끔 사색에 잠겨 사람들과 동떨어져 사는 사람이라고 결론을 내렸어요. 게다가 귀도가 어느 정도 에피쿠로스학파를 추종하는 모습을 보였기 때문에, 그의 사색은 하느님이 존재하지 않는다는 걸 밝히는 데 집중되어 있다는 소문도 있었답니다.

그러던 어느 날의 일이었어요. 귀도는 늘 하던 대로 오르토산 미켈레에서 출발해 아디마리 가를 거쳐서 산 조반니 사원까지 산책을 했어요.* 현재는 산타 레파라타 사원으로 옮겨졌지만 산 조반니 사원에는 웅장한 대리석 무덤 같은 것들이 도처에 있었지요. 거기서 귀도는 굳게 잠긴 산 조반니 사원의 문과 무덤들, 그리고 반암 기둥들** 사이에 서 있었는데, 마침 베토 씨가 동료들과 함께 말을 타고 산 레파라타 광장 쪽으로 오다가 무덤들 사이에 서 있는 귀도를 보게 되었어요. 그들은 자

---

* 카발칸티 가문의 저택이 이 지역에 있었다. 귀도의 산책 경로는 피렌체의 유서 깊은 건물과 기념비, 무덤들이 즐비한 곳이었다. 지금도 그 경로를 따라서 산책할 수 있을 정도로 유적이 잘 보존되어 있다
** '천국의 문'이라 불리는 기둥들로 지금도 존재한다. 피사가 1117년에 외부의 침입을 당했을 때 받은 피렌체의 도움에 감사하는 뜻에서 헌정한 것이다.

기들끼리 말했지요.

"가서 한번 놀려 줍시다."

그들은 말에 박차를 가하여 유쾌한 습격이라도 벌이듯 말을 몰아 귀도가 알아채기도 전에 그 곁에 접근해서는 이렇게 말을 던졌어요.

"귀도! 자네는 우리 단체에 들어오길 거절하는데 말이야, 하지만 하느님이 없다는 걸 발견하면 어떻게 할 텐가?"

그러나 귀도는 자기가 사람들에게 둘러싸인 것을 보고서 곧바로 이렇게 말했어요.

"당신네들 집이니 마음껏 지껄여 보시오."

그러고는 커다란 묘비 하나에 손을 짚고 날렵한 몸을 건너편으로 훌쩍 넘겨 그들에게서 벗어나 사라졌어요.

그들은 한동안 멀뚱멀뚱 서서 바보 같은 놈이라는 둥, 아무런 의미도 없는 대답이었다는 둥, 그런 상황에서는 자기들이 다른 일반 사람들 이상으로 잘할 수 있는 게 뭐가 있겠냐는 둥, 귀도도 자기들과 마찬가지 사람이라는 둥 떠들어 대기 시작했지요.

그러나 베토 씨는 그들을 향해 이렇게 말했어요.

"못 알아들은 당신들이 바보요. 귀도는 단 몇 마디 말에 세상에서 제일 큰 모욕을 담아낸 것이오. 잘 보시오. 이 무덤들은 죽은 자들의 집이오. 이곳에 사는 자들은 죽은 자들이지. 그걸 우리의 집이라고 말함으로써 귀도는 우리가 무식하고 못 배운 사람들이며, 자기나 다른 학식 있는 사람들에 비해 죽은 사람보다 못하다고 말한 거요. 여기 있는 우리는 우리 집에 있는 셈이지."

그렇게 해서 그들은 귀도가 하고자 했던 말을 깨닫고 부끄러워하면서 다시는 그에게 단체 입회를 권유하지 않았어요. 그리고 베토 씨를 예리하고 지적인 기사라고 생각하게 되었답니다.

여섯 번째 날 열 번째 이야기

　　수도사 치폴라는 농부들에게 가브리엘 천사의 날개를 보여 주겠
다고 약속한다. 그런데 날개 대신에 숯밖에 없는 것을 보고 이 숯이
성 로렌초*가 타고 남은 재라고 주장한다.

　　일동이 각자 얘기를 마쳤기 때문에 디오네오는 이제 자기가

---

* 성 로렌초가 화형을 당할 때 보여 준 의연한 모습은 이렇게 회자되었다.
그는 자신의 몸이 타들어 가자 "이쪽은 다 익었으니 이제 뒤집어 주게." 하
고 소리쳤다고 한다. 다른 한편, 보카치오가 피암메타를 만난 곳이 산 로
렌초 성당이었다. "1333년(혹은 1336년) 부활제 전야에 보카치오는 로베
르토 왕의 딸이자 아퀴노 백작의 부인 마리아를 나폴리의 산 로렌초(San
Lorenzo) 성당에서 우연히 만나 사랑에 빠졌다. 바로 그녀가 일생 동안 보
카치오가 '피암메타(Fiammetta)'라는 이름으로 기억하고 그리워했던 실제
대상이었다는 설이 유력하다."(박상진, 『데카메론 ─ 중세의 그늘에서 싹튼
새로운 시대정신』, 살림, 2006, 29~30쪽.)

이야기할 차례라는 걸 알았습니다. 그래서 지나치게 진지한 여왕의 요청을 기다리지 않고, 귀도의 교묘한 말을 칭찬하는 사람들을 조용히 시키고는 이야기를 시작했습니다.

— 사랑스러운 부인들이여! 저는 제가 가장 좋아하는 이야기를 들려 드릴 특권이 있습니다만, 여러분 모두가 그러셨듯이 오늘은 주제에서 벗어나지 않는 이야기를 하겠습니다. 여러분의 뒤를 이어, 성 안토니오 교단의 수도사* 중 한 사람이 두 청년이 획책한 모욕을 재빨리 해결하고 매우 영리하게 위기에서 빠져나온다는 이야기를 하려 합니다. 해가 아직 하늘 한가운데 있으니** 좀 더 소상하게 들려 드리기 위해 길게 늘여 말해도 여러분에게 별로 폐가 되지 않으리라 생각합니다.

여러분도 아마 들으셨을 걸로 압니다만, 체르탈도***는 우리가 있는 곳 인근의 발델사에 위치해 있습니다. 작지만 옛날

---

* 성 안토니오 교단의 수도사들은 시골을 다니면서 순박한 농민들의 재산을 갈취하여 평판이 나빴다고 한다. 1240년에 교황 그레고리우스 9세는 교황청의 가짜 편지를 보여 주거나 아무 무덤에서나 파낸 뼈를 성자의 유골이라고 사기 치는 것에 대해 엄하게 지적하는 편지를 리옹의 사교들에게 보낸 바 있다. 단테도 성 안토니오 수도사들을 다음과 같이 비난한다. "이런 식으로 성 안토니오는 돼지를 길렀고/ 그가 기른 돼지보다 더 큰 돼지들이/ 인각 없는 동전으로 살을 불렸지요."(『신곡 – 천국편』 29곡 124~126행.)

** 여섯 번째 날의 이야기들은 다른 날의 이야기들보다 짧다. 그래서 마지막 이야기를 하는 이 시점에도 아직 시간이 많이 남은 것이다.

*** 보카치오의 생가가 있는 곳. 1352년에 보낸 서한에서 보카치오는 격렬한 감정을 실어 이곳이 자기가 원하는 포근한 안식처라고 묘사했으며, 실제로 1361년에는 그곳에 은둔한다.

에는 귀족이나 부자들이 꽤 살던 곳이죠. 오래전 그곳에서는 좋은 풀이 자란다고 해서 성 안토니오의 수도사 중 하나가 순진한 시골 사람들에게 일 년에 한 번씩 세금을 받아먹었습니다. 그 수도사의 이름은 치폴라였는데, 아마도 신심이 깊어서라기보다는 그 이름 때문에 크게 환영을 받았던 듯합니다. 토스카나를 통틀어 가장 유명한 양파가 그 지역에서 생산되었기 때문이지요.* 이 치폴라 수도사는 작은 체구에 피부는 발그레하고 얼굴은 늘 명랑한, 세상에서 제일가는 악동이었습니다. 그뿐 아니라 학문을 쌓은 일이 없는데도 얼마나 말을 잘하고 임기응변에 능했던지 모르는 사람들은 그를 위대한 수사학자로 치켜세우는 것도 모자라 키케로나 퀸틸리아누스 같은 사람으로 보았을 정도입니다.** 그 지역 모든 사람들에게 그는 거의 대부이자 친구이며 자애로운 분이었던 겁니다.

어느 8월, 늘 하던 대로 그곳에 찾아간 치폴라는 일요일 아침에 교구의 성당에 미사를 드리기 위해 주변의 마을들에서 선남선녀들이 몰려들자 이때다 하고는 앞에 나서서 이렇게 말했습니다.

"신사 숙녀 여러분! 여러분도 잘 아시다시피 해마다 여러분은 거룩한 성 안토니오 님의 가난한 종들에게 여러분의 재산이나 신앙의 정도에 따라 밀이나 곡식을 많거나 적게 희사

---

* '치폴라'는 이탈리아어로 '양파'라는 뜻이다.
** 키케로와 퀸틸리아누스는 로마의 웅변가이며 수사학자로서, 보카치오도 이들을 그 방면에서 가장 뛰어난 사람들로 보았다.

해 주십니다. 지복의 성 안토니오 님께서 여러분의 소와 당나귀, 돼지와 양을 지켜 주시기 때문이죠. 그 외에 매년 한 차례 약간의 회비를 납부하셔야 하며, 특히 우리 수도회에 가입된 사람은 그렇게 하기로 되어 있습니다. 나는 그러한 것들을 징수하기 위해 나의 윗분이신 수도원장님께서 보내신 대로 여기에 온 것입니다. 그러므로 여러분은 하느님의 축복을 받으시고 아홉 번째 종소리가 울리거든 이곳 교회 앞마당으로 모여 주시기 바랍니다. 거기서 내가 늘 하던 식으로 설교를 할 것이니, 여러분은 십자가에 입을 맞추십시오. 그리고 그 밖에, 거룩한 성 안토니오 님께서 여러분 모두를 지극정성으로 생각하시니, 내가 몸소 바다 건너 성지에서 실어 온 지극히 신성하고 아름다운 성물을 여러분께 특별한 은총으로 보여 드리겠습니다. 그것은 천사 가브리엘의 깃털 중 일부로서, 천사가 나사렛에 수태를 고지하러 오셨을 때 성모마리아의 방에 두고 가신 것입니다."

이 말을 끝으로 그는 미사를 드리러 돌아갔습니다.

치폴라 수사가 이런 얘기들을 지껄이고 있을 때 교회의 수많은 사람들 중에는 조반니 델 브라고니에라와 비아조 피치니라는 장난꾸러기 청년들이 있었습니다. 그들은 치폴라 수사의 친구인 데다 자기들도 그 수도회에 가입되어 있었지만 수도사가 성물에 대해 지껄이자 속으로 이를 비웃고는 그 깃털이라는 것으로 치폴라를 좀 골려 주기로 계획했습니다. 그들은 치폴라 수사가 아침에 친구와 함께 성에서 식사를 한다는 걸 알고, 그들이 식탁에 마주 앉아 있을 때쯤 거리로 내려갔습니다.* 그리고 다음과 같은 계획을 세우고 수사가 묵고 있던 숙소로 갔습니다. 말하자면 비아조가 치폴라의 하인과 얘기를 나누는 동안 조반니가 수사의 짐에서 깃털을 찾아 그것이 있으면 빼낸 뒤, 그가 신자들 앞에서 뭐라고 말하는지 두고 보자는 것이었습니다.

치폴라 수사에게는 하인이 있었는데, 어떤 이는 구초 발레나라고 불렀고 어떤 이는 구초 임브라타라고 불렀으며 구초 포르코라고 부르는 사람도 있었습니다.** 워낙 지저분한 놈이라 리포 토포***조차도 지저분하게 여겼다는군요. 치폴라는 친구들과 농담을 하는 자리에서 이 하인 얘기를 곧잘 갖다가 썼습니다. 이런 식이었죠.

"내 하인은 말일세, 결점이 아홉 가지나 된다네. 솔로몬이든 아리스토텔레스든 세네카든 그놈의 결점 중 하나만 가졌어도 그 지혜나 지식, 건전함이 망가지고도 남았을 거야.**** 그런데 지혜도 지식도 경건함도 없는 이놈이 결점을 아홉 개나

---

* "성"은 마을에서 가장 높은 곳을 가리킨다. 치폴라 수사가 설교를 하고 사람들이 미사에 참석하던 곳으로, 보카치오 가문이 살았으며, 현재는 시청이 있다.

** "발레나"는 '고래', "임브라타"는 '더러운', "포르코"는 '돼지'라는 뜻이다. 이어지는 이야기에서 상황에 따라 적절한 이름으로 불린다. 한편, 구초 아기네티, 구초 포르첼라나, 포르첼라나 수사, 포르첼로네와 같은 이름들이 1318년에서 1335년 사이의 여러 기록에서 보카치오 가문이 살던 지역 주민들로 등장한다.

*** 기이한 이야기를 수없이 낳은 전설적인 인물로, 속담이나 격언, 인물상 따위를 논하는 여러 책에서 대담한 성격의 소유자로 인용되었다.

**** 이 세 인물은 각각 현명함, 예리한 사고, 도덕적 감성을 상징한다.

갖고 있으니 과연 어떤 놈일지 생각해 보게!"

그래서 그 아홉 개의 결점이 무어냐고 물으면 그는 노래처럼 가락을 붙여 이렇게 대답했지요.

"이렇게 말하리. 게으르고 불결하고 거짓말이나 하고, 무심하고 제멋대로고 악담 잘하고, 태만하고 툭하면 잊어버리고 방탕하다네.* 그것들 말고도 다른 얼룩들도 많지만 더는 말하지 않겠네. 한 가지 배꼽 잡고 웃을 일은 그놈이 꼴에 곧 죽어도 마누라 얻어서 살림은 차리려 든다는 것이네.** 수염은 거무튀튀 치렁치렁 덥수룩한 꼴에*** 스스로 엄청 미남이고 매력적이라고 생각해서 여자들이 자길 한 번만 보면 여지없이 반한다고 생각한다지. 그러니 그냥 놔두면 바지가 흘러내리는 줄도 모르고 여자들 뒤만 졸졸 따라다닐 거란 말일세. 하지만 내게는 아주 쓸모가 있는 놈이야. 그놈이 참견하는 바람에 아무도 나한테 비밀 얘기를 하려 들지 않고, 또 내가 어떤 질문을 받으면 내가 혹시 대답을 못할까 봐 그놈이 지레 겁을 먹고 저 혼자 적절히 판단을 내려서 기면 기고 아니면 아니다 잽싸게 대답을 해 주니 말이야."

치폴라 수사는 이 하인을 여관에 남겨 두면서 아무도 자기

---

* 치폴라 수사는 세 가지 요소씩 삼박자 리듬을 구사하며 말하고 있다. 특히 이탈리아어 원문에서는 세 개씩 짝을 맞춰 어미를 일치시키고 있다.
** 기록에 따르면 구초는 1331년에 결혼했다. 따라서 이것은 그 이전의 이야기라고 봐야 한다.
*** 단테가 케르베로스를 묘사할 때 썼던 단어들이다.(『신곡 – 지옥편』 6곡 12~18행 참조.)

물건을 건드리지 않도록 잘 지키라고 엄명을 내렸습니다. 특히 배낭을 잘 보라고 했는데, 그 안에 성물이 들어 있는 탓이었습니다. 그러나 구초 임브라타는 꾀꼬리가 초록 가지에 앉는 것보다 부엌에 들어가는 것을 더 좋아했는데, 특히 하녀가 있다는 걸 알고 나면 더욱 그랬습니다. 그 여관의 부엌 하녀를 한번 볼 것 같으면 비대한 몸집에 땅딸막하며 제멋대로 생겼는데, 퇴비 바구니 두 개를 엎어 놓은 것 같은 유방 한 쌍에 바론치 가문 사람 같은 얼굴에는 땀이 줄줄 흐르는 데다 덥수룩하고 거무튀튀한 몰골이었지요. 구초는 치폴라 수사의 방문을 열어 둔 채 그 물건들을 내버려 두고 마치 독수리가 썩은 고기를 향해 돌진하듯 부엌으로 내려갔습니다. 그러고는 8월인데도 화덕 옆에 자리를 잡고 앉아서 누타라는 그 계집에게 말을 붙이며 수작을 걸었습니다. 자기는 귀족 대리인이라는 둥, 얼마나 되는지도 모르는 엄청난 돈을 가지고 있다는 둥, 남에게 준 결코 소소하지 않은 돈을 다 빼고도 그렇다는 둥, 자기도 주인만큼이나 행동하고 말할 줄 안다는 둥 하면서 말이지요. 그가 쓰고 다니는 모자는 한눈에도 기름이 덕지덕지 붙어 있는 것이, 알토파쇼의 가마솥*에 간을 맞출 수 있을 정도였습니다. 또 조끼는 너덜너덜하고 누덕누덕 기웠으며, 목언저리와 겨드랑이는 기름때 때문에 타르타르나 인도의 직물처럼 얼룩덜룩 형형색색이었습니다.** 게다가 구두는 완전히

---

* 알토파쇼의 수도원에서는 일주일에 두 차례 엄청난 양의 죽을 끓여 사람들에게 나눠 주었다고 한다.
** "타르타르 사람이나 터키 사람이 짜는 베도/ 그만한 빛깔을 내지 못하

해지고 양말은 구멍이 숭숭 뚫린 꼴을 하고서는 자신이 마치 차스틸리오네*의 영주라도 되는 양 그녀에게 원하는 대로 옷을 입혀 호강을 시켜 주고 남에게 부림을 당하는 하인 생활에서 빼내 주고 싶다느니, 큰 재산은 없어도 더 나은 행복을 바랄 수 있는 자리에 앉혀 주겠다느니, 그런 여러 얘기들을 주워섬기는 것이었습니다. 그런 식으로 아주 달콤한 말들을 늘어놓았으나, 결국에는 다 헛수고가 되어 그의 계획들 대부분이 그랬듯이 허사로 돌아가고 말았지요.

두 청년에게는 구초 포르코가 누타 주변에서 질펙대는 게 반가운 일이었습니다. 저들의 일이 반으로 줄어 아무런 제지도 받지 않고 치폴라 수사의 방으로 들어갔으니 말입니다. 활짝 열린 방으로 들어가니 그들이 찾고자 했던 첫 번째 것, 즉 천사의 깃털이 든 배낭이 나왔습니다. 배낭을 열자 비단 천으로 몇 겹이나 싼 작은 상자가 나왔습니다. 또 그걸 풀자 앵무새의 꼬리 깃털 하나가 나왔습니다.** 둘은 그것이 바로 수사가 체르탈도 사람들에게 보여 주겠다고 약속한 깃털이 틀림없다고 생각했습니다. 사실 당시에는 그런 것으로 사람들을 쉽게 속일 수 있었거든요. 이집트의 세련된 것들은 토스카나에 소량만 보급되었고, 이탈리아 전역에 엄청난 힘으로 대량 유통된 것은 나중의 일이었으니까요. 그러니 어디에도 잘 알려지지

고 그만큼 올이 곱지 못하리라.”(『신곡 – 지옥편』 17곡 16~17행.)
* 프랑스의 샤티용.
** “나왔습니다.”를 세 번 반복하면서 이 글 전체에서 삼박자의 리듬을 계속 이어 가고 있다.

않은 그런 것들을 시골 구석에 사는 주민들이 알 리 없었지요. 오히려 아직도 옛날 사람들의 거친 순박성이 이어지고 있어서 앵무새를 보기는커녕 옛날부터 도대체가 들어 보지도 못했던 겁니다. 어쨌든 청년들은 깃털을 찾아내고는 크게 기뻐하며 그걸 꺼낸 뒤에 상자를 비워 두지 않으려고 마침 방 한구석에 있던 숯으로 상자를 채웠습니다. 그리고 상자를 다시 닫고 모든 걸 이전처럼 정리해 둔 뒤에 아무에게도 들키지 않고 의기양양하게 깃털을 가지고 돌아갔습니다. 깃털 대신 숯을 발견했을 때 치폴라 수사가 무슨 말을 할까 잔뜩 기대하면서 말입니다.

성당에 있던 소박한 선남선녀들은 미사가 끝나자 집으로 돌아갔습니다. 그들은 아홉 번째 시간이 지나면 가브리엘 천사의 깃털을 볼 수 있다는 말을 들은 터라 그 얘기를 이웃들에게 전하고, 한 수다쟁이가 다른 수다쟁이에게, 서로가 서로에게 전하여 수많은 선남선녀들이 떼를 지어 성으로 몰려갔습니다. 그리고 깃털을 보리라는 기대에 들떠 그곳에서 죽치고 기다렸습니다. 치폴라 수사는 점심을 잘 먹고 낮잠을 잔 다음 아홉 번째 시간이 조금 지나서 일어났습니다. 엄청나게 많은 농민들이 깃털을 보기 위해 왔다는 얘기를 듣고서 구초 임브라타에게 사람을 보내 종*과 함께 배낭을 갖고 올라오라고 시켰습니다. 구초는 부엌에 있다가 마지못해 누타에게서 떨어져 나와 명령받은 물건을 갖고 헐떡거리며 올라왔습니다. 물을 너무

---

* 성물을 보여 줄 때 먼저 종을 치는 관습이 있었다.

마신 탓에 물배가 차서 숨을 몰아쉬며 도착해서는 그길로 치폴라 수사의 명령에 따라 성당 문 위로 올라가 종을 힘차게 울려 댔습니다.

사람들이 구름같이 몰려들자 치폴라 수사는 자기 물건이 없어졌으리라고는 꿈에도 생각하지 못한 채 설교를 시작하여 자기 입맛대로 이 말 저 말 갖다 붙이면서 마구 지껄여 댔습니다. 그리고 마침내 가브리엘 천사의 깃털을 보여 줄 단계에 이르자 자못 엄숙한 자세로 고백의 기도를 드리고 두 개의 커다란 횃불을 밝힌 다음 우선 자기 모자를 벗고는 아주 천천히 견직물을 풀어서 작은 상자를 꺼냈습니다. 그리고 가브리엘 천사와 그 성물을 찬미하는 말을 몇 마디 먼저 우물거린 다음 상자를 열었습니다. 그러자 상자가 숯으로 가득 차 있는 것이 보였습니다. 구초 발레나가 그런 엄청난 일을 저지를 위인은 못 된다는 걸 알았던 수사는 그를 의심하지 않았습니다. 그리고 다른 사람이 그러지 못하도록 잘 지키지 못했다고 욕하지도 않았습니다. 다만 그놈이 얼마나 무심하고 제멋대로이며 부주의하고 잘 까먹는 인간인지 잘 알면서도 그런 놈에게 자기 물건을 지키게 한 자신을 조용히 저주했습니다. 치폴라 수사는 얼굴빛 하나 변하지 않고 고개를 들어 손을 하늘로 쳐들며 모두가 듣게끔 큰 소리로 말했습니다.

"오, 하느님이시여! 당신의 권능을 영원히 찬양할지어다!"

그리고 상자를 닫은 뒤 사람들에게 돌아서서 이렇게 말했습니다.

"신사 숙녀 여러분! 나는 아주 젊었을 때 윗분의 명을 받아 태양이 떠오르는 곳을 돌아본 적이 있습니다.* 포르첼라나 가문의 특권을 찾도록 최선을 다하라는 엄명을 받고서 말입니다.** 그 특권은 인정받을 만한 가치는 전혀 없지만 우리에게나 모두에게 아주 유용한 것입니다. 그런 연유로 저는 길을 떠났습니다. 비네자를 떠나서 보르고 데이 그레치를 향해 나아갔고 거기서 가르보 왕국으로 말을 몰아 발다카를 통과해서 파리오네에 이르렀습니다. 거기서 갈증에 시달리며 얼마를 더 간 후에 사르데냐에 도착했습니다. 그런데 왜 나는 내가 방문한 지

---

* 치폴라 수사는 "태양이 떠오르는 곳"이라는 말로 동방의 장소를 애매하게 지시함으로써 자신의 행적에 신비감을 더하고자 한다. 그것은 자기가 지금부터 하려는 거창하고 특별하며 기괴하고 식견으로 가득 찬 긴 이야기의 서두를 적절하게 장식한다. 그 이야기에 등장하는 동방의 장소들은 피렌체를 동쪽에서 서쪽으로 가로지르는 지명들이거나 그곳들을 암시하는 것들이다. "포르첼라나"는 앞서 언급한 산 파올리노 근처의 길이자 병원이었고(아이러니하게도 구초 포르코에서 "포르코"는 포르첼라나 혹은 포르첼로네와 발음이 상당히 유사하다.), "비네자"(베네치아를 흘려서 발음한 것으로 보인다.)와 "보르고 데이 그레치"는 시뇨리아 광장과 산타 크로체 성당 사이의 구역들이며, "가르보"는 곤도타 가의 원래 이름이고, "발다카"는 오르산미켈레 근처의 길이다.(발다카와 오르산미켈레는 멀지만 실재하는 장소들을 생각나게 한다. 즉, 두 번째 날 일곱 번째 이야기에 등장하는 알가르베의 국왕 아라비아 발닥의 도시, 또는 바그다드 도시 같은 것들 말이다.) 마찬가지로 "파리오네"는 산타 트리니타에서 카라이아로 가는 길이고, "사르데냐"는 산 프레디아노 외곽의 해변이며, "산 조르조"는 도가나 근처의 지역이다. 치폴라 수사는 먼 동방의 지역들을 피렌체 내부의 지명들과 연결하면서 내부와 외부를 순환하는 방식으로 자신의 상상력을 발휘한다.
** 포르첼라나 가문은 병원을 설립하여 의료 사업을 수행한 가문으로 알려져 있다. 그러나 여기서 주목할 것은 포르첼라나라는 이름이 발음으로 보아 구초 포르코를 암시한다는 사실이다.

역들을 모두 묘사하고 있는 걸까요? 성 조르조 해협을 지나서 트루피아와 부피아로 가니 여러 민족들이 아주 많이 살고 있었습니다. 그 뒤에 도착한 멘초냐 땅에서는 우리 형제들과 다른 교단 수사들을 수도 없이 만났습니다.* 그들은 모두 수고로움를 피하면서 하느님의 사랑을 향해 나아갔고, 다른 사람의 고통은 별로 생각하지 않으면서 자기들에게 필요한 것만 쫓아다녔으며, 그 나라에서는 인각 없는 동전들 말고는 다른 동전들이 전혀 사용되지 않았습니다.** 그러고 나서 아브루치 땅으로 갔는데, 거기서는 남자든 여자든 나막신을 신고 산을 타며, 돼지 내장으로 소시지를 만들더군요. 조금 더 가니 막대기에 빵을 꿰어 들고 포도주를 가죽 부대에 넣어서 가지고 다니는 사람들이 나타났습니다.*** 그곳을 떠나 바스크 산악 지대로

---

* "트루피아"는 '사기'라는 뜻으로 사기꾼의 나라를 가리키고, "부피아"는 '허풍'이라는 뜻으로 허풍쟁이의 나라를 가리키며, "멘초냐"는 '허위'라는 뜻으로 거짓말쟁이의 나라를 가리킨다. 이런 식으로 치폴라 수사는 자기가 방문한 지역들과 그에 대한 자기 이야기가 사기이고 허풍이며 허위라는 것을 암시한다. 자신의 진술과 수사를 즐기고 있는 것이다. 이야기를 하는 디오네오 역시 다른 아홉 명에 비해 뛰어난 달변가로서, 달변가를 자기 얘기에 등장시킴으로써 눌변보다는 달변을 묘사하는 데 훨씬 탁월한 면모를 보여 준다. 그런 측면에서 제삼의 차원에 물러앉아 그 모든 달변들을 조작하는 보카치오야말로 가장 탁월한 달변가라 할 수 있다.

** 앞에서도 말했지만 단테는 성 안토니오 수사들의 조잡한 신비화에 대해 언급한 바 있다. 단테가 그들의 가식적인 긍휼과 자선을 진지하게 비판한 데 비해 보카치오는 좀 더 일반적인 차원에서 그들의 무절제에 대해 수다를 떨고 있다.

*** 나막신을 신는다든지 소시지를 만든다든지 막대기에 빵을 꿰고 포도주를 가죽 부대에 넣는다는 표현에는 성적 의미가 내포되어 있다.

들어서니 물이 모두 산기슭 쪽으로 흐르고 있었습니다. 이렇게 해서 얼마 가지 않아 산속 깊숙한 곳에 있는 인도의 파스티나카*까지 도달한 것입니다. 내가 걸친 수도복을 두고 맹세하건대 그곳에서 나는 낫이며 돛들**이 날아다니는 모습을 보았습니다. 보지 못한 사람은 결코 믿을 수 없는 일이지요. 이 일에 대해서는, 그 나라에서 만난 대상인으로서 호두를 깨서 잘게 자른 껍질을 파는 마소 델 사지오***가 내 말이 거짓이 아니라는 것을 보장해 줄 겁니다. 하지만 나는 그곳에서 찾으려고 한 것을 찾지 못했고 인도에서부터는 바다를 건너야 했기 때문에 뒤로 방향을 바꿔 여름에는 차가운 빵을 4데나로****에 팔고 따뜻한 빵은 공짜로 주는 성지들에 도착했습니다. 거기서 나는 예루살렘에서 가장 훌륭한 대사교인 존경스러운 신부님 논미블라스메테 세보이피아체***** 님을 만났습니다. 그분은 내가 늘 입고 있던 거룩한 안토니오 님의 수도복에 경의를 표하고 당신께서 몸소 간직하고 계시던 성의(聖衣)들을 내가 봐 주기를 원하셨습니다. 어찌나 많은지 전부 세어 보려고 들면 한

* "파스티나카"는 어원상 '단맛'이라는 뜻을 내포한다. 여기서는 인도와 동격으로서 아마도 동양의 향미료와 과자를 암시하기 위해 사용한 듯하나, 그저 허풍으로 지어낸 말로 보는 것이 더 적절하다.
** 원어는 pennate로, '낫' 혹은 '돛'이라는 뜻과 '새'라는 뜻을 함께 지닌다. 낫이 난다는 말이 곧 새가 난다는 말도 되니 결국 틀린 말은 아니지만, 역시 자신의 말솜씨를 즐기며 상대를 희롱하고 있다.
*** 유명한 허풍쟁이. 여덟 번째 날 세 번째 이야기와 네 번째 이야기 참조.
**** 당시의 화폐 단위에 대해서는 『데카메론』 1권 62쪽 각주 참조.
***** 이 이름은 장황한 발음도 그렇고 뜻도 우스꽝스럽다. 글자 그대로 해석하면 '원컨대 날 헐뜯지 마시오.'라는 뜻이다.

참을 세어도 시작도 못 할 정도더군요. 그러나 여러분을 실망시키지 않기 위해서 몇 가지만 말씀드리겠습니다. 대사교님께서는 먼저 제게 지극히 완전하고 처음처럼 견고한 성령의 손가락을 보여 주셨고, 다음으로 성 프란체스코에게 모습을 나타내신 세라핌*의 깃털 다발**, 게루비니***의 손톱 한쪽, 창문을 좋아하는 베르붐의 갈비뼈 한 조각과 산타 페 카톨리카의 옷 한 벌,**** 그리고 동방박사 세 사람에게 나타난 별빛을 잠깐 보여 주셨으며, 성 미켈레가 악마와 싸울 당시에 흘린 땀을 담은 작은 병과 성 나사로의 죽음의 턱뼈*****와 그 밖의 다른 것들을 보여 주셨습니다. 그래서 나는 그분이 오래도록 찾아다니셨다는, 속어로 쓰인 모렐로 산의 비탈들과 카프레초의 몇몇 장들을 마음껏 복사하시도록 해 드렸습니다.****** 그분은 거룩한 성물들을 나에게 나눠 주셨습니다. 그리고 성 크로체의 치아

---

* 기독교의 구품천사 중 최상급 천사.
** 여성의 성기와 음모를 가리키는 성적 의미가 내포되어 있다.
*** 2등급의 천사로서 지혜의 천사다. 전통 회화에 날개를 단 어린아이의 모습으로 등장한다.
**** 베르붐, 산타 페 카톨리카 등은 실존하지 않는 인물의 이름을 조잡하게 만들어 붙인 것이다.
***** 환상적이고 초현실적인 성물을 표현하고 있다. "죽음의 턱뼈"에서 '죽음(Morte)'은 대문자로 시작한다. 나사로의 죽음과 부활에 특별한 의미를 부여하고, 그 죽음과 부활에 속한 육체의 부속물로서의 턱뼈를 상징적으로 제시하려는 것일 텐데, 여기서는 그 진의와 관계없이 이전과 마찬가지로 이런저런 얘기를 주워섬기는 효과를 낸다.
****** "모렐로 산"은 피렌체 북쪽에 있는 산이고(여덟 번째 날 세 번째 이야기에도 나온다.) "카프레초"는 지어낸 단어로서 남색을 암시한다. '모렐로 산의 비탈들'과 '카르페초' 둘 다 책 제목으로 봐야 할 것이다.

중 하나를 선물해 주셨고, 솔로몬 신전의 종소리를 담은 작은 병이라든가 요전에 말씀드린 가브리엘 천사의 깃털, 성 게라르도 다 빌라마냐*의 나막신 한 짝을 주셨습니다.(나는 이것을 피렌체의 게라르도 디 본시**에게 선물했는데, 그는 그것을 아주 소중하게 간직하고 있습니다.) 그분은 또 화형을 당해 순교한 지복의 성자 로렌초의 육신이 타고 남은 숯을 내게 주셨습니다. 나는 이 모든 것을 경건한 마음으로 지니고 다녔고, 지금도 모두 갖고 있습니다. 그런데 대사교께서는 지금까지 말한 것들이 사실로 밝혀지기 전까지는 사람들에게 보여 줘서는 안 된다고 하셨습니다. 그러나 지금은 그것들이 기적을 나타내기도 했고 대사교님에게 받은 편지에서도 확실한 것들이라고 하시니, 그것들을 보여 주는 허가증을 내리신 셈입니다. 하지만 다른 사람에게 맡겨 두기가 꺼림칙해서 항상 내가 직접 지니고 다닙니다. 사실로 말씀드리면 가브리엘 천사의 깃털은 상하지 않도록 작은 상자에 넣어 갖고 다니며 성 로렌초가 타면서 남은 숯은 다른 상자에 넣어 둡니다. 그런데 그 둘이 비슷해서 서로 바뀌기가 일쑤였습니다. 이번에도 그런 일이 일어났습니다. 요컨대 깃털이 든 상자를 가져왔다고 생각했는데, 그만 숯이 든 상자를 들고 와 버린 것입니다. 하지만 잘못됐다고 생각하지는 않습니다. 오히려 하느님의 거룩

---

* 1174~1267. 초창기 프란체스코 교단의 수도사로 성 프란체스코에게 직접 가르침을 받았다. 청빈을 내세우며, 나막신은 그의 상징이었다.
** 양모 조합의 대표 회원 중 한 사람으로, 1317년에 수도원장이 되었다. 아들 비안코는 여러 중요한 공직에 있었다.

한 뜻이었다고 확신하지요. 하느님께서 이틀 뒤 이곳에서 성로렌초 축제가 열린다는 걸 바로 이 순간에 내게 상기시켜 주시느라 몸소 내 손에 숯 상자를 쥐어 주신 것입니다.* 성 로렌초가 타고 남은 숯을 내가 여러분께 보여 드림으로써 여러분의 영혼에 성 로렌초가 지닌 신앙심을 불타오르게 하라는 것이 하느님의 뜻입니다. 원했던 깃털이 아니라 거룩하기 그지 없는 육체의 체액으로 꺼진 이 축복받은 숯을 내게 건네주신 데에는 그런 높은 뜻이 있는 것입니다. 축복받은 아들들이여! 이제 모자를 벗고 이리로 나오셔서 경건한 마음으로 봐 주시기 바랍니다. 그러나 이 숯으로 십자가의 형상을 새기는 자는 누구라도 일 년 내내 불을 느끼지 않으면 깨닫지도 못한다는 걸 기억하며 살 수 있음을 여러분이 아시기를 나는 우선 바라는 바입니다.**"

이렇게 말을 마치고 그는 성 로렌초의 찬송가 하나를 부르면서 상자를 열고 숯을 보여 주었습니다. 우둔한 대중들은 경탄에 찬 눈으로 경건하게 그걸 바라보았고, 이윽고 물밀듯이 밀려와 치폴라 수사를 에워쌌습니다. 그리고 저마다 그 숯으로 십자가를 그려 달라고 아우성이었습니다. 이전 어느 때보

---

* 성 로렌초 축제는 8월 8일에 열린다. 치폴라 수사가 즉석에서 지어낸 이 성물은 중세 이래 근대에 이르기까지 특히 남유럽에서 대단히 널리 알려졌다. 사람들은 성 로렌초가 화형당하고 이틀 뒤인 8월 10일에 땅 밑에서 파낸 숯에 특별한 치료 효과가 있다고 믿었다.
** 치폴라 수사는 자신의 긴 이야기를 애매하고 장황하게 꼬인 문장으로 마무리함으로써 신비감을 증폭시키려 하고 있다.

다도 더 많은 기부금을 내면서 말입니다. 치폴라 수사는 숯을 손에 들고 사람들의 하얀 셔츠와 조끼, 부인들의 베일에 알아볼 수 있게 큼지막한 십자가를 만들기 시작했습니다. 십자가를 아무리 그려도 숯은 줄어들지 않고 상자 속에서 다시 생겨난다고, 그 자신이 수도 없이 경험한 바라고 확인시키면서 말입니다.

그렇게 해서 치폴라 수사는 체르탈도 사람들을 몽땅 십자군으로 만들면서 엄청난 돈을 벌었고, 깃털을 훔쳐서 그를 조롱하려 했던 자들을 오히려 임기응변의 감각으로 조롱해 주었습니다. 두 청년도 수사가 설교하는 자리에 있었는데, 수사가 새로운 대응책을 들고 나오는 품이며 먼 데서부터 얘기를 끌고 오는 솜씨와 그 언사에 허리가 끊어질 만큼 웃었더랍니다. 그리고 사람들이 떠나자 수사에게로 가서 그들이 벌인 지상 최대의 쇼를 밝히고서 그 자리에서 깃털을 돌려주었습니다. 이 날개는 그날 숯이 올린 값어치 이상으로 다음 해에 돈을 벌어 주었다고 합니다.

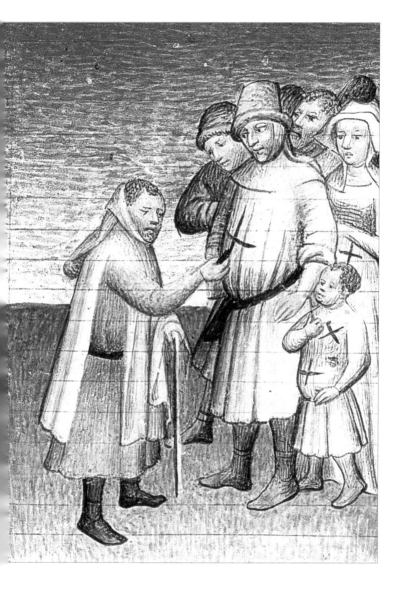

크리스틴 드 피장, 『데카메론』 프랑스어판 삽화,
15세기 초, 바티칸 도서관 소장.

이 이야기는 사람들 모두에게 큰 기쁨과 유쾌한 기분을 안겨 주었습니다. 치폴라 수사가 한 일도 그렇거니와, 그의 순례 여행과 그가 보기도 하고 가져오기도 했다는 성물 이야기는 더욱 재미를 주었습니다. 여왕은 이야기가 모두 끝났고 그와 더불어 자기의 역할도 끝난 것을 떠올리고 자리에서 일어나 월계관을 벗은 뒤, 웃으면서 디오네오의 머리에 씌워 주며 이렇게 말했습니다.

"디오네오 님! 그럼 지금까지 모임을 지탱하고 인도하느라 여성들이 얼마나 부담을 가졌는지 당신이 경험할 차례네요. 자, 그럼 왕이 되셔서 아무쪼록 잘 이끌어 주시기 바랍니다. 나중에 우리가 당신이 한 역할을 칭찬할 수 있도록 말입니다."

디오네오는 관을 받아 쓰고 웃으며 대답했습니다.

"여러분은 앞에서 내가 따를 수 없을 정도로 지극히 훌륭한 왕들을 아주 많이 보셨습니다. 체스의 왕들 말입니다.* 만일 여러분이 진짜 왕에게 하듯 나에게 복종해 주신다면, 아무리 완벽하게 재미난 축제라도 비교되지 않을 정도로 여러분을 즐겁게 해 드리겠습니다. 그럼 얘기는 이 정도로 마치고, 제 능력이 미치는 만큼 잘 이끌어 보도록 하겠습니다."

그리고 지금까지 하던 대로 집사를 불러 자기가 왕 역할을 하는 동안 그가 해야 할 일을 조리 있게 지시했습니다. 그리고 이렇게 말했습니다.

"훌륭하신 부인들이여! 우리는 지금까지 인간의 교묘한 책략이 드러나는 여러 경우들을 다양한 방식으로 이야기했습니다. 조금 전에 리치스카 부인**이 이 자리에 나타나 떠들지 않았더라면 나는 내일의 이야기 주제를 찾느라 꽤 고심해야 했을 겁니다. 리치스카 부인은 훌륭한 말로 우리가 내일 나눌 이야기의 재료를 찾아 주었습니다. 여러분도 아까 들으신 바와 같이, 리치스카 부인은 여자가 처녀인 채로 시집을 가는 예는 본 적이 없다고 했으며, 남편이 있는 여자들이 남편을 얼마나 바보로 만드는지 잘 안다고 했습니다. 그런데 앞의 문제는 유치한 일이니 그냥 두기로 하고, 두 번째 문제로 이야기를 나눠 보는 것도 아주 즐거운 일이 되리라 생각합니다. 그래서 내일은 리치스카 부인이 힌트를 준 대로, 여자들이 사랑을 위해 혹은 자기가 살아남기 위해, 눈치를 챘든 못 챘든 남편을 골려

---

* 중세 기사문학에서 체스는 사랑의 게임을 함의한다.
** 리치스카는 비록 하녀지만, 디오네오는 세상에 대한 그녀의 식견을 높이 사서 '부인'이라는 존칭을 붙여 준다.

먹은 이야기들을 나눴으면 좋겠습니다."

그러자 이런 주제를 놓고 이야기를 나누는 것이 적절치 않다고 여긴 몇몇 부인들이 주제를 좀 바꿨으면 좋겠다고 말했습니다. 이런 의견에 대해 왕은 이렇게 대답했습니다.

"부인들이여! 나도 내가 정한 주제가 어떤 것인지 여러분 못지않게 잘 압니다. 하지만 남녀가 무절제하게 놀아나는 이야기만 피한다면 어떤 이야깃거리라도 허용되는 시대임을 생각할 때 저는 이 주제를 취소하지 않을 생각입니다. 이 시대의 부패*로 인해 판사들이 법정을 버린 것을 아시지 않습니까? 하느님의 법률처럼 인간의 법률도 침묵하고 있다는 걸, 그래서 생명을 보존하기 위한 광범위한 허가증이 각자에게 주어졌다는 걸 아시지 않습니까? 그러니 이야기를 나누는 중에 여러분의 정숙함이 어느 정도 느슨해진다고 해도, 그건 음란한 행동을 따르기 위한 것이 아니라 여러분과 다른 사람들에게 즐거움을 주기 위한 것이니, 누구든 그럴듯한 이유를 들어 다른 사람을 비난하는 일은 없으리라 생각합니다. 더욱이 우리 모임은 첫날부터 이 시간까지 지극히 정숙하게 유지되었습니다. 어떤 이야기가 나왔든지 하느님께서 보우하셔서 어떤 면에서도 명예가 훼손된 적이 없었으며 그런 일은 앞으로도 없으리라 생각합니다. 이후, 누가 여러분의 정숙함을 몰라주겠습니까? 나는 유쾌한 이야기뿐 아니라 죽음의 공포조차도 여

---

*페스트가 창궐하는 상황. 페스트는 질병뿐 아니라 사회의 부조리한 양상을 가리키는 은유로 사용된다.

러분의 정숙함을 흔들 수 없다고 봅니다. 사실 바로 말씀드리자면, 여러분이 이런 장난 같은 이야기를 마다할 경우 자칫 여러분이 그런 죄를 지은 게 아닌가, 그 때문에 그런 얘기를 꺼리는 게 아닌가 하는 의심을 받을 수도 있습니다. 지금까지 나는 여러분의 의견에 잘 따랐고 이제 여러분이 왕으로 뽑아 주셨습니다. 그런데 내 손에 권력을 쥐어 주시면서 어떤 권력은 허락할 수 없다고 하면 그거야말로 빈껍데기 명예에 지나지 않을 것입니다. 비천한 영혼들에게나 어울리는 그런 의심은 버리시고, 각자 가벼운 마음으로 재미난 이야기를 생각해 두시기 바랍니다."

부인들은 이 말을 듣고 나서 그의 바람대로 하겠다고 말했습니다. 그래서 왕은 저녁 식사 시간까지 각자에게 자유 시간을 주었습니다.

오늘의 이야기들이 짧았기 때문에 해는 아직 높이 솟아 있었습니다. 디오네오가 다른 청년들과 함께 장기를 두는 동안에 엘리사는 부인들을 따로 불러 모아 이렇게 말했습니다.

"우리가 여기 모인 날부터 저는 이 근처에 있는 어디로 여러분을 모셔 가고 싶었어요. 발레 델레 돈네*라는 곳인데, 여러분은 전혀 모르실 거예요. 아직 해가 높은 오늘이 아니면 여러분을 그리로 안내할 시간이 도저히 날 것 같지 않네요. 그러니 여러분이 가시겠다면 거기서 아주 즐겁게 머무실 수 있을 거예요."

---

* '여자들의 계곡'이라는 뜻.

부인들은 그러자고 대답했습니다. 그리고 각자의 하녀를 불러 길을 떠났습니다. 청년들에게는 아무 말도 하지 않고 말이지요. 1마일도 채 걷지 않아 그들은 발레 델레 돈네에 도착했습니다. 그 안으로는 오솔길이 하나 쭉 뻗어 있었는데, 그리로 들어서자 한쪽으로 너무도 맑은 실개울이 흐르고 있었습니다. 그걸 본 부인들은 정말 유쾌하고 즐거운 기분이 들었습니다. 특히 더위가 대단한 그 시각에 그런 풍경은 상상을 넘어선 것이었죠. 나중에 부인들 중 두엇이 나에게 말해 준 바에 따르면, 계곡에 안긴 평지는 마치 컴퍼스로 그린 것처럼 둥근 모양을 하고 있었습니다. 인간의 손으로 만든 것이 아니라 자연의 발명품으로 보이는 그 평지의 둘레는 반마일 남짓 되었고, 그렇게 높지 않은 여섯 개의 언덕으로 둘러싸여 있었습니다. 그리고 언덕 꼭대기에는 각각 아름다운 작은 성의 형상을 한 저택이 보였습니다.

　언덕의 경사면들은, 마치 원형극장에서 그 꼭대기부터 바닥까지 계단들이 연이어 배열되어 있는 것처럼, 그들이 이룬 원을 좁히면서 평지를 향해 층을 이루며 내려오는 모양이었습니다. 남쪽 경사면으로는 포도와 올리브, 아몬드와 버찌, 무화과와 그 밖의 각종 과실수들이 한 치의 공지도 없이 빽빽하게 들어서 있었고, 북쪽 경사면에는 떡갈나무와 물푸레나무, 그리고 녹음이 짙은 다른 나무들이 조밀하게 쭉쭉 뻗어 있었습니다. 그들로부터 이어지는 평지에는 부인들이 온 곳 외에는 입구가 없었으며, 전나무, 삼나무, 월계수, 소나무 등이 매우 질서정연한 구성을 이루고 있었는데, 누군가가 최고의 기술을 동원해 심지 않았나 하는 생각이 들 정도였습니다. 나무들 사이로는 아직 높이 떠 있는 해가 바닥까지 조금만 들어오거나 전혀 들어오지 않는 곳들이 있었습니다. 바닥은 부드러운 풀밭에 형형색색의 꽃들로 가득했습니다.

그 밖에 무엇보다 즐거움을 더해 준 것은 실개울이었습니다. 실개울은 두 개의 언덕을 나누는 계곡 중 하나에서 흘러나와 천연 바위들로 이루어진 절벽에서 아래로 떨어졌으며, 떨어지면서 매우 경쾌한 소리를 냈고, 멀리서 보면 눌려 있던 상태에서 알알이 흩어져 부서지는 수은처럼 물보라를 날렸습니다. 물은 좁은 평지에서 예쁘고 자그마한 수로로 모이고 평지 중간까지 빠른 속도로 흐르다가 그곳에서 작은 호수를 이루었는데, 그 모양이 도시 사람들이 필요에 따라 정원에 만드는 연못과 비슷했습니다. 호수는 그리 깊지 않아서 사람 가슴까지 찰 정도였고, 티끌 하나 없어서 바닥의 지극히 작은 돌멩이들까지 들여다보일 정도로 아주 맑았습니다. 마음만 먹는다면 그 숫자까지 헤아릴 수 있을 정도였지요.* 더구나 바닥까지 들여다보이는 물속에서는 수많은 물고기들이 이리저리로 헤엄쳐 다녔는데 이는 즐거움을 넘어 경탄을 안겨 주었습니다. 개울가는 온통 풀로 덮였고, 그 주변은 촉촉함이 생생하게 느껴질 정도로 무척이나 아름다웠습니다. 호수에서 물이 넘치면 다른 수로가 이를 받았고, 그 수로를 통해 작은 골

---

*『신곡-연옥편』28곡 28행 이하의 묘사와 비교하면, 단테가 표현하는 투명함은 자기 완성적이고 자족적인 데 비해 보카치오가 표현하는 투명함은 외향적이고 소통적이라고 생각할 수 있다.

작가 미상, 「물놀이」, 14세기,
교황청(프랑스 아비뇽) 소장.

짜기 밖으로 나가면 다른 더 낮은 부분으로 흐르는 것이었습니다.

이런 곳에 젊은 부인들이 왔으니, 그들은 전체를 둘러보며 갖은 찬사를 늘어놓은 뒤 날씨도 너무 더운 데다 바로 눈앞에서 작은 바다를 보자 누가 보리라는 의심은 전혀 하지 않고 목욕을 하기로 마음먹었습니다. 그래서 하녀들에게, 그들이 들어온 길에 누가 와서 보는지 살피고 만일 누가 오면 알리라고 이른 다음 일곱 명이 모두 옷을 벗고 물에 들어갔습니다. 물은 바로 그대로 그들의 순백의 육체를 감춰 주었는데, 그 모양이 얇은 유리가 선홍색 장미를 감춘 것 같았습니다.* 그들이 물속에 있어도 물은 그로 인해 조금도 일렁이지 않았습니다. 부인들은 몸을 숨길 곳이 없는 물고기들을 손으로 잡아 보고 싶어 그들을 따라 이리저리 힘을 다해 쫓아다녔습니다. 이렇게 법석을 피운 끝에 몇 마리를 잡기도 하다가 좀 더 머문 뒤에 밖으로 나와 옷을 입었습니다. 그리고 이미 표현한 것 이상의 찬사를 찾지 못한 채 집으로 돌아가야 할 시간이라고 생각하고 그곳의 아름다움에 대해 계속 이야기를 나누며 느릿한 걸음을 옮기기 시작했습니다.

꼭 알맞은 시간에 별장에 도착하니 떠날 때와 마찬가지로 청년들이 그 자리에서 장기를 두고 있었습니다. 팜피네아가 그를 보고 웃으면서 말했습니다.

---

* 아름다운 자연과 아름다운 피조물의 조화는 중세 문학에서 전형처럼 나타나는 모티브 중 하나다.

"오늘이야말로 우리가 여러분을 속여 넘겼네요."

"어떻게요? 이야기도 시작하기 전에 행동으로 먼저 옮기셨나요?"* 하고 디오네오가 말했습니다.

팜피네아가 말했어요.

"네, 그래요, 우리 대장님!"

그리고 그들이 어디를 갔다 왔는지 그곳이 어땠는지 거리는 얼마나 되는지 무엇을 했는지 말해 주었습니다.

왕은 그곳이 아름답다는 설명을 듣자 불현듯 가 보고 싶은 마음이 들어 곧 저녁 식사를 준비하라고 했습니다. 모두가 유쾌하게 식사를 마치고 나서 세 청년은 하인들을 데리고 부인들을 남겨 둔 채 계곡으로 갔습니다. 모든 점을 고려했을 때 이전까지 그런 곳에 한 번도 가 보지 못한 그들은 그곳이야 말로 세상에서 가장 아름다운 곳들 중 하나라고 칭찬했습니다. 목욕을 하고 나서 옷을 입자 시간이 너무 늦었기에 바로 집으로 돌아갔습니다. 집에서는 부인들이 피암메타의 노래에 맞춰 춤을 추고 있었습니다. 춤이 끝나자 그들은 모두가 발레 델레 돈네에 대해 이야기꽃을 피웠고 입이 마르게 칭찬을 늘어놓았습니다. 그쯤 되자, 왕은 집사를 불러 낮 시간에 자거나 누워 있고 싶은 사람을 위해 다음 날 아침 발레 델레 돈네에 긴 의자를 몇 개 준비해 놓으라고 지시했습니다. 그런 다음 등불과 포도주와 과자를 가져오게 해서 어느 정도 다시 몸을 추스른 다음 다 함께 춤을 추도록 권했습니다. 왕의 뜻을 받들어

---

* 디오네오는 이 발언으로 다음 날을 위해 그가 제안한 주제를 암시한다.

판필로가 춤을 추기 시작하자 왕은 엘리사 쪽으로 몸을 돌려 즐겁게 말했습니다.

"젊고 아리따운 부인! 당신이 오늘 내게 왕관을 주셨으니 오늘 저녁 당신에게 노래를 부탁드리고자 합니다. 당신이 가장 좋아하는 걸로 하나 들려주시기 바랍니다."

그러자 엘리사는 미소를 지으며 기꺼이 그렇게 하겠다고 대답했습니다. 그리고 고운 목소리로 다음과 같이 노래를 시작했습니다.

사랑이여! 그대의 날카로운 손톱에서 벗어날 수 있다면
다른 어떤 갈고리라도 이제는 날 옭아매지 못한다는 걸
난 믿을 수 있으리.
어린 처녀인 내가 그대와 전쟁을 벌였으나
오로지 달콤한 평화를 생각하며 그리했던 것,
그래서 보장을 받은 사람처럼 확신에 차서
나의 모든 무기를 바닥에 내려놓았네.
그러나 그대는 무도하고 거칠고 욕심 많은 폭군처럼
그대 무기들로, 그 잔인한 갈퀴로,
홀연 내게 덤벼들었네.

이윽고 그대의 사슬에 얽힌 나를,
쓰디쓴 눈물과 고통으로 가득 찬 죽음으로
나를 이끌려고 태어난 자에게
사로잡히게 하여 그 세력에 나를 넣어 두었네.

그 지배가 얼마나 혹독한지
숨도 못 쉬고 울지도 못하게 만드니
내 몸은 야위어만 간다네.

나의 모든 소원들 바람이 실어 가도
그대는 들리지 않는지, 들으려 하지 않는지,
그로 인해 내 괴로움은 더할 뿐이네.
산다는 건 괴로울 뿐이나 죽을 수도 없네.
아아! 사랑이여! 쇠약해진 나를 위로해 다오.
그대의 사슬 속에 얽힌 나,
내가 할 수 없는 걸 해 다오.

그조차 해 주지 않으려거든
결속을 풀어 희망으로 연결이나 해 다오.
아아! 사랑이여! 그대의 뜻대로 하소서.
그렇게 해 준다면 과거의
내 아름다운 시절로 돌아갈 자신을 얻어
고통이 사라지고
희고 붉은 꽃들로 나를 치장하리니.

엘리사가 구슬픈 한숨과 함께 이 노래를 마쳤을 때 모두가
그 가사에 놀라기는 했으나, 아무도 엘리사가 그런 노래를 부
른 까닭을 짐작하지 못했습니다. 그러나 왕은 아주 즐거워하
며 틴다로를 불러 자기 피리를 가져오라고 시켰습니다. 그리

고 그 피리 소리에 맞춰 다 함께 춤을 추도록 했습니다. 하지만 이윽고 밤이 깊어졌으므로 각자 잠을 자러 가라고 말했습니다.

일곱 번째 날

『데카메론』의 여섯 번째 날이 끝나고 일곱 번째 날이 시작된다.
디오네오의 주재 아래, 여자들이 사랑을 위해 혹은 자기가 살아남기 위해,
눈치를 챘든 못 챘든 남편을 골려 먹은 이야기들을 나눈다.

안드레아 보냐우티, 「전투하는 교회 — 허영과 세속적 기쁨에 대한 우화」(부분),
1360~1370, 산타 마리아 노벨라 성당의 스페인 예배당 소장.

동쪽의 별들은 모두 달아나고 우리가 루치페로*라 부르는 별만 아직도 혼자 어슴푸레한 여명 속에 반짝일 때, 집사는 일어나서 주인이 내린 명령과 지시에 따라 모든 걸 발레 델레 돈네에 갖다 두기 위해 수많은 짐들을 싸 들고 떠났습니다. 짐꾼들과 가축들의 떠드는 소리에 잠에서 깬 왕은 집사의 짐이 떠나고 얼마 지나지 않아 자리에서 일어났습니다. 그는 부인들과 청년들을 모두 깨우게 했습니다. 그들이 길로 들어선 것은 해가 아직 그리 높이 솟아오르지 않은 때였습니다.** 그 어느 아침보다 명랑한 꾀꼬리와 다른 새들의 노랫소리에 에워싸여

---

*샛별.
**단테의 "나는 그 험난한 여정을 시작했다."(『신곡―지옥편』 2곡 142행)와 표현뿐 아니라 길을 떠나는 이미지와 방향, 의미가 많은 부분에서 상통하거나 비교된다.

그들은 발레 델레 돈네로 향했습니다. 그곳에서는 사람들의 방문을 반기듯 더 많은 새들이 맞아 주었습니다. 그 주변을 돌아다니면서 전체를 다시 찬찬히 살펴보니 하루 중 그 시간이 그곳의 아름다움이 가장 커지는 때였는지, 어제보다 더 아름답게 느껴졌습니다. 그들은 맛좋은 포도주와 과자로 빈 배를 채우고, 새들에게 질세라 노래를 부르기 시작했습니다. 그러자 골짜기도 메아리치며 그들의 노래를 함께 불렀습니다. 새들도 지기 싫다는 듯 달콤하고 새로운 가락을 더했습니다.

이제 식사를 할 시간이 됐습니다. 싱싱한 월계수들이 아름답게 무리 지어 선 연못가에 탁자들이 놓였고, 모두 왕의 지시에 따라 자리에 앉았습니다. 식사를 하는 동안 물고기들이 크게 무리를 지어 연못을 헤엄치는 것이 보였습니다. 그들은 이를 바라보면서 가끔씩 그 광경에 대해 얘기를 주고받았습니다. 그러다 식사가 끝나고 음료와 탁자들을 치우자, 전보다 더 흥겹게 노래를 부르기 시작했습니다. 한편, 집사는 작은 계곡 여기저기에 침대들을 놓은 뒤 프랑스식으로 수를 놓은 가벼운 천을 깔고 장막을 쳐 놓았습니다. 이제 그들은 왕의 허락을 받아 자러 갈 수도 있었고, 잠을 자고 싶지 않은 사람들은 다른 즐거운 일들을 마음 내키는 대로 할 수도 있었습니다. 이윽고 이야기를 나눌 시간이 되자 사람들은 모두 일어나서 왕의 지시에 따라 식사를 했던 연못 옆 풀밭 위에 융단을 깔고 앉았습니다. 왕은 에밀리아에게 시작을 청했고, 그녀는 미소를 지으며 쾌활하게 이야기를 시작했습니다.

일곱 번째 날 첫 번째 이야기

잔니 로테린기는 한밤중에 자기 집 문을 두드리는 소리를 듣는다. 그가 아내를 깨우자, 아내는 귀신이 틀림없다며 남편을 속인다. 둘은 문으로 가서 귀신을 기도로 물리치려 한다. 그러자 문 두드리는 소리가 그친다.

──나의 왕이여! 제가 아닌 다른 분이 이렇게도 재미난 이야깃거리를 먼저 풀어 나가는 것이 저나 여러분에게 더 나으리라 생각됩니다만, 제 이야기를 통해 다른 모든 분들이 자신감을 가지시라는 뜻으로 알고 기꺼이 따르겠습니다. 사랑하는 부인들이여! 저처럼 겁이 많고 특히 귀신(저는 결단코 그게 무언지 모르며 그게 무언지 아는 사람을 만난 적도 없습니다. 우리 모두가 똑같이 그걸 두려워하면서도 말이에요.)이라면 질색을 하는 여자분들을 위해 저는 장차 여러분께 소용이 될 만한

이야기를 하려고 합니다. 제 이야기를 잘 기억해 두신다면, 귀신을 쫓아 버리는 데 지극히 도움이 되는 거룩하고 선한 기도를 준비하실 수 있을 거예요.

옛날에 피렌체의 산 브란치오 거리에 잔니 로테린기라는 양모 상인이 살았어요. 다른 일들에서는 그만그만했지만 자기 기술에서는 아주 뛰어난 사람이었지요. 게다가 성격이 온화해서 산타 마리아 노벨라 성당 성가대의 대표직을 굉장히 자주 맡기도 했답니다. 그는 성가대를 잘 꾸려 나갔고, 그와 관련된 일들을 늘 잘 처리했기 때문에 사람들에게 대단한 신임을 얻고 있었어요. 하긴 그럴 수 있었던 것은 그가 돈을 좀 주물렀고 수사들에게 훌륭한 요리를 자주 대접했기 때문이지요. 수사들은 가끔씩 양말이나 외투, 두건을 얻는 일이 많았기에 그에게 영험 있는 기도문을 가르쳐 주기도 하고 속어로 된 주기도문이나 성 알레소의 노래, 성 베르나르도의 애가, 돈나 마텔다의 찬가, 그리고 그 밖의 잡다한 것들을 가르쳐 주었어요. 그는 그런 것들을 무척 소중히 여기며, 영혼의 건강을 위해 아주 부지런히 써먹었지요.

그런데 그에게는 테사 부인이라고 하는 아주 아름답고 매혹적인 아내가 있었어요. 만누치오 달라 쿠쿨리아의 딸로, 매우 총명하고 영악한 여자였지요. 남편의 단순함에 질린 여자는 미남에 젊음이 넘치는 사내인 페데리고 디 네리 페골로티에게 빠졌답니다. 사내도 여자를 좋아했지요. 여자는 하녀를 보내 페데리고더러 카메라타*에 있는 잔니 소유의 아주 아름다운 별장으로 오라고 전갈을 보냈어요. 그곳은 여자가 여름

내내 묵던 곳이었습니다. 잔니는 가끔 와서 저녁을 먹고 밤을 지내기도 했으며, 아침에는 가게로 돌아가거나 때로는 성가대로 곧장 가기도 했습니다. 페데리고는 어떻게든 여자를 만나고 싶었던 차에 기회를 잡았으므로 약속한 날 저녁 무렵에 그곳으로 올라갔어요. 그날 밤에는 잔니가 오지 않았기에 페데리고는 매우 흐뭇한 마음으로 즐겁게 식사를 하고 여자와 함께 밤을 보냈지요. 여자는 그날 밤 페데리고의 가슴에 안겨 남편의 찬송가를 여섯 개나 가르쳐 주었답니다. 그러나 여자는 이것이 첫만남이었던 만큼 마지막이 되어서는 안 된다고 생각했고 페데리고도 같은 생각이었기에, 그가 와도 되는지 하녀가 일일이 전하는 것이 번거롭다고 생각하여 다음과 같은 방법을 생각해 냈어요. 그가 여자의 별장보다 좀 더 위에 있는 자기 별장으로 가거나 거기서 돌아올 때 여자의 집 옆에 있는 포도밭을 주시하자, 그러면 그 포도밭의 말뚝 하나 위에 당나귀 해골이 눈에 띌 텐데 그게 피렌체 쪽을 향하고 있으면 그날 밤은 확실하게 와도 되는 것이다, 혹시 문이 잘 열리지 않거든 세 번 두드리면 열어 줄 것이다, 그러나 해골이 피에솔레 쪽으로 돌아가 있으면 잔니가 있다는 뜻이니 오지 마라, 이런 것이었습니다. 이런 방법을 통해 두 사람은 자주 밀회를 즐겼답니다.

　그러던 어느 날이었어요. 페데리고와 식사를 하기로 되어 있던 날이라 여자는 큼지막한 수탉 두 마리를 요리하게 했어

＊피에솔레 언덕 남쪽 경사면에 있는 작은 마을.

요. 그런데 그날 오지 않아야 할 잔니가 매우 늦은 시각에 왔
지 뭐예요. 부인은 너무나 당황했어요. 그들은 미리 따로 요
리해 뒀던 살라미를 약간 먹는 것으로 저녁을 대신했지요. 그
러면서 한편으로는 하녀에게 수탉 두 마리와 신선한 달걀 여
러 개를 하얀 냅킨에 싸서 맛좋은 포도주 한 병과 함께 정원으
로 가져가도록 했어요. 정원은 집을 통하지 않고도 갈 수 있는
곳에 있었는데, 여자가 페데리고와 함께 몇 번 식사를 하던 곳
이었지요. 여자는 하녀에게 풀밭 한쪽에 있는 복숭아나무 아
래 그것들을 놓아두라고 했어요. 그런데 이게 무슨 슬픈 일일
까요? 페데리고가 오거든 기다리라고 하고, 잔니가 와 있으니
정원에 있는 것들을 혼자 먹으라고 말한다는 걸 여자가 깜박
잊어버린 거예요. 그래서 여자와 잔니가 잠자리에 들고 하녀
도 잠들어 버린 뒤 얼마 지나지 않아 페데리고가 와서 문을 가
만히 한 번 두드렸어요. 문은 방 가까이에 있었기에 잔니는 이
내 알아들었고 여자 또한 그 소리를 들었지요. 그러나 잔니는
아내를 조금도 의심하지 않았기 때문에 그냥 눈을 감고 있었
어요.

잠시 시간이 지나서 페데리고는 두 번째로 문을 두드렸습
니다. 이번에는 잔니도 놀라서 아내를 손으로 쿡 찌르면서 말
했지요.

"테사! 무슨 소리가 나는데 당신도 들었어? 아무래도 우리
집 문을 두드리는 것 같은데."

아내는 물론 남편보다 더 잘 들은 터였습니다만, 그제야 잠
이 깬 척하면서 이렇게 말했어요.

"네? 뭐라고요?"

"그러니까 누가 우리 문을 두드리는 것 같단 말이야." 하고 잔니가 말했어요.

"두드린다고요? 아이고, 무서워라! 잔니! 당신 그게 뭔지 몰라요? 귀신이라고요. 요즘 밤마다 그것 때문에 얼마나 무서운지 몰라요. 저 소릴 들으면 이불을 뒤집어쓰고 날이 밝을 때까지 머리를 내밀지도 못한다니까요."

그러자 잔니가 말했습니다.

"무섭긴 뭐가 무섭다고 그래! 내가 자기 전에 「그대에게 빛을」* 하고 「꾸짖을지어다」를 외웠고, 영험 있는 찬송가들도 여러 곡 불렀고, 성부와 성자와 성령의 이름으로 침대에 노래를 하나하나 새겨 두었으니 무서워할 필요 없다고. 귀신이 아무리 힘이 세다 해도 우리한테 해를 입힐 수는 없을걸."**

여자는 페데리고가 혹시 다른 의심을 하지 않을까, 그래서 자기에 대해 혼란스러워하지 않을까 염려스러워 자리에서 일어나 남편이 와 있다는 걸 알려 주기로 결심했어요. 그래서 남편에게 이렇게 말했지요.

"어머, 그래요! 당신이 나름대로 잘 준비해 두셨군요! 하지만 나는 안심이 안 돼요. 안전을 위해서, 당신이 먼저 외우면 우리가 함께 외우도록 해요."

"어떻게 외우는 건데?"

---

* 이 찬송가는 『신곡 - 연옥편』 8곡 13행에도 인용되었다.
** "무서워할 것 없다. 저놈은 이 절벽 아래로 내려가는 널/ 막지 못할 거다. 그의 힘은 그리 강하지 않아."(『신곡 - 지옥편』 7곡 4~6행.)

"내가 외우는 법을 잘 알아요. 실은 언젠가 속죄를 하러 피에솔레에 갔을 때 그곳에 은둔하던 분들 중 하나가 내가 무서움을 몹시 탄다는 걸 알고 거룩하고 영험 있는 기도를 가르쳐 주셨거든요. 여보! 이건 하느님께서 나를 위해 일러 주신 가장 거룩한 기도예요. 그분도 은자가 되기 전에 여러 번 해 봤는데, 그때마다 효과를 봤다는군요. 하지만 아무래도 혼자서는 외울 자신이 없었어요. 당신이 지금 옆에 있으니 우리 함께 외워 보도록 해요."

잔니는 아주 좋다고 말했어요. 두 사람은 일어나 가만히 문 앞으로 갔지요. 밖에서는 페데리고가 아까부터 이상하게 생각하면서 기다리고 있었고요. 그곳에 이르자 여자가 남편에게 말했어요.

"내가 외우면 당신은 침을 뱉어요."

잔니가 말했습니다.

"좋아."

그러자 여자는 기도를 시작했습니다.

"귀신아, 귀신아! 밤에만 나오는 귀신아! 꼬리를 곧추세우고 왔으니 꼬리를 세운 채로 가거라. 풀밭에 가면 복숭아나무 아래 기름에 볶은 요리와 우리 집 닭이 낳은 달걀 백 개가 있다. 포도주를 병째로 마시고 물러가라. 나한테나 잔니한테 해를 입히지 마라."

이렇게 말한 다음 남편에게 말했어요.

"침을 뱉어요, 잔니!"

그래서 잔니는 침을 뱉었지요.

밖에 있던 페데리고는 이를 듣고서 이미 질투심은 사라졌고, 약간 우울하긴 했으나 웃음이 터지려는 걸 참기 힘들었어요. 그는 숨을 죽여 킥킥거렸고, 잔니가 침을 뱉었을 때 가만히 속삭였지요.

"이제 됐어."

여자는 이런 식으로 귀신을 쫓는 기도문을 세 번 외운 다음 남편과 함께 침대로 돌아갔어요. 여자와 식사를 할 셈으로 왔다가 식사를 하지 못한 페데리고는 기도문의 내용을 알아듣고 풀밭으로 나가 복숭아나무 아래에서 수탉 두 마리와 포도주와 달걀을 찾아내 집으로 가져와 배불리 먹었지요. 그 뒤로도 몇 번이나 그녀를 다시 만나면서 이때 외웠던 주기도문 얘기를 하며 웃었답니다.

그런데 어떤 사람은 이 이야기의 진상이 이렇다고 하는군요. 여자는 당나귀 머리를 피에솔레 쪽으로 제대로 돌려놓았는데 포도밭 일꾼이 지나가다가 막대기로 그걸 자꾸자꾸 돌리다가 피렌체 쪽으로 돌려놨고, 그 때문에 페데리고가 호출을 받았다고 생각하여 왔다는 거예요. 그래서 여자가 이런 기도문을 외웠다네요.

"귀신이여, 귀신이여, 물러나라! 당나귀 머리는 내가 아니라 다른 이가 돌려놓았노라! 하느님께서 진노하실까 두렵고, 나는 잔니와 함께 있노라."

이를 들은 페데리고는 함께 잠도 못 자고 저녁도 못 먹고 가 버렸다는 거예요. 그런데 제 이웃 중에 대단히 나이 지긋한 할머니가 계신데, 그분이 어렸을 때 들은 바에 의하면 그 둘이 모두 사실이었다네요. 다만 나중 이야기는 잔니 로테린기에게 일어난 일이 아니라, 포르타 산 피에로에 살던, 로테린기 못지않게 멍청한 잔니 디 넬로라는 사내에게 일어났던 일이라고 해요. 그러니까 여러분! 이 이야기는 둘 중 마음에 드는 쪽으로 어떤 걸 선택하셔도 된답니다. 아니면 양쪽 다 하셔도 되고요. 그런 일이 일어나면 이렇게 들은 경험이 큰 도움이 되실 거예요. 잘 기억해 두셨다가 잘 활용하시기 바랄게요.

일곱 번째 날 두 번째 이야기

페로넬라는 남편이 집에 돌아오자 정부를 통에 숨긴다. 그런데 남편이 그 통을 팔았다고 말하자 그녀는 자기가 이미 팔았으며, 그걸 산 사람이 지금 통 속에 들어가 흠이 있는지 살펴보는 중이라고 말한다. 그 얘기를 들은 정부는 통에서 뛰어나와, 남편을 시켜 통 속을 깨끗이 닦은 뒤 집으로 갖고 돌아간다.

에밀리아의 이야기를 들은 사람들은 크게 웃고서 거룩하고 영험 있는 기도문이라고 칭찬했습니다. 에밀리아의 이야기가 끝나자 왕은 필로스트라토에게 이야기를 이어 가라고 요청했습니다. 그는 이야기를 시작했습니다.

— 나의 친애하는 부인들이여! 세상 남자들, 특히 남편들은 아내를 속이는 일이 많습니다. 그러니 어쩌다 아내가 남편을 속이는 일이 일어나거든 그런 일이 일어난 것을 대단히 만

족하게 여기고, 또 그 일에 대해 듣거나 알게 된 것을 기뻐해야 합니다. 뿐만 아니라 누구에게든 가서 그 이야기를 전하여 남자가 아는 것은 여자도 잘 안다는 것을 남자들에게 깨우쳐 줘야 합니다. 이 일은 누구보다 여러분에게 대단히 유용할 겁니다. 다른 사람이 아는 걸 아는 사람은 쉽사리 속아 넘어가지 않기 때문입니다. 그리고 오늘 이런 주제로 우리가 나눈 이야기들이 남자들에게 알려지면, 여자들도 마찬가지로 원하기만 하면 남자를 속일 수 있다는 걸 알게 될 테니 남자들이 여러분을 속이는 일을 충분히 억제할 수 있지 않을까요? 제가 여러분께 들려 드릴 이야기의 목표도 그것입니다. 신분은 낮지만 한순간의 기지로 남편에게서 자신을 구출해 낸 젊은 여자의 이야기지요.

바로 얼마 전 일입니다만, 나폴리에 페로넬라라는 아름답고 매혹적인 젊은 여자를 아내로 둔 가난한 남자가 살았습니다. 그는 미장이 기술로, 아내는 실 잣는 일로, 근근이 벌어 알뜰살뜰 생활을 꾸렸습니다. 그런데 어느 날 이웃의 제비 같은 젊은 놈이 페로넬라를 보고 홀딱 반해서 사랑에 빠져 버렸습니다. 그놈은 별별 수단을 다 써서 여자를 꼬드겼고, 그 결과 여자 쪽에서도 거기에 따르게 되었어요. 둘은 몰래 만나기 위해 이런 계획을 짰습니다. 남편이 매일 아침 일찍 일을 하거나 일감을 찾으러 나가니 청년이 밖에서 엿보고 있다가 남편이 나가면 집에 들어온다는 것입니다. 그곳이 아보리오라는 아주 한적한 거리였으니 가능한 일이었지요. 그런 식으로 해서 두 사람은 수도 없이 만났습니다.

그러던 중 어느 날 일어난 일입니다. 사람 좋은 남편이 나갔기 때문에 잔넬로 스크리냐리오(이게 청년의 이름이었습니다.)가 집 안에 들어와 페로넬라와 만나고 있는데, 얼마 지나서 하루 종일 돌아오지 않아야 할 남편이 돌아온 것입니다. 그런데 문이 안으로 잠겨 있었기에 남편은 문을 두드리고 또 두드리며 속으로 이렇게 중얼거렸습니다.

"아아, 하느님! 정말로 감사합니다! 저를 가난뱅이로 만드셨지만 아내만은 이렇게 젊고 선량하고 정숙한 여자를 선물해 주셨군요! 제가 나가자마자 아무도 들어와서 귀찮게 하지 못하도록 금방 문을 안으로 걸어 잠갔으니 말입니다."

문을 두드리는 방식으로 보아 남편이 온 것을 안 페로넬라는 청년에게 이렇게 말했습니다.

"어머나! 잔넬로, 이제 난 죽었어! 남편이란 말이야! 어쩌면 좋아! 지금까지 이 시각에 돌아온 적이 없었는데, 이게 어쩐 일이람. 혹시 당신이 들어온 걸 봤을까? 어쨌거나 안됐지만 일이 이렇게 됐으니 저기 보이는 통 속에 좀 들어가 있어요. 나는 문을 열어 줄 테니까요. 오늘 아침엔 왜 이렇게 일찍 집에 돌아왔는지 곧 알게 되겠지."

잔넬로는 재빨리 통 속으로 들어갔습니다. 페로넬라는 문으로 가서 남편에게 문을 열어 주고는 새침한 얼굴로 말했습니다.

"무슨 일이라도 있어요? 오늘 아침엔 왜 이렇게 부리나케 돌아온 거죠? 손에 연장을 들고 돌아온 걸 보니, 오늘은 아무것도 안 할 작정인가 보네요? 그따위로 하면 어떻게 살라는 거예요? 어디서 빵이 거저 난답디까? 내 치마에다가 속옷까지 몽땅 저당 잡히고 내 속을 긁으려는 거예요? 남은 등잔에 켤 기름이라도 벌겠다고 손톱이 빠지도록 밤낮으로 실을 잣는데 말이야. 아이고, 이 양반아! 이웃에서는 날 보고 놀라기도 하고 업신여기기도 해요. 멍청하게 억척같이 일만 한다고. 그런데 당신은 일을 해야 할 시간에 두 손을 늘어뜨리고 이렇게 집에 돌아온단 말이야!"

이렇게 쏘아붙이고 울기 시작했습니다. 그리고 처음부터 다시 잔소리를 늘어놓는 것이었습니다.

"아이고! 불쌍한 내 신세야! 팔자도 사납네! 어쩌자고 요렇게 태어났누! 근사한 젊은 부자랑 결혼할 수도 있었던 내가, 그런 날 마누라로 삼았다는 걸 생각도 못 하는 작자한테 시집을 왔구나! 남들은 애인 두고 좋은 시절 보낸다던데! 애인 따위 둘이나 셋쯤 없는 여자가 없다던데! 그렇게 재미를 보면서 남편한테는 달을 해라고 속여 먹는다던데! 아이고, 불쌍한 내 신세야! 이것도 다 내가 사람 좋고 그런 얘기엔 귀도 기울이지 않으니 그런 거지! 팔자도 사나워라! 나는 왜 남들처럼 애인도 하나 꿰차지 못하는지 알다가도 모를 일이네! 이봐요! 당신 잘 들어요! 내가 나쁜 짓을 하려고 마음만 먹으면 상대는 얼마든지 있다고! 나한테 홀딱 반해서 천만금이라도 주겠다고 하고 또 내가 원하면 옷이든 보석이든 싫도록 주겠다고 하는 작자들이 수두룩하다고! 하지만 난 마음이 약해서 그런 짓은 못해요! 그런 부정한 여자의 딸이 아니거든. 그런데 당신은 일해야 할 시간에 집에나 돌아온단 말이야?"

남편은 이렇게 말했습니다.

"이런! 여보! 너무 짜증 내지 말아요! 내가 일하러 간 건 맞지만, 당신이 분명 그건 몰랐군. 하긴 나도 몰랐으니까. 오늘이 바로 성 갈레오네 축일 아니오. 노는 날이라고. 그래서 이 시간에 집에 돌아온 거야! 하지만 내가 말이야, 한 달 동안 아무 일도 안 해도 먹고살 방법을 발견했단 말씀이지. 여기 모시고 온 이분께 통을 팔았어. 당신도 알다시피 우리로서는 성가신 물건 아니었소. 이분이 글쎄 5질리아토*를 주시겠다네."

그러자 페로넬라가 말했습니다.

"그것도 다 내 속을 썩이는 일이에요! 당신도 남자랍시고 이리저리 다녀 봤으니 세상 물정을 좀 알 텐데, 이 통을 겨우 5질리아토에 팔았단 말예요? 집 밖에 거의 나간 적이 없는 나 같은 여자도 자리만 차지하는 저 통을 7질리아토에 팔았다고요. 그래서 당신이 돌아왔을 때 그 통이 튼튼한지 보려고 그 사람이 안에 들어가 있던 참이에요."

남편은 이 소리를 듣고서 너무나도 좋아하며 통을 사러 온 사람에게 말했습니다.

"당신한테는 미안하게 됐소. 들었겠지만, 당신은 5질리아토밖에 주지 않는다는 통을 내 아내가 7질리아토에 팔았다는구려."

그 사람은 "잘됐군!" 하고 돌아갔습니다.

---

* 샤를 앙주가 1300년경에 주조한 나폴리 동전으로 은이 약 4그램 섞였다. 프랑스 백합을 십자 모양으로 새겨서 질리아토('백합이 새겨진'이라는 뜻.)라고 불렸다.

페로넬라는 남편에게 말했습니다.

"이제 당신이 돌아왔으니 이리 와서 흥정 좀 해 봐요."

잔넬로는 난처한 일이 생기지 않을까, 또는 방책을 세워야 하지 않을까 하여 귀를 쫑긋 세우고 있던 차에 페로넬라의 얘기를 듣고 잽싸게 통 밖으로 나왔습니다. 그리고 남편이 돌아온 것은 전혀 몰랐다는 듯이 이렇게 말했습니다.

"어디 계세요, 아주머니?"

곁에 와 있던 남편이 그 말에 대답했습니다.

"여기 있소. 왜 그러시오?"

잔넬로가 말했습니다.

"당신은 누구시오? 난 이 통을 흥정하던 아주머니를 찾는데요."

그러자 사람 좋은 남편이 말했습니다.

"나랑 얘기해도 돼요. 내가 남편이오."

"통이 참 튼튼한 것 같기는 한데, 지게미를 오래 담아 놓으셨나 봐요. 아무리 손톱으로 긁어 봐도 떨어지질 않으니 말이오. 그걸 깨끗하게 해 주지 않으면 사긴 글렀어요."

그러자 페넬로페가 얼른 말했습니다.

"못 팔 정도는 아니에요. 제 남편이 깨끗하게 긁어 내 줄 겁니다."

그러자 남편이 말했습니다.

"아, 그러지!"

그리고 연장을 내려놓고 윗도리를 벗고는 셔츠 바람으로 끌을 들고서 통 속으로 들어가 박박 긁어 내기 시작했습니다.

페로넬라는 남편이 일하는 걸 보고 싶다는 듯이 머리를 그리 크지도 않은 통 아가리에 처박고서 한쪽 팔과 어깨마저 밀어넣고는 "여보, 여기도 긁어내야죠, 저쪽도요!" 하기도 하고, "이거 봐요, 여기 아직도 그냥 있네요." 하기도 하면서 말이 많았습니다.

그렇게 하면서 남편에게 참견을 하고 가르치는 동안, 잔넬로는 그날 아침 남편이 갑자기 돌아오는 바람에 다 채우지 못한 욕망을 할 수 있는 만큼 채워 보리라 생각했습니다. 물론 원하는 대로 다 할 수 없으리라는 건 알았지만요. 그래서 통 아가리를 막고 있던 그녀 뒤에 찰싹 달라붙어 고삐 풀린 말들이 넓은 들판에서 욕정에 불타올라 파르티아의 암말들을 덮치듯 청춘의 욕망을 끝까지 채웠습니다. 그 일은 통이 깨끗이 닦이는 시간과 거의 같은 시점에 끝났습니다. 그는 페로넬라에게서 떨어지고 그녀도 통에서 머리를 꺼냈으며 남편도 밖으로 나왔습니다.

페로넬라는 잔넬로에게 이렇게 말했답니다.

"이보시오! 이 등을 들고 통이 원하는 만큼 잘 닦였는지 살펴보시오."

잔넬로는 안을 둘러보고 잘됐으며 만족한다고 말했습니다. 그리고 7질리아토를 치르고 남편이 통을 자기 집까지 나르도록 했습니다.

크리스틴 드 피장, 『데카메론』 프랑스어판 삽화,
15세기 초, 바티칸 도서관 소장.

일곱 번째 날 세 번째 이야기

리날도 수사가 세례를 준 아이의 엄마와 누워 있는데 남편이 돌아와 그들이 한 방에 있는 걸 본다. 그러자 그들은 수사가 기도문을 외워 아이의 병을 쫓아내는 중이라고 믿게 만든다.

필로스트라토가 파르티아의 암말에 대해 에둘러 말하는 방법을 몰랐던 탓에 교양 있는 부인들은 웃지도 못하고 다른 것을 두고 웃는 척해야 했습니다. 그의 이야기가 끝난 걸 알고서 왕은 엘리사에게 이야기를 하라고 청했습니다. 뜻에 따를 준비가 되어 있던 엘리사가 이야기를 시작했습니다.

── 아름다운 부인들이여! 귀신을 쫓아낸 에밀리아 님의 이야기를 들으니 주문에 관련된 다른 이야기가 떠오르네요. 에밀리아 님의 이야기만큼 재미나지는 않지만 주제에 맞는 다른 이야기가 당장 생각나지 않으니 그 이야기를 할까 해요.

여러분도 잘 아시듯이, 옛날 시에나에 당당한 가문 출신으로 아주 반듯한 청년인 리날도가 살았어요. 그는 이웃에 살던 어느 부자의 아름다운 아내에게 뜨거운 연정을 품고 있었어요. 그리고 만일 의심을 사지 않고 그녀와 대화를 나눌 수만 있다면 자기가 원하는 모든 걸 손에 넣을 수 있을 텐데 하고 바라고 있었지요. 그러나 그럴 만한 기회가 보이지 않았고, 부인은 임신 중이었기에 그 아이의 대부가 되어야겠다고 생각했어요. 그래서 그녀의 남편과 친분을 쌓았고, 그 과정에서 자신의 의사를 가장 적절하다고 여겨지는 방식으로 전했으며, 결국 뜻을 이루었어요. 아이의 대부가 되어 아녜자 부인과 대화를 나눌 훌륭한 구실이 생기자, 남자는 이를 기회로 용기를 내어 자신의 심중을 털어놓게 되었답니다. 남자 눈의 움직임을 통해 부인도 이미 충분히 짐작하던 바였지요. 그런데 그렇게 입 밖에 낸 것이 부인에게는 싫지 않은 일인 듯했으나 그렇다고 그에게 큰 보람이 있었던 것 같지도 않았어요.

　그런 일이 있은 지 얼마 지나지 않아 리날도는 무슨 까닭인지 수사가 되었어요. 그리고 어떤 방식의 생활을 발견했는지 모르지만, 그 생활을 고집했답니다. 처음에 수사가 되었을 때는 그녀에게 품었던 사랑이나 그 밖의 다른 허영심 같은 것들을 옆으로 밀쳐놓기도 했으나, 시간이 지나면서는 수사복도 벗지 않은 채로 다시 그런 것들에 집착하게 되었어요. 그래서 겉치레에 탐닉하기 시작해서 고급 천으로 만든 옷을 입고 우아하고 맵시 나는 것들을 그러모으며, 노래와 시, 발라드를 짓고 부르는 등 그런 비슷한 일들로 가득 찬 생활을 하기 시작했던 것입니다.

하지만 이런 짓들이 우리의 리날도에게만 국한된 것일까요? 수사라는 자들이 하는 꼴이 다 그렇지 않겠어요? 아아! 저는 이 어지러운 세상이 수치스럽답니다. 그들은 비대한 몸집이나 혈기왕성한 얼굴에 보드라운 옷을 걸치면서도, 그런 모든 것들을 부끄러워하지 않아요. 비둘기가 아니라 볏을 세운 의기양양한 수탉들처럼 거드름을 피우며 거리를 활보하지요. 게다가 더욱 나쁜 것은(그들의 방이 화장용 연고나 유약이 가득 든 항아리며 다양한 과자가 든 상자들, 증류수와 기름을 담은 병과 단지들, 그리스산 포도주와 백포도주 병들, 그리고 다른 종류의 최고급 포도주 병들로 넘쳐흘러서 보는 사람들로 하여금 수도사의 방이 아니라 고급술이나 향수를 파는 가게처럼 보일 정도라는 점은 그냥 지나가기로 하지요.) 그들은 자신들이 통풍 환자라는 게 알려져도 부끄러운 줄을 모르며, 절식과 거친 음식, 그리고 절제된 생활이 사람을 날씬하고 섬세하게 만들고 건강을 유지시킨다는 걸 사람들이 아예 모른다고 믿는 거예요. 절제된 생활을 하면 병에 걸려도 최소한 통풍에는 걸리지 않지요. 이 병을 고치려면 간소함과 그 외에도 수사로서의 모든 검소한 생활을 유지해야 해요. 그런데도 그들은 청빈한 삶과 철야의 수련, 기도와 공부가 사람들을 창백하고 힘들게 한다는 걸 다른 사람들이 모른다고 믿는 거예요. 뿐만 아니라 그런 이유로 성 도메니코나 성 프란체스코가 혼자 네 벌의 수도복을 가지지 않았고, 또한 그 법의도 직물부터 물을 들여 색채를 두드러지게 하고 오래가게 하는 보드라운 천이 아니라 자연 색채의 거친 면으로 된 것을, 그것도 모양을 내기 위해서가 아니라 추위를 쫓으려고 입었다는 것을 사람들이 모른다고 생각하는 모양이에요. 하느님이시여! 이런 자들을 배려하소서! 오로지 살이나 찌우는 단순 소박한 자들의 영혼은 보답을 받을지어다.

그렇게 리날도 수사는 옛날 기분으로 돌아갔고, 아녜자 부인을 열심히 쫓아다니기 시작했어요. 그리고 전보다 더 대담해져서 전에 없이 집요한 태도로 그녀에게 품은 욕망을 뿜어냈지요. 순진한 부인은 그렇게 끈덕지게 구애를 받다 보니 리날도 수사가 보기보다 멋진 사람인 듯한 생각이 들었답니다. 간절히 요구하면 여자들은 다 들어주게 되잖아요. 그렇게 집요하게 시달리다 보니 부인도 그런 마음이 들어 이렇게 말했어요.

"어머, 리날도 수사님! 수사님들도 그런 걸 하시나 봐요?"

이에 대해 리날도 수사는 이렇게 대답했지요.

"부인! 이 수사복 따위야 아무 때라도 쉽게 벗어 버릴 수 있습니다. 그렇게 하면 나를 수사가 아니라 여느 남자처럼 한 사람의 사내로 봐 주시겠습니까?"

부인은 웃느라 입을 찡그렸어요.

"아이고, 이를 어째! 수사님은 제 아이의 대부시잖아요. 그런 일이 어떻게 이루어지겠어요?* 그건 너무나도 나쁜 일일 겁니다. 저는 그것이 대단히 큰 죄라는 말을 수도 없이 들었어

---

* 중세의 관습과 신앙에 따르면 대부 - 대자 관계는 혈연관계만큼이나 가까웠다. 따라서 아이의 대부와 결혼한다든지 관계를 맺는 것은 근친상간에 해당되었다.

요. 큰 죄가 아니라면 수사님이 원하시는 대로 하겠지만 말이에요."

그러자 리날도 수사가 말했어요.

"그런 이유 때문에 포기하신다면 부인은 바보입니다. 그것이 죄가 아니라고는 말하지 않겠습니다. 하지만 하느님께서는 참회하는 자를 대부분 용서하십니다. 그런데 아이에게 세례를 준 나와, 아이를 키운 부인의 남편 중 누가 더 아이와 인연이 있을까요?"

부인은 이렇게 대답했어요.

"그야 제 남편이지요."

"바로 그렇습니다. 부인의 남편은 부인과 잠자리를 하시나요?" 하고 수사가 말했어요.

"그럼요!" 하고 부인이 대답했지요.

"그렇다면, 부인 남편이 아이와 나보다 더 인연이 있으니 나도 부인의 남편처럼 부인과 잠자리를 해야 되겠군요."

부인은 이게 무슨 논리인지 알 길이 없었고 마음을 바꿀 생각도 별로 없었지만, 말만은 그럴듯하다고 생각했던지, 아니면 그렇게 생각하는 척했든지 이렇게 말했어요.

"수사님의 현명한 말씀에 누가 감히 반박할 수 있겠어요?"

그리고 아이의 대부임에도 그의 소원대로 몸을 맡겼어요. 그것도 한 번으로 끝나지 않고, 아이의 대부라는 장막 뒤에서 의심을 덜 받을 수 있었던 까닭에, 더 안심하고 더 여러 번 만남을 즐겼답니다.

그러던 어느 날 이런 일이 일어났어요. 리날도 수사가 부인

집으로 가니 무척 예쁘고 귀여운 부인의 하녀 외에는 다른 사람이 아무도 없어 수사는 데리고 간 동료더러 그녀에게 주기도문을 가르쳐 주라고 하고는 같이 다락방으로 올려 보냈지요. 그러고 난 뒤 부인과 함께 어린아이의 손을 잡고 함께 침실로 들어가 문을 잠그고 방에 놓인 안락의자에 앉아서 즐기기 시작했어요. 그런데 이 와중에 갑자기 남편이 돌아온 거예요. 아무도 눈치채지 못하는 사이, 남편은 침실 입구에 서서 문을 두드리며 부인을 불러 댔어요.

아녜자 부인은 이 소리를 듣고 말했지요.

"난 이제 죽었어요. 남편이란 말예요. 이제 그 양반이 우리가 친한 이유를 알게 될 거라고요."

리날도 수사는 두건도 벗고 견의도 벗고 속옷만 입은 상태라 부인의 말을 듣고 이렇게 말했어요.

"부인 말이 맞아요. 옷이라도 입고 있다면 어떻게든 해 보겠는데. 부인이 문을 열면 남편이 내 꼴을 볼 것이고 어떤 변명도 통하지 않겠군요."

부인은 언뜻 묘안이 떠오른 듯 말했어요.

"어서 옷을 입으세요. 다 입거들랑 아이를 안고서 제가 남편에게 하는 말을 잘 들으시고 제 말을 적당히 받으셔야 합니다. 나머지는 저에게 맡기시고요."

사람 좋은 남편은 아직도 문을 두드리고 있었어요. 부인은 "지금 가요." 하고 대답하고서 몸을 일으켜 밝은 낯을 하고 방문으로 가서 문을 열었지요.

"여보! 정말 다행히도 우리 아이의 대부이신 리날도 수사님이 와 주셨어요. 그분이 없었더라면 오늘 아이를 잃을 뻔했지 뭐예요."

어리석은 열혈 신자가 이 말을 듣고 깜짝 놀라 말했지요.

"무슨 일이야?"

"오, 여보! 방금 전에 아이가 실신을 했지 뭐예요. 저는 아이가 죽은 줄로만 알았어요. 어떻게 해야 할지 무슨 말을 해야할지 모르던 차에 우리 아이 대부이신 리날도 수사님이 때맞춰 오신 거예요. 그분은 아이를 안고 이렇게 말씀하셨죠. '부인! 이건 아이 배 속에 벌레가 생긴 겁니다. 벌레가 심장까지 올라가면 여지없이 죽고 말 겁니다. 하지만 내가 주기도문을 외워 벌레들을 모조리 죽일 테니 걱정하지 마세요. 돌아가기 전까지 이전처럼 건강한 아이로 만들어 놓겠습니다.' 기도를 드리려면 당신이 응당 있어야 했지만, 하녀가 당신을 찾지 못하자 수사님은 함께 오신 동료를 하녀와 함께 이 집에서 가장 높은 곳으로 올려 보냈어요. 그리고 이러한 성사에는 아이의 어머니 외에는 아무도 접근해서는 안 된다기에 다른 사람들이 방해할까 싶어 그분과 제가 여기로 들어와 방문을 잠근 거예요. 아이는 아직도 수사님이 안고 계세요. 함께 오신 수사님이 기도를 끝마치실 때까지 기다리시나 봐요. 아마 이제 끝났을 거예요. 아이가 정상으로 돌아왔으니까요."

이 말을 모두 믿은 열혈 신자는 아이를 사랑하는 마음에 가슴이 미어졌어요. 그는 아내의 말을 눈곱만큼도 의심하지 않고 다만 크게 한숨을 쉬며 말했지요.

"아이를 좀 봅시다."

"가지 마세요. 다 된 일을 망칠 수도 있어요. 기다려 봐요. 들어가셔도 될 것 같으면 제가 부를게요."

리날도 수사는 이 모든 얘기를 듣고 여유롭게 옷을 입은 뒤 아이를 안는 등 만반의 준비를 갖추고 나서 불렀어요.

"부인! 주인어른의 목소리가 아닙니까?"

열혈 신자가 대답했지요.

"수사님, 접니다!"

"그러시군요! 이리로 오시지요." 하고 리날도 수사가 말했어요. 열혈 신자가 그리 가자, 리날도 수사는 이렇게 말했습니다.

"받으십시오. 하느님의 은총으로 아이가 건강을 회복했습니다. 조금 전까지만 해도 아버님이 저녁에 돌아와 살아 있는 아이를 못 보는 게 아닐까 걱정했습니다. 하느님을 찬미하세요. 그리고 암브로지오 성자*의 성상 앞에 아이와 같은 크기의 조상을 초로 깎아 바치십시오. 그분의 공덕으로 하느님께서 은총을 내리신 거니까요."

아이는 아버지를 보더니 달려가 안기며 재롱을 부렸어요. 아버지는 아이를 껴안고 눈물을 흘리며 무덤에서 꺼내오기라도 한 듯 입을 맞추고, 아이를 고쳐 주었다는 대부에게 감사의

---

*밀라노의 수호 성인인 성 암브로지오가 아니라, 시에나 출신의 도메니카 성자인 암브로지오 산세도니(1220~1286)를 가리킨다. 그는 1288년에 시에나 코무네에게 예배당을 헌납받았다. '브로지오'는 '멍청한' 혹은 '우둔한'이라는 뜻인데, 암브로지오라는 이름을 이용해 이 속뜻을 암시하는 속어적 표현이 널리 사용되었다.

말을 늘어놓았지요. 한편 리날도 수사의 동료는 하녀에게 주기도문을 하나가 아니라 아마도 네 개 이상은 가르쳐 주고, 어떤 수녀에게서 받은 하얀 마직 지갑을 선물로 주면서 자신의 열렬한 신도로 만들었어요. 그러다 부인의 방에서 열혈 신자를 부르는 소리를 듣고는 그 방에서 일어나는 일들을 모두 보고 들을 수 있는 곳으로 살그머니 내려왔어요. 그리고 모든 일이 무사히 마무리된 걸 보고는 아래로 내려가 방으로 들어가 말했지요.

"리날도 수사님! 지시하신 대로 네 개의 기도문을 모두 들려주었습니다."

그 말에 리날도 수사가 대꾸했어요.

"형제여! 참으로 수고가 많았소. 장합니다. 나는 주인어른이 돌아오셨을 때 두 개밖에 외우지 못했는데 말이오. 그러나 그대와 나의 노력으로 하느님께서 은총을 내리셔서 아이가 다 나았소."

열혈 신자는 고급 포도주와 과자를 가져오게 하여 아들의 대부와 동행한 수사를 극진히 대접했어요. 그는 집 밖으로 나가 그들을 전송하고 난 뒤, 지체하지 않고 납상(蠟像)을 주문해 암브로지오 성자의 성상 앞에 다른 조상들과 나란히 매달라고 보냈답니다. 물론 밀라노의 성 암브로지오는 아니었지요.

일곱 번째 날 네 번째 이야기

토파노는 어느 날 밤 아내를 밖으로 쫓아낸다. 애원을 해도 문을 열어 주지 않자, 아내는 우물에 빠지는 척하며 커다란 돌을 던져 넣는다. 토파노가 집에서 나와 그곳으로 달려가자, 아내는 집으로 들어가 문을 걸어 잠그고 남편을 골탕 먹인다.

왕은 엘리사의 이야기가 끝나자마자 곧바로 라우레타 쪽을 돌아보며 다음 이야기를 해 줬으면 좋겠다고 말했습니다. 라우레타는 그 자리에서 지체 없이 이야기를 시작했습니다.

— 아, 사랑이여! 그대의 힘은 어찌 그리 위대하고 다양한가요! 그대의 조언과 예견은 어찌 그리 대단한가요! 예전에나 앞으로나 그 어떤 철학자, 그 어떤 예술가가 그대처럼 길을 따른 자에게 즉각 예지와 신중, 그리고 논증을 제시해 줄 수 있을까요? 그 어떤 가르침도 그대의 가르침과 비교하면 단연 둔

감하기만 합니다. 그건 앞서 나온 이야기들에서도 아주 극명하게 드러났지요. 그래서 여러분, 저는 사랑이 아니면 누구에게서도 배울 수 없을 지혜를 발휘한 어느 소박한 여자의 이야기를 덧붙일까 해요.

옛날 아레초에 토파노라는 부자가 살았어요. 그는 기타라는 굉장한 미인을 아내로 맞았지요. 그런데 이유는 모르지만 얼마 지나지 않아 아내를 질투하게 되었고, 이를 알게 된 아내는 경멸감을 감추지 않았어요. 질투의 이유를 여러 번 물었으나, 남편은 대충 얼버무리거나 정당하지 않은 대답만 늘어놓았지요. 기타 부인은 그렇게 이유도 없이 자기를 괴롭히는 남편을 한번 단단히 골려 주리라 생각했습니다. 마침 그녀가 판단하기에 오래전부터 자기에게 뜨거운 눈길을 보내는 청년이 하나 있었는데, 그에게 은근한 뜻을 전하기 시작했어요. 그래서 둘 사이는 더 이상 말이 필요 없을 정도로 급속히 발전했어요. 부인은 이를 지속시킬 방법을 궁리하다가 이미 오래전부터 나쁜 버릇이 된 남편의 술 좋아하는 습관을 이용하기로 했어요. 그러고는 술을 권하기 시작했을 뿐만 아니라 교묘하게 더 자주 마시도록 부추겼지요. 술을 마실 때면 거의 매번 만취가 되도록 만들었고, 충분히 술이 들어가면 남편을 재우고 나서 애인과 놀아난 거예요. 그들은 이런 식의 만남에 금방 익숙해졌고, 완전히 마음을 놓고 어울리게 되었답니다. 사실 말이지만, 여자는 남편이 의식을 잃을 정도로 마시는 그 작태를 완전히 믿는 바람에 행동이 점점 대담해졌고, 그래서 애인을 집으로 끌어들이거나 때로는 이슥한 밤에 그리 멀지 않은 애인의 집에 가서 실컷 놀다 오기도 했답니다.

사랑에 빠진 아내가 이런 짓을 이어 가는 동안 이 불행한 남편은 아내가 자기에게는 술을 마시도록 부추기면서 자신은 전혀 마시지 않는다는 걸 깨닫게 됐어요. 일이란 게 그렇듯이, 아내가 자기를 술에 취하게 하고는 자기가 잠든 사이에 마음껏 놀아날 수도 있지 않은가 하는 의심이 부쩍 들었어요. 그래서 과연 그런지 사실을 확인하리라 마음을 먹고 그날 저녁에는 술은 마시지도 않았으면서 여느 때처럼 몹시 취한 척 비틀거리고 횡설수설해 봤지요. 그러자 아내는 술을 더 먹이지 않아도 곯아떨어지겠지 생각하고서 남편을 곧바로 침대에 뉘었어요. 그러고는 지금까지 숱하게 그래 왔던 것처럼 집을 나가 애인의 집으로 달려가 밤늦도록 머물렀답니다.

토파노는 집에 인기척이 없자 일어나 문으로 가서 안으로 문을 걸어 잠갔어요. 그리고 창가에 앉아 있었지요. 그러면 아내가 돌아오는 것을 볼 수 있을 것이고, 또 자기가 아내의 행실을 안다는 걸 알려 주리라 하는 마음에서였지요. 그렇게 아내가 돌아오기까지 앉아 있었는데, 아내는 집으로 돌아와 문이 잠긴 걸 발견하고 엄청나게 화를 내면서 억지로 문을 열려고 애를 썼어요. 그 꼴을 묵묵히 지켜보던 토파노는 이렇게 말했어요.

"마누라! 괜히 힘쓰지 말라고. 그래 봐야 들어올 수 없을걸. 지금까지 있던 곳으로 돌아가시지! 이젠 절대로 집에 들어올 수 없을 테니. 이 일을 두고 내가 당신 친지들이나 이웃들이 있는 자리에서 당신에게 걸맞은 명예를 줄 때까지는 말이야."

아내는 싹싹 빌면서 제발 문을 열어 달라고 애원하기 시작했어요. 자기는 남편이 생각하는 그런 곳에 가 있었던 게 아니라 이웃집 여자가 요즘 밤이 길기만 하고 도무지 잠을 이룰 수가 없으며 혼자 심심하다고 하기에 같이 어울리다 온 것뿐이라고 설명했습니다. 그러나 아무 소용이 없었어요. 무정한 남편은 아무것도 모르는 아레초 사람들 모두에게 알려서 단단히 창피를 줘야겠다고 벼르던 터였으니까요.

아내는 애원이 통하지 않는 걸 알자 이제는 위협으로 돌아서서 이렇게 말했어요.

"문을 열어 주지 않으면 당신을 세상에서 제일 불행한 사람으로 만들 거예요."

이에 토파노가 대답했어요.

"네가 뭘 어떻게 한다는 거야?"

사랑의 신에게서 가르침을 받아 이미 영특해질 대로 영특해져 있던 아내는 이렇게 대답했어요.

"당신이 나에게 누명을 씌워서 창피를 줄 작정이라면 나는 곧장 옆에 있는 이 우물에 몸을 던질 거예요. 나중에 내가 죽은 채로 발견되면 당신이 술에 취해서 날 우물에 던졌다고 믿지 않을 사람은 하나도 없을걸요. 그렇게 되면 당신은 도망쳐야 할 것이고 가진 재산을 다 잃겠지. 아니면 그야말로 살인자가 되어 그 벌로 목이 달아나고 말 거라고요."

그러나 이런 말 따위는 토파노의 우둔한 생각을 움직이게 하지 못했어요. 그러자 아내는 계속해서 이렇게 말했어요.

"그래요, 좋다고요. 나야말로 이런 짜증 나는 당신의 행동을 더 이상 못 참겠어! 아, 하느님! 제 남편을 용서하소서! 내 실패는 두고 갈 테니 있던 자리에 놓아주소서!"

이렇게 외치고서 아내는 우물가로 갔어요. 바로 옆에 있는 것도 분간할 수 없을 정도로 아주 깜깜한 밤이었지요. 그러고 는 우물가에 있던 커다란 돌을 집어서 "하느님! 저를 용서하 소서!" 하고 외치면서 우물 속으로 던졌어요.

돌은 물에 빠지면서 엄청나게 큰 소리를 냈어요. 토파노는 이를 듣고서 아내가 몸을 던진 거라 확신했어요. 그래서 두레 박을 찾아 들고서 냅다 집 밖으로 뛰쳐나가 아내를 구하려고 우물로 달려갔지요. 아내는 문 옆에 숨어 있다가 남편이 우물 로 뛰어가는 걸 확인하고는 집으로 냉큼 들어가서 안으로 문 을 잠그고 창문으로 가서 이렇게 비꼬았어요.

"한밤중이 아니면 술에 물을 타서 드시나 보네요."

아내 목소리를 들은 토파노는 속았다는 걸 알고 문으로 돌 아갔어요. 그리고 들어갈 수 없게 되자 문을 열어 달라고 사정 하기 시작했어요.

그때까지 조용조용 얘기하던 아내는 이제 거의 울부짖듯이 말했어요.

"십자가를 두고 맹세하는데, 이 웬수 같은 주정뱅이야! 오 늘 밤에는 못 들어올 줄 알아! 당신 그 추태가 이제는 지긋지 긋하다고! 당신이 어떤 인간인지, 밤중에 몇 시에 집에 돌아오 는지, 사람들도 좀 알아야 돼!"

한편 토파노도 마주 대고 고래고래 험한 말들을 쏟아 냈어 요. 이런 소동을 듣고서 이웃들이 잠에서 깨어 저마다 창문으로 얼굴을 내밀고는 무슨 일이냐고 물었지요. 아내는 펑펑 울면서 이렇게 말했어요.

"이런 인간이 내 남편이랍니다. 날이 저물면 취해서야 귀가하거나 주막에서 외박이나 한다고요. 기껏 집에 돌아와야 이 시간이고요! 이런 걸 내가 그렇게 오래 참았건만 별 소용도 없고, 이젠 더 이상 참을 수가 없어요. 그래서 혹시나 버릇이 좀 고쳐질까 하여 문을 잠가 집에 들이지 않고 창피를 주고 싶었던 겁니다."

얼빠진 토파노는 일이 이러저러하지 않았느냐고 말하며 아내를 한껏 을러댔어요.

아내는 아웃들에게 이렇게 말했지요.

"저 사람이 저런 거 이제 보셨지요! 만일 내가 지금 저 사람처럼 길에 있고 저이가 나처럼 집 안에 있었더라면 여러분은 어떻게 생각하셨겠어요? 볼 것도 없이 저 사람 말이 진짜라고 생각하시겠지요. 이러니 저 사람 허풍을 잘 아실 수 있을 겁니다. 자기가 한 걸 내가 아는데 그걸 내가 했다고 떠들어 대잖아요. 저 사람이 나를 놀라게 하려고 뭔지는 모르지만 우물에 던졌어요. 아이고! 차라리 저 사람이나 빠져 죽었다면 얼마나 좋았을까! 엄청나게 마셔 댄 술이 물에 깨끗이 씻기지 않겠어요?"

이웃들은 남자고 여자고 할 것 없이 모두가 토파노를 비난했어요. 그리고 다들 아내를 모함한 걸 두고 몹시 책망하고 잘못을 몰아세웠지요. 그렇게 해서 소동은 삽시간에 이웃에서 이웃으로 퍼져 나갔고, 끝내는 아내의 친정까지 소식이 닿았답니다. 친정 사람들이 달려와서 이웃의 이런저런 사람들에게 얘기를 듣고는 토파노를 잡아 뼈가 부서질 만큼 패 주었어요. 그리고 집으로 몰려가 여자의 물건들을 챙겨서 토파노를 욕하면서 그녀를 친정으로 데려갔지요. 토파노는 일이 좀 이상하게 됐으며, 자기의 질투심 때문에 이런 결과가 나왔다는 걸 깨달았어요. 하지만 본래 아내를 너무나 사랑해서 일어난 일이라 여기며 친구들에게 중재를 부탁했지요. 그리고 모든 일에 대해 사과를 하고 평온한 마음으로 아내를 집으로 다시 들였으며, 이제부터는 절대로 질투를 하지 않겠다고 약속했어요. 뿐만 아니라 어떤 일이든 좋을 대로 하되 다만 자기 모르게만 하라고 허락까지 했답니다. 바보 멍청이처럼 당할 대로 다 당한 끝에 말이에요. 사랑은 살아남고 탐욕은 죽는 법이랍니다.

일곱 번째 날 다섯 번째 이야기

어떤 질투심 많은 사내가 수도사 복장을 하고 자기 아내의 고해성사를 듣는다. 아내는 밤마다 찾아오는 어느 수사를 사랑한다고 말한다. 이에 질투심 많은 사내는 몰래 문간에서 아내를 감시하지만 아내는 지붕으로 애인을 끌어들여 즐긴다.

라우레타가 이야기를 끝내자 사람들은 모두 아내가 그 못된 남편에게 딱 맞는 행동을 제대로 해냈다고 칭찬했습니다. 왕은 시간을 낭비하지 않기 위해 피암메타를 바라보며 다음 이야기를 들려 달라고 부드럽게 청했습니다. 이에 대해 피암메타는 이렇게 이야기를 시작했습니다.

─ 고귀하신 부인들이여! 방금 전 이야기를 들으니 비슷하게 질투심이 많은 어느 사내 이야기가 생각나네요. 그런 사내들, 특히 이유도 없이 질투를 하는 사내들에게 아내들이 행하

는 일은 지극히 정당한 일이라고 평가되죠. 법을 만드는 사람들이 만사를 찬찬히 살펴보았다면, 자기만 생각하고 남을 해치는 사람에 대해서 제정한 벌과 똑같은 벌을 아내들을 위해서도 제정했을 거예요. 질투심 많은 사내들은 젊은 아내들의 목숨을 노리는 자들이며 아내의 죽음을 집요하게 바라는 자들이기 때문이지요. 아내들은 일주일 내내 집 안에 틀어박혀 가족에 관련된 일이나 가사를 책임지고 있지만, 누구라도 그러하듯이 적어도 일요일에는 일말의 위로나 휴식, 유흥을 취하고 싶어 하죠. 들판의 농사꾼이나 도시의 노동자나 법원의 관리도 다 그러잖아요. 일곱 번째 날에 하느님께서 모든 노고를 뒤로하고 휴식을 취하신 것처럼, 신성한 율법도 세속의 법률도, 하느님의 은총과 모든 사람의 공동선을 위해서 일하는 날과 휴식하는 날을 서로 구분하고 있는 것입니다. 그런데 질투심 많은 사내들은 이런 일에 전혀 동의하지 않아요. 오히려 다른 모든 여자들이 즐기는 날, 아내들을 더 감금하고 옭아매면서 그들을 더욱 비참하고 슬프게 만든답니다. 그것이 얼마나 가엾은 여자들을 지치게 하는지는 겪어 본 사람만이 알지요. 따라서 결론을 말씀드리자면, 부당한 질투를 하는 남편에게는 아내가 무슨 일을 하더라도 절대 비난해서는 안 됩니다. 오히려 칭찬해야 마땅하지요.

옛날 아리미노*에 부동산과 돈을 많이 가진 부자 상인이 살았어요. 그는 대단히 아름다운 여자를 아내로 데리고 사는 동

---

*오늘날의 리미니.

안에 필요 이상으로 질투심을 갖게 됐습니다. 특별한 이유가 있었던 것도 아니에요. 그저 아내를 너무나 사랑했으며, 아내가 아름다워 보이니 다른 사람들도 아내를 아름답다고 생각할 것이고 또 아내가 자기에게 하는 것처럼 다른 사람에게도 살갑게 대할 테니 틀림없이 모든 사내들이 아내를 사랑할 거라고 생각했기 때문일 겁니다.(나쁜 남자, 감성이 메마른 남자의 이야기죠.) 그런 까닭으로 질투에 눈이 먼 남편은 아내를 엄중하게 감시하고 집에만 가둬 놓은 탓에 아내는 사형 선고를 받은 죄수와 조금도 다를 바가 없었어요. 죄수도 실제로는 그렇게 심한 감시를 받지 않으리라 여겨질 정도였어요. 결혼식이나 축제나 교회에 가는 것은 그만두고라도, 무슨 핑계를 대도 집 밖으로 나갈 수 없었고, 어떠한 이유에서도 창문으로 밖을 내다보는 것도 금지되었으니까요. 그러니 부인의 생활은 그야말로 최악이었으며, 자기로서는 아무런 잘못도 없다고 생각했던 만큼 그 고통은 참기 힘들었죠.

이렇게 남편한테 부당한 대우를 받는다고 생각하자 부인은 남편이 품고 있는 질투의 원인을 찾아낼 수만 있다면 찾아내서 보여 줘야 직성이 풀릴 것 같았어요. 하지만 부인은 창문으로 밖을 내다볼 수도 없었고, 거리를 지나가는 누군가의 눈길에 응답도 할 수 없는 처지였어요. 그런데 마침 옆집에 쾌활하고 멋진 젊은이가 산다는 걸 떠올리고는 만일 자기 집과 그의 집을 나누는 벽에 구멍을 뚫을 수 있다면 얼굴도 자주 대할 수 있을 것이고, 그러다 보면 그 청년과 대화를 나눌 정도까지 될 것이며, 그렇게 해서 그가 받아 주기만 한다면 사랑도 줄 수 있으리라 생각했어요. 그런 식으로 하다 보면 언젠가 함께할 날도 올 수 있을 것이고, 남편에게서 질투의 악마가 떠날 때까지 이 불행한 생활을 그런 식으로 보내리라 생각한 거예요.

그리하여 여자는 남편이 없을 때 집의 벽을 이리저리 살펴보다가 우연히 어느 비밀스러운 곳에 틈새가 벌어져 있는 것을 발견했어요. 그리로 들여다보니 저편이 잘 분간되지는 않았으나 틈새가 벌어진 곳이 분명 누군가의 방이라는 것을 짐작할 수 있었어요. 부인은 혼자서 이렇게 중얼거렸지요.

"이게 필리포의 방이라면……."

그러니까 옆집 청년의 방이라면 일은 다 된 거나 마찬가지라고 생각한 거예요. 그래서 자기를 동정하던 하녀를 시켜 조심해서 엿보게 한 결과, 그곳이 바로 그 청년이 혼자 기거하는 방임을 알게 됐답니다. 이리하여 부인은 틈만 나면 그 틈새에 달라붙어 있었어요. 그러다 돌멩이나 그런 잡동사니를 틈새로 떨어뜨리고는 어떤 반응이 올까 하고 기다렸더니 그게 뭔가 하여 청년이 다가오는 것이었어요. 부인은 청년의 이름을 나직이 불렀어요. 청년은 그 목소리가 귀에 익었던 터라 얼른 대답했지요. 부인은 기운이 나서 자기 마음을 삽시간에 모조리 열어 보였어요. 청년은 대단히 기뻐했고, 자기 쪽에서 벽의 틈새를 더 크게 벌려 놓았지요. 남들이 알아채지 못하도록 말이에요. 이렇게 둘은 자주 대화를 나누고 손을 맞잡고 했습니다만, 질투가 심한 남편의 엄중한 감시 때문에 그 이상은 나아가지 못했지요.

어느덧 크리스마스 축제가 다가오고 있었어요. 부인은 남

편에게, 허락해 준다면 자기도 축제날 아침에 다른 신자들이
하듯 교회에 가서 성찬도 받고 고해성사도 하고 싶다고 말했
어요. 그러자 질투심 많은 남편이 이렇게 말했어요.

"고해를 한다니, 대체 무슨 죄를 졌다는 거야?"

부인이 말했어요.

"왜요? 당신이 날 이렇게 가둬 놓으니 내가 성인이라도 된
줄 아시나요? 나도 세상 사람들처럼 죄를 짓는다고요. 잘 알
잖아요! 하지만 당신에게는 말하고 싶지 않아요. 신부님이 아
니니까요."

질투심 많은 남편은 이 말을 듣고서 의심에 사로잡혀 무슨
죄를 졌는지 꼭 알아내리라 마음을 먹고 자기가 할 수 있는 적
당한 방법을 찾아냈어요. 그는 부인에게 그러라고 하면서, 단
그들이 가는 교회 말고 다른 교회에 가서는 안 되고, 아침 일
찍 교회에 가면 주교님에게 고해성사를 하든지 아니면 주교
님이 지명하는 신부에게 해야지 다른 사람에게는 절대 하면
안 되며, 끝나면 곧바로 집으로 돌아오라고 다짐을 받았어요.
부인은 무슨 얘기인지 대강 이해하고는 다른 말은 할 것도 없
이 그렇게 하겠다고 대답했어요.

축제날 아침이 되자 부인은 새벽같이 일어나 단장을 하고
남편이 지정한 교회로 갔어요. 한편 질투쟁이 남편은 그 교회
에 부인보다 먼저 가 있었지요. 남편은 이미 그 교회의 신부와
짜고 신부들이 흔히 입는, 조금만 앞으로 당겨도 얼굴이 가려
지는 큰 두건이 달린 신부복으로 잽싸게 갈아입고는 성가대
에 섞여 앉아 있었어요. 부인은 교회에 도착해서 주교님을 만

나게 해 달라고 청했어요. 주교가 왔고 부인이 고해성사를 드리고 싶다고 하자 자기는 지금 그럴 수 없으니 다른 신부를 보내겠다고 하는 것이었어요. 그러고서 주교는 불행하게도 남편을 부인에게 보냈지요. 남편은 아주 침착한 모습으로 걸어왔어요. 아직 날도 채 밝지 않았고 눈까지 두건을 덮어쓰고 있었지만 남편은 자신을 감추지 못하고, 곧바로 부인에게 들키고 말았지요. 부인은 그 꼴을 보고 속으로 말했어요. '아이고, 맙소사! 저 질투심 많은 인간이 신부가 됐네. 하지만 어쩌는지 두고 보자고. 알고 싶어 하는 걸 다 알려 주고 말 테니.'

그리고 남편을 알아보지 못한 척하고서 그의 발아래 무릎을 꿇었어요. 질투쟁이는 말을 좀 어눌하게 하여 부인이 자기 말투를 잘 알아듣지 못하도록 입속에 뭔가를 넣어 두었어요. 또 겉모습도 완전히 변장을 했으니 들킬 염려는 전혀 없다고 단단히 확신했지요. 마침내 고해성사를 할 시간이 왔어요. 부인은 우선 자기가 결혼한 몸이라는 걸 밝히고 나서 어떤 신부와 사랑을 나누게 됐는데, 그 신부가 밤마다 찾아와 자기와 동침을 한다고 말했답니다.

이 소리를 들은 질투쟁이는 가슴에 비수가 꽂히는 느낌이었어요. 만일 더 많은 걸 알고자 하는 의지가 그를 붙잡지 않았더라면 고해성사고 뭐고 다 팽개치고 가 버렸을 거예요. 하지만 마음을 다잡고 아내에게 이렇게 물었어요.

"뭐라고요? 그럼 당신 남편과는 동침하지 않습니까?"

"동침하지요."

"그렇다면 신부와는 어떻게 동침할 수 있다는 거죠?"

"신부님! 저는 그 신부님이 어떤 재주를 부리시는지 모릅니다. 다만 그분이 건드리면 우리 집에서 열리지 않는 문이 하나도 없답니다. 그분 말씀이, 제 방 앞에 와서 문을 열기 전에 몇 마디 주문을 외우면 제 남편이 곧바로 곯아떨어지고, 그걸 확인하고 난 다음에 문을 열고 안으로 들어와 저와 함께한다는 겁니다. 한 번도 그르친 적이 없답니다."

그러자 질투쟁이가 말했어요.

"부인! 그건 잘못된 일입니다. 당장 그만둬야 해요."

"신부님! 저는 도저히 그럴 수 없어요. 그분을 너무 사랑하거든요."

"그렇다면, 저는 당신을 용서할 수 없습니다."

"저도 가슴이 아픕니다. 하지만 저는 거짓말을 하려고 여기 온 게 아니에요. 거짓말을 할 수만 있다면 왜 안 된다고 하겠습니까."

이 말을 듣고 질투쟁이는 이렇게 말했어요.

"잘 들으세요, 부인! 부인이 이 일로 해서 영혼을 잃는 모습을 본다는 건 참으로 슬픈 일입니다. 하지만 나는 나의 수고를 아끼지 않고 당신을 위해서 하느님께 특별히 기도를 드릴 작정입니다. 아마도 나의 기도는 효험이 있을 겁니다. 성당의 신학생을 가끔 부인께 보낼 테니, 효험이 있는지 어떤지 그분께 말씀해 주세요. 만일 효험이 있으면, 그때 가서 다시 얘기하도록 하시지요."

"신부님! 누군가를 집으로 보낸다는 말씀은 마세요. 제 남편이 여간 질투심이 강한 분이 아니어서 필시 아내와 뭔가 못된 짓을 꾸미러 왔다고 생각할 겁니다. 그러면 일 년 내내 편할 날이 없을 거예요."

"부인! 그 점은 염려하지 마세요. 부인께서 남편에게 어떤 말도 듣지 않도록 제가 잘 조치해 놓겠습니다."

"그렇게만 된다면 얼마나 좋겠습니까."

그렇게 말하고 부인은 고해성사를 마치고 일어나 미사를 드리러 갔지요.

질투쟁이는 자신의 불행에 한숨을 쉬면서 신부복을 벗고 집으로 돌아갔어요. 어떻게 해야 그 신부와 아내가 서로에게 못된 장난을 치는 현장을 덮칠 수 있을까 궁리하면서 말이에요. 성당에서 집으로 돌아가 남편의 얼굴을 본 부인은 자기가 불행한 축제를 선사했다는 걸 알게 됐어요. 남편은 자기가 했던 일을 애써 감추려 노력하면서 아무것도 모른 척했지만요.

그날 밤 남편은 혹시 올지도 모를 신부를 기다리며 길 쪽으로 난 문을 밤을 새워 지켜보기로 결심하고는 아내에게 이렇게 말했어요.

"오늘 저녁은 밖에서 식사를 하고 외박을 하게 될지 모르니, 길 쪽으로 난 문을 잘 잠그고 층계 중간에 있는 문과 침실문도 잘 잠그고 적당한 때에 잠자리에 들도록 하시오."

부인은 "잘 지내다 오세요." 하고 대답했어요.

부인은 때를 봐서 틈새로 가 늘 하던 대로 신호를 보냈어요. 그러자 필리포가 소리를 듣고 곧바로 모습을 드러냈지요. 부인은 아침에 있었던 일들을 들려주고 남편이 식사하러 나가면서 했던 얘기를 전해 준 다음 이렇게 말했어요.

"틀림없이 남편은 외출하지 않고 문을 지켜보고 있을 거예요. 그러니까 오늘 밤에는 지붕을 타고 이리로 오면 됩니다. 함께 밤을 보낼 수 있어요."

청년은 이 사실에 대단히 기뻐하면서 말했어요.

"부인! 나한테 다 맡기세요."

밤이 오자 질투쟁이는 칼을 품고서 아무도 몰래 아래층 방에 몸을 숨겼어요. 부인은 모든 문들을 잠그게 하고, 특히 계단 중간에 있는 문은 질투쟁이가 올라오지 못하도록 단속시켰어요. 때가 되자 청년은 아주 조심스럽게 저쪽에서 넘어왔어요. 그들은 침대로 가서 서로를 즐겁게 해 주면서 좋은 시간을 보냈습니다. 그리고 날이 밝자 청년은 자기 집으로 돌아갔지요.

한편, 질투쟁이는 저녁도 못 먹고 힘만 들고 추워서 죽을 지경으로 칼을 품은 채 문에 달라붙어서 신부가 언제나 올까 기다리며 밤을 꼴딱 새고 말았어요. 하지만 더 이상 기다릴 수 없어서 아래층 방으로 가서 잠을 자야 했지요. 거의 세 번째 시간이 다 되어 일어나니 위층으로 난 현관이 열려 있기에 밖에서 들어오는 체하며 자기 방으로 올라갔어요. 그리고 아침을 먹었지요. 그리고 좀 있다가 어떤 소년을 아내가 고해성사를 했던 신부의 신학생인 것처럼 꾸며서 아내에게 보냈어요. 간밤에 신부가 왔는지 물어보기 위해서였지요. 부인은 심부름꾼이란 걸 금방 알아채고는 전날 밤에는 오지 않았다고, 그러면서 자기로서는 원치 않지만 이렇게 오지 않으면 그냥 잊겠다고 대답했어요.

자, 이제 더 무슨 말이 필요하겠어요? 질투쟁이는 밤마다
지키고 섰다가 신부가 오면 잡으려고 망을 서고 부인은 계속
해서 애인이랑 좋은 시간을 보냈던 거예요. 그러다 마침내 더
견딜 수 없게 된 질투쟁이가 초췌한 얼굴로 아내더러 당신이
고해성사를 했던 그날 아침에 신부에게 무슨 얘기를 했는지
따져 물었어요. 부인은 그건 정숙한 것도 아니고 적절한 것도
아니라 얘기하고 싶지 않다고 대답했지요. 그러자 질투쟁이
가 말했어요.

"이런 염병할 여편네야! 네가 무슨 말을 했는지 난 다 알아!
네가 반한 그 신부가 대체 어떤 놈인지, 밤마다 뭔 요술을 부
려서 너와 자빠져 자는지 말해! 안 그러면 모가지를 비틀어 버
릴 거야!"

부인은 누가 됐든 자기가 신부를 사랑한다는 건 사실이 아
니라고 말했어요.

"뭐라고? 신부랑 그렇고 그런 사이라고 네 입으로 고백했
잖아?" 하고 질투쟁이가 말했어요.

"신부님이 당신한테 그런 얘기를 하셨을 리는 없고, 그렇다
면 당신이 그 자리에 있었던 게 분명하군요. 그래요, 맞아요!
내가 그렇게 얘기했어요!"

"그렇지! 그렇다면 그놈의 신부가 누군지 말해!"

부인은 미소를 지으며 이렇게 말했어요.

"숫양이 뿔을 잡혀 도살장으로 끌려가듯, 똑똑하다는 남
자가 어벙한 여자한테 끌려다니는 꼴이 참 재밌네요. 원래 똑
똑하지도 않은 사람이 이유도 모른 채 가슴에 사악한 질투심

을 품은 뒤로는 정말 똑똑해지셨네요. 당신이 우둔하고 멍청해질수록 난 그만큼 숨을 수 있다고요. 이보세요, 서방님! 당신 마음의 눈이 멀었으니 내 얼굴에 달린 눈도 먼 줄 아세요? 천만에요. 내 고해성사를 듣는 신부가 누군지 난 대번에 알아봤다고요. 그게 당신이란 걸 말이죠. 그래서 당신이 찾고 있던 걸 주려고 결심했고 당신께 췄던 거예요. 하지만 당신 생각대로 당신이 현명한 사람이었다면, 선량한 아내의 비밀을 그런 식으로 알려 하지는 않았을 것이고 쓸데없는 의심도 품지 않았을 거예요. 당신 아내가 아무런 죄도 짓지 않고서 당신께 진실을 고백했다는 걸 알았을 테니까요. 내가 어떤 신부를 사랑한다고 말했지요. 내가 그토록 사랑하는 당신은 신부가 되어 있지 않았나요? 당신이 나와 자고 싶어 할 때면 이 집 어떤 문이라도 잠가 둘 수 없을 거라고 내가 말했지요? 당신이 내게 오고자 했을 때 이 집에서 당신을 막은 문이 하나라도 있었나요? 신부가 매일 밤마다 나랑 잔다고 당신께 말했지만, 당신이 나랑 자지 않은 적이 언제 있었냐고요? 또 당신은 신학생을 나한테 정말이지 자꾸자꾸 보냈지만, 당신이 나랑 있지 않았기 때문에 신부가 나랑 있지 않았다고 전하라고 한 거예요. 질투로 눈이 멀어 버린 당신 같은 사람이 아니면 어떤 바보가 이런 일을 이해하지 못하겠어요? 그런데 당신은 밤새도록 망을 보며 집에 있었으면서도 밖에서 저녁을 먹고 여관에서 자고 오는 척했잖아요! 이제 좀 깨어나세요! 이제 그만 예전 모습으로 돌아가라고요. 당신의 그런 행동을 사람들이 알면 얼마나 비웃겠어요. 당신이 꾸미는 삼엄한 감시 같은 건 이제 그만두란 말이에요. 하느님께 맹세하지만, 만일 내가 서방질을 하려고 마음먹었더라면 당신 두 눈이 백 개로 늘어난다고 해도 절대 내가 쾌락을 즐기며 놀아나는 걸 모르게 할 수 있어요."

불쌍한 질투쟁이는 아내의 비밀을 알아냈다고 우쭐해 있다가 아내의 말에 코가 납작해져서 아무 말도 못 했답니다. 그저 아내가 선량하고 현명하다고 생각할 뿐이었지요. 결국 질투가 필요 없을 때는 질투의 옷을 입었더랬고, 질투가 정작 필요할 때는 이렇게 질투를 벗어 버린 거예요. 그런 연유로 이 현명한 부인은 쾌락을 누릴 허가를 받기라도 한 듯 애인이 고양이처럼 지붕을 타고 오지 않고 문을 통해서도 오도록 했으며, 둘이서 신중하게 두고두고 좋은 시간을 보냈으며 즐거운 인생을 살았다고 하네요.

일곱 번째 날 여섯 번째 이야기

이사벨라 부인이 연인 레오네토와 즐기고 있는데 갑자기 부인을 사랑하는 람베르투초 경이 방문한다. 게다가 부인의 남편까지 예기치 않게 외출에서 돌아오자, 부인은 람베르투초 경의 손에 칼을 쥐여 주면서 집 밖으로 달려 나가게 한다. 이후 부인의 남편은 레오네토를 집까지 바래다준다.

피암메타의 이야기는 모두의 경탄을 자아냈습니다. 이야기가 끝나자 사람들은 이구동성으로 부인이 정말 훌륭한 일을 해냈으며 그 짐승같이 단순 무지한 남자가 임자를 제대로 만났다고 한마디씩 했습니다. 왕은 팜피네아에게 이야기를 계속 이어 나가라고 했고 팜피네아가 이야기를 시작했습니다.

— 그저 하는 말들이겠지만, 사랑은 총명한 사람을 끌어들여서 무분별하게 만든다고 많은 사람들이 말하지요. 제가 보

기엔 그건 바보 같은 생각이에요. 앞서 나온 이야기들이 제 말을 증명해 주었고, 저 역시 제 생각이 옳다는 것을 보여 드리려고 합니다.

모든 것이 풍요로운 우리 도시에 젊고 상냥하고 빼어나게 아름다운 여자가 살았어요. 그 여자는 용감하고 훌륭한 기사의 부인이었지요. 그런데 이 남자는 같은 음식을 차려 주는 걸 견디지 못하고 자꾸 바꾸기를 바랐는데 그런 일이 자주 일어났어요. 여자도 이 남자가 그다지 마음에 들지 않았던지 레오네토라는 젊은 청년과 사랑에 빠졌답니다. 명문대가 출신은 아니었지만 아주 호감이 가고 예의 바른* 청년이었지요. 여러분이 짐작하시듯, 청년도 여자를 사랑하게 되어 두 사람은 오랫동안 이루지 못한 욕망을 채우기 위해 마음껏 사랑을 주고받았습니다.

그런데 람베르투치오 경이라는 기사가 이 아름답고 우아한** 여자에게 폭 빠져 버렸네요. 여자 눈에는 그 기사가 불쾌하고 지긋지긋한 남자인 데다 자기한테 맞는 호감형이 아니어서 사랑을 나눌 마음이 전혀 들지 않았어요. 그러나 그 기사는 이를 인정하지 않고 자꾸 사람을 보내 귀찮게 하면서, 자기가 얼마나 저명한 사람인데 자기를 기쁘게 하지 않으면 모욕을 주겠다고 협박해 왔어요. 일이 커질지도 모른다고 생각한 여자는 두려운 마음에 그의 바람을 따르게 되었지요.

---

* '성적으로 적절하다.'라는 의미의 비유적 표현.
** '성적으로 매력이 있다.'라는 의미의 비유적 표현.

이사벨라라는 이름의 그 여자는, 우리가 여름에 흔히 그러 듯이 근교에 있는 자기 소유의 근사한 별장에서 머무르고 있었는데, 어느 날 아침 남편이 어디를 며칠 다녀오기 위해 말을 타고 떠났어요. 그래서 여자는 레오네토에게 집으로 오라고 전갈을 보냈답니다. 레오네토는 아주 기뻐하며 곧바로 달려왔지요. 그런데 람베르투치오 경 역시 여자의 남편이 여행을 떠났다는 얘기를 듣고는 훌쩍 말에 올라 여자의 집으로 와서 문을 두드렸어요. 그를 본 하녀가 레오네토와 함께 방에 있던 여자에게 부리나케 달려와 이렇게 고했어요.

"마님! 람베르투치오 경이 저 밑에 와 있습니다."

이를 듣고 여자는 겁에 질려 덜덜 떨면서 고민에 빠졌어요. 여자는 두려움에 떨며 레오네토에게 그가 갈 때까지만 침대 커튼 뒤에 숨어 있는 것이 어떠냐고 했어요. 레오네토 역시 여자 못지않게 두려웠던 터라 그곳에 숨었지요. 여자는 가서 람베르투치오 경에게 문을 열어 주라고 하녀에게 명령했어요. 하녀가 문을 열어 주자 정원에 있던 그는 무장한 말에서 내려서 말을 돌쩌귀에 매어 두고 위로 올라왔어요. 여자는 화사한 얼굴을 하고 계단 끝까지 나와 있다가 더할 수 없이 기쁜 표정으로 그를 맞으며 어떻게 된 일이냐고 물었어요. 기사는 여자를 껴안고 입을 맞추면서 말했어요.

"나의 사랑, 그대의 남편이 없다는 것을 알고 그대와 함께 하러 왔다오."

말을 마치고 그는 방에 들어와 문을 안으로 걸어 잠그고서 그녀를 사랑하기 시작했지요.

그렇게 기사와 함께 있는 동안에 여자가 생각했던 것과 달리 남편이 빨리 돌아오게 됐어요. 성채 주변에 있던 하녀는 남편을 보고 곧바로 여자 방으로 달려가서 말했어요.

"마님, 주인님이 돌아오십니다. 벌써 저 아래 뜰에 와 계신 듯하옵니다."

이를 들은 여자는 두 남자를 집에 두고 있다는 것을 생각하며(그녀는 기사가 뜰에 있는 말 때문에 몸을 감출 수 없다는 것을 알았지요.) 이젠 죽었구나 생각했어요. 그러나 여자는 전혀 동요하지 않았어요. 차분히 생각을 정리하고는 침대에서 내려와 기사에게 이렇게 말했지요.

"당신이 내게 선함을 베푸셔서 내가 죽기를 바라지 않거든 내 말대로 해 주세요. 당신 칼을 빼어 들고서 얼굴을 찡그리고 씩씩거리면서 계단으로 내려가되, 이렇게 말하는 겁니다. '어디 두고 보자. 맹세코 어디서든 그놈을 잡고 말 테다.' 내 남편이 제지하려 들거나 또는 아무것도 묻지 않는다 해도 이 말만 하세요. 그리고 말에 올라타서 어떤 이유로든 그와 시간을 끌지 마세요."

기사는 그러겠다고 말했어요. 남편이 빨리 돌아와서 치민 분노와 일을 치른 피곤함에 얼굴이 온통 벌겋게 된 남자는 칼을 빼 들고 여자가 시킨 대로 했어요. 벌써 뜰에서 말을 내린 남편은 무장한 말을 보고 놀라 위로 급히 올라가려다가 람베르투치오 경이 내려오는 것을 보고서 그의 말과 표정에 놀라며 이렇게 말했어요.

"대체 무슨 일이오?"

기사는 안장에 발을 얹고 잔등에 오르면서 이렇게만 말했어요.

"썩어 뒈질 것! 어디 두고 보자. 맹세코 어디서든 그놈을 잡고 말 테다."

그러고는 휑하니 가 버렸답니다.

위로 올라온 신사 양반은 자기 여자가 계단 끝에 서서 두려움에 떨고 있는 것을 발견하고는 "무슨 일이야? 람베르투치오 경이 그렇게 화가 나서 협박을 해 대니 말이야." 하고 말했어요.

여자는 레오네토가 들으라고 방 쪽으로 몸을 돌리고 대답했지요.

"여보, 이렇게 무서운 일은 난생처음이에요. 이 안으로 어떤 청년이 도망쳤는데, 나는 모르는 사람이에요. 그런데 그 기사분이 손에 칼을 들고 쫓아왔어요. 청년은 다행히 이 방이 열린 것을 발견하고 부들부들 떨면서 그러는 거예요. '부인, 하느님을 봐서 날 좀 도와주세요. 당신 팔 안에서 죽지 않도록 말입니다.' 나는 몸을 벌떡 일으켰어요. 그리고 누군지, 무슨 일인지 물어보려는데, 그때 그 기사분이 뛰어 올라오면서 이렇게 소리치는 거예요. '너 어디 있어, 이 배반자?' 나는 방문 앞에서 지키고 있다가 그분이 들어오려는 걸 제지했지요. 그분은 정중하게도 자기가 들어오는 것이 내게 누가 된다는 것을 알았는지 당신이 본 것처럼 밑으로 내려가 버렸어요."

그러자 남편이 말했어요.

"여보, 잘했소. 이 안에서 사람이 살해당한다면 내게 큰 비난이 쏟아질 거요. 이 안으로 쫓겨 온 사람을 쫓아오다니 람베르투치오 경이 무례한 일을 저질렀구려."

그러더니 그 젊은이가 어디에 있느냐고 물었어요.

"여보, 어디에 숨었는지는 모르겠어요."

그러자 남편이 이렇게 외쳤어요.

"어디에 있소? 어서 나오시오!"

모든 것을 듣고 있던 레오네토는 당연히 두려움에 떠는 모습으로 잔뜩 겁에 질려 숨어 있던 곳에서 나왔지요. 그러자 남편이 물었어요.

"람베르투치오 경과는 무슨 일이오?"

청년은 이렇게 대답했지요.

"어르신, 결단코 아무 일도 없습니다. 그분이 잘못 생각했거나, 아니면 다른 사람과 저를 혼동한 게 틀림없습니다. 이 저택에서 멀지 않은 길에서 저를 보고는 손에 칼을 쥐고서 이렇게 말했습니다. '배반자, 넌 죽었다!' 저는 무엇 때문에 그러는지 묻지도 못하고 도망칠 수밖에 없었습니다. 그래서 이곳으로 오게 되었고, 하느님과 이 친절하신 부인의 가호로 위험을 모면했습니다."

그러자 기사인 남편은 이렇게 말했어요.

"자, 가시오. 두려워하지 말고. 내가 당신을 안전하고 무사하게 집까지 바래다주겠소. 그리고 나중에 그 기사와 관계된 자를 알아보도록 하시오."

그러고는 마치 저녁 식사라도 함께한 사람처럼 청년을 말에 태우고 피렌체까지 데려다가 집에 내려 주었어요. 청년은 여자의 가르침에 따라 바로 그날 저녁 람베르투치오 경과 은밀히 만나 이야기를 해서 그와의 관계를 정리했지요. 그 후로 무수히 많은 말들이 있었지만, 기사 남편은 부인에게서 당한 조롱을 전혀 알아차리지 못했답니다.

일곱 번째 날 일곱 번째 이야기

로도비코는 베아트리체 부인에게 자기가 품고 있는 사랑을 내보인다. 부인은 남편 에가노를 자기랑 비슷하게 꾸며 정원으로 보낸 뒤 로도비코와 잠자리를 함께한다. 로도비코는 이내 일어나서 정원에 있던 에가노를 흠씬 두들겨 팬다.

팜피네아가 들려준 이야기를 듣고 모두 이사벨라 부인의 재치에 크게 감탄했습니다. 왕은 다음 차례를 이어 가라고 필로메나에게 청했고, 필로메나는 이야기를 시작했습니다.

─ 사랑스러운 부인들이여! 제 생각이 틀리지 않다면, 제가 볼 때 방금 들은 이야기보다 더 재미난 이야기를 들려 드리도록 할게요. 여러분도 아실 테지만 옛날 파리에 피렌체 출신의 귀족이 살았어요. 이 사람은 가난 때문에 장사를 시작했고 크게 성공해서 엄청난 거부가 되었답니다. 부인과의 사이에

외아들을 두고 있었는데, 이름은 로도비코였어요. 그런데 아들이 장사 수완보다는 아버지의 귀족 성향에 이끌리는 모습을 보였기 때문에 장사 일을 일절 맡기지 않고 다른 귀족들과 함께 프랑스 왕을 보필하게 했어요. 그래서 아들은 예의범절을 몸에 익히게 됐지요.

그렇게 살던 어느 날 성묘*에서 돌아온 기사 몇 명이 청년들과 얘기하며 어울리게 되었는데, 로도비코도 그 자리에 있었어요. 로도비코는 프랑스와 영국, 그리고 그 밖의 다른 나라에서 본 미녀들에 대해 주고받는 얘기를 듣고 있었는데, 기사들 중 하나가 자기는 세상 곳곳을 돌아다니면서 여자들을 숱하게 봤지만 볼로냐에 사는 에가노 데 갈루치의 부인 베아트리체만큼 대단한 미인은 본 적이 없다고 떠들어 댔어요.** 이에 대해 볼로냐에서 그와 함께 부인을 본 동료들도 모두 찬성하는 것이었어요. 아직 이렇다 할 연애를 해 본 적이 없던 로도비코는 그녀를 꼭 봐야겠다는 열망에 사로잡혔고, 다른 생각은 도무지 할 수 없게 되었답니다.*** 그래서 그녀를 만나러 볼로냐까지 가서 그녀가 마음에 들면 아예 거기서 머물기로 작정했지요. 아버지에게는 성묘에 간다고 거짓말을 하여 가까

---

* 예루살렘에 있는 예수 그리스도의 무덤.
** 갈루치 가문은 볼로냐에서 대단히 유명했다. 에가노라는 이름은 볼로냐에서 흔했지만, 갈루치 가문의 기록에는 남아 있지 않다.
*** 명성으로 인해 사랑에 빠지는 일은 『데카메론』의 중세적 분위기나 당시 상류층의 특징적인 모습이다.(첫 번째 날 다섯 번째 이야기, 네 번째 날 네 번째 이야기 참조.)

스로 허락을 얻어냈고요.

그렇게 해서 그는 아니키노라는 이름으로 볼로냐에 갔고, 행운이 따랐던지 다음 날 어느 축제에서 이 부인을 만났어요. 부인은 상상했던 것보다 훨씬 아름다워 보였지요. 때문에 너무나도 뜨거운 사랑의 감정이 솟아올라 자신의 사랑을 이루기 전에는 볼로냐를 떠나지 않으리라 마음먹었어요. 그리하여 혼자 이리저리 한참을 고민한 끝에 마침내 부인의 남편이 거느린 수많은 하인들 중 하나가 될 수만 있다면 자기가 원하는 걸 어떻게든 이룰 수 있으리라는 데 생각이 미쳤어요. 그는 자기 말들을 팔고 하인에게는 살길을 마련해 준 뒤 자기를 아는 척하지 말라고 당부한 다음 일찌감치 친해 두었던 여관 주인에게 가서 어디든 좋으니 재력가 귀족 집안의 하인으로 들어갈 수 있게 해 달라고 말했어요. 그러자 여관 주인이 이렇게 말했어요.

"당신 정도면 이곳에 사는 에가노라는 귀족이 아주 좋아할 것 같소. 그분은 하인들을 많이 거느리고 있는데 다들 당신처럼 용모가 준수하지요. 내 한번 얘기를 해 보리다."

그리고 말한 대로 했지요. 여관 주인은 아니키노를 열심히 추천해서 마침내 에가노 집으로 들어가게 해 주었어요. 아니키노는 그야말로 뛸 듯이 기뻤지요. 에가노의 집에 살면서 부인을 볼 기회가 아주 많아지자 그는 최선을 다해 에가노를 수행했답니다. 그러면서 에가노의 신임을 크게 얻었고 그가 없이는 아무 일도 할 수 없다고 할 정도가 됐어요. 이제 에가노는 자기 일뿐 아니라 모든 일을 전적으로 그에게 맡겼습니다.

작가 미상의 프레스코화(부분),
14세기 말, 다반자티 저택 박물관 소장.

그러던 어느 날이었어요. 에가노는 사냥을 하러 갔고 아니키노는 집에 있었는데, 부인이 그를 불러 체스를 두게 되었어요.* 부인은 아니키노가 자기를 사랑한다는 걸 몰랐지만 그의 행동거지를 보고 사람들이 하는 말을 들으며 그를 마음에 두던 터였지요. 아니키노는 부인을 기쁘게 하고 싶은 마음에 교묘하게 져 주었답니다. 그러자 부인은 여간 기뻐하지 않았어요. 구경하던 하녀들이 모두 자리를 뜨고, 마침내 둘만 남게 되자 아니키노는 크게 한숨을 쉬었어요.

부인은 그걸 보고 말했어요.

"무슨 일이냐, 아니키노? 체스에 져서 그러느냐?"

"마님! 제 한숨의 원인은 훨씬 더 큰 데서 온 것입니다." 하고 아니키노가 대답했어요.

그러자 부인이 말했어요.

"저런! 어디 속 시원히 말이나 해 보아라."

자기가 누구보다 깊이 사랑하던 여자에게서 "속 시원히 말이나 해 보아라."라는 말을 듣고 아니키노는 먼저보다 훨씬 더 큰 한숨을 쉬었지요. 그러자 부인은 왜 그렇게 한숨을 쉬는지 이유를 말해 보라고 재차 독촉했어요. 그러자 아니키노는 입을 열었어요.

"마님! 이런 말씀을 드리면 마님께서 불쾌해하시지 않을까 몹시 걱정됩니다. 그리고 다른 사람한테 말씀하시지 않을까

---

* 기사문학에서 체스를 두는 행위는 사랑이 노출되는 행위로 묘사되곤 했다.

모르겠습니다."

"불쾌해하지 않도록 하마. 네가 하려는 말이 뭔지는 모르겠지만, 네 말처럼 다른 사람한테는 절대 말하지 않을 테니 걱정하지 마라."

"마님께서 그렇게 약속을 해 주신다면 이제 다 말씀드리지요." 하고 아니키노는 눈물을 글썽거리면서 자기 신분을 밝히고, 자기가 부인의 소문을 듣고 이곳으로 왔다는 것과 결국 사랑에 빠졌다는 것, 그리고 어떻게 해서 남편의 하인이 되었는지 등을 말해 주었어요. 그리고 자기를 불쌍하게 여겨 마음속 깊이 간직한 비밀스러운 열망을 받아 줄 수 있는지, 그게 도저히 이루어질 수 없는 것이라면 그냥 지금 이런 상태로 두어서자기 혼자 사랑을 간직하게 해 달라고 지극히 겸손하게 간청했어요.

아아, 볼로냐인의 마음은 어찌 그리 애틋한지요!* 부인은이 상황에서 얼마나 칭찬받아 마땅한 행동을 했던지요! 결코눈물이나 한숨에 혹한 것이 아니라, 소망과 사랑이 깃든 바람이 부인의 마음을 계속해서 움직이고 말았으니까요! 제가 아무리 부인을 칭찬하고 찬미한다고 해도 저의 목소리는 결코지치지 않을 거예요.

아니키노가 말하는 동안 그 친절한 부인은 그를 바라봤어요. 그리고 그가 하는 말을 전적으로 믿고 그의 바람대로 사랑

---

* 볼로냐 사람들은 『데카메론』에서 언제나 예의 바르고 친절한 모습으로 등장한다.(첫 번째 날 열 번째 이야기, 열 번째 날 네 번째 이야기 참조.)

을 마음에 깊이 받아들였답니다. 부인도 몇 번이나 한숨을 쉬더니 이렇게 대답을 했어요.

"가엾은 아니키노! 마음을 가라앉혀요. 귀족이나 신사, 그 밖의 다른 사람들이 주는 선물이나 약속, 호소를 이전에도 숱하게 받았고, 아직도 많은 사람들이 그렇게 유혹하고 있지만, 그로 인해 누군가를 사랑하게 될 만큼 내 마음이 흔들린 적은 없어요. 그런데 당신이 이렇게 짧은 시간 동안 들려준 그 말들은 나 자신이 나의 것이 아니라 당신의 것인 듯 느끼게 해 주네요. 당신은 정말이지 내 사랑을 완전히 얻은 것 같으니 당신께 내 마음을 드리지요. 약속하건대, 이 밤이 지나기 전에 내 사랑을 당신이 맛볼 수 있도록 하겠어요. 일이 이루어지도록 한밤중에 내 침실로 올라오세요. 문을 열어 둘게요. 내가 침대 어느 쪽에서 자는지 알지요? 그쪽으로 오세요. 내가 자고 있거든 흔들어 깨우세요. 당신이 그렇게도 오랫동안 갈망해 오던 걸 내가 위로해 드리겠어요. 이런 내 말을 믿을 수 있도록 징표로 입을 맞춰 줄게요."

그리고 그의 목에 입을 맞췄답니다. 사랑스러운 입맞춤이었지요. 아니키노도 그녀에게 입을 맞췄어요.

이런 얘기를 주고받은 뒤 아니키노는 부인을 남겨 두고 몇 가지 볼일을 보러 갔어요. 그날 밤 맞이할 최고로 행복한 세계를 기대하면서 말이에요.

한편, 사냥에서 돌아와 몹시 피곤했던 에가노는 저녁을 먹자마자 바로 잠자리에 들었어요. 부인도 그 뒤를 따랐지만, 약속대로 방문을 열어 두었답니다. 아니키노는 약속한 시간에 방으로 가서 살며시 들어갔어요. 그리고 방문을 안에서 걸어 잠그고 부인이 자는 쪽으로 가서 가슴에 손을 얹어 보고는 아직 잠들지 않았다는 걸 알았어요. 부인은 아니키노의 손을 느끼자 그 손을 자기 두 손으로 꽉 움켜잡고서 몸을 뒤채는 바람에 침대가 크게 흔들렸어요. 그러자 자고 있던 에가노가 눈을 떴어요. 그러자 부인은 이렇게 말했어요.

"당신이 하도 피곤해 보여서 지난 저녁에는 아무 말도 안 했는데 말씀해 보세요, 여보! 집에 들인 하인들 중에서 가장 믿고 아끼고 또 좋아하는 자가 누구예요?"

에가노가 대답했어요.

"아니, 여보! 뭐 그런 걸 다 물어보나? 당신도 알잖아! 믿고 아끼는 걸로 말하자면 아니키노만 한 하인이 없다는 거 말이야. 그런데 왜 그런 걸 물어보는 거야?"

아니키노는 에가노가 잠에서 깨어 자기에 대해 얘기하는 것을 듣자 몇 번이고 손을 뿌리치고 도망가려 했어요. 부인이 자기를 속이려는 게 아닐까 몹시 두려웠던 탓이지요. 그러나 부인이 꼭 쥐고 있었기 때문에 도저히 도망칠 수가 없었어요. 부인은 남편에게 이렇게 대답했어요.

"말씀드리죠. 나도 당신의 말처럼 생각했어요. 아니키노가 다른 누구보다 충성을 바친다고 말이죠. 하지만 그자가 착각을 깨 주었네요. 글쎄, 오늘 당신이 사냥하러 갔을 때 그자가 집에 있다가 이때다 싶었던지 뻔뻔스럽게도 수작을 걸어오는 게 아니겠어요. 그래서 뭐 이런저런 증거들을 들이댈 필요도 없이 당신께서 직접 보시고 겪도록 하려고 좋다, 오늘 밤 자정이 지나면 정원에 나가 소나무 아래에서 기다리겠다, 이렇게 대답했지요. 당연히 나갈 생각은 없어요. 하지만 당신이 직접 그 사람의 충성심을 알고 싶으시다면 내 옷을 걸치고 머리에는 베일을 쓰고 밑으로 내려가서 그자가 오는지 기다려 보세요. 틀림없이 올 거예요."

이 말을 듣고 에가노가 말했어요.

"당연히 가 봐야지."

남편은 일어나서 어둠 속에서도 아주 익숙하게 부인의 옷을 걸치고 머리에 베일을 쓰고 정원으로 나가 소나무 언저리에서 아니키노를 기다렸어요.

부인은 남편이 일어나 방을 나간 것을 확인하고 몸을 일으켜 방문을 안으로 걸어 잠갔어요. 한편 아니키노는 살면서 한 번도 겪어 본 적 없는 두려움에 사로잡혔지요. 어떻게든 부인의 손에서 벗어나려고 안간힘을 쓰면서 아니키노는 부인과 자신의 사랑과 자신에 대해 수천 번도 더 생각했어요. 부인을 믿었던 자신을 저주하면서 말예요. 하지만 결국 부인이 꾸민 일을 깨닫고 세상에서 제일 행복한 사람이 되었지요. 그리고 부인이 침대로 돌아오자 그녀처럼 옷을 벗고 함께 즐거움과 쾌락을 실컷 맛보았답니다. 이윽고 부인은 아니키노가 이제 가야 한다고 생각하여 그를 일어나게 한 뒤 옷을 입혀 주면서 이렇게 말했어요.

"나의 사랑스러운 입술이여! 단단한 작대기를 하나 들고 정원으로 나가요. 그리고 내가 당신을 시험하려 했던 것처럼 하세요. 그리고 나한테 하는 양, 남편한테 욕설을 퍼부으며 작대기로 마구 때리는 겁니다. 그렇게 하면 앞으로 우리는 쾌락과 사랑을 마음껏 누릴 수 있을 거예요."

아니키노는 일어나 버드나무 가지를 생으로 꺾어 들고 정원으로 나갔어요. 그리고 소나무 아래로 다가가자 에가노가 자기를 보더니 몹시 기뻐하는 척하면서 일어나 다가왔어요. 아니키노가 그를 향해 외쳤어요.

"이런 몹쓸 여자를 봤나! 요렇게 나오다니! 내가 주인을 배반할 줄 알았더냐? 수천 번 저주를 받아도 모자랄 거야!"

그러면서 작대기를 마구 휘두르기 시작했어요.

에가노는 이 소리를 듣고 또 작대기를 보고는 아무 말도 못 하고 도망치기 바빴지요. 아니키노는 쫓아가면서 외쳤어요.

"그래, 이 망할 것아! 내일 아침에 당장 에가노 어른한테 다 일러바칠 테다!"

에가노는 흠씬 얻어맞고 걸음아 나 살려라 하며 침실로 돌아왔어요. 부인은 시치미를 떼고 아니키노가 정원에 나왔더냐고 물었어요. 에가노는 이렇게 말했어요.

"안 나온 게 나을 뻔했어. 글쎄 나를 당신인 줄 알고 작대기로 마구 후려갈기지 뭐야. 게다가 아무리 나쁜 여자라도 들어 보지 못했을 욕지거리를 엄청나게 퍼붓더군. 나는 그놈이 당신을 감언이설로 꾀어서 날 망신시키려는 줄 알고 참 이상하다고 생각했는데, 그게 아니라 당신이 좀 들떠 있는 것 같아서 당신을 시험하려 했던가 봐."

그러자 부인이 말했어요.

"그러니까 그 사람은 말로 나를 시험하고 당신은 행동으로 시험했군요. 당신이 그 사람 행동을 견뎌 냈으니 나도 그 사람 말을 참아야 할까 봐요. 어쨌든 참으로 충직한 사람이니 아껴 주고 대우를 잘해 줘야겠네요."

에가노는 이렇게 말했어요.

"당신 말이 정말 맞구려."

이 사건으로 인하여 에가노는 세상 어느 귀족도 거느리지 못한 대단히 충직한 하인과 대단히 정숙한 아내를 두었다고 믿게 되었어요. 그 뒤로 그들 셋은 툭하면 그날 밤 일을 끄집어내서 웃음거리로 삼았고, 아니키노와 부인은 아니키노에게 이런 일이 일어나지 않았더라면 경험할 수 없었을 환희와 즐거움을 계속해서 누렸답니다. 그러는 동안에도 아니키노는 볼로냐의 에가노와 함께 마냥 즐겁게 살았다네요.

일곱 번째 날 여덟 번째 이야기

남편에게 의심을 받던 여자가 애인이 오면 알 수 있도록 밤마다 발가락에 끈을 묶어 둔다. 어느 날 밤, 남편이 이 사실을 알고 애인을 뒤쫓는데, 그러는 동안 아내는 자기 대신 다른 여자를 침대의 자기 자리에 들게 한다. 남편은 그 여자를 두들겨 패고 머리카락을 잘라 버린다. 그리고 아내의 형제들에게 가서 이를 호소하지만, 형제들은 그것이 사실이 아님을 알고 남편을 욕한다.

베아트리체 부인이 남편을 조롱하고 기발하게 속여 넘긴 데 대해 사람들은 모두 놀라움을 금치 못했습니다. 또 부인의 손에 잡힌 채 자기가 부인에게 사랑을 호소했다는 말을 듣는 아니키노의 마음이 얼마나 두려웠을까 서로 수군거렸습니다. 필로메나가 이야기를 마친 걸 보고 왕은 네이필레를 향해 이렇게 말했습니다.

"이제 네이필레 님 차례네요."

네이필레는 먼저 은근한 미소를 짓고는 이야기를 시작했습니다.

— 아름다운 부인들이여! 지금까지 여러분이 들려주신 이야기처럼 저도 멋진 이야기를 들려 드려야겠다고 생각하니 적잖이 부담이 되네요. 하느님께서 도우셔서 무사히 끝낼 수 있기를 바랍니다.

우리 도시에 아리구초 베를링기에리라는 엄청난 거부 상인이 살았다는 건 여러분도 아실 거예요.* 상인이란 사람들은 어느 시대에나 그랬지만, 이 사람도 결혼을 통해 귀족이 되고 싶어 했어요. 그래서 자기와는 도무지 어울리지 않는 시스몬다라는 귀족 아가씨와 결혼을 했지요. 그런데 이 아가씨는 여느 상인들처럼 남편이 여기저기 출장을 다니고 아내와 함께 시간을 별로 보내지 않자 오랫동안 자기를 쫓아다니던 루베르토라는 청년과 사랑을 나누게 됐답니다. 그 청년과 사이가 깊어지자 아마도 주의를 소홀히 했던가 봐요. 청년이 여자를 황홀의 극치로 이끄는 동안에 무슨 소리를 들었든지 아니면 그냥 지나는 길에 알게 되었든지 아리구초는 아내를 놓고 세상에서 제일 질투가 심한 남자가 되어 버렸어요. 그래서 출장도 팽개치고 장사에서도 손을 떼고서 아내를 감시하는 데 모든 힘을 쏟았고, 아내가 먼저 침대에 들어가는 소리를 듣지 않으

---

* 베를링기에리 가문은 14세기 중반 피렌체에서 새로운 재력가로 널리 알려졌다. 그러나 아리구초에 대한 자료는 발견되지 않는다.

면 결코 잠을 자지 않게까지 되었답니다. 그러니 부인은 너무나도 고통스러웠지요. 루베르토를 전혀 만날 수가 없었으니까요.

하지만 남자도 자꾸 보채는 형편이었고, 어떻게 해서든 루베르토를 만나야겠다는 생각에 여자는 방법을 찾아 궁리에 궁리를 거듭했지요. 그리고 마침내 한 가지 방법을 생각해 냈어요. 여자의 침실은 길에 면해 있었고, 남편이 쉬이 잠들지는 못해도 한번 잠에 빠지면 옆에서 무슨 짓을 해도 깨어나지 않는 사람이란 걸 오랫동안 봐 와서 알던 터라, 루베르토를 한밤중에 집으로 오게 해서 문을 열어 주면 남편이 곯아떨어져 자는 동안에 어느 정도 밀회를 즐길 수 있으리라 생각했던 거예요. 그래서 남자가 오면 알 수 있도록 아무도 몰래 침실 창문 밖으로 끈을 한 가닥 늘어뜨리는 방법을 생각해 냈어요. 한쪽 끝은 땅까지 닿게 하고 다른 쪽 끝은 방바닥까지 오게 해서, 이를 다시 침대까지 끌어온 다음 자기가 침대에 누워 있을 때 엄지발가락에 그 끝을 매 두기로 한 것이지요. 이런 얘기를 루베르토에게 알려 주고, 집 앞에 오면 끈을 당기라고 일러 두었어요. 만약 남편이 자고 있으면 끈이 끌려가도록 두고서 문을 열어 줄 것이고, 남편이 자지 않으면 끈이 당겨지지 않도록 잡고 자기 쪽으로 끌어당길 테니 기다리지 말라는 것이었지요. 그 계획은 루베르토의 마음에도 들었어요. 그 뒤로 남자는 뻔질나게 찾아왔습니다만, 여자와 만난 때도 있고 그러지 못한 때도 있었지요.

이런 식으로 은밀한 만남을 계속하던 어느 날 밤, 마침내 일이 터지고 말았어요. 부인이 자는 동안 아리구초가 침대 속에서 발을 뻗다가 그 끈을 발견한 거예요. 손으로 더듬어 본 끝에 아내 발가락에 끈이 매여 있는 것을 안 남편은 속으로 생각했지요. '이건 뭔가 속임수가 있는 거야.' 그리고 끝이 창문을 통해 밖으로 연결된 것을 보고서 의심을 더욱 굳혔지요. 남편은 끈을 살그머니 아내의 발가락에서 끌러 자기 발가락에 묶고서 무슨 일이 일어나는지 기다렸어요. 오래 기다릴 것도 없이 루베르토가 와서 늘 하던 대로 끈을 잡아당겼답니다. 아리구초는 이거다 싶었지요. 그런데 잘 묶어 두지 않은 탓에 루베르토가 힘껏 잡아당기자 끈이 루베르토 쪽으로 끌려갔는데, 그는 이를 기다리라는 신호로 알고 기다렸어요.

상인이지만 다부지고 힘이 센 사내였던 아리구초는 어떤 놈인지 반쯤 죽여 놓겠다며 벌떡 일어나 무기를 손에 들고서 현관으로 내달렸어요. 그런데 현관에 이르러서 문을 연다는 것이 부인이 여느 때 하던 것처럼 부드럽게 되지가 않았지요. 때문에 기다리고 있던 루베르토는 뭔가 일이 터졌으며 문을 연 사람이 아리구초라는 걸 감지했어요. 그는 순간적으로 도망치기 시작했고 아리구초는 그 뒤를 쫓아갔어요. 루베르토는 있는 힘을 다해 달아나다가 남편이 자기를 계속해서 따라오는 걸 보고서, 자기도 무장을 하고 있던 터라 결국 칼을 꺼내 몸을 돌리고 한쪽이 공격하면 다른 쪽은 방어하는 식으로 서로 싸움을 벌였지요.

아리구초가 방문을 여는 소리에 잠이 깬 부인은 발가락에서 끈이 풀린 것을 보고 자기 방법이 들켜 버렸다는 걸 순간적으로 알았어요. 그리고 아리구초가 루베르토를 뒤쫓는 소리를 듣고 벌떡 일어나서 무슨 일이 일어날지 짐작하고는 이 일을 다 아는 하녀를 불러 자기 대신 침대에 누워 있으라고 부탁했어요. 그리고 이 일로 결코 난처하게 만들지도 않을 것이며 큰 보상을 내릴 테니, 아리구초가 마구 때리더라도 꾹 참고 가만히 견뎌 달라고 간청했어요. 그리고 방을 밝히던 불을 끈 다음 밖으로 나가 마당 한구석에 숨어서 앞으로 일어날 일을 기다렸어요.

아리구초와 루베르토가 한바탕 소란을 피우는 통에 인근의 이웃들이 그 소리를 듣고 일어나 욕지거리를 해 대기 시작했어요. 그런데 아리구초는 사람들이 자기를 알아볼까 봐 겁이 난 데다, 그 젊은 놈이 누군지도 도저히 알 수가 없었고, 또 솜씨가 미숙해서 상처도 입히지 못한 채 그 자리를 떠나 집으로 돌아왔어요. 그리고 침실로 뛰어들어와 머리끝까지 화가 치밀어 소리를 버럭 질렀어요.

"이 여편네, 이거 어디 있어? 내 눈을 속이려고 불을 껐겠다만, 맘대로 되지는 않을걸!"

이러면서 침대로 가서 하녀를 아내로만 여기고서 움켜잡았어요. 그리고 있는 힘을 다해 손이며 발로 얼마나 때렸던지 하녀의 얼굴은 묵사발이 되고 말았어요. 그것도 모자라 머리까지 잘라 버렸는데, 하녀는 이런 지독한 꼴을 당하면서 아무리 행실이 나쁜 여자라도 들어 보지 못했을 험한 말들을 들어야 했지요.

하녀는 이유도 모르고 당하는 일에 껄껄대고 울었어요. 그리고 간간히 "아이고! 나 죽네." 혹은 "고만 좀 하세요!"라고 애원했지만, 목소리가 울음에 덮이는 바람에 아리구초는 아내가 아닌 다른 여자일 거라고는 꿈에도 생각하지 못한 채 분을 이기지 못하고 펄펄 날뛰었지요. 그렇게 앞서 말했듯 실컷 때리고 머리까지 자르고 나서 이렇게 말했어요.

"이 염병할 여편네야! 네까짓 것 이제 손도 대고 싶지 않아! 하지만 네 친정에 가서 그 잘난 행실을 죄다 말해 줘야겠다. 그리고 내 명예가 손상되지 않도록 와서 널 데려가라고 할 거야. 다신 이 집에 발도 들여놓지 못할 줄 알아!"

그렇게 말하고 방에서 나가 밖에서 문을 잠그고 혼자서 가 버렸어요.

한편 시스몬다 부인은 이 모든 걸 듣고 있다가 남편이 가 버린 것을 알자 방문을 열고 불을 켰어요. 하녀는 상처투성이가 되어 흐느끼고 있었어요. 부인은 최선을 다해서 하녀를 위로하며 하녀 방으로 데리고 가 거기서 남몰래 치료하고 위로해 줬어요. 그리고 하녀가 만족할 만큼 아리구초의 돈으로 잔뜩 보상해 줬어요. 이렇게 하녀를 자기 방으로 돌려보내고 나서 부인은 재빨리 침대를 말끔하게 정돈하여 그날 밤에는 아무도 거기서 자지 않은 것처럼 해 놓고, 불을 환하게 켜 두었어요. 그리고 옷을 갈아입고, 마치 아직 잠자리에 들지도 않은 것처럼 꾸몄지요. 그다음에 작은 등잔에 불을 켜고 옷가지들을 들고서 계단참에 앉아 바느질을 하면서 앞으로 사태가 어떻게 될지 기다렸어요.

아리구초는 집에서 나와 걸음을 재촉해서 아내의 친정으로 가서 문을 거세게 두드렸어요. 그 소리를 듣고 모두가 일어났지요. 아내에게는 오빠가 셋이 있었고 어머니도 있었는데, 그들은 아리구초라는 걸 알고 자리에서 일어나 불을 켜고 모여들었어요. 그러고는 이 시간에 대체 무슨 일이냐, 혼자 뭘 하고 있느냐고 물었어요. 아리구초는 아내 시스몬다의 발가락에 끈이 매여 있는 걸 발견했다는 얘기부터 시작해서 그 뒤로 어떤 일이 있었는지 죄다 얘기했어요. 그리고 자기가 한 행동의 증거로 삼으라고 아내에게서 잘라 냈다고 믿는 머리카락을 그들의 손에 쥐어 주면서 자기는 더 이상 그녀를 집에 둘 마음이 없으니 당신들이 내 집에 와서 서로 위신을 해치지 않도록 처리해 달라고 말했어요. 부인의 오빠들은 이 얘기를 듣고 일말의 의심도 없이 화가 머리끝까지 치밀어 여동생의 행실을 나무랐어요. 그들은 여동생을 단단히 혼내 줄 심산으로 횃불을 켜 들고 아리구초와 함께 길을 나서 그의 집으로 향했어요. 어머니도 이런 모양을 보고 눈물을 흘리며 뒤따라왔지요. 그러면서 직접 눈으로 보지도 않고 제대로 알아보지도 않은 채 결론을 내려서는 안 된다, 사위가 다른 이유 때문에 딸과 싸운 걸 수도 있다, 그걸 갖고 핑계를 대면서 딸에게 죄를 뒤집어씌우는 걸지도 모른다고 아들 하나하나에게 사정을 했어요. 어렸을 때부터 키워 왔기 때문에 자기 딸에 관해서는 자기가 가장 잘 아는데 어떻게 이런 일이 일어날 수 있는지 너무나도 놀랍다는 둥 그런 비슷한 말들을 늘어놓았지요.

그들이 아리구초의 집에 도착해서 안으로 들어가 계단을 막 오르려 할 때 시스몬다가 그 소리를 듣고 말했어요.

"거기 누구세요?"

이에 오빠들 중 하나가 대답했어요.

"몰라서 묻느냐, 이 못된 것 같으니라고!"

그러자 시스몬다 부인이 말했어요.

"아니, 어떻게 그런 소리를 하세요? 이걸 어쩌면 좋아!"

그리고 몸을 일으키며 말을 이었어요.

"어머, 오빠들이시군요. 어서 오세요. 이 시간에 세 분 모두 무슨 일이세요?"

그들은 여동생이 계단에 앉아서 바느질을 하는 모습과, 아리구초가 마구 때려 줬다고 하는데 겉으로 보기에 얼굴에 맞은 흔적이 전혀 없는 것을 보고서 처음에는 적잖이 놀랐어요. 그리고 분노가 치솟는 걸 억제하면서 아리구초가 주장하는 문제가 어떻게 된 거냐고 여동생에게 물었어요. 모조리 털어 놓지 않으면 단단히 혼날 줄 알라고 을러대면서 말이죠.

부인은 이렇게 말했어요.

"아니, 갑자기 뭘 털어놓으라는 건지 알 수가 없네요. 남편이 나한테 무슨 화가 났다는 건지도 모르겠고요."

아리구초는 그녀를 보고 그저 멍해졌어요. 그도 그럴 것이 자기 딴에는 마누라 얼굴을 천 번은 때렸고 쥐어뜯고 엄청난 매타작을 한 걸로 기억하는데, 이제 보니 아무런 흔적이 없으니까요. 오빠들은 끈이며 마구 두들겨 팬 것이며 등등 아리구초가 해 준 얘기를 간단하게 들려주었어요.

부인은 아리구초를 향해 이렇게 말했어요.

"어머나, 여보! 이게 대체 무슨 얘기예요? 어째서 당신은 나를 몹쓸 여자로 만들어서 당신 얼굴에 먹칠을 하는 거예요? 당신 역시 그렇지도 않으면서 어쩌자고 스스로를 잔인하고 나쁜 남편으로 만드는 거예요? 더욱이 오늘 밤에 당신은 나와 함께 집에 계시지도 않았잖아요? 그러면서 날 때렸다고요? 나로서는 전혀 기억나는 게 없네요."

아리구초는 떠들어 대기 시작했어요.

"이 염병할 여편네야! 우리 같이 잠자리에 들었잖아? 그리고 난 네 애인 뒤를 쫓아갔다가 돌아왔잖아? 또 널 엄청 두들겨 패고서 머리까지 잘랐잖아?"

부인의 대답은 이랬어요.

"당신은 어젯밤 집에서 주무시지 않았어요. 하지만 그건 내가 진실을 말한다는 증거가 될 수 없으니 그냥 지나가기로 하죠. 그렇지만 날 때렸다는 둥, 머리를 잘랐다는 둥 하는 얘기들은 좀 따져 봐야겠네요. 여러분 모두가 보시듯 나는 맞은 적이 없어요. 내게 어디 얻어맞은 흔적이 있는지 오빠들이 좀 봐주세요. 이참에 당신에게 다짐해 두겠는데, 당신 손으로 날 때린다든가 그런 뻔뻔스러운 짓을 하면 하느님께 맹세코 얼굴을 할퀴어 버릴 거예요! 그리고 내 머리털을 잘랐다고 하는데, 나는 그런 느낌도 없고 그런 모습도 아니에요. 내가 못 보는 사이에 그랬다면 몰라도요. 그렇다면 내 머리가 잘려졌는지 아닌지 잘 좀 봐 주세요."

이렇게 말하고 여자는 머리에서 베일을 벗어서 잘린 부분이 하나도 없이 온전하다는 걸 보여 주었어요.

오빠들과 어머니는 이런 것들을 듣고 보며 아리구초를 향해 물었어요.

"아리구초! 이게 어떻게 된 일이야? 자네가 떠들어 댔던 얘기와는 영 딴판이잖아! 도대체 이 일을 어떻게 해명할 작정인가?"

아리구초는 뭔가에 홀린 사람처럼 멍하니 서 있었어요. 뭔가 말하고 싶기도 했지만, 증거로 보여 주리라 생각했던 것이 이렇게 되어 버렸으니, 더 할 말이 없게 된 것이지요.

부인은 오빠들을 향해 이렇게 말했어요.

"오빠들! 좀 보세요. 저 사람이 오빠들을 찾아갔으니 내가 정말 하고 싶지 않았던 일을 좀 해야겠네요. 바로 저 사람이 얼마나 무능하고 비열한지 말씀드릴게요. 저 사람이 오빠들에게 한 얘기는 실제로 일어난 일이고 자기가 저지른 일이 틀림없을 거예요. 어떻게 그런지 들어 보세요. 불행하게도 오빠에게서 날 아내로 받은 저 훌륭한 남자는 그래도 상인이랍시고 신용을 쌓고 싶어 한답니다. 그러니 종교인보다 더 절제 있고 아가씨보다도 더 조신하게 살아야 할 판에, 저렇게 허구한 날 술독에 빠져 지내지요. 뿐만 아니라 여자라면 저질이든 뭐든 가리지 않고 이리저리 마구 놀아나는 난봉꾼이에요. 그러고는 오빠들이 지금 보시는 바와 같이 한밤중까지도, 또 어떤 때에는 새벽까지도 이렇게 사람을 기다리게 만든다고요. 어젯밤에도 술에 취해서 어떤 못된 여자랑 어울려서 잔 모양인데 그러다 문득 깨서 그 여자 발에서 끈을 발견한 모양이지요. 그래서 이 양반 말대로 용맹한 격투를 벌이고 여자한테 돌아가서 두들겨 패고 머리를 자르고 했겠지요. 틀림없이 술에서 깨지 않은 상태라 그걸 나한테 했다고 믿은 모양이에요. 지금도 그렇게 믿고 있겠지요. 저 양반 얼굴을 잘 보세요. 아직도 술이 덜 깼잖아요. 하지만 이 사람이 나한테 무슨 억지를 쓰든지 간에 내 눈에는 술주정뱅이로밖에 보이지 않으니, 너무 뭐라고 하지 마세요. 나도 용서하고 있으니 오빠들도 용서해 주세요."

어머니는 이런 얘기를 듣더니 아우성을 치면서 말했어요.

"아이고, 내 딸아! 제발 그런 말은 하지 마라. 하늘이 무섭지 않으냐. 이런 개만도 못한 쓸모없는 놈은 죽어 마땅해! 애당초 너처럼 반듯한 딸을 이런 놈한테 주는 게 아니었는데. 아무렴, 그렇지! 설사 이놈이 널 진흙에서 거뒀다고 해도 넌 이놈한테는 과분하단 말이다. 내 딸이 이런 당나귀 똥 같은 상인 찌꺼기의 입에 오르내리다니, 이놈 악운도 오늘로써 끝이로구나. 촌티 나는 신발에 엉덩이에는 펜대 하나 꽂고서* 조잡한 옷 쪼가리나 걸친 산적 꼴로 동네나 어슬렁거리던 게 돈푼이나 생기니까 귀족 처녀나 여염집 규수에게 장가들고 싶어서 문장(紋章)이나 만들고 '나로 말할 것 같으면'이라나 '내가 뭐 이런저런 가문의 자제'라나, 그런 헛소리나 씨부리고 다녔으니. 아이고, 아들들이 내 말을 들었더라면 얼마나 좋았겠느냐. 지참금 조금만 줘서 피렌체 제일가는 귀디 백작 가문에 명예롭게 출가시킬 수 있었을 텐데. 피렌체에서 제일가는 지극히 정숙한 처녀를 이 세상 말종한테 줘 버렸으니. 이놈이 이제

---

* 당시 상인들은 흔히 바지 뒷주머니에 펜과 잉크병을 갖고 다녔다.

내 딸을 화냥년이라고 이 한밤중에 떠들면서 창피한 줄도 모르는구나. 아이고, 우리가 널 정말 알아주질 못했구나. 하늘을 두고 맹세하는데, 이놈은 벌을 좀 받아야 할 거야. 아주 단단히 말이다!"

그리고 이번에는 아들들을 향해 이렇게 떠들어 댔습니다.

"얘들아! 내가 아까 그럴 리가 없다고 말한 그대로가 아니냐. 너희들 알량한 매제가 누이동생을 어떻게 다뤘는지 잘 들었지? 돈 몇 푼 만지작거리는 상인이랍시고 말이다. 내가 너희들이라면 저놈이 저렇게 내 딸을 두고 떠드는 소리나 하는 행동을 보고 아주 땅바닥에 패대기쳐도 시원치 않을 거다! 내가 여자니까 이렇지, 남자라면 다른 사람 손을 빌릴 것도 없을 거야. 아이고, 하느님! 저 염치도 모르는 주정뱅이 쓰레기에게 천벌을 내리소서!"

모든 것을 보고 들은 오빠들은 아리구초를 향해 아무리 몹쓸 놈이라도 듣지 못했을 최고의 악담을 퍼부었어요. 그리고 마지막으로 이렇게 말했지요.

"이번만은 네 놈이 술에 취한 걸로 여겨 용서해 주겠다. 하지만 목숨이 아깝거든 다시는 이런 얘기가 우리 귀에 들리지 않게 해라! 다시 한 번 우리 귀에 이런 얘기가 들려오면 이것저것 다 합쳐서 갚아 주고 말 테다!"

이렇게 말하고 그들은 가 버렸어요.

한참을 멍하니 서 있던 아리구초는 자기가 했던 일이 사실이었는지, 아니면 그냥 꿈을 꾼 건지 도무지 알 수가 없었어요. 그러니 아무 말도 더 하지 못하고 아내를 그냥 둘 수밖에 없었지요. 아내는 이렇게 기지를 발휘해서 앞에 닥친 위험을 모면했을 뿐만 아니라 뒤로도 남편을 두려워할 필요 없이 마음껏 즐길 수 있는 길을 열었다고 합니다.

일곱 번째 날 아홉 번째 이야기

니코스트라토의 아내 리디아는 피로를 사랑한다. 피로는 그것을 믿을 수 있도록 세 가지 요구를 들어 달라고 하고, 리디아는 그 일을 모두 해낸다. 뿐만 아니라, 니코스트라토의 눈앞에서 피로와 사랑 행각을 벌이고도 니코스트라토로 하여금 그가 본 것이 사실이 아니라고 믿게 만든다.

부인들은 네이필레의 이야기를 너무나도 재미있어했습니다. 왕이 아무리 조용히 하라고 부탁하고 판필로에게 다음 이야기를 이어 나가라고 명령해도 부인들이 웃고 떠드는 것을 막을 수 없을 정도였습니다. 점차 다들 잠잠해졌고, 판필로가 이야기를 시작했습니다.

—존경하는 부인들이여! 열렬한 사랑에 빠진 사람은 세상에 하지 못할 일이 없고 아무리 어렵고 불확실한 일이라도 다

이루어 내는 것 같습니다. 그 점은 지금까지 들은 이야기에서도 어느 정도 드러났습니다만, 이제 제가 하는 이야기에서 훨씬 더 분명하게 드러날 것이라 믿습니다. 여러분이 들으실 이 여자의 사연은 능력이 뛰어났다기보다는 운이 훨씬 더 좋은 경우라고 할 수 있습니다. 그래서 저는 이 여자의 뒤를 따른다고 해서 반드시 일이 잘 풀릴 거라고는 충고하고 싶지 않습니다. 행운이 언제나 따르는 것도 아니고 세상 남자들이 하나같이 얼빠진 것도 아니기 때문이죠.

아카이아의 아주 오래된 도시 아르고는 과거의 왕들 덕분에 그 크기에 비해 대단히 유명해진 도시입니다. 그런 이 도시에 니코스트라토라는 귀족이 살고 있었습니다. 이 사람은 노년기에 접어들면서 운명이 그리됐던지 리디아라고 하는 아름답고 그에 못지않게 대담한 성격의 귀부인을 아내로 맞아들였지요. 그는 귀족이고 부자이기도 해서 숱한 하인과 개, 그리고 새*를 거느렸고, 특히 사냥하는 것을 최고의 낙으로 여겼습니다. 그런데 수많은 하인 중에서 특히 잘생기고 체격도 다부져 무슨 일을 시키든 빈틈없는 젊은이가 있었습니다. 니코스트라토는 피로라는 이름의 그 하인을 끔찍이 아끼고 또 믿었지요. 그런데 리디아 부인이 이 하인에게 그만 푹 빠져 다른 일은 다 제쳐 두고 밤낮으로 이 사람만 생각하게 되었네요. 사랑의 감정이 없었던지, 아니면 아예 그런 생각을 해 보지도 않았던지 피로는 아무 내색을 하지 않았고, 그로 인해 부인은

* 수렵용 매는 당시 귀족 생활에서 빼놓을 수 없는 요소였다.

안절부절못하고 마음속 깊이 괴로워하기만 했어요.

부인은 속내를 모조리 털어놓을 심산으로 자기가 가장 신임하는 몸종인 루스카를 불러서 이렇게 말했습니다.

"루스카! 내가 지금까지 너에게 잘해 줬으니 이제 내 말을 잘 듣고 내가 시키는 대로 해 주었으면 좋겠구나. 그리고 내가 지금 너한테 할 얘기는 절대 다른 사람 귀에 들어가지 않도록 하고 오직 내가 말하는 그 사람에게만 전해야 한다. 루스카! 너도 알다시피 나는 젊고 성성해서 여자들이 바랄 만한 모든 걸 아주 넉넉하게 갖추고 있지 않느냐. 요컨대 한 가지만 빼고는 더 이상 바랄 게 없단다. 그 한 가지란 바로 내 나이에 비해 남편이 너무 늙었다는 거지. 그러니 다른 젊은 여자들은 다들 재미나게 살고 있는데 나만 이 모양 아니냐. 다른 여자들처럼 재미나게 살고 싶은 마음이 굴뚝같아도 그놈의 팔자가 사나워서 이렇게 늙은 남편을 두고 살아야 하니 하루하루 살기가 너무나도 힘들고, 내 즐거움과 행복을 찾을 길이 없으니 나 자신이 밉기만 하구나. 하지만 즐거움과 행복을 찾고 또 내 젊음도 충족시켜 주기 위해서 언제부턴가 뭔가를 바라게 되었는데, 바로 어느 누구보다도 뛰어난 우리 피로의 품에 안겨 무언가를 해 보리라는 생각이 들었단다. 그런데 이제는 그이를 너무 사랑하게 돼서 그 모습을 못 보거나 생각하지 않으면 병이 나는 것만 같구나. 하루라도 빨리 그이와 사랑을 이루지 못하면 나는 죽을 것 같아. 그러니 내 인생이 가엾거든 네가 생각하는 가장 좋은 방법으로 내 사랑을 그이에게 전해 다오. 그이한테 가거든 내가 그러더라고 하면서 어서 나한테 와 달라고 전해 주렴."

몸종은 잘 알겠다고 말했습니다. 그래서 때와 장소를 잘 생각해서 피로를 불러내 마님의 뜻을 전하는 대사의 역할을 훌륭하게 수행했지요. 전혀 예상하지 못했던 일이라 피로는 그 얘기를 듣고 깜짝 놀랐습니다. 그리고 마님이 자기를 시험하려고 그러는 거라 의심했습니다. 그래서 무뚝뚝한 말투로 서둘러 대답했지요.

"루스카! 마님께서 그런 말씀을 하시다니 믿을 수 없어. 너도 네가 한 말을 다시 생각해 봐. 설령 마님께서 직접 그런 말씀을 하셨다고 해도 너한테 그런 속내를 비추실 리 없잖아. 설령 너를 시켜서 속마음을 이렇게 전달한 거라 해도, 내 주인님은 과분할 정도로 나를 믿으신다고. 내 목숨을 걸고라도 난 주인님을 모욕하고 싶지 않아. 그러니 앞으로 그런 말은 두 번 다시 하지도 말라고!"

루스카는 그런 쌀쌀맞은 대답에 주눅들지 않고 이렇게 말했습니다.

"피로! 이 일이든 다른 일이든, 마님께서 분부만 내리시면 나는 몇 번이고 시키시는 대로 얘기를 전할 거야. 네가 좋아하든 싫어하든 말이야. 어쨌든 너는 좀 머리가 안 돌아가는구나!"

피로의 대답에 화가 난 루스카는 부인에게로 돌아갔습니다. 대답을 전해 들은 부인은 죽고 싶은 심정이었지요. 며칠이 지나서 부인은 다시 몸종에게 이렇게 말했습니다.

"루스카! 떡갈나무가 한 번 찍어서 넘어가지 않는다는 거 알지! 그 사람이 공연히 제 주인에 대한 충성심만 쳐드는 모양인데, 다시 돌아가서 적당한 때에 그 사람에게 내가 얼마나 애타게 그리워하는지 잘 좀 보여 주기 바란다. 일이 꼭 좀 성사되도록 네가 최선을 다해 줘야겠다. 잘되지 않으면 나는 죽을 수밖에 없어. 내가 이렇게 사랑을 갈구하는데, 그 사람은 내가 자기를 조롱한다고 생각한다니 정말 마음이 아프구나."

몸종은 마님을 위로하고 피로를 찾아갔습니다. 피로는 기분이 좋아 보였고 반색을 하며 몸종을 맞아 주었지요. 그런 그에게 몸종은 이렇게 말했습니다.

"피로! 네 주인이기도 하고 내 주인이기도 한 마님께서 너한테 얼마나 열렬한 사랑을 품고 계신지 며칠 전에도 말했지. 이제 다시 분명히 말하지만, 네가 그때처럼 고집만 부리다간 마님은 얼마 못 사실지도 몰라. 그러니 제발 마님의 소원을 들어주면 좋겠어. 나는 네가 무척 현명한 사람이라고 생각했는데, 이렇게 자기 고집만 세우면 오히려 바보 멍청이로 볼 수밖에 없어. 이렇게도 아름답고 우아하고 반듯하신 부인이 다른 사람도 아닌 널 사랑하신다고 하는데, 너한테 얼마나 큰 명예냐 이 말이야. 더욱이 마님은 지금껏 이뤄 오신 것을 네 앞에, 네 청춘의 욕망 앞에 다 내놓겠다 하시고, 네가 필요로 하는 안식처를 제공하겠다고 하시는데, 엄청난 행운으로 생각해야 하지 않겠어? 너만 현명하게 굴면 즐거운 만큼이나 더 좋은 길이 놓여 있다는 걸 정말 모르는 거야? 너의 사랑을 그분께 허용하기만 하면 무기며 말이며 옷이며 돈이며 네가 원하는 건 다 얻을 수 있다고. 마음을 열고 내가 하는 말을 잘 들어 봐. 행운의 여신이 웃는 얼굴로 큰 걸음으로 널 맞으러 오는 기회는 평생 단 한 번뿐이라는 걸 생각하라고! 이럴 때 제대로 받아들일 줄 모르는 사람은 나중에 가난뱅이 빈털터리가 돼도 자기 자신이나 원망해야지 운명은 원망할 수도 없는거야. 그리고 하인과 주인 사이의 충성심이란 건 친구들 사이의 관계하고는 좀 달라. 오히려 하인은 가능하다면 주인을 이용하는 게 좋아. 주인들도 하인을 이용하잖아. 만일 너에게 아름다운 아내나 어머니나 딸이나 여동생이 있고 니코스트라토가 그 사람을 마음에 들어 한다면, 네가 마님 일로 그 양반한테 바치고 싶어 하는 그 충성심을 그 양반도 지닐 거라 기대하는 거야? 그렇게 믿는다면 넌 바보야! 아무리 울고불고 애원해도 그 양반은 강제로라도 욕망을 채울 게 틀림없다고. 그러니까 우리도 주인이 우리를 대하는 만큼만 대하면 되는 거야. 행운이 왔을 때 냉큼 받아들여. 차 버리지 말고, 자진해서 받아먹으라고. 만일 네가 끝까지 거절하면 마님은 틀림없이 죽음을 택하실 거야. 그러면 너도 두고두고 후회하다가 결국 죽고 싶어질걸.”

그렇지 않아도 루스카가 전에 했던 얘기들을 몇 번이나 곱씹어 봤던 피로는 만일 루스카가 다시 찾아와 자기가 시험당하는 게 아니라는 것을 확인해 준다면 다른 대답을 해 줄 것이며, 모든 걸 마님의 뜻에 따르리라 결심하고 있던 터였습니다. 그래서 이렇게 대답했지요.

“이봐, 루스카! 나도 네 말이 모두 사실이라고 생각해. 하지만 다르게 보면, 주인어른은 신중하고 분별 있는 분이라 자기 일들을 전부 내 손에 맡기고 계시니 그 양반 생각이나 뜻으로 리디아가 날 시험하려고 하는 게 아닌지 정말 두려워. 그러니 내가 요구하는 세 가지를 나한테 분명히 해 주기만 한다면, 그 어떤 것이든 확실히 수락하고 곧바로 실행에 옮기지. 그 세 가지란 이거야. 먼저 마님께서 니코스트라토 님이 보시는 앞에서 그분이 아끼는 매를 죽일 것, 다음에는 니코스트라토 님 수염을 한 움큼 뽑아서 나한테 보낼 것, 마지막으로 그분 치아 중 제일 큰 걸로 하나 뽑아서 내게 보낼 것.”

루스카가 보기에도 이건 쉽지 않은 일이었고 부인에게야 당연히 더욱 힘든 일이었지요. 하지만 훌륭한 위안자이자 위대한 조언의 대가인 사랑의 신은 부인이 그 일을 하도록 결심하게 만들었습니다. 그래서 부인은 몸종을 보내 그의 요구를 반드시 즉각 들어주겠다고 전했습니다. 뿐만 아니라 그가 남편 니코스트라토를 분별 있는 사람으로 평가했지만, 자기는 남편이 보는 앞에서 피로와 사랑의 행위를 함으로써 그것이 사실이 아님을 믿게 해 주겠다고 했습니다.

피로는 그 고매한 부인이 어떻게 할 것인지 기대가 되기 시작했습니다. 며칠이 지나서 니코스트라토는 몇몇 귀족들을 초대하여 성대한 잔치를 열었습니다. 흔히 있던 일이지요. 식사가 끝나고 식탁을 치웠을 무렵 부인은 녹색 벨벳 옷을 입고 화려하게 치장을 한 채 방에서 나와 손님들이 모인 식당 안으로 들어섰습니다. 그러고는 피로를 비롯하여 사람들이 모두 멀쩡히 보고 있는 가운데 니코스트라토가 끔찍이도 아끼는 매가 앉아 있는 횃대로 다가서더니 매를 손으로 어루만지는 듯하다가 묶어 둔 끈을 풀고 매를 잡아 벽에 힘껏 태질을 해서 죽여 버렸답니다.

니코스트라토는 부인에게 소리를 버럭 질렀지요.

"아니, 여보! 이게 대체 뭐하는 짓이오?"

부인은 남편에게는 아무 대답도 하지 않고 남편과 식사를 마친 귀족들을 향해 이렇게 말했습니다.

"여러분! 매 한 마리 잡아 족칠 용기가 없다면 설령 왕이 나를 욕보인다 해도 복수는 생각조차 하지 못할 겁니다. 여러분께서 아셔야 할 것은 오랫동안 이 새가 여자들이 남자들에게서 받아야 할 시간을 모조리 빼앗아 왔다는 것입니다. 날이 새기가 무섭게 제 남편은 부리나케 일어나서 말을 타고 손에 매를 올려놓고는 그놈이 나는 걸 보려고 들판으로 나가기 때문입니다. 그 바람에 저는 여러분이 보시는 바와 같이 혼자서 슬프게 침대에 남아야 했지요. 그래서 저는 몇 번이고 지금과 같은 행동을 하려고 마음먹고 있었습니다. 그러나 나의 고민을 올바로 판단해 줄 사람들이 보는 앞에서 그렇게 하려고 꾹 참고 기다려 왔습니다. 여러분이 바로 그런 역할을 해 주시리라 믿습니다."

이 말을 들은 귀족들은 모두 니코스트라토를 향한 부인의 사랑이 차고 넘친다고 생각하고는 얼이 빠져 있는 니코스트라토에게 웃으면서 말했습니다.

"이보게! 자네 부인이 매를 죽여 자네의 부당한 처사에 복수를 한 건 잘한 일일세."

그리고 부인이 자기 방으로 돌아간 터라 이리저리 연관을 지어 농담을 하면서 니코스트라토의 분노를 웃음으로 바꿔 놓았습니다.

피로는 이를 보고 혼자 생각했지요. '부인이 내 행복한 사랑에 출발점을 만들어 주셨구나. 하느님! 부인이 계속 잘하도록 도와 주소서!'

리디아가 매를 죽이고 난 뒤 그렇게 많은 날이 지나지 않아서의 일이었습니다. 부인은 니코스트라토와 같이 침실에서 서로 애무를 하며 농담을 주고받고 있었지요. 남편은 장난으로 부인의 머리카락을 가볍게 잡아당겼는데, 부인은 그걸 트집 잡아서 피로가 요구한 두 번째 일을 해치우는 계기로 삼았답니다. 부인이 그 즉시 남편의 수염을 한 움큼이나 잡고 웃으면서 힘껏 잡아당긴 것이었습니다. 그러자 잡힌 수염이 죄다 턱에서 뽑혀 버리고 말았지요. 니코스트라토가 외마디 소리를 지르자 그녀가 말했습니다.

"아니, 왜 그러세요? 여섯 가닥이나 될까, 그 정도 수염 좀 뽑았다고 그런 인상을 지으시는 거예요? 당신이 좀 전에 내 머리털을 잡아당겼을 때 난 훨씬 더 아팠단 말예요!"

그렇게 서로 농담을 주고받으며 둘은 그날 즐겁게 놀았는데, 부인은 남편에게서 뽑은 수염을 조심스럽게 감춰 두었다가 그날 중으로 사랑하는 사람에게 보냈답니다.

세 번째 요구는 부인을 고민에 빠뜨렸습니다. 그러나 부인은 무척이나 수완이 좋은 여자였고 사랑이 그녀에게 길을 마련해 주어 요구를 들어줄 방도를 곧 생각해 낼 수 있었지요. 어느 귀족이 예절을 가르치기 위해 니코스트라토에게 아들 둘을 의탁하고 있었는데, 니코스트라토가 식사를 할 때 한 아

이는 그 앞에서 고기를 썰었고 다른 아이는 마실 것을 따르는
일을 맡고 있었습니다. 부인은 둘을 불러다가 그들의 입에서
냄새가 난다며 니코스트라토를 시중들 때는 머리를 가능한
한 뒤로 젖혀야 한다고 분부하고는, 이 일을 아무한테도 말하
지 말라고 엄명을 내렸습니다. 아이들은 그대로 믿고서 부인
이 보여 주었던 태도를 그대로 취하기 시작했지요. 이렇게 해
놓고 어느 날 부인은 니코스트라토에게 물었습니다.

"여보! 그 두 아이들이 당신 식사 시중을 들 때 뭔가 낌새가
이상하지 않던가요?"

"왜 아니겠어! 안 그래도 아이들한테 이유를 물어보려던
참이었소."

"그러지 마세요. 제가 말씀드릴 수 있는 일이니까요. 실은
당신이 불쾌하게 여길까 봐 한동안 입을 다물고 있었는데, 다
른 사람들도 알게 된 이상 더 이상 덮어 둘 수만은 없을 것 같
아요. 당신 입에서 악취가 심하게 나서 아이들이 그런다네요.
전에는 안 그랬는데, 갑자기 왜 그런지 저도 이유를 모르겠어
요. 당신은 항상 귀족들과 상대해야 하는데 이것 참 큰일이군
요. 고칠 방도를 찾아야 하지 않겠어요?"

"왜 그럴까? 충치라도 생긴 걸까?"

"아마 그럴 거예요."

부인은 남편을 창문으로 데려가서 입을 벌리게 하고 이리
저리 살펴본 다음 이렇게 말했습니다.

"어머나, 여보! 어쩌다 이렇게까지 되도록 참았어요? 이쪽
편으로 하나가 이상해요. 내가 보기에는 벌레 먹은 정도가 아

니라 완전히 썩었네요. 더 버려두면 다른 이들도 다 썩을 거예요. 그러니 더 나빠지기 전에 빼 버리는 게 좋겠어요.”

“당신이 보기에 그렇다니 그렇겠군. 당장 의사를 불러다 이를 빼도록 합시다.”

“의사를 부를 것까지 뭐 있어요. 의사 아니라도 내가 혼자 잘 뺄 수 있을 테니 나한테 맡겨 두세요. 더구나 의사들은 치료를 한답시고 너무 거칠게 해요. 그런 사람들 손에 맡겨 놓고 아파하는 당신을 보거나 소리를 듣는 게 저한테는 더 마음 아픈 일일 거예요. 그러니 그냥 내가 다 했으면 싶어요. 만일 너무나 아프거나 하면 당장 그만둘게요. 의사들은 그렇게 하지 않지만요.”

그러고서 부인은 그런 일에 알맞은 쇠붙이를 가져오게 했습니다. 그런 뒤 사람들을 모두 방에서 내보내고 루스카만 남게 했지요. 그리고 문을 안으로 걸어 잠그고 니코스트라토를 탁자 위에 뉘었습니다. 그다음 입안에 커다란 집게를 밀어 넣고는 이 하나를 꽉 집고서 남편이 아파서 비명을 지르거나 말거나 젖 먹던 힘까지 다 내서 멀쩡한 이 하나를 뽑아냈습니다. 부인은 뽑아낸 생니는 잘 모셔 두고 참혹하기 짝이 없는 모양으로 썩은 다른 이를 미리 손에 쥐고 있다가 아파서 거의 반쯤 죽어 가는 남편에게 보여 주며 말했습니다.

“보세요. 당신이 이런 이를 입안에 두고 있었다고요.”

남편은 너무나도 아파서 대단히 화가 난 상태였지만, 그래도 밖으로 나온 이를 보고서 이젠 나았다는 생각이 들었습니다. 그뿐만 아니라 어쩐지 통증도 금방 가시는 느낌도 들어 그

것을 위안 삼으며 가벼운 마음으로 방을 나섰지요. 부인은 그 뽑아낸 생니를 루스카에게 주어 애인에게 즉시 보냈습니다. 피로는 그녀의 사랑을 확신하고 부인이 원하시는 것이라면 뭐든지 하겠다고 답을 했습니다.

부인은 피로에게 약속했던 걸 하루라도 빨리 지키고 싶었습니다. 지극히 안전한 방법을 찾다 보니 그와 만나기 전에 매 시간이 천년처럼 느껴졌지요. 어느 날 부인이 병에 걸린 척하고 있으려니 식사 후에 니코스트라토가 방에 듭니다. 부인은 남편을 따라온 사람이 피로뿐인 것을 보고 스트레스를 좀 풀고 싶으니 정원까지 데려다 달라고 그들에게 부탁했습니다. 그래서 니코스트라토가 한쪽을, 피로가 다른 한쪽을 부축하여 정원까지 데리고 나가서 큰 배나무 밑 잔디 위에 앉혔지요. 이렇게 어느 정도 앉아 있다가 부인은 미리 피로와 짜 둔 대로 이렇게 말했습니다.

"피로! 저 배가 몹시도 먹고 싶구나. 올라가서 몇 개만 따 다오."

피로는 재빨리 올라가서 배를 몇 개 아래로 떨어뜨렸습니다. 그런데 떨어뜨리는 동안 이렇게 지껄이는 것이었어요.

"아이고, 나리! 대체 무슨 짓을 하시는 겁니까요? 그리고 마님! 마님도 제가 보는 앞에서 그렇게 맞장구를 치시니 부끄럽지 않으십니까? 두 분께서는 저를 장님으로 보세요? 방금 전까지 병에 걸려 꼼짝도 못 하시더니 이젠 그런 짓을 할 정도로 다 나으셨단 말입니까? 그런 짓을 하고 싶으시면 훌륭한 방들이 널렸잖아요. 아무 곳에나 가서 해도 되지 않겠어요?

제 눈앞에서 하는 것보다 더 품위가 있지 않겠습니까?"

부인은 남편에게 말했습니다.

"피로가 무슨 말을 하는 거예요? 미친 거 아네요?"

그러자 피로가 말했지요.

"미치다니요. 천만에요, 마님! 두 분은 제가 본 것을 믿지 않으신다는 겁니까?"

그러자 니코스트라토가 어이없어하며 말했습니다.

"피로! 너 진짜 꿈을 꾸고 있는 게로구나!"

피로는 이렇게 대답했지요.

"주인님! 전 아무 꿈도 꾸고 있지 않습니다요. 두 분도 꿈을 꾸지 않으시잖아요. 아니, 두 분은 열심히 몸을 움직이시네요. 이 배나무를 그렇게 밀어젖히시면 배가 하나도 남아나지 않을 겁니다."

그러자 부인이 말했습니다.

"이게 무슨 일이죠? 피로는 사실이라고 말하는데 그게 사실일 수 있을까요? 내가 정말이지 전처럼 건강하기만 하다면 저 위로 올라가서 저놈이 보인다고 하는 게 사실인지 볼 텐데 말이에요."

피로는 배나무 위에서 그런 얘기를 계속 지껄여 댔습니다. 그런 그에게 니코스트라토가 말했지요.

"내려오너라!"

그러자 그가 내려오자 주인은 다시 말했습니다.

"대체 뭐가 보인다는 말이냐?"

"주인어른들께서는 제가 미쳤거나 꿈을 꾼다고 생각하시

안드레아 보냐우티, 「전투하는 교회 — 허영과 세속적 기쁨에 대한 우화」(부분),
1360~1370, 산타 마리아 노벨라 성당의 스페인 예배당 소장.

나 봅니다. 하지만 저는 주인님이 마님 위에 올라타신 것을 봤습니다요. 말씀드리기 송구하지만요. 그런데 내려와서 보니 두 분께서는 일어나서 거기 그렇게 앉아 계시네요."

"이놈이 아주 단단히 미쳐 버렸구나! 네가 나무에 올라간 뒤로 우린 꼼짝도 하지 않았어. 도대체 뭘 봤다는 게냐?"

"왜 이게 문제가 되는지 모르겠습니다요. 저는 분명히 나리가 마님 위에 계신 걸 봤습니다."

니코스트라토는 이제 한층 더 화가 났습니다.

"그럼 어디 이 배나무가 마술에 걸렸는지 내가 한번 봐야겠다. 나무 위에서 그런 볼만한 광경이 보이는지 말이다!"

그러고서 그는 나무 위로 올라갔지요. 남편이 나무에 오르기 시작하자, 부인은 피로와 함께 서로를 애무하기 시작했습니다. 이를 본 니코스트라토가 소리를 버럭 질렀지요.

"아니, 이 여자가! 대체 지금 뭘 하는 거야? 그리고 피로, 이놈! 내가 널 그렇게 믿었는데!"

그러면서 배나무에서 내려오기 시작했습니다.

부인과 피로는 서로 속삭였지요.

"이제 앉읍시다."

두 사람은 그가 나무에서 내려오는 걸 보면서 아까 그 자세 그대로 돌아갔습니다. 니코스트라토가 아래에 이르러 둘이 먼저대로 앉아 있는 걸 보고서 욕지거리를 해 대기 시작했습니다. 그러자 피로가 말했지요.

"나리! 이제 진짜 솔직하게 말씀드리자면, 아까 말씀하신 것처럼 제가 배나무 위에 있는 동안 본 것은 다 착각이었습니다. 그런 게 아니면 도저히 이해가 가지 않는 일이잖습니까. 저도 그렇고 나리께서도 배나무 위에서 본 것은 다 착각이었던 것입니다. 그렇게 생각하지 않으면 이해가 안 되는 일입지요. 사실 말이지만 마님처럼 정숙하기 그지없고 누구보다도 현명하신 분이 그런 황당한 일을 해서 나리의 눈을 현혹시키겠습니까. 그리고 저에 대해서야 감히 무슨 말씀을 드리겠습니까. 생각만 해도 사지를 찢어 놓을 일이죠. 저는 절대 나리 앞에서 그런 짓을 한 적이 없습니다. 이런 착각을 일으키게 만든 죄는 분명 배나무에 있습니다. 나리가 마님과 몸을 섞었다고 제가 믿을 수밖에 없게 했으니까요. 제가 분명 생각조차 할 수 없는 짓을 했다고 이놈이 나리께 고자질했다 해도, 저는 정말로 그런 적이 없습니다요."

부인은 옆에 있다가 굉장히 불쾌한 모습으로 일어나 이렇게 말했습니다.

"나를 그렇게 분별없는 여자로 보시다니 너무나 서운하군요. 당신이 보셨다고 말씀하시는 이런 수치를 당할 줄 알았더라면 차라리 당신 눈앞에서 그런 짓을 해 버릴 걸 그랬어요. 이 점은 분명해요. 내게 나쁜 짓을 할 의지가 있었다면 나는 여기 오지 않았을 거예요. 우리 방들 중 하나에서 은밀하게 저질렀겠지요. 당신이 알아채기라도 했다면 내가 크게 당황할 정도로 지극히 은밀하게 말예요."

니코스트라토는 두 사람이 말하는 게 사실이라 생각됐습니다. 그들이 자기 앞에서 그런 행동을 할 리 없다는 생각도 들었지요. 그래서 꾸짖고 푸념하는 걸 그만두고 이 나무에 오르면 그렇게 전망이 변한다니 참 신기하고 기적 같은 일이라고 인정했습니다.

하지만 니코스트라토에게서 들은 꾸지람에 화가 난 부인은 이렇게 말했습니다.

"정말이지 앞으로는 이 배나무가 저에게든 다른 여자에게든 이 같은 수치를 안기지 않도록 해야겠어요. 피로! 빨리 가서 도끼를 가져와라. 당장 이 나무를 잘라 내서 너와 나의 복수를 해야겠다. 하기야 지성의 눈을 그렇게 간단히 감아 버리고 조금 더 깊이 생각하지 못한 우리 남편 머리에 도끼질을 하는 게 더 좋을지도 모르겠다만. 당신 말예요! 설령 머리로는 그런 식으로 생각할 수 있을지 몰라도, 마음의 판단은 어떻게 그런 일을 생각하거나 상상할 수 있는지 모르겠군요!"

피로는 망설이지 않고 도끼를 가져다가 배나무를 잘라 버렸지요. 나무가 쓰러진 것을 보며 부인은 남편에게 이렇게 말했습니다.

"내 정절의 적이 쓰러지는 걸 보니 이제 화가 싹 가시네요."

그리고 연신 자기 잘못을 비는 니코스트라토를 너그럽게 용서하고, 자신보다도 남편을 더 사랑하고 있으니 앞으로 그런 억측은 하지 말라고 다짐시켰답니다.

그렇게 놀림을 당한 불쌍한 남편은 아내와 아내의 정부와 함께 저택으로 돌아갔습니다. 그 뒤로 피로와 리디아는 저택에서 수도 없이 만나 편안하게 즐거움과 쾌락을 맛보았습니다. 하느님이시여, 우리에게도 그런 환락을 허락하소서.

일곱 번째 날 열 번째 이야기

시에나 사람 둘이 있는데 그중 한 사람이 대자의 어머니를 사랑한다. 대부는 죽은 뒤에 약속대로 동료 앞에 나타나 저세상에서 영혼들이 어떻게 사는지 이야기해 준다.

이제 이야기를 해야 할 사람은 왕밖에 남지 않았습니다. 왕은 아무런 죄도 없이 도끼에 찍힌 배나무를 가엾게 여기는 부인들이 겨우 입을 다무는 것을 보고서야 이야기를 시작했습니다.

— 가장 공정한 왕은 자신이 만든 법률의 으뜸가는 수호자라는 것은 지극히 명백한 사항입니다. 만일 왕이 그것을 행하지 않는다면 징벌을 받을 처지에 놓이므로 왕이 아닌 사람으로서 심판을 받아야 마땅합니다. 그런데 여러분의 왕인 제가 오늘 그런 처지에 놓였습니다. 실은 어제 제가 오늘 이야기

의 주제를 부여했을 때, 저는 제 특권을 내세우지 않고 여러분과 마찬가지로 규정을 지켜서 여러분과 같은 주제로 이야기를 하려 했습니다. 그런데 제가 이야기하려고 생각했던 것을 여러분이 이미 다 하셔서 남은 것이 없고, 뿐만 아니라 여러분 이야기들이 모두 정말로 재미난 것들이어서, 아무리 제 기억을 더듬어 봐도 이미 나온 것들과 비슷한 이야기들만 떠오를 뿐 다른 주제가 떠오르지 않습니다. 이렇게 저 스스로 법을 만들어 놓고 그 법을 어기게 됐으니 당연히 벌을 받아야겠지요. 그러니 저에게 어떤 요구를 하셔도 응할 준비가 되어 있음을 말씀드리고, 이제 언제나 사용해 온 저의 특권으로 돌아가려 합니다.

여러분! 엘리사 님이 들려준 대부와 그 아이의 어머니 이야기와 시에나 사람들의 어리석음을 꼬집는 이야기*는 지극히 흥미로웠습니다. 그래서 저는, 현명한 아내들에게 우둔한 남편들이 조롱당하는 이야기는 그 정도로 해 두고, 시에나 사람들 얘기나 짤막하게 들려 드릴까 합니다. 제 이야기에는 믿기 힘들어 보이는 부분도 있습니다만, 그래도 들어 보시면 부분적으로나마 재미가 있을 겁니다.

시에나에 틴고초 미니와 메우초 디 투라라는 평범한 청년들이 살았습니다. 포르타 살라이아**에 살았던 두 사람은 저희 외에는 다른 누구하고도 거의 교제를 나누지 않았기 때문에

---

*일곱 번째 날 세 번째 이야기.
**비아 디 폰테브란다의 중간쯤에 위치한 곳으로, 현재는 아르코 디 포르타 살라리아라고 불린다.

매우 사이가 좋은 것처럼 보였습니다. 두 사람은 남들이 하는 대로 교회에도 가고 설교도 들으며 저세상에서 죽은 자들의 영혼이 그들의 업적에 따라 명예를 받거나 불행한 처지에 놓인다는 이야기를 수도 없이 들었습니다. 둘은 더 확실한 내막을 알고 싶은 마음이 컸으나 방도를 찾지 못했기에 만일 어느 한쪽이 먼저 죽으면 남아 있는 쪽한테 가능하다면 돌아와서 알고자 하는 바를 얘기해 주자고 약속했지요. 그렇게 둘은 굳게 맹세했습니다.

이런 약속을 한 뒤로도 두 사람은 앞서 말한 대로 계속해서 함께 잘 지냈습니다. 그러다 틴고초가 캄포레지*에 사는 암브로지오 안셀미니라는 사람의 아들의 대부가 됐습니다. 이 사람은 아내 미타와의 사이에 아들 하나를 두고 있었지요. 그리하여 틴고초는 메우초와 더불어 대자의 어머니 미타를 자주 방문하게 됐습니다. 미타는 굉장히 아름답고 우아한 부인이었기에 틴고초는 아이의 대부임에도 부인을 사모하게 됐습니다. 메우초도 마찬가지로 부인을 무척이나 마음에 들어 하던 차에 틴고초가 칭찬하는 소리를 하도 자주 듣다 보니 역시 사랑하는 마음을 갖게 됐답니다. 그런데 이 사랑을 두고 그들은 서로의 마음을 드러내지 않았는데, 그 까닭은 서로 같지 않았습니다. 틴고초가 자기 마음을 메우초에게 드러내지 않으려고 경계했던 것은 대자의 어머니를 사랑하는 것이 죄악으로 느껴져 남들이 알기라도 하면 그보다 더한 창피가 어디 있을

*시에나의 한 구역.

까 싶은 마음에서였습니다. 한편 메우초는 그런 일로 마음을 감춘 것이 아니라 틴고초가 부인을 좋아한다는 걸 알았기 때문입니다. 그래서 메우초는 이런 생각을 했지요. '만일 이 일이 탄로 나면 이 친구가 날 질투하게 될 거야. 그렇게 되면 이 친구는 대부인 만큼, 언제나 원할 때면 부인과 얘기를 나눠 나를 미워하게 만들 수 있으니, 언제까지라도 내가 부인 마음에 들 일은 없을 거야.',

두 청년은 이와 같이 부인을 사랑하고 있었는데, 그러던 차에 틴고초가 마침내 부인을 자기 뜻대로 손에 넣게 되었습니다. 어쨌거나 그로서는 자기 마음을 원하는 만큼 열어 보일 기회가 많았고 행동과 말로 최고의 공을 들인 결과였죠. 메우초는 곧바로 이를 알아차렸습니다. 기분은 매우 불쾌했지만, 자기도 언젠가 바라는 목표를 이룰 수 있을 거라고 위로하면서, 틴고초가 자기 행동을 경계하거나 방해할 만한 이유나 핑계를 주지 않도록 그 일에 대해 일절 모르는 척했습니다.

이런 식으로 두 친구의 사랑은 한쪽이 다른 쪽보다 더 행복한 모습으로 이어졌습니다. 그러다 틴고초가 부인의 달콤한 땅을 소유하고서 어찌나 파고 어찌나 힘을 쏟았던지 그만 병에 걸리고 말았습니다. 병은 나날이 급격하게 도졌고, 병을 감당하지 못한 틴고초는 그만 세상을 하직하고 말았습니다. 죽은 지 사흘째 되는 날인가, 아마 그 전에는 올 수 없었나 봅니다만, 생전에 했던 약속대로 틴고초가 밤중에 메우초의 방에 나타났습니다. 그리고 깊은 잠에 빠져 있던 메우초를 불렀습니다. 잠에서 깬 메우초가 말했습니다.

"대체 누구요?"

"나 틴고초네. 약속한 대로 자네한테 저세상 얘기를 해 주려고 돌아왔어."

메우초는 그를 보고서 흠칫 놀랐지만 이내 마음을 가라앉히고 말했습니다.

"잘 왔네, 내 형제여!"

그리고 길을 잃어버렸느냐고 물었습니다.

그 말에 틴고초는 이렇게 대답했지요.

"길을 잃었다는 건 다시 돌아오지 못한다는 거야. 내가 길을 잃었다면 어떻게 이 자리에 있겠나?"

"어허! 그런 얘기가 아냐! 자네가 지옥 구덩이에서 불로 벌을 받는 망령들 사이에 있는지 묻는 거네!"

"그건 아니네만 무척 괴롭기는 하지. 내가 지은 죄로 인해서 무거운 벌을 받느라 말이야."

그래서 메우초는 특별히 틴고초에게 묻기를 저세상에서는 이 세상에서 지은 죄 하나하나에 대해서 어떻게 벌을 받는지 말해 달라고 했고, 틴고초는 낱낱이 말해 주었습니다. 다 듣고 나서 메우초는 이 세상에서 그를 위해 무엇이든 할 일이 있는지 물었습니다. 틴고초는 당연히 있으며, 자기를 위해 미사를 올리고 기도를 하고 또 헌금을 해 달라고 하면서 그런 일들이 저세상 망령들에게는 무척 필요하다고 말했습니다.* 메우초

_____

* 여기서 묘사되는 저승의 모습으로 보아 틴고초는 연옥에 가 있는 것으로 보인다. 연옥의 망령들은 죄를 씻는 것을 근본 목표로 삼는데, 이승에서 그들을 위해 올리는 대도(代禱)가 죄를 씻는 시간을 단축시키는

는 물론 그렇게 하겠다고 대답했지요.

틴고초가 떠나려 할 때 메우초는 그 부인이 생각나서 얼굴을 조금 쳐들고 말했습니다.

"그런데 지금 막 생각났는데, 자네가 여기 있을 때 함께 자곤 하던 그 부인 일로는 저세상에서 무슨 벌을 받고 있나?"

"형제여! 저세상에 가니까 내 모든 죄를 소상히 아는 듯한 사람이 있었네. 그 사람이 나더러 최대의 벌을 받으면서 내가 지은 죄를 씻을 곳으로 가라고 명령하더군. 거기서 내가 받는 벌과 똑같은 벌을 받고 있는 수많은 동료들을 만났네. 그들 속에 섞여 있는데, 그 부인과 저질렀던 일이 생각나는 거야. 그래서 주어진 벌보다 훨씬 더 큰 벌을 내리는 게 아닌가 생각하니, 시뻘겋게 타오르는 거대한 불속에 있는데도 무서워서 몸이 엄청나게 덜덜 떨리더군. 옆에 있던 사람이 나보고 그러는 거야. '불속에서도 그렇게 몸을 떨다니, 여기 있는 다른 자들보다 더 중한 죄를 지은 거 아니오?' 그래서 내가 '아이고, 반갑소. 속세에서 지은 큰 죄를 생각하니 받을 심판이 두려워서 그런다오.' 하고 말해 주었지. 그자가 무슨 죄냐고 물어보기에 '그 죄란 게 뭐, 대자의 어머니와 함께 놀아난 건데, 너무 놀아서 병에 걸렸소.' 하고 대답했지. 그러자 그자가 비웃으면서 이러더군. '어허, 이 사람 참 바보로군. 걱정 마쇼. 여기선 그 정도는 전혀 문제 삼지 않는다오.' 그 얘길 들으니 적이 안심

데 큰 도움을 준다.(『신곡 - 연옥편』 3곡 136~145행, 4곡 133~135행, 5곡 70~72행, 6곡 25~42행, 11곡 31~36행, 13곡 125~129행, 23곡 85~90행, 26곡 130~132행, 『신곡 - 천국편』 15곡 95~96행 참조.)

이 되더군."

이렇게 말하는 동안 날이 새고 있었습니다. 그가 다시 말했지요.

"메우초! 잘 있게. 이제는 자네와 같이 있을 수 없다네."

그리고 획 가 버렸습니다.

저세상에서는 대자 어머니와 관계하는 일 따위는 아무런 문제가 되지 않는다는 얘기를 듣고 나자 메우초는 지금까지 그런 식의 관계를 극구 조심해 왔던 자신의 순박함을 비웃었습니다. 그래서 그 뒤로는 자신의 무지를 떨쳐 버리고, 요령을 터득하여 실속을 차렸습니다. 리날도 수사도 진즉에 그것을 알았더라면 그 훌륭한 대자 어머니와 즐거움을 만끽할 때 머리를 쥐어짤 필요는 없었을 텐데요.

왕의 이야기가 끝나고 더 할 이야기도 남지 않은 시각, 서쪽으로 기울어지던 태양을 향해 서풍이 불었습니다. 왕은 관을 벗어서 라우레타의 머리에 얹어 주며 말했습니다.

"부인! 월계관과 같은 이름의 당신*에게 여왕의 관을 드립니다. 이제부터 우리 모두의 기쁨과 위로가 될 만하다고 생각하시는 것을 여왕으로서 명해 주세요."

그리고 다시 자리에 앉았습니다.

여왕이 된 라우레타는 집사를 불러 여유 있게 저택으로 돌아갈 수 있도록 조금 서둘러서 쾌적한 골짜기에 식탁을 준비하라고 지시했습니다. 그리고 자기가 여왕의 역할을 하는 동안 해야 할 것들을 지시했습니다. 그러고 나서 동료들을 향해

---

* '라우레타'라는 말에 '월계관'이라는 뜻이 있다.

조반니 토스카니,
「사랑의 정원」(부분), 15세기 초,
베를린 국립 미술관(독일 베를린) 소장.

이렇게 말했습니다.

"어제 디오네오 님은 오늘 우리가 나눌 이야기 주제로 여자들이 남편을 골려 먹는 이야기를 제안했습니다. 그러니 제가 바로 그 자리에서 대드는 똥개* 족보대로 하고자 한다면 내일은 남자들이 아내를 골려 먹는 얘기를 하라고 해야겠지요. 그러나 그건 그 정도로 해 두고, 여자가 남자를 골리든, 남자가 여자를 골리든, 한 사람이 다른 사람을 골려 먹는 이야기를 각자 생각해 주셨으면 합니다. 이런 주제라면 오늘 못지 않게 즐거운 이야기들을 나눌 수 있으리라 생각해요."

이렇게 말하고 일어서더니 저녁 식사 시간까지 자유 시간을 주었습니다.

부인들과 청년들은 일제히 자리에서 일어났습니다. 더러는 신을 벗고 맑은 물에 들어갔고 더러는 녹색 잔디밭 위로 쭉쭉 뻗은 나무들 사이를 한가로이 거닐었습니다. 디오네오와 피암메타는 함께 아르치타와 팔레모네**의 노래를 불렀습니다. 이렇게 다양하게 즐기면서 저녁 식사 때까지 대단히 즐거운 마음으로 시간을 보냈습니다. 식사 시간이 되자 그들은 조그마한 연못가에 차려진 식탁에 둘러앉았습니다. 수많은 새들이 지저귀고 파리 한 마리 없이 주변의 언덕에서 불어오는 산들바람으로 상쾌한 가운데 그들은 편안하고 쾌적하게 식사를 했습니다.

---

* 원어는 cane botolo로, 성미가 급하고 연약한 사람을 가리키는 말로도 쓰인다.

** 보카치오가 지은 『테세이다』(1340)의 주인공들.

식사를 물리고 아늑한 계곡을 산책하고 난 뒤, 아직 해가 남아 있었지만 여왕이 시키는 대로 저택을 향해 느린 발걸음을 옮겼습니다. 다른 날처럼 그날 나온 이야기들에 대해 이런저런 농담과 평을 주고받으며, 거의 어둠이 드리워질 무렵 저택에 도착했습니다. 저택에서 그들은 신선한 포도주와 과자로 잠시 동안의 산책으로 인한 피로를 쫓고 아름다운 분수대 주변에서 춤을 추었습니다. 이번에는 틴다로*가 피리를 불었고 다른 사람들이 반주를 넣었습니다. 마지막으로 여왕이 필로메나에게 노래를 한 곡 청했고, 필로메나는 다음과 같이 노래했습니다.

아아, 슬프구나, 내 사는 날들!
내게서 아프게 멀어져 간 뒤
그 언제나 돌아올 수 있으리오?
정말로 모르겠네, 그 열망이
내 가슴속에 이렇게도 불처럼 타오르는데,
내 있던 그곳으로, 아아, 다시 돌아갈지.
아, 나의 사랑이여! 나의 마음을 사로잡는
나의 유일한 휴식처여!
그대가 말해 다오, 누구에게 물어보리,
물을 사람 어디에도 없으니.
아, 나의 주인이여, 대답해 주소서!

---

* 귀족들의 연회에 하인이 끼는 것은 『데카메론』에서 이 대목이 유일하다.

내 상처 입은 영혼을 위로할 수 있도록.

나를 뜨겁게도 불태웠던
밤낮으로 나를 쉬지 못하게 만들었던 그 기쁨이
무엇이었는지 확실히 말할 수 없네.*
귀도 마음도 눈도
비범한 힘으로
내 마음 깊숙한 곳에
제각기 새로운 불을 지폈으니.
무디어진 내 원기를 위로하거나
되돌려 놓을 사람 그대밖에 아무도 없네.

아아, 말해 다오! 나를 사로잡았던 그 눈에
입을 맞추던 그때로 돌아가
그대를 만날 때가 언제가 될지.
말해 다오, 내 사랑이여, 나의 영혼이여!
그대 언제나 올 것인지,
'금방'이라 말하며 나를 잠시라도 위로해 주오.
그대 오는 날이 늦거든
머무름은 길게 하여 주오,
사랑의 상처가 나을 때까지.
그대를 다시 만날 날이 온다면

---

* 단테의 『신곡 – 지옥편』 1곡 10행에도 똑같은 표현이 나온다.

그대를 떠나보냈던 그때처럼

다시는 바보처럼 굴지 않으리.

그대를 붙잡고 무슨 일이 있어도 놓지 않으리.

그대의 달콤한 입술로

내 소망을 채우고야 말리라.

이제 다른 할 말은 없으니,

어서 이리로 와서 나를 안아 주오,

생각만으로도 노래하게 만드는구려.

그 자리의 모든 사람들은 이 노래가 필로메나를 사로잡은 새롭고 행복한 사랑을 표현하는 것이라고 생각했습니다. 노래 가사로 미루어 필로메나는 겉모습에서 느껴지는 것보다 더 행복해 보였기 때문에 모두가 그녀를 부러워하지 않을 수 없었습니다. 이윽고 필로메나의 노래가 끝나자 여왕은 다음 날이 금요일이라는 것을 모두에게 상기시키며 부드럽게 말했습니다.

"고귀한 부인들과 청년들이여! 아시다시피 내일은 우리 주님의 수난일입니다. 잘 기억하시겠지만, 지난번에 네이필레 님이 여왕을 맡았을 때도 수난일이어서 우리가 진심으로 기도를 드렸고 오락이나 이야기는 자제했습니다. 그리고 다음 날인 토요일도 그렇게 했지요. 그래서 저는 네이필레 님이 보여 준 좋은 선례를 따르고자 내일과 모레는 지난번처럼 재미난 얘기를 나누는 일은 좀 자제하는 것이 훌륭한 행동이라고 생각하고, 우리 영혼의 건강을 위해서 그렇게 보내는 날이 있다는 것을 다시 한 번 머리에 되새겼으면 합니다."

여왕의 진심 어린 말을 모두가 반겼습니다. 여왕이 허락을 했고 밤도 충분히 깊었기 때문에 모두 쉬러 갔습니다.

(3권에서 계속)

세계문학전집 **292**

데카메론 2

1판 1쇄 펴냄 2012년 2월 14일
1판 13쇄 펴냄 2024년 5월 20일

지은이 조반니 보카치오
옮긴이 박상진
발행인 박근섭, 박상준
펴낸곳 (주)민음사

출판등록 1966. 5. 19. (제 16-490호)
서울특별시 강남구 도산대로1길 62(신사동) 강남출판문화센터 5층 (우편번호 06027)
대표전화 02-515-2000 팩시밀리 02-515-2007
www.minumsa.com

© 박상진, 2012. Printed in Seoul, Korea

ISBN 978-89-374-6292-4 04800
ISBN 978-89-374-6000-5 (세트)

세계문학전집 목록

세계문학전집은 계속 간행됩니다.